개의 심장

개의 심장

Собачье сердце

미하일 불가꼬프 중편소설집   정연호 옮김

SOBACH'E SERDTSE (1925), D'IAVOLIADA (1924)
by MIKHAIL BULGAKOV

이 책은 실로 꿰매어 제본하는 정통적인 사철 방식으로 만들어졌습니다.
사철 방식으로 제본된 책은 오랫동안 보관해도 손상되지 않습니다.

개의 심장
7

악마의 서사시
227

역자 해설
불가꼬프적 사실주의, 기괴한 상상력과 만나다
317

미하일 아파나시예비치 불가꼬프 연보
327

개의 심장

그로테스크한 이야기

1

우우우— 구구구구— 우우! 아, 나를 좀 보세요, 내가 죽어 갑니다!

눈보라가 개구멍 밑으로 불면서 내게 마지막 임종 기도를 해주고 있어요.

나도 눈보라와 함께 울부짖습니다. 끝장이야, 난 끝장!

더러운 원통형 모자를 뒤집어쓴 무용지물의 인간, 인민 경제 중앙회 공무원들의 표준 식사 보급 식당에 근무하는 그 요리사 놈이 내게 펄펄 끓는 물을 끼얹는 바람에 그만 왼쪽 옆구리에 화상을 입고 말았지.

아아, 그 파충류 같은 악당 놈.

그러면서, 뭐 자기가 쁘롤레따리아라고!

오, 하느님 맙소사, 아이고 아파라!

뼛속까지 끓는 물이 스며드는구나.

나는 지금 울부짖습니다, 울부짖어요. 우우우—, 울부짖는다고요.

그래, 내가 지금 이렇게 울부짖는다고 좋아질 게 뭐 있나? 내가 무엇으로 방해했단 말인가? 무엇으로?

그 구정물 쓰레기통 좀 파헤치며 뒤적였다고, 그래 인민 경제 회의 몫의 음식까지 내가 정말 다 말아 먹었나?

탐욕스러운 인간. 여러분도 그놈 같은 낯짝은 어디서든지 볼 수 있을 거예요. 하늘 높은 줄은 모르고 세상 넓은 줄만 아는 인간! 누르스름한 낯짝을 한 도둑놈.

아아, 인간, 인간들!

정오에 그 원통형 모자를 쓴 요리사 놈이 펄펄 끓는 물을 나에게 대접했고, 이제 어둑어둑해진 데다 쁘레치스쩬스끼 소방대에서 파 냄새가 나는 것으로 보아 대충 오후 4시쯤 되었겠구먼.

여러분도 알겠지만 소방대원들은 보통 죽으로 저녁을 때우거든. 그러나, 죽은 내게 있어 버섯과 마찬가지로 최근에야 어쩔 수 없이 먹게 된 가장 맛없고 나쁜 음식이지.

그렇지만, 내 아는 쁘레치스쩬까 출신의 동료 개들은 네글린 거리에 있는 레스토랑 〈바르〉에서 매운 소스가 발린 3루블 75꼬뻬이까 정도 분량의 버섯을 싹싹 먹어 치웠다고들 하더구먼.

버섯도 애호가한테는 좋은 음식이지. 하기야 덧신을 핥아 먹어도 자기만 좋으면 되니깐……. 우우우…….

옆구리가 참을 수 없이 아프군, 내 창창한 앞날이 아주 훤히 보여.

내일이면 분명히 위궤양이 생기겠지. 이걸 뭐로 치료한담?

여름 같았으면 소꼴리니끼 공원으로 도망이나 칠 수 있지. 거기 가면 아주 좋은 풀들도 있고, 게다가 잘만 하면 소시지 머리 토막을 공짜로 배불리 먹을 수도 있을 텐데. 사람들이 소시지를 쌌던 기름진 종이를 버리면 그거라도 실컷 핥아 먹을 수 있지.

그런데 공원에서 달밤에 사람들한테 빙 둘러싸인 채 늘 「사랑스러운 아이다」라는 노래를 부르는 그 잔소리쟁이 여가수, 우우 생각만 해도 기분이 나쁘군. 그 노파만 없다면 정말 금상첨화인데.

그런데, 이제 어디로 가야 하나?

인간들이 장화짝으로 때리지는 않을까?

때릴 거야.

갈비뼈가 부러지도록 벽돌 세례는 안 받을까?

그동안도 수없이 얻어맞았지.

모든 게 내 운명이려니 하고 참고 견뎌 온 세월이었어.

만일 내가 지금 운다면, 그건 오로지 육체적 고통과 배고픔 때문일 거야. 왜냐하면, 내 혼과 정신만은 아직 꺼지지 않았……

아, 영원히 꺼지지 않을 개의 혼이여!

그러나, 내 몸은 이리저리 채이고 두들겨 맞아 완전히 쇠약해져 버렸어. 사람들은 내게 욕설을 퍼부으며 심하게 모욕을 주었지. 하지만 정말로 심한 것은 그놈이 벽돌을 집어 던지는 바람에 털 밑에 구멍이 뻥 뚫려 버린 거야. 그래서 지금

내 왼쪽 옆구리는 돌팔매를 막아 낼 털 하나 남아 있지 않다니까.

난 아주 쉽게 폐렴에 걸릴 거야. 여러분, 폐렴에 한번 걸리고 나면 나 같은 건 굶어 죽기 꼭 십상이라오. 폐렴에 걸리면 정문 계단 밑에 하루 종일 아무것도 못 먹고 누워 있을 게 뻔하지. 그렇게 되면 누가 이 누워 있는 독신 수캐를 위해 여기저기 뛰어다니며 쓰레기통을 뒤져 밥을 챙겨다 주겠어?

마침내, 폐렴이 온몸에 퍼지면 배를 땅에 끌며 겨우겨우 기어가다가 힘이 빠져 숨만 할딱할딱 쉬고 있겠지. 그러면, 어떤 개장수가 와서 몽둥이로 패서 나를 죽이고 말 거야. 그러고는 청소부 영감들이 내 발에 금속판으로 된 번호표를 매달아 수레바퀴 짐마차 위로 던져 버리겠지…….

쁘롤레따리아 중에서도 청소부들은 가장 추악하고 쓸모없는 인간들이지. 가장 더럽고 가장 낮은 부류의 쁘롤레따리아.

요리사들은 그래도 좀 낫다고. 이따금 다른 부류의 착한 사람도 눈에 띄거든. 예를 들면, 이미 고인이 되신 쁘레치스쩬까 거리의 브라스 노인 같은 분 말이야.

얼마나 많은 우리들 개의 목숨을 구원하셨던가!

가장 중요한 것은 그 요리사 노인께서 우리 개들이 아플 때 고기 뼈다귀를 흔들며 던져 주었다는 것이지. 그래 맞아, 늙은 개들이 그러는데, 한번은 브라스 노인이 뼈다귀를 흔들며 던져 주었는데 글쎄, 그 뼈다귀의 8분의 1가량 고기가 붙어 있더라는 거야.

그는 표준 식사 배급 소베뜨[1] 출신의 요리사도 아니고, 똘스또이 백작 댁 안의 지주 귀족 요리사로서 진정한 인품을 지녔던 대가였으니 분명히 천당에 가셨을 거야.

그 소베뜨에 근무하는 요리사 놈들이 거기서 어떤 이상한 장난을 치는지, 이 개의 두뇌로는 전혀 모르겠어!

그 파렴치하고 더러운 요리사 놈들이 정말로 악취가 진동하는 썩은 고기로 양배추 수프를 끓여 대는 것을, 불쌍한 민생들은 아무것도 모르다니!

그 더러운 수프를 다 먹어 치우고 또 혀로 핥아 먹기까지 한다고!

타이피스트로 일하는 한 처녀는 9급 사무직으로 한 달에 45루블을 받지.

으음, 하지만 그녀의 정부(情夫)는 비난으로 싼 스타킹을 그녀에게 선물하는 거야. 그래, 그녀는 과연 그 비단 스타킹을 받으려고 얼마나 많은 조롱을 당해야 했을까!

저기 그녀가 달려오고 있군.

45루블짜리 월급쟁이니까 레스토랑 〈바르〉에는 가지 못하겠지!

영화도 충분히 보지 못할 테고.

영화 구경은 여자들 삶에 있어서 유일한 즐거움이지.

그래 맞아, 그녀는 제대로 입지도 먹지도 못하고 그냥 그렇게 살아온 거야.

생각만 해도 정말 놀라운 일이지. 요리 두 접시에 40꼬뻬

---

[1] 볼셰비끼 혁명 후 인민의 식사를 해결하기 위해 만든 상설 기구.

이까라니. 두 접시를 다 합해도 15꼬뻬이까어치도 안 될 텐데. 왜냐하면, 나머지 25꼬뻬이까어치는 지배인 놈이 이미 훔쳐 먹었기 때문이지.

정말, 그녀에게 그렇게 형편없는 식사가 필요하단 말인가?

그녀는 벌써 오른쪽 폐첨(肺尖)에 이상이 있고 여성병에까지 걸렸다고. 직장에서는 그만큼 봉급을 공제당하고, 식당에서는 썩은 음식을 먹어 대고.

오오, 바로 그녀, 그녀가 바로 앞에 다가왔네!

정부가 선물한 스타킹을 신고 개구멍 같은 문 안으로 달려가는군. 다리는 추워 보이고 배로 바람이 술술 들어가는 것 같아.

왜냐하면, 그녀의 털옷은 내 개털과 별반 다를 게 없거든. 바지에는 군데군데 구멍이 뚫려, 마치 망사 안을 들여다보듯 안이 훤히 들여다보이는군.

그놈의 정부 좋으라는 누더기구먼.

그녀가 두꺼운 플란넬로 만든 옷을 한번 입어 보라지.

그러면, 그 정부라는 놈이 아마 이렇게 호통치고 말걸.

「뭐, 옷 모양새가 이따위야! 내 마누라 마뜨료나한테도 싫증 났어, 그놈의 플란넬 바지는 이제 지겹다고. 지금은 나의 시대야. 지금은 내가 바로 위원장이라고. 그동안 내가 얼마나 많은 돈을 훔쳤어? 그걸로 너한테 화장품이란 화장품은 다 사주고 새우 목 요리에다 〈아브라우 듀르소〉[2]까지 사주

---

[2] 북까프까즈의 지방 이름으로, 러시아인들은 이곳에서 나는 샴페인 〈아브라우 듀르소〉를 최고로 친다.

었잖아! 난 젊어서 오랫동안 굶주림에 시달렸단 말이야. 그때 받은 고통만으로도 충분해. 이제는 나의 세상이야. 자, 나와 함께 가는 거야. 죽고 난 다음의 저세상은 존재하지 않는다고.」

오, 그녀가 가엾고, 안됐어.

그러나, 내 자신은 더 가엾고 불쌍하지.

이기심으로 이렇게 말하는 건 아냐.

오, 절대 아니지.

그녀와 나는 사실상 대등하지 못한 조건에 있기 때문이야. 그녀에게는 따듯한 집이라도 있지만, 으음, 내게는, 나한테는!

어디로 가야 하나?

가는 곳마다 놀팔매실을 해내고, 필필 끓는 물세례나 피붓고……. 그것도 모자라 실컷 모욕당하고, 아, 나는 어디로 가야 하나? 우우우……!

「꾸찌 — 꾸찌, 꾸찌, 꾸꾸! 샤릭, 샤릭! 뭘 그렇게 훌쩍훌쩍 우니? 어이구, 이 가엾은 것. 우으으? 그래, 그래. 누가 널 모욕했어? 그래……? 우흐…….」

매서운 눈보라가 몰아쳐 문이 저절로 쾅쾅 닫혔다 열렸다 하기 시작했다.

문 앞에서 항상 빗자루를 들고 서 있는 마녀처럼, 눈보라는 사납게 몰아치며 빗자루로 타이피스트 아가씨의 귀싸대기를 후려쳤다. 눈보라에 그녀의 치마가 정강이까지 펄럭거리고 담황색 스타킹과 세탁이 잘 안 된, 촘촘한 줄무늬가 그려진 레이스 팬츠가 드러나 보였다.

눈보라는 그녀가 한 말이 무슨 말인지 알아들을 수 없게 방해하더니, 문 앞에 쭈그리고 엎드려 있는 개를 덮어 버렸다.

〈오, 맙소사…… 날씨 한번 고약하구먼……. 우흐……, 배가 아프네. 그 소금에 절인 고기 때문에. 아, 그놈의 절인 고기! 언제나 이 모든 게 끝이 날까?〉

타이피스트 아가씨는 고개를 숙이더니 문밖으로 빠져 나오며 눈보라 속을 정면 돌파하기 시작했다.

그녀가 거리에 나타나자 눈보라는 그녀 주위를 빙빙 돌며 그녀를 잡아당기고 위아래로 흘겨보기 시작하더니 회오리바람으로 그녀의 온몸을 감쌌다. 그러고 나서 그녀는 어디론가 사라져 버렸다.

하지만 개는 이미 불구나 마찬가지가 되어 버린 옆구리의 통증에 고통스러워하며 홀로 개구멍에 남겨졌다. 개는 차디차고 딱딱한 벽에 바싹 기대어 한 가닥 숨만을 헐떡이고 있었다. 그리고 더 이상 아무 데도 가지 않고 이곳 개구멍에서 그냥 죽어 버리기로 굳게 결심했다. 마지막 절망만이 개에게 밀려오고 있었다.

그의 마음속은 천 갈래 만 갈래 찢어지듯 아프고 슬펐으며 너무도 쓸쓸하고 무서웠다. 조금 전까지만 해도 조그만 부스럼 뾰두라지만 한 눈물방울이 눈에서 아롱져 흘러내렸으나, 이제 그나마도 아주 말라 버렸다.

돌에 얻어맞아 엉망진창이 된 옆구리에는 꽁꽁 얼어붙은 응어리들이 개털에 뒤엉켜 여기저기 비쭉비쭉 나와 있었고 응어리 사이사이로 뜨거운 김에 빨갛게 달아오른 화상 자국이 흉측스럽게 보였다.

이런 짓은 얼마나 무의미한 작태인가? 어리석은 사람들, 잔인한 요리사!

「샤릭.」

그녀가 개를 불렀다.

젠장할, 이 개가 지금 어떤 상태인데 〈샤릭〉이야?

샤릭, 이것은 고귀한 종자의 어미와 아비 개를 만나 매일 귀리죽을 먹어 치워 둥그스름하게 살이 포동포동 찐 귀여운 새끼 개를 부르는 말인데…….

하지만, 이 개는 털북숭이에 비쩍 말라 가늘고 긴 몸뚱어리를 하고 군데군데 상처가 난 데다가 빈둥빈둥 할 일 없이 돌아다니는 집 없는 개가 아닌가?

그렇기는 하나, 그렇게 좋은 말로라도 불러 주니 고마운 일이지.

환하게 불이 밝혀진 상점 문이 쾅 하고 열리더니 안에서 시민 한 명이 나타났다. 진짜 시민인가? 어쨌든 단순히 동무는 아닌 것 같고, 신사라고 하는 게 더 정확해.

가까이 다가오면 올수록 신사인 것이 더욱더 분명해.

여러분들은 그가 입고 있는 외투를 보고 내가 그렇게 판단하고 있다고 생각하십니까? 천만의 말씀. 요즈음 외투는 아주 흔해 빠져서 쁘롤레따리아들도 입고 다니는 것이랍니다.

사실상 하얀 와이셔츠 칼라라면 그렇게 말할 수 없겠지. 칼라가 보이는데도 쁘롤레따리아라고 말할 수는 없거든.

그러나 멀리서는 모든 게 혼동될 수 있는 법이지.

하지만 눈을 보고 사람을 판단한다는 건 또 다른 문제야. 눈을 보고 판단하면 가까이서든 멀리서든 혼동되는 법이 전혀 없거든!

오, 눈!

이것은 뜻이 담겨 있는 물건이야! 마치 바로미터같이.

눈을 보면 모든 게 다 보여, 누가 메말라 비틀어진 정신을 지니고 있고, 누가 아무 의미도 없이 뾰족한 구두코로 갈비뼈를 걷어찰 준비가 되어 있는지, 그리고 누가 개라면 벌벌 떨며 두려워하는지, 눈을 통해 훤히 보이게 마련이야.

바로 그 녀석이 마지막 경우에 해당되었어.

그래서 내 그놈의 복사뼈를 콱 물어 주곤 했지.

개를 두려워하면, 그렇게 당하는 거야!

개를 두려워했으니 뭐 말하자면, 죗값을 치른 거지…….

으르르르…… 멍멍!

신사는 전봇대 옆을 지나 눈보라 치는 거리로 나서더니 확실히 개구멍 쪽으로 발걸음을 옮기고 있었다.

그래 맞아, 이 사람한테서도 모든 게 훤히 보이는군.

이 사람은 소금에 절인 썩은 고기는 절대 먹지 않을 사람이야.

만일 어디서든 간에 그에게 썩은 고기를 내놓는다면 커다란 소란이 일어나고 말걸. 아마, 그는 신문에까지 투고할 거야.

나, 필립 필리뽀비치를 너무 많이 먹였노라고.

오, 그가 점점 더 가까이, 가까이 다가오네.

이 사람은 넉넉히 먹고사는 사람일 테니 남의 것을 훔치지는 않을 것이고…….

이 사람은 발로 차지도 않을 거야. 하지만, 스스로 누군가를 두려워하지도 않겠지.

하기야 항상 배가 부르니 두려울 게 뭐 있겠어?

그는 분명 정신노동에 종사하는 신사야. 교양 있어 보이는 긴 턱수염 끝이 뾰족한 데다가 하얀 콧수염에 부드러운 털로 감싸여 있는 모습이 마치 프랑스 기사처럼 위풍당당해 보여.

하지만, 눈보라 사이사이로 그한테서 나는 냄새는 어째 좀 꺼림칙한 것이, 병원 냄새와 여송연 냄새가 풍기는군.

이 조합 일용품 상점에 그가 뭘 하러 왔을까?

오, 그가 저기 바로 옆에서…… 뭘 찾고 있을까? 우우…….

이 소ㅡ맣고 더러운 상점에서 그가 뭘 살 수 있을까?

정말로 아호뜨니 랴드[3] 지역 가지고도 성이 안 찬단 말인가?

아니, 저게 뭐야? 저건 소 — 시 — 지 아냐?

여보시오, 신사 양반, 만일 당신이 그 소시지를 무엇으로 만들었는지 한번 보신다면, 아마 놀라 기겁을 하고 다시는 이 상점 근처에도 오지 않을 거요. 그런 소시지는 나한테나 던져 주시오!

개는 남은 힘을 있는 대로 다 내어 개구멍에서 사람이 다니는 인도 위로 미친 듯이 겨우겨우 기어 나왔다. 눈보라는 마치 총알이 날아가듯이 머리 위에서 윙윙거리면서, 〈젊어지

---

3 당시 모스끄바에서 질 좋고 값비싼 물건을 파는 상점들이 가장 많이 모여 있어 살기 좋았던 지역.

는 것이 가능한가, 불가능한가?〉라는 글자가 커다랗게 쓰인 리넨 천 플래카드를 불어서 들어 올렸다 내렸다 하고 있었다.

물론, 가능하지.

냄새가 나를 젊어지게 했어.

냄새가 나로 하여금 배를 들고 일어나게 했지. 쪼르륵 쪼르륵 요동치며 이틀 동안 텅 비어 있던 배 속을 냄새가 짓누르기 시작했어.

병도 물리쳐 버린 냄새.

암말 고기를 잘게 썰어서 마늘과 후추를 적당히 뿌린 그 유혹적인 냄새.

그의 오른쪽 외투 주머니에 소시지가 들어 있는 것을 나는 이미 몸으로 느끼며 알고 있지. 그 소시지는 나같이 굶주린 개가 먹어야 하는 건데…….

오오, 나의 구세주!

나를 좀 쳐다봐 다오.

내가 죽어 가고 있잖아.

아아, 비열한 우리 개들의 영혼, 비굴한 개 팔자!

개는 눈물이 가득 고인 채 배를 땅에 대고 엎드려 뱀처럼 기었다.

자아, 주의 깊게 보세요. 그 요리사 놈이 저지른 작태를.

하지만 당신은 정말 아무 뜻 없이 그렇게 하지는 마십시오, 제발.

오오, 저는 알아요. 저는 부유한 사람들이 어떤지 아주 잘 안다고요.

하지만 사실상 당신 같은 부자들이 그 소시지를 무엇에 쓰겠어요?

무엇 때문에 당신 같은 사람한테 병든 말고기 소시지가 필요하단 말입니까?

아마, 모셀리쁘롬[4]을 제외하고는 그렇게 해로운 독극물은 만들지 못할 겁니다.

하지만, 당신은 오늘도 무심코 아침 식사를 하셨습니다. 당신같이 남성 분비관에 대한 연구 덕택에 세계적인 권위자가 되신 분께서……. 우우우…….

이 밝은 세상천지에서 난 어떻게 되어 갈까?

아마 내가 지금 여기서 죽어 나가면, 그건 너무 이를 거야.

그렇다고 이렇게 자포자기하고 있는 것, 이것 또한 진짜 죄악이 아닐까?

그래, 그의 손이라도 핥아 보자.

더 이상 할 수 있는 것이라곤 내게 아무것도 남아 있지 않잖아.

수수께끼의 신사가 개한테로 다가서더니 금테 안경 너머로 눈을 번쩍거린 다음, 오른쪽 호주머니에서 가늘고 긴 하얀 꾸러미를 꺼냈다. 그가 갈색 장갑도 벗지 않은 채 꾸러미로 싼 종이를 풀자 곧 눈보라가 사납게 종이 위로 날아들었다. 그리고 그는 소위 〈특별한 끄라꼬프[5]산 소시지〉라 불리

---

4 모스끄바 농축산물 가공 관리청.
5 폴란드 남부의 도시로, 당시 러시아에서 끄라꼬프산 소시지는 아주 질이 좋은 소시지로 통하였다.

는 소시지 조각을 하나 부러뜨렸다.

마침내 개에게도 그런 소시지 조각이!

오오, 역시 사심이 전혀 없는 청렴한 인품의 신사시군. 우우우!

「휘익, 휘익.」

신사가 휘파람으로 개를 부르고 나서 단정한 목소리로 덧붙였다.

「집어먹어라! 샤릭, 샤릭!」

또다시 〈샤릭〉!

이제 아주 이름이 되어 버렸군!

그래요, 마음대로 부르세요. 오로지 다른 사람 같지 않게 특별히 뛰어난 당신의 그 선행을 위해서라면…….

개는 순식간에 두꺼운 종이 껍질을 잡아 뜯더니만, 흐느껴 우는 소리를 내면서 소시지를 덥석 물고는 단숨에 먹어 치워 버렸다.

이때, 개는 너무나 식탐이 강했던 나머지 끈까지 삼켜 버릴 뻔했다. 소시지 조각과 눈 덩어리가 목에 걸려 눈물이 나왔다.

더, 좀 더 줘, 당신 손이라도 더 핥을게.

바지에 입 맞출게, 나의 은인이여!

「네게 소시지를 더 줄 거다. 하지만 지금은 이것만 먹고, 잠시 후에 다시.」

그 신사는 끊어졌다 이어졌다 하는 소리로 말하면서 또박또박 명령하기 시작했다. 그는 샤릭에게 가까이 다가가더니 뭐든지 알아내고 싶은 듯이 개의 눈 속을 자세히 들여다본 다음, 장갑 낀 손으로 예기치 않게 샤릭의 배를 친근감 있고 사랑스럽게 쓰다듬었다.

「아하.」

의미심장하게 그는 말했다.

「개 목걸이가 없구나. 으음, 내겐 아주 잘됐어. 나한텐 너 같이 주인 없는 개가 반드시 필요해. 내 뒤를 따라오너라.」

그는 손가락을 입에 넣어 〈휘익 휘익!〉 하는 소리를 냈다.

당신 뒤를 따라오라고?

좋아, 이 세상 끝이라도.

만일 당신이 그 좋은 펠트 덧신으로 내 낯짝을 차더라도, 난 한마디도 불평하지 않을 거야.

쁘레지스쎈까 거리를 따라 가로등이 반짝반짝 빛나고 있었다. 옆구리가 참을 수 없이 아파 왔다. 하지만 샤릭은 혼잡하게 오가는 사람들의 틈바구니에서 모피 외투를 걸친 그 신사의 멋진 모습을 놓치지 않으려는 생각과, 어떻게든 그에게 자신의 사랑과 충성심을 표현해야겠다는 일념으로 가득 차서 옆구리의 통증도 곧 잊어버렸다.

샤릭은 쁘레치스쩬까 거리에서 아부호프 골목까지 걸어가는 동안에 거의 일곱 번씩이나 자신의 충성심을 표현했다. 먼저 묘르뜨비 골목 근처를 지날 때 신사의 덧신에 입을 맞추었고, 거리를 여기저기 청소하며 걸으면서 사납게 으르렁대어 길 가던 어떤 부인이 깜짝 놀라 길 옆 둔덕 위로 급히 올라앉게 했으며, 이어서 자신에 대한 동정심을 계속 유지하게 하기 위해 두 번가량 더 으르렁댔다.

눈보라가 휘몰아치는데도 불구하고, 시베리아 고양이처럼 털이 텁수룩하고 더러운 떠돌이 고양이 한 마리가 빗물받이 홈통 바로 뒤에서 급히 나타나더니 끄라꼬프산 소시지의 냄새를 맡기 시작했다.

순간 개구멍에서 다 죽어 가는 부상당한 개를 수용할 정도로 괴짜인 이 부자 기인이 만일 저놈의 도둑고양이를 같이 데려간다면, 어쩔 수 없이 그 모셀리쁘롬 제품을 나눌 수밖에 없을 거라는 생각이 들자 샤릭은 울화통이 치밀어 눈앞이 캄캄해졌다.

그랬으므로, 샤릭은 고양이를 향하여 아주 위협적으로 딱딱 소리를 내며 이빨을 떨었다. 그러자 그 고양이는 구멍 뚫린 호스 관에서 김 빠지는 것 같은 쉬쉬 소리를 내면서 단숨에 홈통을 타고 2층까지 도망가 버렸다.

으르렁 — 르렁…… 멍멍……. 저리 꺼져!

쁘레치스쩬까에서 할 일 없이 돌아다니는 누더기 거지에게 주려고 모셀리쁘롬 소시지를 준비해 두지는 않았다고!

마침내 그 신사는 소방서를 지나 프렌치 호른의 즐거운 멜로디가 들려오는 어느 창가 옆을 지날 때, 바로 샤릭에게 5조로뜨닉[6]이 약간 안 되는 소시지 조각으로 두 번째의 포상을 내려 주었다.

에흐, 기인이군, 괴짜야. 소시지로 나를 유혹하고 있어.

걱정하지 마십시오, 내 스스로는 아무 데도 안 갈 테니. 이

---

6 옛 러시아의 중량 단위로 1조로뜨닉은 4.266그램이다.

렇게 당신 뒤에서 당신이 지시하는 곳으로 움직여 갈 거예요.

「휘익 휘 — 익, 이리로!」

아부호프 골목으로? 친절도 하시네요. 이미 이 골목은 우리 개들한테 아주 잘 알려져 있다고요.

「휘익 휘익!」

이리로?

기꺼이…….

에, 안 돼!

안 된다고요. 갈 수 없어요!

거기 수위 영감쟁이가 서 있잖아요. 수위보다 더 나쁜 놈은 이 세상에 없을 거예요. 수위는 청소부보다 수십 배나 더 위험하다고요.

으으, 아수 혐오스러운 종자.

고양이보다도 더 혐오스럽지요.

장식 끈 무늬 복장의 도살자!

「그래, 겁내지 말고 이리 들어오렴!」

「안녕하십니까, 필립 필리뽀비치?」

「안녕하시오, 표도르?」

오호, 이게 바로 신사 양반의 인품이었던가!

맙소사, 누구한테 이 개의 운명을 맡기려고 나를 여기까지 데려오셨단 말인가?

개를 거리로부터 수위 옆을 무사히 지나 공영 주택 아파트 안으로 데리고 들어갈 수 있다고 생각하시는 저 신사는 도대체 어떤 분일까?

신사 양반, 보세요, 저 비열한 수위 놈이 아무 소리도 안 하고, 요동도 하지 않으면서 저렇게 서 있는 모습을.

　사실상 저놈의 눈빛은 흐릿해 보이지만, 저 금빛 테가 둘린 모자 밑에는 차디찬 살기가 번뜩이고 있다고요. 일부러 태연한 척하는 거라고요.

　신사 양반, 저것 좀 보세요. 저 수위 놈이 존경을 표하고 있는 몰골을…….

　아주 깍듯이 대하시는구먼!

　그렇다면 나는 저 신사 양반 뒤에 바짝 따라붙어 들어가야지.

　뭐, 나를 건드린다고?

　그럼 그냥 물어 버려.

　굳은살이 박인 쁘롤레따리아의 딱딱한 발을 그냥 꽉 물어 버리는 거야. 당신들 인간들이 우리들에게 퍼부은 조롱과 야유의 대가라 생각하라고.

　그 빗자루 솔로 내 낯짝을 얼마나 많이 후려쳤는지 알기나 하나, 으응?

　「이리 들어와, 들어와.」

　안다고요, 안다니까요, 걱정하지 마세요.

　당신이 가는 곳으로 따라간다고요. 길만 가리키십시오.

　그러면, 난 지금 옆구리가 몹시 아프기는 하지만 여기 그냥 남아 있지만은 않을 거니까요.

　계단 위에서 아래를 보고 신사 양반이 말했다.

　「표도르, 나한테 편지 온 것 없었소?」

계단 아래에서 위를 보고 문지기 영감이 정중하게 대답했다.

「아무것도 없었습니다. 필립 필리뽀비치(친밀하게 속삭이듯이 뒤따라가며 말했다). 그런데 아파트 3호실에 공영 주택 동무들이 입주했습니다.」

우리의 귀하신 개 자선 사업가께서 가파른 계단을 한두 칸 올라가 난간을 지나 꺾어지시다가 놀란 표정으로 물으셨다.

「으음, 으으?」

그의 눈이 동그래졌으며 콧수염이 곤두섰다.

수위는 아래에서 위쪽으로 머리를 치켜들고는 손바닥을 입술 쪽으로 가져다 대면서 확신에 차 다시 강조하였다.

「정확히, 모두 네 명이 입주했습니다, 교수님.」

「맙소사! 이제 이 아파트가 어떻게 되어 갈지 상상이 가는군. 으으음. 그래, 그들은 지금 뭣들 하고 있소?」

「뭐, 아무것도요!」

「그러면, 표도르 빠블로비치는?」

「병풍하고 벽돌을 사러 가셨어요. 칸막이를 세운다고 합니다.」

「그게 뭐하는 거요!」

「필립 필리뽀비치, 당신의 아파트만 제외하고 모든 아파트에 사람들을 새로 입주시킨다고 합니다요. 방금 집회가 있었는데 거기서 아파트의 새로운 공동 주거령이 채택되었지요. 그리고 예전에 살던 사람들은 모두 다 쫓겨났어요.」

「어떻게 이런 일이! 에구머니나, 쯧쯧, 쯧쯧……. 휘익 휘익…….」

가요, 간다고요, 서둘러 가는 중이라고요.

옆구리에 상처 난 게 안 보이세요?

당신의 장화라도 핥게 허락해 주시라고요.

이제 수위 영감의 모자가 계단 아래쪽으로 자취를 감춰 버렸다.

대리석으로 된 층계참에는 스팀에서 따뜻한 바람이 나오고 있었다.

다시 한 번 층계를 돌아 올라갔다.

그러고 나자 가장 좋은 층인 2층이 보였다.

2

1베르스따[7] 밖에서 언제 고기 굽는 냄새가 나는지를 일부러 배우거나 익힐 필요는 없다. 더구나, 여러분이 모스끄바에 살고 있고 여러분 머릿속에 어떤 형태로든 뇌만 들어 있다면, 여러분이 싫든 좋든 간에 글자를 배워 알게 될 것이고, 게다가 이것은 무슨 특별한 과정 없이도 자연스레 배우게 되는 것이다.

약 4만에 달하는 모스끄바 개들 가운데 아주 완전한 백치가 아닌 바에야 〈소시지〉라는 단어의 각 글자를 조합하지 못하는 그런 바보 천치는 아마 없을 것이다.

샤릭은 색깔에 따라 구별하는 법을 배우기 시작했다.

단지, 모스끄바의 거리마다 〈모스끄바 소비조합 협의회

[7] 미터법 시행 전 러시아의 거리 단위로 1,067킬로미터에 해당한다.

고기 매매〉라고 쓰인 푸르스름한 담청색의 간판들이 여기저기 내걸려 있는 바람에 꼬박 4개월이 걸렸을 따름이다. 다시 반복하여 말하지만, 그가 뭐 〈고기〉라는 소리가 귀에 들리기 때문에 이 모든 것을 익히게 된 것은 아니었다.

그렇지만, 한 번 혼동은 있었다. 자동차 엔진의 휘발유 연기로 후각에 상처를 입는 바람에 푸르스름하고 자극적인 색으로 〈고기〉라는 글자를 분별하게 된 샤릭은, 고기 상점 대신 먀스니쯔까야 거리에 있는 골루비즈네르 형제의 전기 부속품 상점을 머릿속에 잘못 입력해 버렸던 것이다.

거기 그 형제 상점에서 개는 예전에 전깃줄을 핥아 맛을 본 적이 있었다. 그때 그 전깃줄로 한 번 맞은 것이 마차의 채찍으로 맞은 것보다 더 아팠다.

바로 이 주목할 만한 순간이 샤리꼬프적인 교육의 시초로 간주되어야 한다.

이미 길거리에서 샤릭은 〈푸른색〉이 항상 〈고기〉를 뜻하지는 않는다는 것을 터득하기 시작했다.

그는 찌르는 듯한 아픔 때문에 뒷발 사이에 꼬리를 꽉 파묻고는 멍멍 짖으면서, 모든 고기 상점의 간판에는 썰매와 비슷하게 생기고 금색이나 혹은 불그스레한 색의 안짱다리 모양을 한 글자 〈M〉이 왼쪽부터 시작되고 있다는 것을 생각해 냈다.

이런 식의 글자 터득은 갈수록 보다 더 성공적이었다.

〈A〉 자를 샤릭은 모호보이 골목에 있는 〈어업국〉 간판에서 습득하였다.

그리고, 그다음엔 〈Б〉 자를 깨우쳤다(간판 쪽으로 다가서며 글자를 읽을 때, 그에게는 간판의 글자를 꼬리 쪽에서부터 거꾸로 거슬러 올라가며 읽는 것이 더 쉬웠다. 왜냐하면, 간판의 글자가 시작되는 처음의 왼쪽 부분 근처에 경찰이 서 있기 때문이었다).

모스끄바에서 모서리 진 곳에 사각형의 타일이 붙어 있는 집은 어김없이 〈치즈〉 상점을 뜻하였다.

단어의 선두에 나타나 있는 사모바르[8]의 꼭지 밸브[9]는 예전 주인 치츠낀의 상점을 뜻했다. 그의 상점에는 네덜란드식 빨간 소시지가 산더미같이 쌓여 있었고, 개를 아주 미워하는 짐승 같은 점원 놈들과 바닥에 어지러이 흩어져 있는 톱밥, 그리고 추악하고 고약한 냄새를 풍기는 바끄쉬쩨인[10]이 있었다.

「사랑스러운 아이다」보다 좀 더 멋진 하모니카 연주 소리가 들려오고 비엔나소시지 냄새가 풍긴다면, 그 레스토랑에 걸려 있는 하얀 플래카드 위의 첫 번째 글자들은 보나마나 다음의 글귀를 뜻하는 단어들임이 아주 쉽게 연상되었다.

〈무례한 말투 사용하지 말 것, 그리고 잡상인을 상대하지 말 것.〉

이런 레스토랑에서는 금방 주먹다짐이 일어나, 사람들이

---

8 안에 숯불을 넣어 물을 끓이는 러시아 특유의 그릇. 신선로와 유사하며 요즈음은 숯불 대신에 전기로 물을 끓이는 사모바르가 쓰인다.
9 사모바르의 물이 나오는 꼭지 밸브는 〈치즈낀〉의 첫 글자 〈Ч〉와 비슷하게 생겼다.
10 폴란드산 치즈의 일종.

주먹으로 낯짝을 얻어맞기도 하지. 그러나 사실상 그런 일은 아주 드물게 일어나. 하지만 우리 개들은 허구한 날 냅킨 아니면 구두짝으로 두들겨 맞는다고.

만일 상점의 쇼윈도에 신선하지 않은 허벅지 살로 만든 햄이 걸려 있고 귤이 놓여 있다면, 멍멍 — 멍멍…… 멍…… 가우 — 가우…… 가…… 스뜨로노미야.[11]

만일 어두운 색깔의 병에 나쁜 액체가 들어 있다면…… 베 — 이 그래서, 비, 다음에는, 아 그래서 비나……[12] 예전의 옐리세예플 형제들 상점[13]에…….

가장 좋은 층에 자리 잡고 있는 자신의 화려한 아파트 문으로 개를 끌고 간 정체불명의 신사가 초인종을 눌렀다. 개는 곧 눈을 치켜 떠 위에는 금빛 문자의 문패가 옆으로 폭넓게 걸려 있고 파도 무늬의 장밋빛을 띤 유리가 끼워져 있는 커다란 검은색 문을 쳐다보았다.

문패에 쓰인 처음 세 글자는 금방 읽어 나갈 수 있었다.

뻬 에르 오…… 〈쁘로…….〉

그러나 그다음에 올챙이배가 양면으로 튀어나온 것처럼 생긴 글자가 나오는 바람에 무엇을 의미하는지 더 이상 알 수가 없었다.

〈정말 쁘롤레따리아[14]인가?〉

---

11 러시아어로 〈가공 식료품점〉이라는 뜻.
12 러시아어로 〈포도주〉를 뜻하는 〈비노〉의 복수 형태.
13 당시 아주 유명하고 아름다웠던 상점.
14 개는 러시아어로 〈교수〉를 뜻하는 〈쁘로페서르〉를 보고 〈쁘롤레따리아〉와 혼동하고 있다. 〈쁘로페서르〉의 세 번째 글자는 〈ф〉이다.

샤릭은 놀라서 생각했다.

〈아마 그런 일은 있을 수 없을 거야.〉

그는 코를 위로 쳐들어 다시 한 번 신사의 외투 냄새를 맡아 보았다. 그러고는 확신에 차서 생각했다.

〈아니야, 여기서는 쁘롤레따리아 같은 냄새는 나지 않아. 아마 그건 학문적인 용어라서 하느님이나 아실 거야, 저 문패가 무엇을 뜻하는지는……〉

장밋빛 유리문이 확 열리더니 안의 불빛이 문패 위에 검은 그림자를 한층 더 짙게 드리우고 나서 갑자기 기쁨에 넘치듯 쏟아져 나왔다.

문은 아무 소리도 없이 활짝 열렸으며, 머리에 하얀 레이스 장식 핀을 꽂은 젊고 아름다운 여인이 하얀 앞치마를 두르고 개와 신사 앞에 섰다. 개는 처음으로 천국의 따뜻한 온기를 피부로 느꼈다. 여인의 치마에서는 은방울꽃 냄새가 풍겨 나오고 있었다.

〈오오, 야 이것 봐라. 정말 굉장하네〉 하고 개는 생각했다.

「어서 들어오십시오, 신사 샤릭 씨.」

아이러니컬하게 신사는 개를 아파트 안으로 인도하였다.

그래서 샤릭 신사는 꼬리를 흔들어 돌리면서 경건하게 안으로 들어가셨다.

이루 헤아릴 수 없이 많은 물건들이 휘황찬란한 현관 안에 쌓여 있었다.

이때 샤릭은 천장까지 온통 거울로 뒤덮여 있음을 알았으며, 즉시 거울 속에서 남루하고 군데군데 상처가 난 제2의 샤릭을 발견했다.

벽 위 높은 곳에는 무시무시한 사슴뿔이 걸려 있었고, 옷장에는 무수히 많은 털외투가 걸려 있었으며, 그 밑으로 수많은 덧신들이 놓여 있었다.

그리고, 천장에는 단백석(蛋白石)으로 된 튤립 모양의 샹들리에가 휘황찬란히 빛나고 있었다.

「어디서 이런 더러운 개를 붙들어 오셨어요, 필립 필리쁘비치?」

여인은 상냥히 웃으면서 물었다. 그러고는 얼른 신사가 무거운 모피 외투와 모자를 벗는 것을 도왔다.

곧 둘레는 새까맣고 가운데는 하얗게 뻥 뚫려 정수리 부분에서 푸르스름한 불꽃이 번뜩이는 신사의 대머리가 보였다.

「어머나, 추해라!」

「쓸데없는 소리. 그 개가 어디가 추하니?」

엄하고 단호하게 신사가 말했다.

그가 모피 외투를 벗자 영국제 양복지로 만든 까만 신사복이 보였다. 배에는 금빛 허리띠가 기쁨에 넘친 듯 번쩍거리면서 은은한 빛을 발하였다.

「어디 보자, 으응? 빙빙 돌지 말고, 이리로 휘익……. 그래, 돌지 말라니까. 아, 이런 바보, 으으음……. 이 개는 더러운 개가 아니야……. 그래, 거기 서. 젠장…… 으음…… 아아! 여기 화상을 입었구나. 어떤 무뢰한이 그래, 네게 끓는 물을 끼얹었어, 으응? 아, 그랬어? 그래, 거기 온순히 서라니까!」

〈그 악당 같은 요리사 놈이 그랬다고요. 요리사가요!〉

33

개는 애처로운 눈빛으로 말하면서 가볍게 짖어 댔다.

「지나.」

신사가 명령했다.

「개를 당장 관찰실로 데려가고, 내게는 실내 가운을 다오!」

여인이 휘파람으로 개를 부르고 나서, 손가락을 튕겨 딱딱 소리를 냈다.

개는 잠시 머뭇머뭇하다가 그녀 뒤를 따라갔다.

그녀는 개를 데리고 좁고 어두컴컴한 복도로 들어서더니 반짝반짝 빛나는 문을 하나 지나 복도 끝에 다다라서 왼쪽으로 돌아섰다.

그녀가 왼쪽으로 돌아서자 어두침침한 방이 나타났으며, 순간 예감이 좋지 못한 냄새가 확 풍겼다. 그 냄새가 개는 영 마음에 들지 않았다.

방 안에 어둠이 삭 가시면서 눈이 부실 정도의 대낮으로 바뀌더니 사방에서 번쩍거리는 기구들이 선명하게 보이기 시작했다.

〈아니…… 안 돼…….〉

마음속으로 개는 울부짖었다.

〈미안하지만, 내 몸을 통째로 너희들한테 갖다 바치지는 않을 거야! 이제야 이해가 가는구나! 오오, 젠장할. 내가 왜 그놈의 소시지를 덥석 집어먹었던가! 그 소시지를 집어먹는 바람에 나는 이곳 개 병원으로 유인당한 거야. 곧 피마자기름을 강제로 먹인 다음 내 옆구리를 온통 칼로 도려내겠지. 하지만 내가 마취당하기 전까지는 내 몸에 털끝 하나도 손

대지 못하게 할 거야!〉

「아니, 안 돼! 어디로 가는 거야?!」

지나라고 불리는 그 여인이 소리치기 시작했다.

개는 여인에게서 몸을 빼내 용수철처럼 튀어 오른 다음, 아직 성한 오른쪽 옆구리로 갑자기 문짝을 냅다 들이받고 나서 아파트 방 안을 이리저리 휘젓고 돌아다니며 여기저기 부딪치기 시작했다.

그러고 나서 다시 뒤쪽으로 쏜살같이 뛰어오더니 마치 팽이채 밑의 팽이처럼 한곳에서 빙글빙글 원을 그리며 돌았다. 그 바람에 하얀색 탈지면 통이 바닥에 넘어지면서 그 속에 있던 솜뭉치가 사방으로 날기 시작했다.

마침내, 개는 빙빙 돌면서 뛰어다니다가 번쩍번쩍 빛나는 기구들이 놓여 있는 장식장 위의 벽 쪽으로 뛰어올랐다가는 다시 여인의 하얀 앞치마 위로 껑충 뛰며 달려들었다.

순간 여인의 얼굴이 일그러지기 시작했다.

「어디로 가는 거야? 빌어먹을 놈의 털북숭이!」

지나가 소리쳤다.

「이런 저주받을 놈의 개!」

〈어디 빠져나갈 구멍이 없나……?〉 하고 개는 생각했다.

개는 앞발을 들어 올려 덩어리처럼 몸을 웅크리고 나서, 혹시 옆문일지도 모른다는 희망으로 유리창을 무분별하게 공격했다.

곧 우레 같은 와장창 소리와 함께 깨진 유리 조각들이 쏟아져 나왔으며, 이어서 불그스레한 색깔의 더럽고 보기 싫은 물건들이 가득 든 배가 볼록한 병이 밖으로 튀어나오면서 바닥에 온통 오물을 쏟아 내는 바람에 악취가 진동하기 시작했다.

마침내, 진짜 문이 활짝 열렸다.

「멈춰! 이 빌어먹을 놈의 개새끼!」

가운 한쪽 팔만 겨우 끼운 채 뛰어나오면서 신사가 소리쳤다. 그는 개의 다리를 붙잡으려 했다.

「지나, 그놈의 목덜미를 잡아, 더러운 놈!」

「어머…… 어머나……! 바로 이렇다니까요, 저 개가!」

문이 한층 더 넓게 활짝 열리더니 가운을 걸친 남자가 한 명 급히 들어왔다. 깨진 유리 조각을 밟으면서 그 남자는 개가 아닌 장식장이 있는 쪽으로 급히 뛰어가더니 장식장 문을 열었다. 그러자, 방 안이 온통 달콤하면서 구역질 나는 냄새로 가득 찼다.

곧 그 남자는 개의 배를 향해 위에서 아래로 달려들었다. 그러자 개는 그 남자의 구두 끈 위를 기꺼이 덥석 물어 버렸다. 남자는 크게 숨을 몰아쉬었으나, 들고 있던 것을 떨어뜨리지는 않았다.

무언가가, 구역질 나고 비위 상하는 무언가가 갑자기 개의 호흡을 중지하게 했다. 개는 머리가 빙빙 돌기 시작했다. 곧 네 다리에 힘이 쭉 빠지더니 비스듬히 옆으로 쓰러지고 말았다.

〈감사합니다, 물론 감사해야지요.〉

개는 날카로운 유리 조각 위로 곧장 넘어지면서 비몽사몽

간에 생각하였다.

〈안녕, 모스끄바여! 이제, 난 더 이상 치츠낀도, 쁘롤레따리아도, 끄라꼬프산 소시지도 보지 못하게 되었구나! 개답게 잘 참고 살았으니 천당으로 갈 거야. 동물을 학대하는 도살자 인간들이여, 무엇을 위해 당신들은 나를 이렇게 만드는가?〉

그러고 나서, 개는 완전히 옆으로 나뒹굴었으며, 마침내 숨을 거두었다.

그가 부활하였을 때, 그의 머리는 가볍게 빙빙 돌고 있었고, 현기증이 나고 배 속이 조금 거북한 게 구역질이 날 것 같았다.

하지만 옆구리는 예전처럼 아프지 않고 편안했다. 개는 몹시 지친 오른쪽 눈을 뜨고 흘끗흘끗 눈길을 돌려 자신을 돌아보았다. 그러고는 자신의 옆구리와 배에 붕대가 단단히 감겨 있음을 알았다.

〈역시 인간들의 짓이로군, 개자식들.〉

그는 어렴풋이 생각하였다.

〈하지만 교묘하게 잘도 꾸며 놓았어. 잘한 것은 잘했다고 정당하게 인정하지 않으면 안 되지.〉

「〈세비야에서 그라나다까지…… 조용한 밤의 어스름 속에서.〉」

개가 엎드려 있는 머리 위로 노랫소리가 분산되며 부자연스럽게 들려왔다.

개는 깜짝 놀라 두 눈을 크게 떴다.

두어 걸음 거리에 있는 등받이 없는 흰색 의자 위에 남자 다리가 올려져 있는 것이 보였다. 바지와 속옷은 정강이 위로 걷혀 있었으며, 맨살의 노란 종아리에는 피가 말라붙고 요오드가 발라져 있었다.

〈저 알랑알랑거리는 간신!〉 하고 개는 생각했다.

〈그렇기 때문에 내가 덥석 물어 버린 거야, 저건 나의 작품이지. 으으음, 곧 두들겨 맞겠구나!〉

「〈우울려 퍼지네 세레나데, 울려 퍼지네 칼의 노크 소리……!〉 이 부랑자야, 넌 무슨 목적으로 의사 선생의 다리를 덥석 물었니, 으응? 아아? 어떡하려고 유리는 또 왕창 깨놓았니, 으응? 아아……?」

「우우우 ―.」

개는 구슬프게 울기 시작했다.

「으음, 알았어. 이제야 제정신이 돌아왔구먼. 그래, 누워 있어라, 바보 같으니.」

「필립 필리뽀비치, 어떻게 저런 신경과민 상태의 개를 유인하실 수 있었어요?」

귀에 익은 남자 목소리가 묻고 있었다. 그러고는 위로 걷혀 있던 그의 속바지가 아래로 구르며 흘러 내려왔다.

연초 담배 냄새가 났으며, 장식장 안에서는 작은 유리병들이 부딪치는 소리가 나기 시작했다.

「친절하게 대해 주었지. 살아 있는 존재를 대하는, 가능한 유일한 방법으로 말이야. 동물을 다루는 데 있어서도, 그 동물이 어떤 발달 단계에 있는 동물이든지 간에, 테러로는 아무엇도 할 수 없어. 나는 이것을 예전에 이미 주장하였고, 지금 다시 주장하며, 앞으로도 주장할 거야. 그들은 지금 테러가 자신들을 돕는 줄 알고 헛된 생각들에 빠져 있다고. 아냐, 아니라고, 절대 아냐. 테러는 절대 도움이 안 돼. 인간이건 동물이건, 생명이 있는 어떤 존재한테도 테러는 절대 도움이 안 돼. 그가 백군이건, 적군이건, 아니면 갈색군이건 간에 말이야! 테러는 신경 계통을 완전히 마비시켜 놓는다고. 지나! 내 이 바보 같은 놈을 위해 끄라꼬프산 소시지를 1루블 40꼬뻬이까나 주고 사 왔다. 이놈의 개가 속이 좀 편안해지거들랑 먹여 보도록 해.」

깨진 유리 조각들을 쓸어 내면서 유리 조각이 부딪치는 소리가 나더니, 여자가 아양 떠는 소리가 들려왔다.

「오오, 끄라꼬프산 소시지라고요! 맙소사, 개한테는 20꼬뻬이까짜리 고기 조각 하나면 충분할 텐데 그러셨어요. 끄라꼬프산 소시지는 차라리 제가 먹는 게 더 나을 텐데요.」

「너 그거 먹기만 해봐! 내 너를 먹어 버릴 테니. 그건 사람의 위장에는 독극물이나 진배없다고. 다 큰 처녀가 어린애처럼 그 더럽고 보기 흉한 물건을 입에다 달고 쭉쭉 빨고 다니다니. 절대 안 돼! 내 미리 경고하는데, 만일 네가 그걸 먹었다가 배탈이 난다 해도, 아무도 너를 치료해 주지 않을 거다. 나든, 닥터 보르멘딸리든. 다른 처녀를 여기 너와 비교해서 말하는 사람은 누구든지, 내……!」

이때, 부드럽고 자잘한 초인종 소리가 온 아파트 안에 쏟아져 내렸으며, 좀 떨어진 현관 쪽에서 목소리가 끊임없이 들려왔다.

그러고는 전화벨이 울리고, 지나는 밖으로 사라졌다.

필립 필리뽀비치는 쓰레기통 속에 담배꽁초를 던져 버리고는 가운의 단추를 채우더니 벽에 걸려 있는 거울 앞에 서서 부드러운 콧수염을 가지런하게 편 다음 소리 내어 개를 불렀다.

「휘익 휘익……. 으음, 괜찮아, 괜찮다고! 자, 환자나 진찰하러 가자.」

개는 비틀거리는 다리를 딛고 일어서서 흔들흔들하더니 벌벌 떨기 시작했다. 하지만, 곧 자세를 고쳐 잡고 필립 필리뽀비치의 펄럭이는 옷자락 뒤를 바짝 따라 걸었다. 개는 다시 좁은 복도를 가로질러 갔다.

하지만, 이번에는 천장 위에 매달려 있는 꽃무늬 전등갓에 자신이 밝게 비쳐지고 있음을 알았다.

반짝반짝 빛나는 문이 활짝 열리고 개는 필립 필리뽀비치와 함께 진찰실 안으로 들어갔다. 방 안의 실내 장식이 개의 눈을 멀게 하였다.

무엇보다도, 방 안은 온통 조명을 받아 번쩍번쩍 빛나고 있었다. 조명으로 치장된 천장이 휘황찬란히 빛나고 있었으며, 책상 위며, 벽도 번쩍이는 빛을 발하고 있었다. 또 의료 기구장의 유리창도 빛을 반사하고 있었다. 불빛은 무수히 많은 방 안의 가구와 물건들 위에 가득 내리비치고 있었으며, 특히 벽면 위쪽에 붙어 있는 굵은 통나무 가지 위에 앉아 있는 거대한 부엉이가 가장 많은 빛을 받아 돋보이고 있었다.

「누워 있어라.」

필립 필리뽀비치가 명령했다.

아름답게 조각된 반대편 쪽 문이 열리더니, 개한테 다리를 물렸던 사람이 들어왔다. 선명한 불빛에 보니 그는 아주 미남이고 젊으며 까맣고 끝이 날카로운 구레나룻을 기른 의사였다. 그는 교수에게 종이쪽지를 건네면서 이렇게 말했다.

「예전에 왔던 환자입니다……」

그러고는 곧 조용히 사라졌으며, 필립 필리뽀비치는 가운 자락을 크게 넓히고 거대한 책상 앞에 앉더니 곧 유난히도 위엄 있고 위풍당당하게 집무를 보기 시작했다.

〈아냐, 여기가 진료소는 아닐 거야……. 난 어디론가 다른 곳으로 떨어진 거야〉 하고 개는 당황하여 생각했다.

그러고는 육중한 가죽 소파 옆의 카펫 부늬 위에 몸을 기대고 엎드렸다.

〈저 부엉이는 무얼까…….〉

문이 살며시 열리더니 누군가가 안으로 들어섰다. 그가 개를 아주 놀라게 하는 바람에 개는 겁먹은 듯이 아주 가볍게 짖어 댔다.

「잠자코 있어! 자, 봐. 아는 사람이잖아, 아는 사람이라고! 하지만 당신을 달아보기란 불가능하군, 귀여운 친구!」

방 안으로 들어온 사람은 어찌할 줄 몰라 쩔쩔매면서 아주 정중히 필립 필리뽀비치에게 인사했다.

「히히…… 교수님, 당신은 마술사이시고 마법사이십니다.」

그가 당혹스러워 어쩔 줄 몰라 하며 말했다.

「바지를 벗으시오, 귀여운 친구.」

필립 필리뽀비치가 명령하고는 자리에서 일어섰다.

〈오오, 맙소사! 이런 인간이 다 있다니!〉

개는 생각했다.

그의 머리에는 아주 푸른색의 머리카락이 자라나 있었으며 뒤통수 쪽의 머리카락은 노란 황갈색으로 반짝이고 있었다. 얼굴은 사방으로 주름살이 잡혀 있었으나, 안색은 젖먹이 어린애처럼 장밋빛을 띠고 있었다. 왼쪽 다리는 구부러지지가 않아 카펫 위로 질질 끌고 다닐 수밖에 없었으며, 그 때문에 어린 방아벌레처럼 오른쪽 다리로 껑충껑충 뛰며 걸었다. 커다란 양복 상의 옷깃에는 마치 눈알 같은 값비싼 보석이 붙어 있었다.

모습이 너무도 특이해 개는 구역질이 나기조차 했다.

「멍멍……」

개가 가볍게 짖었다.

「잠자코 있으라니까! 이 귀여운 것아, 무슨 잠꼬대냐?」

「헤헤……. 교수님, 우리들밖에 없지요? 이건 도저히 말로 다 표현할 수 없습니다.」

방문객은 수줍어하며 말하기 시작했다.

「틀림없습니다. 25년 동안 이와 같은 환상은 전혀 없었다고요!」

그 사람이 바지 단추를 잡았다.

「믿으시겠지요, 교수님? 매일 밤 꿈에 발가벗은 처녀들이 무리를 지어 나타나는 게……. 전 완전히 매혹당했습니다.

교수님은 마법사이십니다, 마법사!」

필립 필리뽀비치는 환자 손님의 동공을 들여다보면서 근심에 젖은 눈빛으로 〈흐음〉 하고 우려의 소리를 냈다.

환자는 마침내 단추를 풀고 아래로 내려 줄무늬 바지를 벗었다. 바지가 내려가자 아주 특이한 속바지가 보였다. 속바지는 담황색이었고 그 위에는 비단실로 검은 고양이가 수놓여 있었으며 향수 냄새가 풍겨 나왔다.

개는 고양이를 참을 수 없었다.

개는 큰 소리로 짖기 시작했고, 그 사람은 놀라 펄쩍 뛰었다.

「아니!」

「내 너를 때려 주고 말 거야! 두려워하지 마시오, 저 개는 물지 않습니다.」

〈내가 물지 않는다고……?〉

개는 깜짝 놀랐다.

방문객 환자의 바지 주머니에서 조그만 봉투가 카펫 위로 떨어지면서, 머리를 넓게 풀어헤친 미녀의 사진들이 바닥에 쏟아져 흩어졌다.

환자는 깜짝 놀라 움찔하더니 얼른 아래로 허리를 굽혀 그 미녀들을 주워 모았고, 그러자 얼굴이 새빨개졌다.

「하지만 당신은 조심하셔야 됩니다.」

필립 필리뽀비치는 얼굴을 찌푸리더니 손가락으로 위협하면서 다음과 같이 경고했다.

「좀 나았지만 그래도 항상 조심하시오, 악용해서는 안 돼요!」

「전 악용하지 않을……」

그는 옷을 계속해서 벗으면서 당황하여 허둥거리며 중얼대기 시작했다.

「친애하는 교수님, 전 단지 경험의 순간만을 말씀드리고자……」

「그래 그것이 어쨌단 말입니까, 어떤 결과를 얻었습니까?」

필립 필리뽀비치가 엄하게 물었다.

그는 황홀경에 빠져 손을 위로 들어 흔들면서 옛날을 회상하기 시작했다.

「25년 전, 신을 두고 맹세합니다만 교수님, 그런 성적 희열은 결코 없었어요. 아아! 내 마지막으로 1899년 파리에서, 아아, 그 뤼 드 라페 거리에서.」

「머리카락은 또 어쩌다가 그렇게 파랗게 되었습니까?」

바람둥이 괴짜의 얼굴빛이 어두워지기 시작했다.

「그놈의 저주스러운 염색약 때문이지요. 교수님, 아마 교수님은 그 불량배 놈들이 내게 염색 물감 대신에 무엇을 안겨 주었는지 상상도 못하실 겁니다. 교수님, 자, 이걸 보기만 하세요.」

그는 눈으로 거울을 찾으면서 중얼거렸다.

「아, 정말 이건 심하구나! 그놈들 낯짝을 한번 두들겨 주어야 하는 건데.」

그는 거칠게 성을 내면서 이렇게 덧붙였다.

「교수님, 이제 전 어떻게 하면 될까요?」

그는 거의 울다시피 하며 물었다.

「흐음……. 머리를 빡빡 깎으시오.」

「교수님!」

방문객은 불만에 가득 차 소리쳤다.

「이제 그 파란 머리카락이 다시 희끗희끗하게 자라날 거라고요! 게다가 전 창피해서 직장에 코빼기도 한번 내밀 수 없었다고요. 그렇게 직장에 못 나간 지가 벌써 3일째예요. 자동차가 날 데리러 와도, 전 그냥 돌려보낼 수밖에 없는 실정이라고요. 에흐 교수님, 만일 교수님께서 머리카락도 젊어지게 하는 방법을 발견하시기만 한다면!」

「당장은 안 돼, 지금 당장은 안 된다고, 사랑스러운 친구!」

필립 필리뽀비치가 중얼거렸다. 교수는 고개를 숙여 번쩍이는 눈으로 환자의 벗은 배 부분을 조사했다.

「으음, 뭐 매혹석이군, 모두가 원전하게 제대로 되어 있구먼……. 사실대로 말하자면, 나도 이런 결과까지는 예상을 못 했다고……. 〈많은 피, 많은 노래……!〉 자, 옷 입으세요, 귀여운 친구!」

「〈나 역시 가장 매혹적인……!〉」

환자는 안경을 번쩍거리며 옷을 주섬주섬 입으면서, 가래가 그르렁그르렁 끓는 목소리로 교수의 노래를 따라 불렀다.

옷매무새를 정돈하고 난 그는 필립 필리뽀비치가 앉아 있는 책상 쪽으로 조금 뛰듯이 펄쩍거리며 다가오면서 향수 냄새를 퍼뜨린 다음, 하얀 종이 다발 속에서 한 장 두 장 돈을 꺼내 교수의 책상 위에 올려놓으면서 진찰비를 계산하기 시작했다. 그러고는 교수에게 두 손을 내밀어 상냥하게 악수했다.

「2주 동안은 보여 주지 않아도 되오.」

필립 필리뽀비치가 말했다.

「그러나, 내 제발 부탁하건대, 그래도 역시 당신은 절대 조심해야 합니다.」

그 환자 손님은 문 바로 뒤에서 기쁨에 넘쳐 소리 높여 말했다.

「교수님, 아주 평안히 계십시오.」

그는 매우 유쾌하게 히히거리며 밖으로 사라졌다.

짤막한 벨 소리가 아파트 안에 울려 퍼지더니 반짝반짝 빛나는 문이 활짝 열리면서 개한테 다리를 물렸던 그 젊은 의사가 다시 안으로 들어와서는 필립 필리뽀비치에게 조그만 종이쪽지를 건네고 이렇게 말했다.

「나이가 잘못 표시되어 있습니다. 짐작건대, 54세에서 55세 정도는 되어 보입니다. 심장의 고동이 시원치 않습니다.」

젊은 의사는 사라지고 대신 중년 부인이 위세 당당하게도 모자를 옆으로 삐딱하니 살짝 눌러 쓰고, 씹어서 뱉어 놓은 것같이 쭈글쭈글한 목에는 반짝이는 보석 목걸이를 축 늘어뜨리고서 바스락바스락 소리를 내며 걸어 들어왔다.

눈 바로 밑에는 검은빛의 눈두덩이 무시무시하게 축 내려앉아 있었으며, 볼따구니는 마치 연지 바른 인형처럼 빨간색으로 칠해져 있었다.

그녀는 아주 심하게 흥분하고 있었다.

「부인! 나이가 어떻게 되십니까?」

매우 준엄하게 필립 필리뽀비치가 물었다.

중년 부인은 깜짝 놀라 빨간 볼 밑이 창백해지기까지 했다.

「교수님, 전…… 맹세합니다만, 만일 교수님께서 제게 어떤 드라마가 있었는지 아신다면…….」

「나이가 어느 정도나 되셨습니까, 부인?」

한층 더 준엄하게 필립 필리뽀비치는 반복하여 물었다.

「틀림없이……. 그래요, 마흔다섯 살이에요.」

「부인!」

필립 필리뽀비치가 절규하기 시작했다.

「많은 환자들이 나를 기다리고 있어요! 제발, 시간을 지체하지 마십시오, 당신만이 내 환자는 아닙니다!」

부인이 깜짝 놀라 숨을 크게 들이쉬는 바람에 그녀의 젖가슴이 급격하게 부풀어 올랐다.

「저는 오로지 대학자이신 당신께만……, 그러나 맹세합니다만, 이건 아주 무시무시…….」

「당신은 몇 살입니까?」

필립 필리뽀비치는 격분하여 째지는 듯한 목소리로 물었으며 그의 안경이 번쩍거렸다.

「쉰한 살이에요.」

두려움 때문에 얼굴에 경련을 일으키면서 중년 부인이 대답했다.

「속바지를 벗으시오, 부인.」

필립 필리뽀비치는 가볍게 말하고 나서, 구석에 있는 하얀색의 높은 진찰대 쪽을 가리켰다.

「교수님, 전 맹세한다고요.」

부인은 떨리는 손가락으로 허리띠 어느 곳인가의 단추를 풀면서 중얼거렸다.

「그 모리츠라는 자는, 내 당신에게 솔직하게 고백합니다만…….」

「〈세비야에서 그라나다까지…….〉」

필립 필리뽀비치는 무심하게 노래를 부르기 시작하면서 대리석 세면대 밑의 페달을 발로 밟았다. 곧 물이 솨 소리를 내며 수도꼭지에서 흘러나왔다.

「신을 두고 맹세한다고요!」

중년 부인이 말했다.

그녀의 양쪽 볼 화장된 부분 사이로 화장 안 된 맨살이 마치 구멍 난 것처럼 군데군데 보였다.

「전 안다고요, 이게 저의 마지막 열정이라는 것을……. 그런데 정말로 그가 이렇게 무뢰한일 수가! 오오, 교수님! 그는 전문적안 도박 사기꾼이라고요, 아마 이건 모든 모스끄바 시민들이 알고 있을 거예요. 유행 따라 옷을 바꿔 입어서 좀 예쁘게 보이며 꼬리를 친다 싶은 젊은 처녀란 처녀는 그냥 놓아두는 법이 없어요. 정말로 그렇게 정욕이 철철 넘칠 수가!」

부인은 계속 중얼중얼하더니 치마 바로 밑에서 구겨진 레이스 팬츠를 똘똘 뭉쳐 내던졌다.

개는 정신이 몽롱해지기 시작했다.

그의 머릿속에서는 모든 것이 거꾸로 곤두박질치고 있었다.

〈으음…… 젠장할.〉

개는 몽롱한 상태에서 생각했다. 그러고는 부끄러움 때문에 앞발 위에 머리를 푹 파묻고 잠시 졸기 시작했다.

〈저 돌돌 말린 레이스 덩어리가 무엇에 쓰는 것인지 난 알려고도 하지 않을 거야, 어쨌든 난 이해하지도 못할 테니까.〉

개는 전화벨 소리에 잠을 깼다. 그러고는 필립 필리뽀비치가 쇠 대야 속으로 뭔가 번쩍번쩍 빛나는 원통형 도구를 집어던지는 것을 보았다.

얼굴에 군데군데 얼룩 반점이 있는 중년 부인은 손으로 젖가슴을 여미면서 기대에 가득 찬 얼굴로 필립 필리뽀비치를 쳐다보았다. 교수는 의미심장하게 얼굴을 찌푸리더니 책상 앞에 가 앉은 다음 뭔가를 쓰기 시작했다.

「부인, 내 당신에게 원숭이의 난소를 끼워 넣어 주겠소.」

교수는 선언하듯이 말하고 나서 냉엄하게 부인을 쳐다보았다.

「아흐, 교수님, 정말로 원숭이를요?」

「네.」

강한 어조로 필립 필리뽀비치가 대답했다.

「수술은 언제지요?」

부인은 얼굴이 창백해지면서 거의 기어 들어가는 목소리로 물었다.

「〈세비야에서 그라나다까지……〉 으음…… 월요일에. 아침부터 부속 병원에 가 누워 계시오, 내 조수가 수술을 준비할 겁니다.」

「아아, 전 부속 병원으로 안 갈래요. 교수님, 당신한테서 수술받을 수는 없나요?」

「아시다시피, 내 개인 병원에서는 아주 드물게만 수술을 합니다. 그리고 수술비가 엄청나게 비싸요. 5백 루블은 들겁니다.」

「비싸더라도 하겠어요, 교수님!」

다시 수돗물 소리가 울려 퍼지고, 중년 부인은 깃털 달린 모자를 펄럭이며 밖으로 사라졌다. 그다음에는 마치 접시처럼 생긴 대머리 사나이가 나타나 필립 필리뽀비치를 포옹하며 인사했다.

개는 꾸벅꾸벅 졸았다.

이제 구역질도 멈추었다.

개는 평온해진 옆구리 통증과 방 안의 따뜻한 공기를 만끽하며 잠깐 눈을 붙였으며, 잠깐 동안의 단잠 속에 꿈까지 꿀 수 있었다.

꿈에 그는 부엉이의 꼬리에서 한 다발이나 되는 깃털을 물어뜯고 있었다······.

두려움에 떠는 듯 흥분한 목소리가 잠결에 개의 머리 위에서 왕왕거렸다.

「저는 유명한 사회사업가입니다, 교수님! 저는 이제 어떻게 해야 합니까?」

「맙소사!」

필립 필리뽀비치가 격분하여 소리쳤다.

「그래서는 안 돼! 자제하지 않으면 안 돼요! 그 여자가 몇 살입니까?」

「열네 살인데요, 교수님……. 이해하시겠지요? 이 일이 조금이라도 밖으로 새어 나가는 날엔 전 끝장이에요. 며칠 후면 전 런던으로 출장을 가야만 한다고요…….」

「이보게 귀여운 친구, 난 정말로 법률가가 아닐세……. 으음, 2년만 기다리시오, 그리고 나서 그녀와 결혼하시오.」

「전 결혼했어요, 교수님!」

「오오, 맙소사! 하느님……!」

문이 활짝 열리더니 다른 사람의 얼굴로 교체되었다.

의료 기구장 안에서 여러 기구들이 부딪치는 소리가 울려 퍼졌다.

필립 필리뽀비치는 한시도 손을 놀리지 않고 계속해서 일했다.

〈더럽고 추잡한 아파트로군.〉

개는 생각하고 있었다.

〈여하튼 좋긴 좋구나! 그런데, 저 교수는 도대체 무슨 목적으로 내가 필요했을까? 정말로 나를 여기 계속 살게 내버려 둘까? 오, 정말 기인이야! 정말 눈 한번 깜빡거려서 이런 개까지 갖추어 놓다니, 참으로 경악을 금치 못할 일이군! 그런데 혹시 내가 잘생겨서 그런 건 아닐까? 틀림없이 이건 나의 행운일 거야, 행운! 그런데 저 부엉이란 놈은 건달같이 생겨 가지고, 파렴치한 같으니.〉

아주 늦은 저녁이 되어서야 개는 완전히 잠에서 깨어났다.

이때는 이미 방문객 환자들의 벨 소리도 멈추어 있었다.

그런데 바로 그 순간, 특별한 방문객들이 문 안으로 들어섰다.

그들은 금방 네 명이 되었다.

모두들 젊었으며, 아주 검소하게 차려 입고 있었다.

〈이 사람들은 또 무슨 용건일까?〉

개는 적의를 품으며 놀라 생각하였다.

필립 필리뽀비치는 훨씬 더 적의를 품고 불청객들을 맞이했다. 그는 책상 근처에 서서 마치 적군을 노려보는 사령관처럼 그들을 쳐다보고 있었다.

그의 매부리코 콧구멍이 팽창하고 있었다. 방 안으로 들어온 불청객들은 카펫을 발로 짓밟고 있었다.

「교수님, 우리들은 당신께……」

그들 가운데 한 사람이 말하기 시작했다. 까만 곱슬머리가 무성히 자라 더부룩한 머리가 4분의 1아르신[15]이나 위로 치솟아 있었다.

「바로 이러한 일로……」

「여보시오 신사 양반들, 당신들은 이런 날씨에 덧신도 신지 않고 쓸데없이 돌아다닙니까?」

그의 말을 가로막으면서 필립 필리뽀비치가 교훈적으로 말하였다.

「그러면 첫째, 당신들은 감기에 걸릴 것이고, 둘째, 카펫이 지저분해질 것입니다. 당신들은 이미 내 카펫 위에 더러운 흔적을 남겼습니다. 내 아파트의 카펫은 전부 페르시아제란

15 구 러시아의 단위로 1아르신은 71.12센티미터이다.

말이오.」

더부룩한 머리털의 사내는 놀라서 그만 입을 다물고 잠자코 있었다. 나머지 사람들도 모두 놀라서 꼼짝 않고 필립 필리뽀비치를 쳐다보기만 했다.

침묵은 몇 초간 계속되었다.

책상 위에 놓인 무늬가 그려진 나무 접시를 가볍게 두드리는 필립 필리뽀비치의 손가락 장단 소리만이 이따금 침묵을 갈라놓고 있었다.

「첫째로, 우리들은 신사가 아닙니다.」

마침내 빨간 복숭앗빛 볼을 한 네 명 가운데 가장 앳되어 보이는 사람이 입을 열었다.

「첫째……,」

필립 필리뽀비치가 또다시 말을 가로믹으며 나섰다.

「당신은 남자입니까, 아니면 여자입니까?」

네 명은 다시 입을 딱 벌리며 잠잠해졌다.

이번에는 처음에 입을 열었던 그 더벅머리의 사내가 정신을 가다듬고 말했다.

「동무, 남자건 여자건, 그게 무슨 차이가 있습니까?」

그는 오만불손하게 질문했다.

「나는 여자입니다.」

가죽 재킷을 입은 애송이 젊은이가 스스로 자백하고는 얼굴이 새빨개졌다. 곧이어 네 명 가운데 털모자를 쓴 금발의 사내도 웬일인지 안색이 아주 짙어지며 새빨개졌다.

「물론 당신들은 이런 실내에서 전투모를 쓴 채로 있을 수도 있겠지요. 하지만 그렇지 않다면 귀하, 청하옵건대 모자를 좀 벗으시지요.」

필립 필리뽀비치가 거창하게 말했다.

「저는 〈귀하〉가 아닌데요.」

당황해 털모자를 얼른 벗으면서 금발 사내가 중얼거렸다.

「우리들이 당신한테 온 용건은……..」

더부룩한 머리털의 사내가 다시 말을 꺼냈다.

「먼저, 〈우리〉라니? 그게 누굽니까?」

「〈우리〉는 우리들 아파트의 새로운 주택 관리소를 말합니다.」

그 사내는 끓어오르는 분노를 억지로 삼키며 말하기 시작했다.

「나는 쉬본제르, 이 여자는 바젬스까야, 이 남자는 뻬스뜨루힌, 그리고 자로프낀 동무입니다.」

「그 주택 관리소가 당신들을 표도르 빠블로비치 사블린의 아파트에 입주시켰습니까?」

「우리가 입주시켰지요.」

쉬본제르가 대답했다.

「맙소사! 이제, 우리 깔라부호프스끼 아파트는 망했구나!」

절망에 가득 찬 필립 필리뽀비치는 두 손을 위로 들었다가 아래로 탁 내리치며 소리쳤다.

「교수님, 무엇을 그렇게 비웃으십니까?」

쉬본제르가 화를 내기 시작했다.

「내가 웃어! 난 지금 완전히 절망에 빠져 있다고!」

필립 필리뽀비치가 소리쳤다.

「이제 증기난방은 또 어떻게 되어 갈 건고!」

「당신은 지금 우리들을 조롱하는군요, 쁘레오브라젠스끼 교수!」

「어떤 일로 내게 오셨소? 가능한 한 빨리 말해 주시오, 나는 곧 식사하러 가야 하오.」

「우리들 주택 관리소는……」

증오심에 가득 찬 눈빛으로 쉬본제르가 말하기 시작했다.

「우리들은 아파트 전체 주민 회의 후에 당신에게 왔습니다. 이 회의에서 아파트 각 호실의 다세대 입주에 대한 문제가 나왔습니다.」

「누가 누구 위에 있다고? 당신의 말뜻을 좀 더 분명하게 해주시오.」

필립 필리뽀비치가 소리쳤다.

「다세대 입주에 대한 문제가 나왔는데……」

「됐어요! 이제 알아들었어요! 당신들은 올 8월 12일자 법령에 따라 내 아파트는 그 어떤 다세대 입주나 이주 문제로부터 면제되어 있다는 것을 알고 계시겠지요?」

「알고 있습니다.」

쉬본제르가 대답했다.

「그러나, 전체 회의에서는 당신 문제를 검토하고 나서, 대체로 당신이 혼자서 과도한 면적을 차지하고 있다는 결론에 도달했습니다. 아주 지나치게 과도한 면적을 차지하고 있어요. 당신은 혼자서 방 일곱 개짜리 아파트에 살고 있습니다.」

「그래요, 나는 일곱 개의 방에서 혼자 삽니다. 하지만 나는 일곱 개의 방에서 일을 합니다, 일을.」

필립 필리뽀비치가 말을 이었다.

「게다가 나는 여덟 번째의 방이 하나 더 있었으면 한다고요. 그 방은 내게 있어 서재로 꼭 필요한 방이오.」

네 명의 불청객들은 어이가 없는 듯 멍하니 벙어리가 되어 있었다.

「여덟 번째 방이라고요? 에헤?」

모자를 벗은 금발 사내가 말했다.

「하지만…… 아, 그건 정말 좋을 거야!」

「그건 정말 말로 표현할 수도 없지요!」

여성으로 밝혀진 젊은이가 감탄의 소리를 냈다.

「잘 기억해 두시오. 내 아파트에는 환자 대기실이 있고, 이 방은 현재 도서실이기도 하지요. 그리고 식당과 나의 집무실, 자 이렇게 셋이지요! 다음에 관찰실, 그래서 넷, 수술실이 다섯, 그다음 나의 침실, 그래서 여섯, 그리고 하녀들의 방, 모두 일곱이오. 대체로 충분하지는 않지만…… 그래요, 그렇지만 이건 중요하지 않지. 어쨌든 나의 아파트는 면제되어 있어요. 자, 이것으로 대화는 끝. 이제 식사하러 가도 됩니까?」

「죄송합니다.」

단단한 딱정벌레같이 생긴 네 번째 사내가 말했다.

「죄송합니다만…….」

쉬본제르가 그 사내의 말을 가로채며 나섰다.

「바로 그 식당과 관찰실에 대해 말하려고 온 것입니다. 전체 회의는 노동 규율에 입각하여 당신이 자발적으로 식당을 내놓을 것을 요구합니다. 모스끄바에선 그 누구도 식당을 소유할 수 없습니다.」

「아이세도라 둔칸[16]이라 해도 마찬가지죠!」

여성 동무가 높고 날카로운 목소리로 소리쳤다.

순간 움찔한 필립 필리뽀비치는 뭔가 큰 변고가 발생한 듯싶었다. 그의 얼굴이 뻘겋게 달아오르기 시작했다.

그러나 그는 한마디 말도 내뱉지 않고, 다음 말이 나오기를 기다렸다.

「그래요, 관찰실을 반납하고……」

쉬본제르가 계속하여 말했다.

「관찰실을 집무실과 병합해 최상으로 사용할 수 있을 겁니다.」

「그렇지.」

필립 필리뽀비치는 어딘가 이상한 목소리로 말하였다.

「그러면, 나는 어디에서 식사를 하지요?」

「침실에서요.」

네 명의 불청객들이 마치 합창이라도 하듯이 동시에 일제히 대답했다.

필립 필리뽀비치의 뻘겋게 달아올랐던 얼굴에 약간 회색

---

16 미국 출신의 유명한 발레리나 이사도라 던컨을 말한다. 그녀는 러시아의 유명한 시인 예세닌과 결혼했다가 이혼했으며 모스크바에 무용 학교를 개설했다.

빛을 띤 그림자가 드리워졌다.

그는 약간 짓눌린 듯한 낮은 목소리로 말하기 시작했다.

「침실에서 식사를 하고 관찰실에서 독서하고, 환자 대기실에서 옷 갈아입고, 하녀들 방에서 수술하고, 식당에서 관찰을 한다? 아주아주 가능한 이야기지. 아이세도라 둔칸 같으면 그렇게 할지도 모르지. 아마도 그녀는 집무실에서 식사하고 욕실에서 토끼를 자를 수도 있을 거야. 그럴지도 모르지. 그럴 수도 있을 거야. 하지만 나는 아니야, 아이세도라 둔칸이!」

그가 갑자기 고함쳤다.

그러고는 그의 빨간 얼굴이 노랗게 변하기 시작했다.

「나는 식사는 식당에서 하고, 수술은 수술실에서 할 거야! 이것을 가서 전체 회의에서 전하시오. 그리고 이제 당신들도 그만 자신들의 일로 돌아가 줄 것을 제발 부탁드립니다. 내게도 정상적인 모든 사람들이 식사하는 곳에서, 현관도 아니고 아이들 방도 아닌 바로 식당에서 식사할 수 있도록 허락해 주시기를 삼가 부탁합니다.」

「그렇게 되면 교수님, 당신의 완강한 반동적 행위 때문에 우리는 당신을 상부 기관에 고소할 것입니다.」

몹시 흥분한 쉬본제르가 말했다.

「아하…….」

필립 필리뽀비치가 말했다.

「그래요?」

그의 목소리에는 미심쩍게도 정중한 뉘앙스가 배어 있었다.

「잠깐만 기다려 주시기 바랍니다.」

〈오오, 좋았어 좋아. 아주 멋져.〉

개는 환희에 차서 생각하였다.

〈그도 나와 성격이 아주 비슷해. 오, 이제 그가 곧 그들을 물어 버릴 거야. 오, 물어 버린다고! 어떤 방법으로 물어 버릴지 아직은 모르지만, 이렇게 물어 버릴 거야……! 그들을 그냥 꽉 물어 버려! 저 장화 위 정강이 아래 종아리에 솟은 힘줄을 당장 꽉 물어뜯으라고……. 으르르릉 르……!〉

필립 필리뽀비치가 철거덕 소리를 내고 나서는 전화통에서 수화기를 벗겨 잡았다. 그러고는 수화기에 대고 다음과 같이 말하였다.

「부탁합니다……. 네…… 감사합니다. 비딸리 알렉산드로비치 좀 바꿔 주십시오. 이쪽은 교수 쁘레오브라젠스끼입니다. 아, 비딸리 알렉산드로비치세요? 당신과 통화하게 되어서 아주 기쁘군요. 감사합니다. 건강합니다. 비딸리 알렉산드로비치, 당신의 수술은 취소되었습니다. 뭐라고요? 아니요, 아주 취소되었어요. 나머지 다른 수술도 모두 취소되었습니다. 왜냐하면, 전 모스끄바에서 모든 활동을 중지할 것이기 때문입니다. 그리고 대체로 전 러시아에서도……. 지금 여기 불청객 넷이 쳐들어 왔는데, 그중 하나는 남자 복장을 한 여자이고, 두 명은 군사용 권총을 찼어요. 이들이 나의 아파트에서 테러를 자행하면서 아파트의 한 부분을 탈취할 목적으로…….」

「잠깐만요, 교수님…….」

안색이 변하면서 쉬본제르가 말했다.

「미안합니다……. 저는 이들이 한 말을 모두 반복할 수가 없습니다. 전 그런 엉터리 말까지 모두 기억해 두는 사람은 아니니까요. 이들이 나에게 관찰실을 내놓으라고 명령했다는 것만으로도 충분합니다. 달리 말하면, 이들은 내가 지금까지 집토끼의 배를 갈랐던 그런 장소에서 당신을 수술하지 않으면 안 되는 상태로 만들어 놓았습니다. 이런 상황에서 난 의료 활동을 계속할 수 없을 뿐만 아니라, 그럴 권한도 없습니다. 그러므로 모든 활동을 중지하고, 아파트를 폐쇄하고, 소치[17]로 떠나렵니다. 아파트 열쇠는 쉬본제르에게 전달할 테니, 그 사람보고 수술하라고 하십쇼.」

네 명의 얼굴 표정이 갑자기 굳어지기 시작했다. 그들이 신고 있는 장화에서는 눈이 녹아 흐르고 있었다.

「지금 무엇을 하겠습니까……? 나는 지금 아주아주 기분이 나빠서……. 어떻게 하라고요? 오, 아닙니다. 비딸리 알렉산드로비치! 오오, 아녜요! 더 이상 그런 말에 동의할 수는 없어요. 그동안 참아 온 분통은 이미 터져 버렸어요. 이게 벌써 8월부터 두 번째라고요. 어떻게? 으으음……, 편하신 대로. 비록 그렇기는……. 그러나, 계약상의 조건은 단 하나입니다. 누구에 의해서든지 간에, 무엇이든 좋을 대로, 언제든지 좋을 때에 약정을 했더라도 동일해야 합니다. 쉬본제르든 아니면 다른 그 누구든지 간에 내 아파트의 문에도 접근할 수 없어야 한다는 것이 바로 이 계약 문서의 내용입니다. 최

---

17 흑해 연안의 항구 도시, 휴양지로 유명하다.

후의 결정적인 문서. 실제로 사실상의 문서. 진짜 문서. 사용 금지 구역! 내 이름도 다시는 거론되지 않았으면 합니다. 물론이지요. 내 이름은 이미 그 명단에서 죽어 있다고요. 네, 네. 그러시지요. 누구하고요? 아하……. 으음, 그렇다면, 그건 별개의 문제로군요. 아하, 좋습니다. 당장 전화를 바꿔 드리죠. 자, 수화기 받으쇼.」

약간 교활하며 아주 약삭빠른 목소리로 필립 필리뽀비치는 쉬본제르를 향해 말했다.

「지금 곧 당신과 이야기하실 겁니다.」

「잠깐만요, 교수님…….」

안색이 붉으락푸르락하면서 쉬본제르가 말했다.

「당신은 우리들의 말을 왜곡하셨습니다.」

「내 앞에서 그런 표현은 사용하지 마시기 바랍니다.」

쉬본제르는 당황하여 어쩔 줄을 몰라 하면서 수화기를 받아 들고 말했다.

「여보세요. 네……. 주택 관리소 위원장입니다……. 우리들은 지금 법령에 따라 행동하고 있습니……. 그러면, 교수님의 경우는 아주 특별하고 예외적인 상황이……. 우리도 그의 활동에 대해서 알고는 있습니다……. 그래서, 방 다섯 개를 전부 그에게 남기려고 했습니다만……. 으음, 좋습니다…… 그렇게 꼭…… 알겠습니다……. 분부대로…….」

얼굴이 완전히 홍당무가 되어 버린 쉬본제르가 수화기를 전화통에 내려놓았다. 그러고는 돌아섰다.

〈아주 신나게 모욕했구나! 오, 아주 멋져!〉 하고 개는 감탄하며 생각했다.

〈무슨 말을 어떻게 했기에 얼굴이 저렇게 홍당무가 됐을까? 으음, 이제 나를 발로 걷어찰지도 모르겠군. 차려면 차라지 뭐, 그래도 난 여길 안 나갈 거야!〉

입이 딱 벌어진 나머지 세 명은 모욕을 당한 쉬본제르를 조심스럽게 쳐다보았다.

「이게 무슨 치욕……」

그는 힘없이 중얼거렸다.

「만일 지금 당장 이 자리에서 토론이 열린다면……」

흥분하여 빨갛게 볼이 달구어진 여성 동무가 떨리는 목소리로 말하기 시작했다.

「비딸리 알렉산드로비치에게 증거를 댈 수 있을 텐데……」

「실례합니다만, 지금 여기서 당장 토론회를 열려는 것은 아니겠지요?」

필립 필리뽀비치가 정중하게 질문했다.

여인의 눈빛이 타기 시작했다.

「당신이 야유하고 있다는 걸 알고 있습니다, 교수님. 우리들은 지금 나갈 겁니다……. 하지만, 단…… 저는 주택 관리소의 문화부장으로서……」

「여성 문화부장이겠지요.」

필립 필리뽀비치가 그녀의 말을 정정해 주었다.

「……당신에게 이것을 제안하고 싶습니다.」

그 여인은 품속에서 눈에 젖어 반짝이는 잡지 몇 권을 꺼냈다.

「프랑스 어린이들을 위한 기금[18]을 모으고 있는데, 잡지 몇 권 좀 구독하시죠. 한 권당 50꼬뻬이까입니다.」

「아니요, 난 구독 안 합니다.」

필립 필리뽀비치가 그 잡지들을 곁눈으로 흘겨보고 나서 온순한 목소리로 대답했다.

순간 불청객들의 얼굴에는 아주 놀라는 표정들이 역력히 나타났으며, 여인의 얼굴은 엷은 암홍색 층으로 뒤덮였다.

「왜 거절하시는 거지요?」

「원하지 않아요.」

「당신은 프랑스 어린이들을 동정하지도 않습니까?」

「아니요, 동정해요.」

「50꼬뻬이까가 아깝습니까?」

「아니요.」

「그러면 왜지요?」

「원하지 않아요.」

모두들 잠자코 있었다.

「교수님, 아실지 모르겠지만……」

그 처녀는 무겁게 한숨을 쉬고 말하기 시작했다.

「만일 당신이 전 유럽에서 명성이 높은 대학자가 아니고, 그 고위 인사께서 그렇게 격분해서 당신을 편들지만 않았더라도(이때, 금발 사내가 그녀의 재킷 자락을 잡아당겼으나, 그녀는 뿌리쳤다), 우리는 좀 더 분명히 상황을 설명하고 당

---

18 당시 1920년대 모스끄바에서는 제1차 세계 대전으로 피폐화된 프랑스를 돕기 위한 모금 운동이 한창이었다.

연히 당신을 체포할 수도 있었을 겁니다!」

「그래요? 무슨 명목으로?」

필립 필리뽀비치가 호기심에 가득 차서 질문했다.

「당신은 쁘롤레따리아를 증오하는 사람이기 때문입니다.」

여인이 격렬하게 말했다.

「그래요, 나는 쁘롤레따리아를 좋아하지 않아요.」

필립 필리뽀비치는 슬픔에 잠긴 듯이 우울한 어조로 동의하고는 단추를 눌렀다. 어디에선가 벨 소리가 울렸다. 곧 복도로 이어지는 문이 활짝 열렸다.

「지나!」

필립 필리뽀비치가 소리쳤다.

「식사를 다오. 이제 나가 주시겠습니까, 여러분?」

네 명은 조용히 집무실 밖으로 나갔다.

그리고 이들은 잠자코 환자 대기실 옆을 지나서, 또한 잠자코 현관으로 나갔다.

그들이 나간 뒤로 아파트 출입문 닫히는 소리가 육중하게 울려 퍼졌다.

개는 뒷발을 딛고 일어서더니 필립 필리뽀비치 앞에서 마치 회교도들의 정시 기도와 같은 자세를 취하며 절을 했다.

3

매혹적인 색을 띤 무늬가 그려져 있고 검은색의 테가 넓게 둘린 접시들 위에 얇게 썬 연어와 식초에 담근 장어가 놓여 있었다. 두툼한 나무판 도마 위에는 물방울이 아롱진 치즈 조각이 놓여 있었으며, 가장자리에 눈이 그대로 묻어 있는 작은 은제 통 안에는 이끄라[19]가 들어 있었다.

접시들 사이사이로 매우 얇고 작은 보드까 잔이 몇 개 놓여 있었고 여러 가지 색깔의 보드까가 담긴 목이 긴 크리스털 병이 세 개 있었다.

이 모든 물건들은 참나무로 조각된 거대한 찬장 옆에 나란히 놓인 조그만 대리석 탁자 위에 자리 잡고 있었으며, 투명한 은색 조명이 찬장 위를 내리비추고 있었다.

방 한가운데에 하얀 식탁보가 깔린 육중한 식탁이 마치 거대한 고분처럼 자리 잡고 있었고, 식탁보 위에는 식기 세트 두 벌과 로마 교황의 왕관이 그려진 냅킨 두 벌이 말려 꼬여 있으며, 검은색 병이 세 개 놓여 있었다.

지나가 뚜껑이 덮인 은빛 접시를 가지고 들어왔다. 접시 속에서는 뭔가가 보글보글 끓고 있었다. 접시 속에서 나는 냄새에 개의 입에는 곧 멀건 침이 가득 고였다.

〈오, 세미라미다[20]의 정원이구나!〉하고 생각하며 개는 지팡이인 양 꼬리로 쪽나무 바닥을 탁탁 두드렸다.

「그것들을 이리로!」

필립 필리뽀비치가 탐욕스럽게 명령했다.

「닥터 보르멘딸리, 내 간곡히 부탁하는데 이끄라는 일단 가만히 놓아두시오! 그리고, 내 좋은 충고를 따르고 싶다면,

---

19 철갑상어의 알젓.
20 고대 아시리아의 반전설적인 여제.

영국산이 아닌 평범한 러시아 보드까를 먼저 따르시오.」

개에 물린 그 미남자는(그는 이미 가운을 벗고 고상한 검은색 양복을 입고 있었다) 넓은 어깨를 가볍게 흔들고 나서 살짝 웃음을 짓더니 맑고 깨끗한 보드까를 따르기 시작했다.

「노보블라고슬라벤나야[21]예요?」

그가 질문했다.

「어허 천만의 말씀, 귀여운 제자.」

주인께서 즉각적인 반응을 보이셨다.

「이건 스삐르뜨[22]야. 다리야 뻬뜨로브나는 보드까를 아주 잘 만드는구먼.」

「그렇게 말씀하지 마십시오, 필립 필리뽀비치. 노보블라고슬라벤나야도 아주 만족할 만하다고 모두 확언들을 하던데요. 도수가 30도예요.」

「하지만, 보드까는 30도가 아닌 40도여야 해. 그게 첫 번째 이유야.」

필립 필리뽀비치가 그의 말을 가로채며 교훈적으로 이야기하기 시작했다.

「둘째로, 그들이 거기다 무얼 타는지 아무도 모른다고. 그들이 머릿속으로 무얼 생각하고 있는지, 당신 같으면 말할 수 있겠어?」

「모르지요.」

의사가 확신 있게 말하였다.

21 보드까의 상표 이름. 〈새롭게 축복받은〉이란 뜻이다.
22 보드까의 주정(酒精).

「내 생각도 그렇네.」

필립 필리뽀비치가 덧붙여 말했다.

그리고 나서, 그는 작은 유리잔 속의 보드까를 한입에 털어 넣었다.

「에…… 므므……. 닥터 보르멘딸리, 간곡히 부탁하네만, 한순간 농담으로라도 말이야, 만일 이 보드까를 가지고 뭐가 어떻고 저떻고 한다면 말이야…… 난 당신의 평생 철천지 원수야! 〈세비야에서 그라나다까지…….〉」

이러한 말을 하면서, 그는 물갈퀴가 달린 은제 포크로 뭔가 작고 거무스름한 빵 조각 같은 것을 찍어 올렸다.

곧이어 의사도 교수가 한 대로 따라 했다.

필립 필리뽀비치의 눈이 반짝반짝 빛나기 시작했다.

「이게 나빠요? 나쁩니까?」

필립 필리뽀비치가 씹으면서 물었다.

「나빠요? 대답하시오, 존경하는 의사 선생.」

「비할 데 없이 좋은데요.」

의사는 솔직하게 대답했다.

「그리고 하나 더……. 똑똑히 알아 두시오, 이반 아르놀리도비치. 차가운 자꾸스까[23]와 수프는 아직 볼셰비끼들에 의해 처형되지 않은 지주들만이 먹는다는 것을. 만일 조금이라도 자신의 건강을 생각하는 사람이라면, 뜨거운 자꾸스까를

---

23 〈경식(輕食)〉, 〈간식〉, 〈술안주〉에 해당하는 가벼운 식사를 가리키며, 대개 본 식사 혹은 그날의 주요리가 나오기 전에 조금 가볍게 하는 식사를 말한다.

먹을 것이오. 모스끄바의 뜨거운 자꾸스까 가운데 이게 최고요, 최고. 언젠가 레스토랑 〈슬라브인의 시장〉에서 자꾸스까를 아주 훌륭하게 요리한 적이 있었지. 그래, 그때는 아주 쉽게들 사 먹을 수 있었지!」

「개는 식당에서 먹게 하세요.」

여자 목소리가 들려왔다.

「그리고 흰 빵으로 개를 유인해 내지들 좀 마세요.」

「괜찮아……. 그 불쌍한 개는 오랫동안 굶주렸어.」

이렇게 말하고 나서, 필립 필리뽀비치는 포크 끝에 자꾸스까를 끼워 개에게 주었다. 개는 마치 요술을 부리듯이 잽싸게 받아먹어 치웠고, 그는 포크를 설거지통으로 꽝음을 내며 던져 넣었다.

그 후, 접시에서는 왕새우 냄새가 나면서 김이 모락모락 올라오고 있었다. 개는 마치 화약 창고의 보초병처럼 그늘이 진 식탁보 그림자 속에 앉아 있었다. 필립 필리뽀비치는 뻣뻣한 냅킨의 한쪽 꼬리 끝을 옷깃 속에 집어넣고 나서 다음과 같이 말하기 시작했다.

「음식도 말일세, 이반 아르놀리도비치, 알아서 올바르게 잘들 먹어야 해. 먹는 데도 능력이 필요하다고. 한번 생각해 보게나, 대다수의 사람들은 전혀 먹을 능력들이 없어요. 무엇을 먹어야 하는지 알아야 할 뿐만 아니라, 또 언제 어떻게 먹어야 하는지도 알아야 하거든(필립 필리뽀비치는 의미심장하게 숟가락을 휘둘렀다). 그러면, 여기서 무얼 이야기해 줘야 할까? 그래, 옳지! 만일 당신이 자신의 소화에 조금이라도 신경 쓸 마음이 있다면, 바로 이 충고를 잘 들으시오. 식사 중에는 볼셰비즘에 대하여, 그리고 의학에 대하여 절대 말하지 마시오. 그러면 하느님께서 당신을 보호하신다고. 그리고 식사 전에 소비에뜨 신문은 절대로 읽지 마시오!」

「음……. 하지만, 요즈음엔 다른 신문이 없잖아요.」

「그러니까, 더구나 아무것도 읽지 마시오. 아시겠소? 내 클리닉에서 30명의 환자를 임상 실험해 보았어요. 그래, 당신은 어떻게 됐을 거라고 생각해요? 신문을 읽지 않은 환자는 건강이 아주 좋아졌습니다. 그리고, 내가 특별히 〈쁘라브다〉지[24]를 읽도록 강요한 환자들은 글쎄, 몸무게가 다 줄었더라니까!」

「그래요……?」

수프와 포도주에 얼굴이 발그스레해진 의사가 흥미 있다는 듯 대꾸했다.

「그건 아무것도 아니라고! 무릎 반사가 둔화되고, 식욕이 감퇴되며, 침울한 기분이 지속되는 등…….」

「오, 정말 그래요!」

「그럼, 그렇고말고. 그렇다 치고, 그런데 난 이게 또 뭐야? 내 스스로 의학에 대해 말해 버리고 말았네. 먹읍시다. 먹는 게 더 낫겠어.」

필립 필리뽀비치가 돌아서서 방울 종을 울리자, 암적색의 커튼 뒤에서 지나가 나타났다.

---

24 〈쁘라브다〉는 러시아어로 〈참〉, 〈진리〉, 〈정의〉라는 뜻이며, 소연방 공산당 기관지의 이름이다(1912년 5월 5일 창간).

개는 용철갑상어 고기의 파리하고 두툼한 조각을 물었다. 그러나 마음에 들지 않았다. 개는 즉시 피투성이의 고기 조각을 물었다. 그것을 다 먹고 나자 갑자기 눈이 스르르 감기며 잠이 쏟아져 더 이상 어떤 음식물도 볼 수 없음을 느꼈다.

천근만근 무거워진 눈까풀이 쾅 하고 닫히는 동안 개는 생각했다.

〈거 이상한 느낌도 다 있네. 이제 내 눈은 어떤 식품도 볼 수 없게 되었군. 하지만 식후에 담배를 피우는 것은 바보 같은 짓이지.〉

식당 안은 불쾌한 푸른색 여송연 연기로 가득 찼다. 개는 앞발 위에 머리를 길게 누이고서 졸고 있었다.

〈생쥘리엥은 역시 좋은 포도주야〉 하는 소리를 개는 잠결에 들었다.

「요즈음엔 정말 그만한 포도주가 없지.」

어디에선가, 공허한 합창 소리가 천장과 카펫에 의해 약간 누그러진 상태로, 위에서 그리고 옆에서 들려왔다.

필립 필리뽀비치가 종을 울리자 지나가 들어왔다.

「지나, 저게 무슨 소리인가?」

「다시 전체 회의가 열렸어요, 필립 필리뽀비치.」

지나가 대답했다.

「다시!」

필립 필리뽀비치가 슬픔에 가득 차 소리 질렀다.

「으음, 이제 일은 터져 버렸군! 이제 깔라부호프스끼 아파트는 망했구나! 떠나야 한다. 그러나 어디로? 물어나 보자고. 모든 게 술술 잘 되어 가겠군. 처음에는 매일 저녁마다 노랫소리가 들리고, 그다음에는 변소의 스팀이 꽁꽁 얼어붙기 시작하겠지. 또 다음에는 증기난방 장치의 보일러 통이 터지는 등등 난리가 날 거고, 이제 깔라부호프스끼 아파트는 끝장났어!」

「마음 상하시겠어요, 필립 필리뽀비치.」

지나가 웃으면서 말하고는 접시 더미를 모아 들고 밖으로 나갔다.

「그래, 어떻게 마음이 안 상할 수 있겠나?」

필립 필리뽀비치가 절규하기 시작했다.

「정말로 이게 어떤 아파트였는데! 당신은 알지요?」

「사물을 너무 음울하게 바라보시는군요, 필립 필리뽀비치.」

미남 의사가 다른 의견을 말했다.

「그들은 요즈음 아주 급격하게 변했던데요.」

「귀여운 제자, 당신은 나를 알고 있지요? 그게 진실 아니오? 나는 모든 사물을 사실에 바탕을 두고 보는 사람이며, 또한 사물을 관찰에 근거하여 판단하는 사람이란 말이오. 나는 근거가 없는 불확실한 가설이나 억측은 아주 싫어하는 사람이오. 그래서 이런 〈나〉라는 사람은 러시아뿐 아니라 유럽에도 아주 잘 알려져 있소. 말하자면, 내가 어떤 것에 대해 말한다면, 그것이 무엇이든지 간에 그 바탕에는 반드시 내가 결론을 도출해 낸 어떤 사실이 있게 마련이오. 자, 당신한테 사실을 얘기하지. 우리들 아파트에는 외투 걸이와 덧신 신발장이 있었소.」

「그거 흥미롭군요……」

〈덧신은 아무것도 아냐, 행복은 덧신에 있는 게 아니라고〉 하고 개는 생각했다.

〈하지만 인물은 탁월한 인물이야.〉

「예를 들면, 덧신장만 해도 그렇소. 난 1903년부터 이 아파트에 살고 있소. 자, 그동안 말이오, 1917년 4월 전까지만 해도 저 아래 아파트 정문 현관의 공동 사용 문이 잠기지 않은 채여도 덧신 한 짝 없어지는 경우가 없었다고. 내 다시 강조하네만, 〈한 번도〉! 잘 기억해 두시오, 여기 우리 아파트에 12호가 삽니다. 그리고 내 아파트에는 환자 대기실이 있어요. 1917년 4월 어느 날, 덧신이 모두 사라져 버렸어요. 그 속에 있던 내 덧신 두 짝과 지팡이 세 개, 그리고 외투도 함께 말이오. 심지어 수위실에 놓아둔 사모바르까지 감쪽같이 사라져 버렸다고. 그리고 그때부터 덧신장은 더 이상 볼 수도 없이 아예 없어져 버렸어. 귀여운 제자! 나는 이미 증기난방에 대해서는 한마디도 하지 않는다고! 말 안 해 그냥 내버려두자고. 사회 혁명이 한번 일어나면 그래, 방을 덥게 할 필요도 없는가! 비록 언제가 될지 모르겠지만 말이야, 나에게 자유로운 시간이 주어진다면, 나는 뇌 연구에 종사할 거야. 그래서, 이 모든 사회적 무질서가 단지 병든 헛소리에 불과하다는 것을 증명하고 말 테니……. 나는 이렇게 말하고 싶어. 왜, 언제 이 모든 사건이 시작되었냐고. 그래, 언제부터 모두들 그 더러운 덧신과 장화를 신고서 대리석 계단을 오르내리기 시작한 거야! 어째서 지금까지도 그 누군가가 덧신을 끌고 가지 못하도록 하기 위해서 자물쇠로 잠가 놓아야 하고 게다가 보초병까지 붙여 놓지 않으면 안 되냐 이 말이야! 왜 정문 계단에 깔아 두었던 카펫은 몽땅 훔쳐 간 거지? 과연 카를 마르크스가 계단에 카펫을 그냥 놓아두지 못하게 한 걸까? 카를 마르크스의 저서 어디에, 쁘레치스쩬까 거리에 있는 깔라부호프스끼 아파트의 두 번째 출입구는 널빤지로 때려 박고 빙 돌아서 뒷마당을 가로질러 다녀야만 한다고 적혀 있나? 이게 도대체 누구한테 필요한 것이란 말인가? 억압당한 아프리카 흑인들한테? 아니면, 포르투갈의 노동자한테? 어째서 쁘롤레따리아들은 덧신을 아래에 벗어 두지 못하고 대리석 계단을 더럽히는 거지?」

「하지만, 필립 필리뽀비치, 그들한테는 원래부터 덧신이 아예 없었잖아요……」

말을 더듬거리며 의사가 말했다.

「어림 반 푼어치도 없는 소리!」

우레 같은 소리로 대답하고 필립 필리뽀비치는 컵에 포도주를 따랐다.

「으음…… 난 식후의 음주는 좋아하지 않아. 그것들은 간장을 살찌게 하고 나쁘게 작용하거든……. 어림도 없는 소리! 그들에게는 지금 덧신이 있다고. 그리고 그 덧신들은…… 내 것이야! 그게 바로 1917년 4월 13일에 사라져 버렸던 덧신들과 똑같은 것들이라고. 어디 한번 물어나 봅시다. 그래, 누가 그 덧신들을 훔쳐 갔겠는가? 내가? 그건 있을 수도 없는 일이지! 부르주아 사블린이? (필립 필리뽀비치는 손가락으로 천장을 가리켰다.) 그런 건 추정조차 우스꽝스럽군! 설탕 공장주 뿔로조프가? (필립 필리뽀비치가 옆을 가리켰다.) 천만의 말씀! 이건 분명히 저기 저 노래 애호가들이 한 짓이야! 아암, 그렇고말고! 그러나 훔쳐다 신는 거라고 해도 말이야, 계단에서는 벗어 놓고 다녀야 될 것 아냐! (필립 필리뽀비치의 얼굴이 적자색으로 변하기 시작했다.) 무슨 목적으로 층계참의 꽃들은 죄다 치워 버린 거지? 어째서 20년 동안, 기억이 가물가물하네만, 두 번인가 꺼졌을까 말까 한 전깃불이 근래에 와서는 정확하게 한 달에 한 번씩 나가는 거냐고요? 닥터 보르멘딸리! 통계는 몰인정하고 엄한 사물이에요. 나의 최근 일에 대하여 잘 알고 있는 당신은 이런 사실을 다른 그 누구보다도 더 잘 알고 있을 겁니다!」

「붕괴예요, 필립 필리뽀비치!」

「아니요.」

필립 필리뽀비치가 아주 확신을 가지고 반박했다.

「아닙니다. 사랑스러운 이반 아르놀리도비치, 당신부터 먼저 바로 그러한 단어의 사용을 자제하시오. 이건 환상이에요. 연기라고요, 허구입니다!」

필립 필리뽀비치가 짧은 손가락들을 넓게 펼쳐 보이자, 손가락들에서 그림자가 두 개 지면서 거북이 모양과 흡사하게 되었으며, 그림자 거북이는 식탁보 위에서 움죽움죽거렸.

「붕괴라니, 도대체 그게 뭡니까? 목발 짚고 다니는 노파요? 유리란 유리는 모두 때려 부수는 마녀가 전등을 다 삶아 먹었습니까? 그래요? 마녀는 이제 전혀 존재하지도 않는다고요! 당신은 그 단어 밑에 무엇을 암시하고 계신 거요?」

찬장 바로 옆에 불행히도 거꾸로 매달려 있는 가짜 종이 오리 가까이에서, 필립 필리뽀비치는 격분하여 질문하고는 스스로 자신의 질문에 대답했다.

「그건 바로 이럴 때 쓰는 말이오. 만일 내가 수술은 하지 않고 그 대신에 매일 저녁마다 내 아파트에서 합창이나 하기 시작한다면, 내게 있어선 그게 바로 붕괴의 시작인 거요! 만일 내가 말이오, 화장실로 용무를 보러 가서, 〈미안합니다〉라는 표현을 쓰면서 변기 옆에다 방뇨하기 시작하고, 지나와 다리야 뻬뜨로브나도 나와 똑같이 그렇게 한다면 화장실은 붕괴된 거요. 따라서 붕괴는 변소에 있는 게 아니라, 이 머릿속에 있는 거란 말이오! 요컨대 저 바리톤들이 〈때려 부숴라, 붕괴를!〉 하고 외치고 몰아다닐 때, 나는 속으로 웃고 있다는 거지(필립 필리뽀비치의 얼굴은 심하게 찡그려졌으며 의사는 입을 딱 벌리고 말았다). 내 당신에게 맹세하건대, 그건 나한텐 우스운 이야기일 뿐이라고! 이건 무얼 의미하냐 하면 말이야, 붕괴의 원인은 그들에게 있으니 그들 각자가 붕괴를 때려 부수기 전에 자신의 뒤통수부터 먼저 때려 부숴야 한다고! 그래서, 뒤통수를 한 번 칠 때마다 세계 혁명 튀어나오고, 엥겔스 튀어나오고, 니꼴라이 로마노프 튀어나오고, 핍박받은 말레이족이 튀어나오고, 그 외 비슷한 환상들 다 튀어나온 다음에, 본래 자신들의 일로 곧장 돌아가서 헛간부터 말끔하게 청소하고 나면, 붕괴는 자기 발로 스스로 사라져 버려. 두 신을 함께 섬길 수는 없는 법이야! 전차 레일을 청소하는 시간에, 동시에 어떤 스페인 부랑자들의 운명을 안정시키기는 불가능하다고! 이건 그 누구도 성공하지 못할 거라고, 의사 선생. 더구나 유럽인들 때문에 2백 년가량이나 발달에 뒤처져서 지금까지도 아직 자기 바지 단추 하나 확실하게 채우지 못하는 사람들에게는!」

필립 필리뽀비치는 흥분했다.

그의 매부리코 콧구멍은 연신 팽창하고 있었다. 진수성찬으로 배불리 식사한 후라서 있는 대로 힘이 충전된 그는 마치 고대 선지자와 흡사하게 목소리를 쩌렁쩌렁 울렸으며 대머리는 은빛으로 번쩍거렸다.

꼭 공허한 땅울림 소리와 같은 그의 말소리가 꿈속에 빠진 개의 귓전에 떨어지고 있었다.

때로는 바보 같은 노란 눈을 한 부엉이가 꿈속의 환영에서 뛰어나왔으며, 때로는 하얀색의 더러운 원통형 모자를 쓴 사형 집행인의 추악한 낯짝이 보였고, 때로는 램프 갓에서 흘러나오는 강렬한 전등 빛에 비추어진 필립 필리뽀비치의 위세 당당한 콧수염이 보였으며, 때로는 꿈속의 썰매가 삐걱삐걱 소리를 내다가 어디론가 사라져 버렸다.

그리고 개의 배 속에서는 갈기갈기 찢어진 고기 조각 하나가 연신 즙 속을 헤엄치면서 부글부글 끓고 있었다.

〈저 사람이 곧바로 집회에 나가 연설을 한다면 돈을 엄청 많이 벌 수 있을 텐데. 일류 사업가가 될 거야. 그렇지만 돈이 너무 많아질 거야. 아마 닭이 다 쪼아 먹지도 못할 정도로…….〉

개는 흐릿한 망상에 젖어 있었다.

「순경! 순경!」

필립 필리뽀비치가 소리쳤다.

「우구구구우!」

개는 꾸벅꾸벅 졸기 시작했다.

「순경! 순경은 단지 순경일 뿐이야! 그가 번쩍번쩍 하는 버클을 차고 다니든, 혹은 빨간색의 차양 달린 캐피 모자를 쓰고 다니든, 하나도 중요하지 않다고. 사람들 하나하나 사이마다 순경을 하나씩 붙여 세워 놓고, 그 순경보고 저 사람들의 성악적인 발작을 한번 조용히 하게 하도록 강요해 보시오. 당신은 붕괴라고 말했지요, 붕괴! 의사 선생, 내 말해 주겠소. 우리 아파트에서 더 좋아지는 쪽으로는 아무것도 변하지 않을 거요. 그래요, 저 가수들을 진압하기 전까지는 다른 아파트도 모두 매한가지야! 오로지 그들이 자신의 연주회를 중지하기만 하면, 상태는 저절로 더 좋게 변화한다고!」

「반혁명적인 견해를 말씀하고 계십니다, 필립 필리뽀비치.」

의사가 익살맞게 말하였다.

「누구든 당신의 얘기를 엿들으면 안 될 텐데요!」

「하나도 안 위험해!」

필립 필리뽀비치가 흥분하여 반박했다.

「반혁명적인 것은 하나도 없어! 그래서, 더구나 그 말은 내 더 이상 참을 수가 없어! 그 말속에 무엇이 숨겨져 있는지, 그 누구도 절대로 모른다고! 이렇게 나는 말하지, 나의 이야기 속에 그 반혁명적인 것은 하나도 없다고. 나의 말속에는 오로지 합리적인 의미와 생생한 경험만이……」

여기서 필립 필리뽀비치는 옷깃 속에서 반짝반짝 빛나는 냅킨 꼬리를 꺼낸 다음 구겨서 아직 다 마시지 않은 빨간 포도주 컵 옆에 놓았다.

의사는 곧 일어서서 사의를 표하였다.

「고맙습니다. 잘 먹었습니다.」

「잠깐만, 의사 선생!」

필립 필리뽀비치가 바지 주머니에서 돈을 꺼내면서, 그를 잠시 멈춰 세웠다. 그는 실눈을 뜨고 돈을 세서는 의사에게 내밀었다.

「이반 아르놀리도비치, 오늘 당신에게 40루블이 지불됩니다. 받으시오!」

개 때문에 고통을 당한 의사는 예의 바르게 사의를 표한 다음, 얼굴을 붉히면서 돈을 양복 호주머에 밀어 넣었다.

「오늘 저녁 제가 더 이상 필요치 않으십니까, 필립 필리뽀비치?」

그가 물었다.

「네, 필요치 않아요. 고마워요, 귀여운 제자. 오늘은 아무것도 하지 않을 겁니다. 첫째로, 집토끼가 죽었기 때문이고, 둘째로는 오늘 볼쇼이 극장에서 〈아이다〉가 있거든. 벌써 오랫동안 〈아이다〉를 못 들었어. 나는 사랑해……. 기억나요, 그 이중주……. 따라라라…… 라림…….」

「시간에 늦지 않으시고 가실 수 있으시겠어요, 필립 필리뽀비치?」

의사가 조심스럽게 물었다.

「아무 곳에서도 서두르지 않는 사람은 어느 곳에나 결코 늦지 않는 법이라고.」

필립 필리뽀비치가 교훈적으로 설명했다.

「물론이지, 만일 내가 직접적인 내 자신의 일을 하는 대신에 회의마다 뛰어다니면서 꾀꼬리처럼 온종일 노래 부르며 보내기 시작한다면, 나는 어느 곳에도 제시간에 당도하지 못하겠지.」

필립 필리뽀비치가 주머니 속에서 시계를 살짝 꺼내자, 그의 손가락 밑에서 시간을 알리는 아름다운 멜로디가 연주되기 시작했다.

「시작이 9시이고…… 두 번째 막 즈음에 도착을 한다……. 나는 분업 지지자야. 볼쇼이 극장에서는 가수보고 노래를 부르라고 히고, 외사인 나는 수술을 하는 거야. 자 그럼, 얼마나 좋아? 여기엔 어떤 붕괴도……. 아 참, 이반 아르놀리도비치, 주의 깊게 지켜보시다가 죽는 사람이 생기면 곧바로 병상에서 방부액을 주사한 다음 즉시 내게!」

「걱정하지 마십시오, 필립 필리뽀비치, 병리 해부학자들이 약속했습니다.」

「아주 잘했소. 그리고 우리는 한동안 이놈의 거리 신경 쇠약 환자를 관찰하면서 상처나 잘 치료해 줍시다. 그의 옆구리 상처가 아물도록 하고…….」

〈둘이서 나를 염려해 주고 있구나.〉

개는 생각했다.

〈아주 좋은 사람. 나는 안다고, 그가 어떤 사람인지! 그는 선량한 마법사에다 마술사, 그리고 개의 전설에 나오는 요술쟁이……. 정말로 꿈속에서 내가 본 그 모든 것은 있을 수 없는 일인가? 그런데, 갑자기 꿈이라니! (개는 꿈속에서 몸을 떨었다.) 바로 잠을 깨면 아무것도 없겠지? 견직물의 램프도, 따뜻한 온기도, 흡족한 배부름도……. 그리고 다시 시작되겠지? 개구멍, 무지무지한 냉기, 얼어붙은 아스팔트, 배고픔, 악한 인간들…… 음식점, 눈……. 하느님, 얼마나 더 고통을 받아야 합니까……!〉

4

그러나, 그런 일은 아무것도 일어나지 않았다.

마치 악몽을 꾸었던 것처럼, 바로 그 개구멍은 오간 데 없이 사라져 버렸고 더 이상 나타나지 않았다.

아마도 그 붕괴가 그렇게까지 무시무시하지는 않았나 보다!

붕괴에도 불구하고 매일 두 번씩 창문턱 밑의 회색 아코디언은 하얀 증기로 가득 차면서 아파트 방 안에 따뜻한 공기를 사방으로 뿜어 대고 있었다.

이제 모든 것이 아주 분명해졌다.

개는 가장 큰 행운에 당첨된 것이었다.

개의 눈은 이제 적어도 하루에 두 번 이상은 쁘레치스쩬까 거리의 성현 앞으로 감사의 눈물을 흘려보낼 것이다.

그 외에도 응접실 겸 환자 대기실 안의 장식장 사이에 걸려 있는 큰 거울은 이 행운의 미남 개 샤릭을 비추고 있었다.

〈나는 미남이야. 아마도 아직 세상에 알려지지 않은 익명의 개 황태자일지도 몰라.〉

개는 묵상하면서, 거울 속 저만치에서 왔다 갔다 하며 폼을 잡고 있는 커피색 털북숭이 개의 만족스러운 낯짝을 쳐다보았다.

〈우리 할머니가 뉴펀들랜드산 개와 눈이 맞아 잘못을 저질렀을 가능성도 다분하지. 바로 그래서, 지금 보이듯이 내 낯짝에 하얀 반점이 생긴 걸 거야. 그렇지 않다면 이 반점이 어디에서 생겨났는가 하는 데에 문제가 있지 않겠어? 필립 필리뽀비치는 대단한 미적 기호를 가진 사람이라고. 첫눈에 보아 그냥 아무 개나 집 없는 떠돌이 개를 데려오지는 않았을 거야.〉

일주일 동안에 개는 쇠근 한 달 반 동안 거리에서 굶주리며 먹은 양만큼을 먹어 치웠다.

그러나 물론, 이것은 무게로만 따져서 그런 것이었다. 음식의 질에 대해서는 필립 필리뽀비치의 아파트에서 더 이상 이야기조차 할 필요가 없었다.

매일같이 다리야 뻬뜨로브나가 스몰렌스끄 시장에서 18꼬뻬이까씩 주고 사오는 부스러기 고기 더미들에 관심을 기울이지 않더라도, 식당에서의 7시 저녁 식사를 회상하는 것만으로도 충분하였다.

개는 우아하게 생긴 지나의 강력한 거부에도 불구하고 항상 그 시간에 식당 안에 들어가 있었다.

그리고 식사가 진행되는 동안에 필립 필리뽀비치는 완전

히 개의 신이나 다름없었다. 개는 뒷발로 일어서서 그의 신사복을 씹곤 하였다.

개는 필립 필리뽀비치의 벨 소리 — 뚝 뚝 끊기며 두 번 울리는 자상한 소리 — 를 잘 익혔다.

벨이 울리면 개는 멍멍 짖으면서 주인을 맞이하러 현관으로 쏜살같이 달려 나갔다. 거무스름한 갈색의 여우 털 외투를 입은 주인이 안으로 쑥 들어왔다. 외투 위에 수북이 쌓인 눈들이 번쩍번쩍 섬광을 발하고 있었으며, 귤, 담배, 향수, 오렌지, 벤진, 오드콜로뉴(화장수), 양복지 등의 냄새가 풍겨 나왔다.

그의 목소리가 마치 구령 나팔 소리처럼 온 집 안에 울려 퍼지고 있었다.

「이 더러운 놈아. 도대체 뭣 때문에 부엉이는 잡아 찢어 놓았냐, 으응? 그래, 부엉이가 너를 못살게 굴더냐? 못살게 굴었어? 내 너에게 묻고 있잖아. 또 무슨 목적으로 메츠니꼬프 교수의 초상화는 박살 내 놓았니, 으응?」

「필립 필리뽀비치, 그 개를 한 번만이라도 채찍으로 마구 때려 주어야 해요.」

지나가 흥분하여 말했다.

「응석을 마구 받아 주어 개가 아주 버릇이 나빠졌어요. 한번 보세요, 개가 당신의 덧신을 어떻게 해놓았는지요!」

「누구라도 때리는 것은 안 돼.」

필립 필리뽀비치는 흥분하며 말했다.

「이건 항상 기억해 둬라, 영원히! 사람이건 동물이건 오로지 훈계만으로도 움직일 수 있어! 개한테 오늘 고기는 주었니?」

「오, 맙소사! 개가 온 집 안을 몽땅 말아 먹었어요! 무얼 묻고 계신 거예요, 필립 필리뽀비치? 그렇게 먹고도 배가 터지지 않는 게 놀라워요!」

「으음, 그래. 그냥 먹게 내버려 둬라, 건강을 위해서……! 이 불량배야, 그래, 부엉이가 무엇으로 너를 방해했니, 으응?」

「우우!」

아첨쟁이 개가 구슬프게 우는 소리를 내고는 발을 비틀어 올리더니 엎드려 기었다.

그 후, 개는 목덜미를 잡힌 채 요란한 소리를 내며 응접실을 지나 집무실까지 질질 끌려갔다. 개는 멍멍 짖으면서 으르렁댔다. 그러고는 카펫에 착 달라붙는 바람에 마치 서커스에서처럼 엉덩이를 카펫 위에 대고 미끄럼 타듯이 달렸다.

방 한가운데 카펫 위에는 유리 눈을 단 부엉이가 배를 찢긴 채 누워 있었으며, 그 찢어진 배에서 빨간색의 넝마 조각들이 어지럽게 터져 나와 나프탈렌 냄새를 풍기고 있었다. 탁자 위에는 깨진 초상화가 산산조각이 난 채 여기저기 널려 있었다.

「선생님께 보여 드리려고 일부러 안 치웠어요.」

지나가 낙담하여 보고하기 시작했다.

「책상 위로 튀어 오르더니……. 오, 정말로 이런 파렴치한 개는! 그리고 나서 부엉이의 꼬리를 꽉 물어뜯더라고요! 제가 정신도 차리기 전에 부엉이를 갈기갈기 찢어 버렸다고요! 필립 필리뽀비치, 물건들을 어떻게 못쓰게 망가뜨려 놓았는지 알도록 저 낯짝을 부엉이 바로 앞에 들이대셔야 해요!」

그리고 개 짖는 소리가 시작됐다.

카펫에 착 달라붙은 개를 강제로 잡아끌어 부엉이를 직접 보도록 강요하고 있었다.

그리하여, 개는 비탄의 눈물을 흘리기 시작했다.

그러고는 다음과 같이 생각하였다.

⟨때리세요. 단지 아파트에서 저를 내쫓지만 마세요!⟩

「부엉이는 오늘 당장 박제사한테 보내어라. 그리고 네게 전차비로 8루블 16꼬뻬이까를 줄 테니 뮤르 상점에 가서 좋은 개 목걸이 하나 사 오너라.」

다음 날 개는 넓고 번쩍이는 목걸이를 하나 걸었다.

목걸이를 매고 거울을 처음 본 순간, 개는 아주 실망하여 꼬리를 밑으로 축 늘어뜨리고 그 목걸이를 트렁크나 상자 같은 것에 비벼 대 벗겨 내기라도 할 생각에 욕실로 갔다.

그러나 개는 그렇게 생각한 자신이 정말 바보였다는 것을 곧 깨달았다.

지나가 그를 사슬로 채워 산책하러 데리고 나섰다. 아부호프 골목을 따라가면서 개는 강한 수치심에 사로잡혀 포로처럼 걸어갔다.

그러나 쁘레치스쩬까 거리를 따라 그리스도 성당까지 가면서 개는 목걸이가 삶에 있어서 무엇을 의미하는지를 멋지게 생각해 냈다.

지나가며 만난 모든 개들의 눈에서는 엄청난 질투의 빛이 역력했다. 특히 묘르뜨비 골목을 지날 때는 꼬리가 잘린 데다 비쩍 마른 어떤 청소부 개 한 마리가 샤릭을 보고 〈지주 귀족의 상놈〉이니 〈하인 같은 녀석〉이니 하면서 욕설을 퍼부었다.

전차 레일을 가로질러 건널 때에는 경찰이 사슬 목걸이를 보고는 만족과 존경의 눈초리를 보냈으며, 아파트로 돌아왔을 때는 샤릭의 생애에 있어서 이제껏 한 번도 보지 못했던 일이 일어났다.

수위 표도르가 자신의 손으로 직접 정문의 빗장을 벗기더니 샤릭을 안으로 통과시켜 주었던 것이다.

그러고 나서, 그는 지나에게 이렇게 말했다.

「아니, 이런 멋진 털북숭이를 다 갖추어 놓으셨네, 필립 필리쁘비치께서는! 어허, 그 참 놀랍게도 살졌다.」

「그렇고말고요! 6인분을 먹어 치운다니까요!」

추위에 볼이 빨개진 아름다운 지나가 분명하게 말했다.

〈아아, 목걸이는 손가방과 똑같군〉 하고 생각하면서 귀를 쫑긋 세운 개는 마치 귀족이나 되는 듯이 엉덩이를 흔들면서 2층을 향하여 따라 올라갔다.

목걸이의 가치를 충분히 평가하게 된 개는 지금까지 자신에게 출입이 단호하게 금지되었던 천국 — 바로, 요리사 다리야 뻬뜨로브나의 제국 — 의 주요 지부를 처음으로 방문하였다.

두 뼘도 안 되는 다리야의 제국이지만 개 샤릭한테는 아파트 전체보다도 더 귀중하고 값이 나가는 장소였다.

타일을 붙인 뻬치까 위의 검은 쁠리따[25]에서는 온종일 사격 소리가 나면서 불길이 맹렬히 타오르고 있었다. 두호보이 쉬까프[26] 속에서는 계속하여 딱딱 소리가 났다.

다리야 뻬뜨로브나의 얼굴은 약간 푸른 기를 띤 새빨간 불기둥 속에서 뜨거운 화기로 인한 고통과 불만스러운 열정으로 활활 타오르고 있었다. 그녀의 얼굴은 기름기가 번지르르하고 윤이 나면서 여러 가지 광택과 색채를 발하고 있었다.

그녀는 하얀색 머리를 땋아서 귀 위로 빙빙 틀어 올린 최신 유행의 머리 모양을 하고 있었는데, 뒤통수 부분에서는 22개의 인조 다이아가 반짝반짝 빛나고 있었다.

사방 벽에 박혀 있는 갈고리못에는 금빛 냄비들이 걸려 있었으며 부엌 안은 온통 냄새로 으르렁거렸고 뚜껑이 덮인 식기들 안에서는 연신 뭔가가 끓어오르며 보글보글 소리를 내고 있었다.

「저리 가!」

다리야 뻬뜨로브나가 소리 질렀다.

「저리 꺼져, 이 부랑견 소매치기야! 여기서 너는 필요 없어! 내 이 부젓가락으로 그냥……」

〈무슨 소리야, 너는? 으응, 뭐라고 지껄이는 거야?〉

개는 약간 알랑거리는 듯 눈을 가늘게 떴다.

---

25 러시아 가정의 부엌에서 요리하는 데 사용하는 것으로, 요즈음은 가스를 사용하여 가스레인지 같은 모양을 하고 있지만, 예전에는 뻬치까 위에 설치되어 있었다.

26 옛날 러시아의 뻬치까 속에 장착할 수 있게 만든 통으로 빵이나 또르뜨(케이크)를 구워 먹기도 하고, 통닭이나 그 밖의 요리된 고기를 구울 수 있게 만들어져 있었다. 요즈음에는 가스를 이용하는 〈두호브까〉가 널리 쓰이고 있다.

〈내가 어째서 소매치기냐? 네 눈에는 정말 이 목걸이가 안 보여?〉

하면서 개는 옆으로 슬금슬금 피해 문 쪽으로 낯짝을 들이밀며 부엌 문 바깥으로 나갔다.

하지만 개 샤릭은 사람들의 마음을 끄는 어떤 비밀을 가지고 있었다.

이틀이 지나자, 샤릭은 이미 다리야 뻬뜨로브나 옆의 부엌 구석에 누워서 그녀가 어떻게 일하는지 바라보고 있었다.

그녀는 날카롭고 폭이 좁은 칼로 힘없이 축 늘어져 있는 들꿩의 목과 발을 잘랐다. 그러고 나서는 마치 격분한 사형집행인처럼 뼈다귀에서 고기를 벗겨 내었다. 닭 속에서 내장을 파내었으며 고기 다지는 기계 속에서는 뭔가가 빙빙 돌아갔다.

이때 샤릭은 들꿩의 머리를 잡아 뜯고 있었다.

다리야 뻬뜨로브나는 우유가 들어 있는 대접에서 부풀어 오른 흰 빵 조각을 차례차례 끄집어내서는 도마 위에 올려놓고 묽은 고기죽과 혼합한 다음, 그 위에 기름을 따라 붓고 소금을 뿌렸다.

그러고 나서 그녀는 도마 위에서 커틀릿을 만들었다.

쁠리따에서는 마치 불이 난 것처럼 윙윙거리며 낮고 둔탁한 소리가 울렸고 프라이팬 위에서는 지글지글 거품이 일어나면서 뭔가가 탁탁 튀었다.

뻬치까 아궁이 뚜껑이 쾅 하며 열리자 곧 무시무시한 지옥이 연출되었다. 뭔가 부글부글 끓는 소리가 나고, 뭔가가 윙윙거리며 울리기도 하고…….

저녁이 되어 뻬치까 아궁이 속의 불은 꺼졌다.

부엌 창문을 반쯤 가린 하얀색 커튼 위로 짙게 드리워진 장중한 쁘레치스쩬까의 밤하늘에는 별 하나가 외로이 반짝이고 있었다.

부엌 바닥에는 축축하게 습기가 차 있었으며 냄비들은 신비로운 빛을 발하며 번쩍거렸고 식탁 위에는 투구 모양의 소방관 모자가 놓여 있었다.

샤릭은 마치 문 앞의 사자처럼 따뜻한 쁠리따 위에 누워서는 호기심에 한쪽 귀를 위로 쫑긋 세우고서, 그 사내가 무얼 하는지 유심히 지켜보았다.

넓은 가죽 허리띠를 차고 까만색 콧수염을 기른 그 사내가 몹시 흥분하여 다리야 뻬뜨로브나를 뜨겁게 포옹하는 모습이 반쯤 열린 방문을 통해 보였다.

그의 얼굴은 마치 죽은 사람에게 분칠을 해놓은 것 같은 코만 제외하고 모두가 괴로움과 열정으로 뜨겁게 타오르고 있었다. 문틈 사이로 나온 불빛이 그의 까만 콧수염을 비추었다. 마침내 가죽 허리띠가 그의 몸에서 미끄러져 떨어졌다.

「악마같이 귀찮게 따라다니기는…….」

어스름 속에서 다리야 뻬뜨로브나가 중얼거렸다.

「그만둬. 지나가 곧 돌아온다고. 아니, 이게 어떻게 된 거야? 당신도 진짜 젊어지는 처방을 받은 거야?」

「나한테는 그런 거 필요 없어.」

자신의 감정을 겨우 억제하며 검은 콧수염의 사내가 목쉰 소리로 대답했다.

「당신은 몸이 어쩌면 이렇게 뜨거워……?」

저녁이 되면 쁘레치스쩬까 밤하늘의 별은 두꺼운 커튼 뒤로 감추어졌다.

그리고 볼쇼이 극장에「아이다」공연도 없고 러시아 전국 외과 의사 협회 회의도 없다면, 우리의 신께서는 안락의자를 차지하고 앉으시는 것이었다.

천장의 불은 꺼져 있고 책상 위의 푸른색 램프 하나만이 타고 있었다.

샤릭은 카펫 위의 그림자 진 곳에 누워서 눈을 떼지 않고 있었다.

그러다 마침내 무시무시한 광경을 목격하고야 말았다.

유리로 된 용기에 몹시 혐오스럽고 자극적인 흐릿한 액체가 담겨 있었으며, 그 안에는 인간의 뇌가 들어 있었다.

팔꿈치까지 드러난 우리들 신의 손은 불그스레한 고무장갑 속에 들어가 있었고, 미끈미끈하고 두툼한 그의 손가락들이 용기 속에서 굴절되어 꿈실꿈실거렸다.

이따금, 신은 조그맣고 반짝이는 칼로 무장을 한 다음 노란색의 탄력적인 뇌를 살그머니 잘랐다.

「〈신성한 나일 강 강변을 향하여…….〉」

신은 입술을 깨물면서, 그리고 볼쇼이 극장의 금빛 찬란한 내부를 회상하면서 조용조용 노래를 부르기 시작했다.

이 시간 스팀은 높은 온도까지 올라가며 뜨거워졌다.

스팀에서 나온 따뜻한 공기는 일단 천장을 향해 올라갔다가, 다시 내려오면서 방 안 곳곳으로 넓게 퍼지기 시작했다. 개의 털 속에서는 아직 필립 필리쁘비치의 빗질에 걸리지 않은 마지막 벼룩 한 마리가 살아서 펄떡펄떡 뛰고 있었다.

그러나 이미 그 벼룩은 곧 죽을 운명에 처해 있었다. 카펫은 아파트 안의 소리들을 다소 둔하게 만들고 있었다.

하지만 조금 지나 바깥 출입문이 여닫히는 소리가 멀찌감치 들려 왔다.

〈지나가 영화 구경을 하러 나가는구나. 그녀가 돌아와야 저녁 식사를 할 수 있겠군. 저녁 식사는 틀림없이 송아지 고기로 만든 커틀릿일 거야.〉

개는 생각했다.

그러고는 바로 무시무시한 그날이 다가왔다.

아침부터 이상한 예감이 샤릭을 쿡쿡 찌르고 있었다.

그 결과 샤릭은 갑자기 무료해지기 시작했다. 아침 식사도 귀리 죽 반 그릇에 엊저녁에 남은 양고기 뼛조각을 아무 식욕도 없이 먹어 치웠다.

샤릭은 무료하게 환자 대기실을 지나가면서 그곳에 비친 자기 자신의 반영을 보고는 가볍게 으르렁거렸다.

그러나 낮에 지나가 그를 데리고 가로수 길로 한 번 산책을 나갔다 온 후로 하루는 평상시와 같이 지나가고 있었다.

오늘은 환자도 없었다.

왜냐하면 모두 아는 바와 같이 화요일에는 환자를 받지 않기 때문이다. 그래서 그런지, 우리들의 신께서는 여러 가지 색깔의 그림이 그려져 있는 두툼한 어떤 책을 책상 위에 펼쳐 놓고는 내내 집무실 안에 앉아 계셨다.

식사가 기다려졌다.

개는 자기가 부엌에서 정확히 보아 알고 있듯이, 오늘 저녁 식사의 세 번째 메뉴는 칠면조 고기라는 생각에 다소 생기가 되살아났다.

복도를 따라가면서 개는 필립 필리뽀비치의 집무실 안에서 갑자기 전화벨 소리가 아주 불쾌하게 울리는 것을 들었다.

필립 필리뽀비치가 수화기를 집어 들고 잠시 듣고 있더니 갑자기 흥분하기 시작했다.

「아주 잘했어.」

그의 목소리가 들려왔다.

「당장 가져오시오, 지금 당장!」

그는 갑자기 바빠지기 시작했다.

방울 종을 울리자, 곧 방 안으로 들어온 지나에게 빨리 식사를 가져 올 것을 명령하였다.

식사! 식사! 식사!

곧 식당에서는 달그락거리며 접시 부딪치는 소리가 들려왔다.

지나가 이리저리 뛰어다니기 시작했으며 부엌에서는 다리야 뻬뜨로브나가 칠면조 고기가 아직 다 익지도 않았다고 투덜대는 소리가 들렸다.

개는 다시 흥분하기 시작했다.

〈나는 아파트 안의 무질서를 좋아하지 않는데〉라고 샤릭은 계속해서 생각하고 있었다.

그런데 그가 이런 생각을 하자 금방, 마치 기다리기라도 한 듯이, 무질서는 보다 더 불쾌하게 느껴졌다.

그리고 이것은 무엇보다도 언젠가 한번 그에게 물린 적이 있는 닥터 보르멘딸리의 행동 때문이었다.

그는 뭔가 불길한 냄새가 나는 트렁크를 가지고 들어와서 옷도 벗지 않고 곧장 복도를 지나 관찰실로 급히 들어갔다.

필립 필리뽀비치는 다 마시지도 않은 커피 잔을 내팽개치듯이 내버려 두고, 급히 닥터 보르멘딸리를 맞이하러 집무실 밖으로 뛰쳐나갔다.

그가 커피를 다 마시지도 않고 일어서는 일은 지금까지 한 번도 없었으며, 더구나 닥터 보르멘딸리를 맞이하러 뛰어나가는 일 또한 결코 한 번도 없었던 일이었다.

「언제 사망했지?」

그가 소리치듯이 물었다.

「세 시간 전입니다.」

눈이 그대로 묻어 있는 털모자도 벗지 않고 트렁크를 급히 열면서 보르멘딸리가 대답했다.

〈죽다니 누가 죽었단 말이야?〉 하며 개는 침울하고 불만스럽게 생각하고는 사람들 발밑에서 알짱거렸다.

〈그들이 덤벼들 때, 그냥 참고 있지는 않을 거야.〉

「알짱대지 말고 저리 나가! 빨리, 빨리, 더 빨리!」

필립 필리뽀비치가 사방에 대고 소리치기 시작했으며, 개한테는 전화벨 소리같이 여겨지는 소리들이 연신 울려 대기 시작했다.

지나가 급히 뛰어 들어왔다.

「지나! 전화받는 것은 다리야 뻬뜨로브나한테 맡기고, 예약이며 접수며 아무도 받지 말도록! 너는 내 일을 도와라. 닥터 보르멘딸리, 제발 부탁이니, 빨리빨리!」

〈마음에 안 드네, 정말. 마음에 안 들어.〉

개는 화가 나서 얼굴을 잔뜩 찌푸린 채 아파트 안을 하릴없이 이리저리 돌아다니기 시작했다.

그런데 이런 모든 대소동은 주로 관찰실 안에서 일어나고 있었다.

지나는 갑자기 수의 비슷한 하얀 가운을 입고서는 관찰실에서 부엌으로, 그리고 다시 부엌에서 관찰실로 황급히 뛰어다니기 시작했다.

〈뭔지 모르지만, 가서 그냥 먹어 치워 버릴까? 으음, 완전히 못쓰게 망가뜨려 버려?〉

개는 결정을 했다. 그런데, 갑자기 뜻밖의 생각지도 않았던 소리가 들려왔다.

〈샤릭에게는 아무것도 주지 마!〉 하는 명령 소리가 관찰실 안에서 우렁차게 울려 나왔다.

「지금 어떻게 하고 있는지 잘 감시해!」

「가두어 둘 것!」

그래서 샤릭은 유인되어 욕실에 갇혔다.

〈야비하군.〉

샤릭은 어두침침한 욕실 안에 앉아 생각하였다.

〈정말로 바보 같은 짓들을…….〉

그러고는, 약 15분 동안 욕실에 머물러 있으면서 이상한 기분에 휩싸였다. 때로는 적의에 차기도 했으며, 때로는 어떤 무거운 몰락감에 사로잡히기도 하였다. 모두가 지루하고 불분명했다.

〈아, 이제 알겠어, 매우 존경하옵는 필립 필리쁘비치, 만일 당신이 내일 덧신을 사기만 해봐, 그냥 물어뜯어 버릴 테니〉 하고 개는 생각했다.

〈이미 덧신 두 짝을 사셔야 했지만, 한 짝 더 사셔야 할걸요. 당신이 다시는 개를 가둬 두지 못하도록 죄다 물어뜯어 버릴 테니.〉

그러나 이런 분한 생각은 갑자기 사라져 버렸다.

웬일인지 예전의 젊었던 시절의 기억들이 돌연하게, 그리고 분명히 떠오르기 시작했다.

쁘레오브라젠스끼 관문 지역에 끝없이 펼쳐진 뙤약볕 내리쬐던 마당, 여기저기 널린 병들 속에 부서져 내비치는 태양 조각들, 부서진 벽돌, 제멋대로 돌아다니는 부랑견들…….

〈안 돼, 이제 어디로든지, 어떤 자유를 준다 해도 너는 여기서 떠나서는 안 될 거야, 어째서 거짓말을 하는 거지?〉

개는 코로 세게 숨을 내쉬면서 우수에 잠겼다.

〈나는 이미 익숙해졌어. 나는 지주 귀족의 개라고, 지식 계급에 속한 존재란 말이야, 이미 훌륭한 세상의 맛을 보았다고. 그래, 그 자유란 게 도대체 무엇이냔 말이야? 바로 이렇게, 연기에다, 환상에, 허구…… 불행한 민주주의자들의 헛소

리일 뿐······.〉

그러고 나니 어두침침한 욕실 안이 보다 무시무시해졌으며, 개는 울부짖기 시작했다. 그는 문 쪽으로 몸을 내던지며 욕실 문짝을 할퀴었다.

〈우우!〉 하는 소리가 마치 나무통 안에서 울리는 것처럼 온 아파트 안으로 퍼져 나갔다.

〈부엉이를 다시 잡아 찢어 놓는다!〉

광기 있게, 그러나 힘없이 개는 생각하였다.

그러고 나서 힘이 쭉 빠진 개는 드러누워 버렸다.

그가 다시 일어섰을 때, 그의 털은 갑자기 곤두서기 시작했으며, 웬일인지 욕실 안에서 혐오감을 불러일으키는 늑대의 눈이 아른아른했다······.

개의 고통이 한참 고조되었을 때 문이 열렸다.

개는 욕실 밖으로 나오자 몸을 세게 턴 다음 무뚝뚝하게 부엌으로 향했다.

그러나 지나는 개 목걸이를 집요하게 잡아당기며 그를 관찰실 쪽으로 끌고 갔다. 개는 간담이 서늘해졌다.

〈무엇 때문에 저 방에서 지금 나를 필요로 하는 거지?〉

개는 미심쩍게 생각하였다.

〈옆구리도 다 아물었는데. 정말 이해하지 못하겠군.〉

개는 반들반들한 쪽나무 바닥을 따라 미끄러지듯이 질질 끌려갔다.

이렇게 개는 관찰실 안으로 옮겨졌다.

관찰실 안에 들어서자, 곧 기괴한 조명이 개를 깜짝 놀라게 했다.

천장에 달린 하얀 전구는 눈에 거슬릴 정도로 빛나고 있었다. 하얀 불빛 가운데 우리들의 신관께서 서 계셨으며, 그의 입술 속에서는 연신 신성한 나일 강변에 관한 노래가 흘러나오고 있었다.

오로지 어렴풋한 냄새만으로 그가 필립 필리뽀비치임을 알 수 있었다. 이발한 하얀 머리카락은 총주교의 둥근 모자를 연상시키는 하얀색의 원통형 모자 속에 감추어져 있었다. 신관께서는 머리 위에서 발끝까지 온통 하얀색으로 치장하고 있었으며, 허리에는 마치 승려들의 견대(肩帶)처럼 고무로 된 좁은 앞치마를 두르고 있었다. 그리고 그의 두 손에는 검은색 장갑이 끼워져 있었다.

승려용 둥근 모자는 언젠가 개한테 한번 물린 적이 있는 젊은 의사도 쓰고 있었다. 긴 탁자가 넓게 펴지더니, 바로 그 옆으로 외발이 붙은 사각의 조그만 탁자가 가까이 당겨져 왔다.

개는 여기서 무엇보다도 그 젊은 의사가, 그중에서도 지금의 그 눈빛이 가장 증오스러웠다.

보통 때 대담해 보이고 직선적이던 그의 눈동자가 지금은 개의 시선으로부터 사방으로 피해 달아나고 있었다. 눈동자는 뭔가를 경계하는 듯 위선적으로 보였으며, 그 내부 깊숙한 심연에는 만일 완전 범죄가 안 되면 아주 좋지 못하고 비열하게 될 일이 숨겨져 있었다.

개는 젊은 의사를 음울하고 싫은 눈초리로 쳐다보더니 슬금슬금 구석으로 피해 갔다.

「지나야, 개 목걸이.」

약한 목소리로 필립 필리뽀비치가 말했다.

「단지 그를 두려워하지만 마라.」

곧 지나의 눈빛도 젊은 의사의 눈처럼 혐오감을 불러일으키는 눈빛으로 변하기 시작했다. 그녀는 개 곁으로 살짝 다가서더니 아주 위선적으로 개를 쓰다듬었다.

개는 근심에 가득 싸여 그녀를 경멸하듯 쳐다보았다.

〈좋습니다……. 당신들은 세 명이고. 원하신다면 가지세요. 당신들한테 부끄러운 일이 될 뿐……. 다만 나를 가지고 뭘 하려는 건지나 알았으면 좋겠는데요?〉

지나가 개 목걸이를 벗기자, 개는 머리를 옆으로 세게 흔든 다음 큰 소리로 화를 내며 짖어 댔다.

젊은 의사가 개 바로 앞에 섰다.

그에게서 추악하고 구역질 나는 냄새가 확 퍼지기 시작했다.

개는 〈우, 추악한 냄새……. 어째서 이렇게 더럽고 지독하지?〉 하고 생각하고는 젊은 의사로부터 뒷걸음질 쳤다.

「의사 선생, 빨리 해, 빨리.」

참지 못하고 필립 필리뽀비치가 소리쳤다.

방 안 공기 속에 코를 찌르는 달콤한 냄새가 풍기기 시작했다.

젊은 의사가 뭔가를 경계하는 듯한 사악한 눈빛으로 개에게서 한시도 시선을 떼지 않으면서 다가서더니, 등 바로 뒤에서 오른손을 꺼내자마자 재빨리 개의 코에다 축축한 솜뭉치를 밀어 넣었다.

 순간 샤릭은 정신이 멍해졌고 머릿속에선 뭔가가 가볍게 빙빙 돌기 시작했다. 그러나 아직 샤릭은 한 번 껑충 뛰어올라 옆으로 비킬 수는 있었다.

 젊은 의사도 덩달아 뛰어오르며 갑자기 솜뭉치로 샤릭의 온 낯짝을 발라 막기 시작했다.

 곧 호흡이 차단되었다.

 그러나, 한 번 더 개는 뿌리치며 도망칠 수 있었다.

 〈악당……〉 하는 생각이 개의 머릿속을 스쳐 지나갔다.

 〈도대체 무엇 때문에?〉

 그리고 한 번 더 솜뭉치가 바싹 달라붙어 왔다.

 그러자 갑자기 관찰실 한가운데에 거대한 호수가 나타났으며, 호수 위의 조그만 조각배들 안에는 내세의 천진난만한 개들이 매우 쾌활한 표정으로 앉아 있었다.

 마침내, 개의 다리는 뼈대 없이 흐물흐물해지더니 꺾이며 굽어졌다.

「탁자로!」

 필립 필리뽀비치의 유쾌한 목소리가 어디에선가 둔한 소리를 내며 던져졌으며, 곧 오렌지빛의 좁다란 흐름을 타고 사방으로 번져 나갔다.

 이제 심한 두려움은 사라지고 대신에 기쁨으로 바뀌었다.

 약 2초가량 개는 죽어 가면서 젊은 의사를 사랑했다.

 그러고 나서 온 세상이 거꾸로 뒤집혀 보이기 시작했으며, 좀 차갑기는 하지만 기분 좋은 손이 배 밑에 들어가 있음을 개는 아직 느낄 수 있었다.

그리고 그다음은 아무것도 느껴지지 않았다.

폭이 좁은 수술용 탁자가 놓이더니 좌우로 넓게 쭉 펼쳐졌고, 그 위에 개 샤릭이 눕혀졌으며, 그의 머리는 아무 힘 없이 하얀색의 풀 먹인 베개 위에 가 부딪혔다.

그의 배는 이미 털이 깎여 다듬어져 있었다. 지금은 닥터 보르멘딸리가 숨을 몰아쉬면서 샤릭의 털 속 깊숙이 기계를 묻어 샤릭의 머리털을 깎고 있었다.

필립 필리뽀비치는 탁자 한끝에 손을 기대고 서서 금테 안경처럼 번쩍이는 두 눈으로 이 과정을 눈여겨 관찰하면서 두려움에 떠는 목소리로 다음과 같이 말하였다.

「이반 아르놀리도비치, 내가 뚜레쯔꼬예 세들로[27]로 들어갈 때가 가장 중요한 순간이오. 간곡히 부탁하는데, 순간적으로 뇌하수체를 내게 건네주어야 하오. 그리고 여기를 즉시 꿰매시오! 만일 저기 내 쪽에서 출혈이 시작된다면, 우리는 시간을 잃게 될 것이고, 그러면 개도 잃게 됩니다. 하지만 개를 위해선 이 같은 기회도 다시는 없을 거요.」

그러고 나서, 필립 필리뽀비치는 입을 다물고 가늘게 실눈을 떴다.

마치 조소라도 하듯이 눈을 반쯤 감은 채 잠자고 있는 개의 눈을 묵묵히 바라보고 나서 필립 필리뽀비치는 몇 마디 덧붙였다.

「아시겠지요? 이놈이 가엾군요. 상상해 보시오, 나는 이미

[27] 의학 용어로, 뇌하수체를 담고 있는 뼈로 된 골수 부위를 가리킨다.

정이 들었나 봐요.」

이런 말을 하면서 그는 마치 불행한 개 샤릭의 어려운 공적에 축복을 내려 주기라도 하듯이 양손을 들어올렸다.

그는 가는 먼지 하나라도 자신의 검은 고무장갑에 내려앉지 않게 하려고 애썼다.

깎인 털 바로 밑으로 희끄무레한 개의 살갗이 번쩍이기 시작했다.

보르멘딸리는 이발기를 던져두고 면도칼로 무장하였다. 그는 힘없는 조그만 개의 머리에 비누칠을 하고 면도하기 시작했다. 칼날 밑에서 뭔가 세게 부서지는 소리가 나더니 어딘가에서 피가 흘러나왔다.

젊은 의사는 개의 머리를 면도하고 나서, 축축이 젖은 가솔린 솜뭉치로 머리를 닦아 낸 다음 배가 위로 드러나도록 개를 넓게 펼쳐 놓고 나서 숨을 헐떡이며 말했다.

「준비됐습니다.」

지나가 세면기 위의 수도꼭지를 틀어 놓자, 보르멘딸리가 손을 씻으러 달려갔다. 지나는 작은 유리병에서 알코올을 따랐다.

「필립 필리쁘비치, 저는 밖에 나가 있으면 안 될까요?」

그녀는 면도한 개의 머리를 겁에 질린 눈으로 힐끔힐끔 쳐다보며 물었다.

「그래라.」

지나는 재빨리 밖으로 나갔다.

보르멘딸리는 계속해서 더 분주하게 움직이기 시작했다.

그는 가벼운 가제 손수건으로 샤릭의 머리를 덮었다.

그러자 베개 위에는 아직 아무도 보지 못한 대머리 개의 두개골과 이상하게 턱수염이 많은 낯짝이 뉘어 있었다.

이제야 우리들의 신관께서 살짝 움직이기 시작했다. 그는 자세를 바로잡아 똑바로 서더니 개의 머리를 쳐다보았다. 그러고는 다음과 같이 말하였다.

「으음, 주여 축복을 내려 주소서. 칼!」

보르멘딸리가 조그만 탁자 위에 번쩍이며 수북이 쌓여 있던 칼 더미 중에서 가운데가 불룩 튀어나온 조그만 칼 하나를 끄집어내어 신관에게 건네주었다.

그리고 나서 그도 신관과 똑같은 모양의 검은색 장갑을 끼었다.

「잠자고 있지?」

필립 필리뽀비치가 물었다.

「잘 자고 있습니다.」

필립 필리뽀비치의 입술이 조금 오므라들더니, 눈에서 날카로운 섬광이 찌를 듯이 번쩍이기 시작했다.

그는 칼을 위로 번쩍 쳐들어 샤릭의 배 위를 자로 잰 듯이 정확하고 길게 쭉 그어 내렸다. 곧 살갗이 갈라지면서 피가 사방으로 솟구쳐 올랐다.

보르멘딸리가 탐욕스럽게 달려들어 가제 뭉치로 샤릭의 상처 부위를 압박하기 시작했다. 그러고 나서는 마치 설탕 집게처럼 생긴 조그만 핀셋으로 상처의 끝 가장자리를 오므리며 압착(壓搾)하였다.

그러자 상처는 곧 말라붙기 시작했다. 보르멘딸리의 이마에 구슬 같은 땀방울이 맺혔다.

필립 필리뽀비치는 이어서 두 번째로 깊숙이 벴다.

그러고 나서 그는 샤릭의 몸통을 젊은 의사와 함께 갈고리, 가위, 그리고 어떤 꺾쇠 같은 것으로 파내기 시작했다. 불그스레하고 노란 핏덩이가 튀었으며 핏방울이 맺혀 흐르는 근육질이 드러났다. 필립 필리뽀비치는 개의 몸통 속에서 칼을 빙빙 돌리고 난 다음 소리쳤다.

「가위!」

가위가 마치 요술쟁이의 손에 들린 것처럼 젊은 의사의 손에서 번쩍거렸다.

필립 필리뽀비치가 손을 더 깊숙이 찔러 넣더니 몇 번 회전한 다음 샤릭의 몸속에서 지스러기가 붙은 정자 분비관을 꺼냈다.

열의와 흥분으로 온몸이 완전히 젖어 버린 보르멘딸리는 유리병 쪽으로 급히 뛰어가 병 속에서 축축이 젖어 아래로 축 늘어진 다른 정자 분비관을 하나 끄집어냈다.

교수의 손에도, 그리고 조수의 손에도 마치 기타 줄같이 생긴 짤따랗고 축축한 실 하나가 꿈틀꿈틀거리며 감기기 시작했다.

압착기로 꽉 쥐여 고정된 굽은 바늘들이 손끝에서 섬세하게 튕겨지며 움직여 나갔다.

마침내 정자 분비관이 샤리꼬프의 그 자리에 들어가 꿰매어졌다. 우리들의 신관께서는 개의 상처 부위로부터 뒤로 물러서더니 그 속에 가제 뭉치를 밀어 넣은 다음 명령했다.

「닥터, 피부를 빨리 꿰매시오!」

그러고 나서 그는 커다란 하얀색 벽시계를 쳐다보았다.

「14분 걸렸습니다.」

보르멘딸리가 꽉 다문 이 틈으로 이야기하고 나서 굽은 바늘로 축 늘어진 피부를 찔렀다.

그 후, 두 사람은 마치 급히 서두르는 살인자들처럼 홍분하기 시작했다.

「칼!」

필립 필리뽀비치가 소리쳤다.

칼이 마치 스스로 튀어 들어가듯이 그의 손안에 쥐이자, 필립 필리뽀비치의 얼굴이 무시무시하게 변했다.

그는 누런 금니를 드러내더니 단번에 칼로 샤릭의 이마 위에 발간색 왕관의 테두리를 표시해 버렸다. 면도된 털이 붙어 있는 가죽이 마치 모발이 붙어 있는 두피처럼 벗겨지고 뼈로 된 두개골이 드러났다.

필립 필리뽀비치가 소리쳤다.

「뜨레빤!」[28]

보르멘딸리가 그에게 번쩍거리는 타래송곳을 건네주었다. 입술을 깨물면서 필립 필리뽀비치는 샤릭의 두개골 둘레를 빙 돌아가며 차례차례 송곳을 찔러 넣었다. 두개골 전체에 약 1센티미터의 간격으로 원을 그리며 조그만 구멍들이

---

28 주로 두개골에서 둥그런 모양으로 뼈를 잘라 내는 데 쓰는 원형의 둥근 톱을 말한다.

뚫렸다. 구멍 하나를 뚫는 데 5초 이상을 소비하지 않았다.

그다음에 그는 기괴한 모양의 톱을 들더니 톱 끝을 맨 처음에 뚫은 구멍 속으로 집어넣은 다음 마치 부인용 수공예품 상자를 만들듯이 톱을 켜기 시작했다. 두개골에서 나지막하면서도 날카로운 쇳소리가 삑삑 났으며 곧이어 두개골이 살짝 떨리면서 흔들리기 시작했다.

3분가량 지나자 샤릭의 두개골 위에서 지붕이 완전히 떨어져 나갔다.

이제, 푸르스름한 정맥과 불그스름한 반점들로 얼룩진 샤리꼬프 뇌의 회색빛 둥근 지붕이 드러났다.

필립 필리뽀비치는 골수막에 가위를 깊이 갖다 대더니 그것을 자르기 시작했다.

한번 가위를 움직이자 가느다란 피의 분수가 솟구쳐 올라, 하마터면 교수의 눈이며 그의 둥근 모자 위에 뿌려질 뻔했다.

보르멘딸리가 급히 달려들어, 특수 지혈용 핀셋으로 출혈 부위를 재빠르게 집어 피의 분출을 막았다. 보르멘딸리에게서 끊임없이 땀방울이 흘러내렸다. 그의 얼굴은 기름기가 줄줄 흐르면서 여러 가지 색깔을 띠기 시작했다.

그의 눈길이 필립 필리뽀비치의 손에서 탁자 위의 접시 쪽으로 급히 움직였다.

곧이어, 필립 필리뽀비치가 아주 무시무시해지기 시작했다. 코에서는 계속하여 씩씩거리는 소리가 새어 나왔으며 입술은 잇몸이 다 드러나도록 올라붙었다.

그는 뇌에서 거죽을 벗겨 내고 뇌 속 어디론가 깊숙이 손을 집어넣더니 마치 열어 놓은 찻잔처럼 생긴 반구체의 뇌 속에서 뭔가를 끄집어냈다.

그리고 바로 이 순간, 보르멘딸리는 얼굴이 창백해지더니 한 손으로 샤릭의 가슴을 얼싸안으면서 목쉰 소리로 다음과 같이 말하였다.

「맥박이 급격히 떨어지고 있습니다…….」

필립 필리뽀비치가 잔인하게 샤릭을 쳐다보더니 뭔가 중얼중얼 한 다음 보다 더 깊숙이 손을 집어넣었다.

보르멘딸리는 탁 소리를 내며 유리로 된 앰풀의 목을 깨서 주사기로 주사약을 빨아올린 다음 샤릭의 심장 어딘가에 주삿바늘을 교활하게 찔러 넣었다.

「자아, 들어간다, 뚜레쯔꼬예 세들로 쪽으로!」

필립 필리뽀비치가 으르렁거리며 짖듯이 소리치더니 피투성이가 되어 미끈미끈한 장갑으로 샤릭의 머릿속에서 약간 노르스름한 잿빛의 뇌를 끌어 올렸다.

순간 그는 샤릭의 낯짝을 곁눈으로 힐끔 쳐다보았고, 보르멘딸리는 즉시 노란색 액체가 담긴 앰풀을 두 번째로 깨뜨려 기다란 주사기 속으로 주사약을 빨아올렸다.

「심장 속으로요?」

겁먹은 듯이 수줍어하며 그는 질문했다.

「아직 뭘 또 질문하고 있는 거요?」

교수가 독살스럽게 소리쳤다.

「어쨌든 상관없어요. 그는 이미 다섯 번이나 당신 손에 죽었소. 찌르시오! 아직 개가 살아 있다는 게 과연 상상이나 할 수 있는 일이오!」

이때, 그의 얼굴은 마치 패기만만한 강도의 얼굴처럼 변해 있었다.

기세가 당당해진 의사가 개의 심장 속으로 주삿바늘을 가볍게 찔러 넣었다.

「살아 있어요, 그러나 겨우겨우.」

그는 잔뜩 겁이 난 목소리로 중얼거렸다.

「지금은 살았는지 죽었는지를 판단할 때가 아닙니다.」

무서운 얼굴을 한 필립 필리뽀비치가 목쉰 소리로 말하기 시작했다.

「난 세들로로! 죽기는 매한가지……. 오, 젠장……〈신성한 나일 강 강변을 향하여……〉뇌하수체를 주시오!」

보르멘딸리가 그에게 작은 유리병을 건네주었으며, 병 안에 든 액체 속에선 하얀색의 작은 덩어리 하나가 실에 꿰인 채 이리저리 흔들리고 있었다.

〈쁘레오브라젠스끼 교수 같은 전문가는 아마 유럽 전체를 통틀어도 없을 거야. 오, 하느님 맙소사…….〉

보르멘딸리는 어렴풋이 생각하고 있었다.

필립 필리뽀비치는 한 손으로 흔들거리는 작은 덩어리를 재빨리 잡아 꺼내고, 다른 한 손으로 가위를 들고 넓게 잡아 늘려 간격이 벌어진 두 개의 작은 반구체들 사이의 어딘가 깊숙한 곳에 있던 똑같이 생긴 작은 덩어리 하나를 잘라 내었다.

잘라 낸 샤릭의 덩어리를 접시 위로 내던지고는 기적적이고 정교하며 부드러운 자신의 짧은 손가락들로 새로운 덩어리를 실과 함께 정확하게 뇌 속으로 밀어 넣은 다음, 노란색 실로 그 덩어리를 그곳에 교묘하게 잘 묶었다.

이와 같이 한 후에, 필립 필리쁘비치는 샤릭의 머리에서 라스빨까[29]와 핀셋을 제거했다. 그러고 나서 뇌를 뼈로 된 반구체 뒷부분에 잘 감추어 넣은 다음, 몸을 뒤로 젖혔다. 그러고는 이미 아주 평온하고 태연하게 질문하였다.

「물론, 죽었겠지……?」

「실오라기 같은 맥박이…….」

보르멘딸리가 대답했다.

「아드레날린을 한 번 더!」

교수는 뇌 위에 피부막을 아무렇게나 던져 넣고 톱으로 잘라 낸 지붕을 크기에 맞추어 올려놓은 다음, 모발이 붙어 있는 머리 가죽을 원래 모양대로 움직여서 그 위에 덮으며 소리쳤다.

「꿰매시오!」

보르멘딸리는 바늘을 세 개나 부러뜨려 가면서 5분가량 머리를 꿰맸다.

이제 베개 위에는 머리 위로 빙 돌아가며 원형 고리를 끼운 것 같은 상처가 난 샤릭의 생기 없이 흐리멍덩한 얼굴이

---

[29] 의학용 수술 도구 가운데 하나로 어느 부분을 잡아 늘이거나 벌린 다음 더 이상 좁아지지 않도록 하기 위해 고정하거나 위로 매달 때 쓰는 설치물이다.

피로 장식된 채 나타났다.

이때 이미 필립 필리뽀비치는 배가 잔뜩 부른 흡혈귀처럼 완전히 뒤로 물러나서 장갑 한 짝을 벗었다. 장갑 속에서 땀이 잔뜩 밴 분말 가루가 구름처럼 쏟아져 나왔다. 그는 다른 장갑 한 짝을 잡아 찢어 바닥에 내던지고서 벽 위의 누름단추를 눌러 종을 울렸다.

곧 문지방에 지나가 나타났으며, 그녀는 얼른 고개를 돌려 샤릭과 피를 보지 않으려 했다.

신관께서는 하얀 손으로 피투성이가 된 원통 모자의 두건을 벗은 다음 소리쳤다.

「지나, 지금 당장 궐련을 가져오너라. 속옷은 가장 새것으로, 그리고 목욕물을 받도록!」

그는 허리를 굽혀 탁자 끝에 턱을 받치고 서서 손가락 두 개로 개의 오른쪽 눈까풀을 벌리고는 명백히 죽어 가고 있는 눈동자를 쳐다보면서 말했다.

「바로 이렇게, 으음 젠장할! 아직, 죽지 않았다고! 으음, 어차피 죽기는 매한가지야. 에흐, 보르멘딸리, 개가 가엾군! 귀엽고 상냥한 녀석이었는데 말이야. 하지만 교활하기도 했어.」

5

닥터 이반 아르놀리도비치 보르멘딸리의 필기 수첩.
얇은 규격용 필기장.
보르멘딸리의 글씨체로 가득 쓰여 있다.

처음 두 장은 깔끔하고 세밀하며 정확한 글씨체로 쓰여 있는 반면, 뒷장으로 가면서 글씨체가 분방해지고 떨리면서 수많은 반점들로 얼룩져 있다.

1924년 12월 22일. 월요일
진찰 기록 일지.
실험용 개, 약 두 살가량. 수컷. 종자: 잡견. 부르는 이름: 샤릭.
털은 듬성듬성 관목처럼 나 있고 희끄무레한 반점들이 얼룩진 다갈색이며 꼬리는 팔팔 끓인 우유 빛깔 같다.
오른쪽 옆구리에는 완전히 아문 화상 자국이 그대로 나 있다.
교수의 아빠트로 들어오기 전의 영양 상태는 나빴으나, 1주일 체류 후 통통해짐.
몸무게: 8킬로그램(감탄 부호).
심장, 허파, 위장, 체온 정상.

12월 23일
저녁 8시 반, 유럽 최초의 수술이 쁘레오브라젠스끼 교수에 의해 실행됨.
클로로포름으로 마취된 상태에서 샤릭의 고환이 제거되었으며, 그 대신에 수술 시작 네 시간 4분 전 운명한 28세 남자에게서 적출하여, 쁘레오브라젠스끼 교수의 지시대로 살균된 생리수 속에 보관하고 있던 생식선과 돌기가 딸린 남성 고환이 이식되었다.

이 이식 수술에 바로 뒤이어 두개골의 뚜껑을 여는 개두술(蓋頭術) 후, 뇌의 돌기 뇌하수체가 제거되었으며, 곧이어 앞서 제시된 남성으로부터 적출한 인간의 뇌하수체로 교체되었다.

클로로포름 8제곱미터, 캠퍼 1주사, 아드레날린 2주사가 심장에 소비되었다.

이러한 수술은 다음의 사실을 입증하기 위한 것이다. 이식 후 뇌하수체의 적응성에 대한 문제와, 더 나아가 그것이 사람의 유기체를 젊어지게 하는 데 어떠한 영향을 미치는지에 대한 문제. 이를 보다 분명히 밝히기 위하여 뇌하수체와 고환을 함께 연결해 이식하는 쁘레오브라젠스끼 교수의 실험이다.

필립 필리뽀비치 쁘레오브라젠스끼 교수가 수술을 집도했다.

닥터 이반 아르놀리도비치 보르멘딸리가 보조했다.

수술 후의 밤. 무섭게 되풀이되는 맥박의 격감. 최후의 죽음만을 기다림.

쁘레오브라젠스끼의 명령에 따라 막대한 양의 캠퍼를 주사함.

12월 24일
아침에 — 양호해짐. 호흡이 두 배로 빨라짐. 체온 42도. 캠퍼와 카페인을 피하 주사함.

12월 25일

다시 불량해짐. 맥박은 겨우 만져서 느낄 정도.

수족을 바들바들 떨며, 동공은 반응을 보이지 않는다.

쁘레오브라젠스끼 교수의 방법에 따라 아드레날린과 캠퍼를 심장에 주사함.

생리 용액을 정맥 주사함.

12월 26일

약간 양호해짐. 맥박 180, 호흡 92. 체온 41도. 캠퍼와 영양식을 관장 기기로 주입.

12월 27일

맥박 152, 호흡 50, 체온 39.8도. 동공이 반응을 보임. 캠퍼를 피하 주사함.

12월 28일

현저하게 양호해짐. 정오에 갑자기 비 오듯 땀을 흘림. 체온 37도.

수술 상처는 예전 상태 그대로.

붕대를 다시 감음.

식욕이 생겼음. 영양식은 액체.

12월 29일

갑자기 이마와 몸통 옆구리에서 털이 현저하게 빠짐.

상담을 위하여 피부과 교수 바실리 바실리예비치 분다레프와 모스끄바 수의과 모범 연구소 소장이 호출됨. 이들 두 교수에 의해 이런 경우는 어떤 피부병 의학책에도 쓰여 있지 않은 것으로 확인됨.

진단법은 확인되지 않은 상태로 남겨졌다.

체온은 정상.

(연필로 쓴 기록)

저녁에 처음으로 개 짖는 소리가 났다(8시 15분).

음색과 톤의 급격한 변화(하락)에 주의가 기울여짐.

개 짖는 소리가 〈멍, 멍〉 소리 대신에 〈아 — 오〉 음절로 바뀜.

멀리서 들으면, 음색이 신음 소리를 연상시킨다.

12월 30일

탈모 현상은 전체적으로 대머리의 성격을 띠었다.

몸무게를 달아 보니 예기치 않은 결과가 나왔다. 뼈 길이(신장)로 계산하여 몸무게 30킬로그램.

개는 예전과 같이 누워 있다.

12월 31일

대단한 식욕.

(기록 수첩에 반점이 얼룩져 있다. 얼룩 반점 다음에는 성급한 글씨체로 쓰여 있음.)

낮 12시 12분에 개는 분명하게 한 단어를 지껄였다.

〈아……브……으르!〉

(기록 수첩은 한동안 중단되어 있으며, 뒷부분으로 가면서 필경, 흥분으로 인한 실수로 짐작되는 오기(誤記)가 많다.)

12월 1일
(글씨가 지워진 다음 올바르게 정정되어 있다.)

1925년 1월 1일
아침에 사진을 찍었다.

분명하게 〈아브으르〉 하고 짖었으며, 이 단어를 마치 기쁨에 넘친 듯이 큰소리로 반복하여 짖어 댔다. 오후 3시에(대문자로 쓰여 있음) 개가 웃었다(?). 그 바람에 하녀 지나가 기절하는 소동이 벌어졌다.

저녁에 〈아브으르 발그〉, 〈아브으르〉 단어가 연이어 여덟 번 발음되었다.

(연필로 쓴 글씨가 비스듬히 비뚤어져 있음.)
교수가 〈아브으르 발그〉 단어를 해독하였다.
단어는 〈그라브르이바 어업국〉을 의미하고 있다!
이는 뭔가 괴물임이…….

1월 2일
개가 웃을 때 사진을 찍었다.
침대에서 일어나 반 시간 동안 뒷발로 지탱해 서 있었다.
내 키의 거의 반 정도 다다랐다.

(기록 일지에 끼워진 삽입장)

러시아 과학은 하마터면 매우 고통스러운 손실을 가져올 뻔하였다.

필립 필리뽀비치 쁘레오브라젠스끼 교수에 대한 병 기록.

1시 13분. 교수 쁘레오브라젠스끼의 심한 졸도. 추락하면서 머리를 탁자 다리에 부딪쳤다. 신경 안정제.

나와 지나가 있는 상태에서 개는(만일 개라면, 당연히 그렇게 부를 수 있음) 교수 쁘레오브라젠스끼에게 아주 심한 욕설을 퍼부음.

(기록이 잠시 중단됨.)

1월 6일

(연필로 쓰이기도 하고, 보라색 잉크로 쓰이기도 함.)

오늘, 그에게서 꼬리가 떨어져 나간 후, 그는 완전히 분명하게 〈맥줏집〉이란 단어를 발음하였다.

축음기가 작동하고 있다.

도대체 이게 무엇인가!

(……)

나는 어찌할 바를 모르겠다!

(……)

교수의 환자 접수가 중지됨.

환자 개가 빈둥거리며 왔다 갔다 하는 관찰실에서는 낮 5시부터 명백히 비속한 욕설과 말투가 들리기 시작했다.

〈맥주 두 병 더.〉

1월 7일

그는 아주 많은 단어들을 발음하였다.

〈마부〉, 〈자리 없어〉, 〈저녁 신문〉, 〈아이들한테 가장 좋은 선물〉, 그리고 오로지 러시아 비속어 사전에나 존재하는 온갖 욕설과 험담들.

용모가 이상해짐. 털이 머리와 턱, 가슴에만 남았다. 나머지 부분은 축 늘어진 피부에 털이 하나도 없는 살갗이다. 생식기 부분은 완전한 남성으로 발육되어 있다. 두개골이 현저하게 확대되었으며, 이마는 비스듬하게 기울었고 짧다.

(······)

하느님 맙소사, 내가 미치겠구나!

(······)

필립 필리뽀비치는 한층 더 건강이 안 좋아짐.

나는 많은 관찰을 하였다(축음기, 사진).

(······)

도시 전체에 소문이 퍼졌다.

(······)

소문의 결과로 무수한 사태가 발생. 오늘 낮에는 온 골목마다 할 일 없는 게으름뱅이들과 노파들로 가득 찼다. 구경 좋아하는 사람들은 이제 창문턱 밑에까지 서 있다. 오늘 아침 신문에는 놀라운 기사가 나왔다.

화성인에 관한 소문이 아부호프 골목에 근거도 없이 퍼졌다. 소문은 수하레프스끼 시장 상인들에 의해 퍼졌으며, 그들은 엄하게 처벌받을 것이다.

뭐, 어떤 사람에 관한 소문이라고? 젠장할, 화성인? 정말로 이건 악몽이군!
(……)
저녁 신문에는 한층 더 놀랍게, 바이올린을 연주하는 어린 아기가 태어났다고 쓰였다. 신문에는 바이올린이 그려져 있고 내 사진이 한 장 박혀 있으며, 그 밑에는 교수의 서명이 있다.

산모를 제왕 절개 수술한 교수 쁘레오브라젠스끼

이게 무슨 입에 담지도 못할 이야기란 말인가……!
새로운 단어 — 〈경찰〉.
(……)
사실이 밝혀졌다. 나를 몰래 짝사랑했던 다리야 뻬뜨로브나가 필립 필리뽀비치의 앨범에서 내 사진 한 장을 슬쩍 훔쳤다. 쫓겨난 탐방 기자들 중 한 명이 몰래 부엌으로 들어와 내 사진을 훔쳐 저녁 신문에…… 등등…….
(……)
만일 환자 접수를 받는다면 무슨 일이 일어날 것인가!
오늘은 여든두 번이나 벨이 울렸다. 전화는 아예 빼놓

았다.

자식 없는 부인들이 미친 듯이 몰려왔다.

(......)

쉬본제르를 우두머리로 한 아파트 주택 관리 위원회의 모든 멤버들이 총출동해 있다. 무슨 목적으로 그들이 왔다 갔다 하는지, 사람들은 모르고 있다.

1월 8일

늦은 저녁에 진단이 내려졌다. 진실한 학자 필립 필리뽀비치는 자신의 실수 — 뇌하수체의 이식이 개를 젊어지게 한 게 아니라, 아예 개를 완전한 인간으로 만들어 버렸다 (세 번 밑줄 그어져 있음) — 를 인정하였다. 실수로 빚어진 그의 놀라운 대발견은 결코 작지 않은 사건이다.

그는 오늘 처음으로 아파트 안을 걸었다. 복도에서 전기 램프를 보고 웃었다. 그 후, 필립 필리뽀비치와 나의 부축을 받으며 교수 집무실로 따라갔다. 그는 뒷발로 튼튼히 지탱하고 서 있……(지워져 있음). 그는 아주 작고 제대로 성숙하지 못한 남자의 인상을 나타내고 있다.

집무실에서 그는 웃었다. 그의 웃음은 만들어진 것 같고, 기분이 안 좋았다.

그 후에 그는 뒤통수를 긁더니 주위를 둘러보았다.

그가 분명하게 발음한 새로운 단어. 〈부르주아들〉을 적어 놓았다.

그가 욕을 했다. 이러한 욕은 일정하고 체계적이었으며

쉴 새 없이 계속하여 내뱉는 것으로 보아, 아마도 아주 생각 없이 내뱉는 아무 의미도 없는 욕 같다.

그리고 욕설은 약간 녹음기 같은 성격을 띠고 있다. 마치 예전에 어디에선가 비속한 단어들을 들은 다음 그것들을 자신의 뇌 속에 잠재의식적으로 자동 저장해 두었다가, 요즈음에 와서 무더기로 꺼내 퍼붓고 있는 것 같다.

그렇지만 나는 정신과 의사도 아니니, 젠장할!

웬일인지 필립 필리뽀비치에 대한 그의 욕설은 놀랍게도 험악스러운 인상을 나타냈다. 이럴 때 교수는 가까스로 참으면서 그의 새로운 현상을 신중하고 냉정하게 감시하다가도, 결국은 참지 못하고 분을 터뜨리고 마는 경우가 빈번히 일어났다.

그래서 그가 욕을 하는 순간 교수는 갑자기 신경질적으로 소리쳤다.

「중지!」

그러나, 이러한 말도 어떤 효과를 나타내지는 못했다.

집무실 쪽으로의 산책을 무사히 마친 후, 나와 교수는 샤릭을 관찰실 안으로 이주시켰다.

이와 같이 한 후에 나는 필립 필리뽀비치와 협의를 했다.

난생처음 나는 이 확실하고도 놀랍도록 영리한 인간을 보고 당황하였던 사실을 자백하지 않으면 안 되겠다.

교수는 여느 때와 같이 노래를 읊조리며 내게 질문했다.
「자, 이제 우리는 어떻게 하면 될까요?」

그러고는 스스로 이렇게 대답하였다.

「모스끄쉬베야,[30] 그래요…… 〈세비야에서 그라나다까지……〉 모스끄뷔세야, 친애하는 의사 선생…….」

나는 아무것도 이해하지 못했다.

그는 다시 분명하게 말했다.

「내 당신한테 청하는데, 이반 아르놀리도비치, 그에게 속옷과 바지, 그리고 신사복을 사주시오.」

1월 9일

오늘 아침부터 매 5분(평균적으로)마다 새로운 단어와 어구들로 그의 어휘가 풍부해졌다. 마치 어구들이 의식 속에 꽁꽁 얼어붙어 있다가 갑자기 녹으면서 밖으로 넘쳐 나오는 것 같다. 밖으로 나온 단어는 곧 반복되며 사용되기 시작한다. 어제저녁부터는 다음의 상용 어구들이 녹음기에서 발견되었다. 〈건드리지 마〉, 〈그놈을 때려〉, 〈더러운 놈〉, 〈발 디딤대에서 내려〉, 〈내 너에게 본때를 보여 줄 테다〉, 〈미국의 승인〉, 〈석유난로〉.

1월 10일

옷 입히는 일이 이루어짐.

속옷 웃옷을 자신에게 입히는 것은 기꺼이, 심지어 즐겁게 웃기까지 하면서 순순히 허락했다.

그러나 속바지는 쉰 목소리로 항의를 표하면서 거절하

30 〈모스꼬프스까야 쉬베야〉의 약자. 당시의 옷 상표 이름으로 〈쉬베야〉는 여자 재봉사를 의미한다.

였다.

〈차례를 지켜, 개새끼들, 차례를!〉

옷이 입혀졌다. 양말은 너무 컸다.

(기록 일지에는 개의 다리가 인간의 다리로 변형되는 과정을 각 특징별로 묘사하는 개략적인 그림이 그려져 있다.)

뒷발의 발바닥 골격이 길게 늘어났다. 손가락들이 길게 늘어나며 펴짐. 발톱.

화장실 사용법에 대한 반복적이고 체계적인 훈련.

하녀들은 완전히 낙담하였다.

그러나, 이 인간의 영리함을 기입하지 않을 수 없다.

모든 일은 완전히 순조롭게 진행되어 가고 있다.

1월 11일

그는 바지를 아주 순순히 입었다.

필립 필리뽀비치의 바지를 건드리고 나서는 길고 재미있는 문구까지 발음하였다.

〈담배 한 대 줘, 네 바지는 줄무늬 바지.〉[31]

개의 머리털이 아주 연하고 부드러워 비단결 같다. 사람의 머리털과 혼동하기 십상이다. 그러나, 정수리의 반점들은 그대로 남아 있다. 오늘은 귀에서 마지막 솜털이 빠졌다. 왕성한 식욕. 아주 탐닉한 듯이 청어를 먹어 치움.

---

31 러시아어에서 〈담배〉라는 말 〈빠삐로소츠까〉와 〈줄무늬〉라는 말 〈뽈로소츠까〉가 발음상 대구를 이루므로, 러시아인들의 귀에는 매우 우습게 들리는 상황이다.

오후 5시의 사건.

개 인간에 의해서 발음된 처음의 단어들은 주위의 현상과 무관한 것이 아닌, 그것들에 대한 반응이었다.

바로, 교수가 그에게 〈먹다 남은 것을 바닥에 버리지 마라……〉하고 명령하자, 그는 갑자기 〈꺼져, 이 서캐 같은 새끼야!〉하고 대답했다.

필립 필리뽀비치는 깜짝 놀라 큰 충격을 받았다. 다음에 정신을 가다듬고 난 교수가 다음과 같이 말했다.

「만일 네가 한 번만 더 나나 닥터에게 욕을 한다면, 그땐 단단히 벌 받을 줄 알아라.」

나는 이 순간에 샤릭의 사진을 찍었다.

그가 교수의 말을 알아들었음을 나는 보증한다.

음울한 그림자가 그의 얼굴에 드리워져 있었다. 그는 힐긋힐긋 눈을 치뜨며 쳐다보았으며 아주 화가 나 있었으나 잠잠하였다.

만세!

그가 이해하고 있다.

1월 12일

손을 바지 주머니에 집어넣음. 우리는 욕을 하지 못하게 했다.

휘파람으로 〈오, 사과……〉라는 노래를 불렀다.

그는 이제 대화가 끊어지지 않도록 유지해 나갈 수 있다.

몇 가지 가설 가운데, 젊어지는 현상은 지금 현재로선 전혀 보이지 않는다는 것을 나는 감히 말하지 않을 수 없다!

하지만 훨씬 더 중요한 다른 현상으로, 쁘레오브라젠스끼 교수의 멋진 수술은 인간 뇌의 비밀 가운데 하나를 파헤쳤다!

이제부터는 뇌양돌기 뇌하수체의 수수께끼 같은 기능이 완전히 설명된다!

뇌하수체가 인간적인 외모를 결정하고 있는 것이다!

뇌하수체의 호르몬은 유기체 가운데 가장 중요한 것이라 부를 수 있다.

호르몬에 의한 외모!

과학에 새로운 분야가 열렸다. 파우스트의 온갖 증류기 없이도 작은 인조인간이 창조된 것이다!

외과 의사의 메스는 새로운 인간을 하나 살아나게 했다!

교수 쁘레오브라젠스끼, 당신은 조물주이십니다!

(얼룩 반점이 있음.)

그건 그렇다 치고, 이야기가 잠시 옆으로 빗나갔다…….

그래서, 그에게는 이제 대화가 끊어지지 않도록 유지해 나가는 능력이 생겼다. 내가 예상하기로 그는 이런 상태에 있는 것 같다. 뿌리를 내린 뇌하수체가 개의 뇌 속에 언어 센터를 개설하였으며, 따라서 단어들이 물밀듯이 쏟아져 나온 것이다.

내 가정에 따르면, 지금 우리들 앞에는 죽음에서 되살아나 발전하고 있는 뇌가 있는 것이지, 뇌가 새로이 창조된 것이 아닌 것 같다.

오, 진화론의 놀라운 확증!

오, 개에서 화학자 멘델레예프까지 연결된 사슬의 위대함이여!

나의 가설이 하나 더 있다. 샤릭의 뇌는 개로 존재하던 삶의 시기에 무수히 많은 개념을 축적하였다. 그가 처음으로 사용하기 시작한 단어들은 모두 저속한 단어들이었다. 그는 이 단어들을 언젠가 거리에서 들은 적이 있었으며, 그것들을 뇌 속에 잘 감추어 두었던 것이다. 요즈음 나는 거리를 지나갈 때면, 마주치는 개들을 신비로운 두려움에 사로잡힌 채 쳐다본다. 하느님만이 그들을 아실 것이다. 과연 그들의 뇌 속에 무엇이 숨겨져 있는지!

(……)

샤릭이 읽었다!

읽었다(세 개의 감탄 부호).

마침내 나는 이것을 알아차렸다

〈그라브르이바 어업국〉이었다! 그는 바로 이 단어를 끝에서부터 거꾸로 읽었던 것이다!

그러므로, 나는 심지어 개의 시각 신경은 교차되어 있다는 수수께끼의 실마리를 어디서 찾아야 하는지도 알게 되었다!

(……)

모스끄바 안에서는 어떤 일이 일어나고 있는가? 정말로, 인간의 두뇌는 이해하기 어렵다!

말 많은 수하레프스끼 시장 상인들 대다수는 벌써 볼셰

비끼가 자초한 세상 종말에 대한 소문을 유포하고 있다. 다리야 뻬뜨로브나가 이 소문을 듣고 이야기하였으며, 그녀는 심지어 날짜까지 정확하게 알아맞혔다.

1925년 11월 28일, 순교한 사제 스쩨빤의 날에, 지구가 천축에 부딪힌다!

몇몇 사기꾼들은 벌써 강연을 하고 돌아다닌다.

우리가 이와 같은 뇌하수체 수술을 함으로써 일어난 대소란으로 전화가 빗발치고 기자들이 몰려와 아파트에서 내몰 수 없을 지경이다!

나는 쁘레오브라젠스끼의 요청에 따라 아예 그의 아파트로 이주하여 밤에는 응접실에서 샤릭과 함께 지새웠다. 관찰실이 응접실로 변해 버렸다. 쉬본제르가 옳았음이 판명되었다. 주택 관리 위원회는 우리의 이런 재난을 보고 기뻐할 것이다.

모든 장식장이란 장식장은 유리 하나 남아나지 않고 박살이 났다. 왜냐하면 그가 껑충껑충 뛰어오르며 깨부쉈기 때문이다. 우리는 겨우겨우 그의 버릇을 고쳐 놓았다.

(……)

필립 필리뽀비치에게서 뭔가 무서운 일이 일어나고 있는 것 같다. 내가 그에게 샤릭을 아주 높은 수준의 정신적 인격체로 발전시키려는 내 자신의 가설과 희망에 대하여 이야기할 때면, 그는 으레 야유가 섞인 〈흠〉 소리를 내며 〈당신은 그렇게 생각해요?〉 하고 대꾸했다. 그의 어조는 상서롭지 못하였다.

정말로 내가 실수한 걸까?

노인네가 뭔가를 궁리하고 있긴 한 것 같은데…….

내가 이 진단 기록 일지에 매달려 있는 동안에도, 그는 우리들이 뇌하수체를 떼어 낸 그 인간의 과거 기록에만 빠져 있다.

(……)

(기록 일지 안의 삽입장)

끌림 그리고리예비치 추군낀, 25세. 미혼.

비공산당원, 공산당의 동조자.

세 번 재판을 받아 무죄로 인정됨. 처음에는 증거 불충분 덕택에, 두 번째는 출신 성분이 구원해 주었으며, 세 번째는 15년 강제 노동의 집행 유예.

절도.

직업: 선술집에서의 발랄라이까 연주.

작은 키, 몸이 왜소하며 못생김.

간장이 팽창되어 있음(알코올).

사망 원인: 쁘레오브라젠스까야 자스따바에 있는 맥줏집 〈스톱 시그널〉에서 심장을 칼에 찔림.

(……)

노인네가 가슴을 두근거리면서 끌림의 병 기록을 열심히 보고 있다. 무슨 일 때문에 그러는지 이해하지 못하겠다. 그는 추군낀의 시체 전부를 병리 해부학적으로 살펴보는 것을 미처 생각지 못한 데 대해 뭔가 투덜대며 중얼거렸다. 무슨 일인지 나는 이해하지 못하겠다!

누구의 뇌하수체이든 매한가지 아닌가?

1월 17일

며칠 동안 기록을 하지 못했다. 그가 유행성 감기에 걸렸었다.

그동안에 그의 외모는 완전히 형성되었다.

ㄱ) 신체 구조에 있어 완전한 인간.

ㄴ) 3뿌드[32]가량의 몸무게.

ㄷ) 작은 키.

ㄹ) 작은 머리.

ㅁ) 흡연을 시작함.

ㅂ) 인간의 식품을 먹음.

ㅅ) 혼자 힘으로 옷을 입는다.

ㅇ) 유창하게 대화를 한다.

(……)

바로 이런 것이 뇌하수체! (얼룩 반점)

(……)

이것으로 나는 진단 기록 일지를 마치려 한다.

이제, 우리들 앞에는 새로운 유기체가 있으며, 그를 처음부터 관찰할 필요가 있다.

첨부물: 대화 속기록, 축음기의 녹음, 사진.

---

32 구 러시아의 중량 단위로 1뿌드는 16.38킬로그램이다.

서명: 교수 필립 필리뽀비치 쁘레오브라젠스끼의 조수 닥터 보르멘딸리.

6

겨울 저녁이었다. 1월 말.
식사 전, 환자 접수 전의 시간.
응접실로 들어가는 문의 윗중방에 하얀색 종이 한 장이 매달려 있으며, 종이 위에는 필립 필리뽀비치의 손으로 다음과 같이 쓴 글씨가 적혀 있었다.
〈아파트 안에서 해바라기 씨를 까먹는 것을 금지함. 쁘레오브라젠스끼.〉
그리고, 보르멘딸리가 파란색 연필로 쓴 생과자 케이크 모양의 커다란 글씨도 적혀 있었다.
〈오후 5시부터 아침 7시까지 악기 연주는 금지되어 있음.〉
그다음은 지나의 필적.
〈필립 필리뽀비치가 돌아오시면 그에게 이야기해 주십시오. 나는 그가 어디로 갔는지 알지 못합니다. 표도르는 그가 쉬본제르와 함께 있다고 말했습니다.〉
쁘레오브라젠스끼의 필적.
〈내가 그 유리 수리공을 백년은 더 기다려야 할 것인가?〉
다리야 뻬뜨로브나의 필적(활자체로).
〈지나가 상점으로 떠났으며, 유리 수리공을 데려오겠다고 말했습니다.〉

식당 안은 암적색 갓 밑의 램프 덕택에 완전히 저녁 같았다. 찬장 유리에서 반사되어 나온 전등 빛은 2등분으로 굴절되어 비치고 있었으며, 거울이란 거울에는 모두 하얀색 긴 종이테이프 2개가 대각선 모양으로 비스듬히 교차되어 붙어 있었다.

필립 필리뽀비치는 책상에 비스듬히 기대어 앉아 커다란 신문 한 장을 펼쳐 들고 몰두해 있었다. 창밖의 번갯불이 그의 얼굴을 일그러뜨렸으며, 그의 입술 사이로는 말꼬리를 흐리며 속삭이는 듯한 소리가 간헐적으로 흘러나오고 있었다. 그는 신문의 짧은 기사 한 대목을 읽고 있었다.

이 사람은 비합법적으로 탄생한(퇴폐적인 부르주아 사회에서 표현되듯이) 그의 아들임에 추호의 의심도 없다. 바로 여기에, 우리들의 부르주아 사이비 학자께서 어떻게 기분 전환을 하고 계시는지, 그 전모가 있지 않은가! 법정의 서슬 푸른 칼날이 그에게 붉은 빛을 발하며 번뜩이고 나서도, 그는 일곱 개의 방 모두를 차지할 수 있을 것인가!

쉬본⋯⋯르

두꺼운 벽 너머에서 아주 집요하고도 능수능란한 솜씨로 발랄라이까가 연주되고 있었으며, 〈스베찌뜨 메샤쯔〉[33]의 교묘한 변주음은 필립 필리뽀비치 머릿속의 신문 기사 내용을 혐오스러운 죽으로 만들며 뒤섞고 있었다.

33 러시아 민속 노래의 제목으로 〈달이 비치다〉라는 뜻.

신문을 다 읽고 난 필립 필리뽀비치는 어깨 너머로 〈퉤퉤〉 하고 마른 침을 뱉었다. 그러고는 무심코 입술을 웅얼거리며 노래를 부르기 시작했다.

「〈스베예 — 예 — 예찌뜨 메샤쯔…… 스베찌뜨 메샤쯔…… 스베찌뜨 메샤쯔……〉 체…… 정말 귀찮아 죽겠군……. 저 저 주받을 놈의 멜로디!」

마침내, 그는 방울 종을 울렸다.

두꺼운 커튼 사이로 지나가 얼굴만 빠끔히 내밀었다.

「그에게 말해라, 지금 5시라고, 5시. 5시 이후의 악기 연주는 금지되어 있어. 그리고, 그를 이리로 불러오도록 해라.」

필립 필리뽀비치가 탁자 옆 안락의자에 앉아 있었다.

그의 왼손 손가락 사이에는 갈색 시가 꽁초가 비죽 나와 있었다.

문의 윗중방에 드리워진 커튼 가장자리에 자그마한 키에 못생긴 사내 한 사람이 나타나 다리를 꼬고 섰다. 그의 머리에는 머리카락이 마치 뿌리째 뽑힌 들판의 관목처럼 뻣뻣하게 치솟아 있었으며, 얼굴에는 솜털이 면도도 안 된 채 텁수룩이 나 있었다.

이마는 너무도 좁아 놀라울 정도였다. 내동댕이쳐진 붓솔같이 생긴 검은 눈썹 바로 위에, 거의 붙다시피 하여 짙은 머리숱이 시작되고 있었다.

왼쪽 겨드랑이 밑에 구멍이 난 신사복에는 지푸라기가 여기저기 붙어 있었고, 줄무늬 바지의 오른쪽 무릎에도 구멍이

나 있었으며, 왼쪽은 연보랏빛 물감으로 더럽혀져 있었다.

그의 목에 유독 짙은 푸른색의 넥타이가 매여 있었고, 넥타이 매듭 바로 밑에는 가짜 루비로 된 넥타이핀이 새빨간 빛을 발하고 있었다.

넥타이 색깔이 너무나 선명하게 눈에 띄어, 천장도 벽면도 어둠침침한 상태에서 피로에 지친 두 눈을 간간이 감고 있던 필립 필리뽀비치는 마치 푸른색 화환 밑에서 활활 타고 있는 햇불을 보는 것 같았다. 그가 눈을 뜨면 래커 칠을 한 구두와 하얀색 각반에서 빛이 반사되어 다시 아무것도 보이지 않게 되었다.

〈덧신을 신은 것 같군〉 하고 필립 필리뽀비치는 좋지 않게 생각하고 한숨을 크게 들이쉰 다음 코로 숨을 세차게 내쉬고 나서 다 꺼져 가는 시거를 만지작거렸다.

문가에 서 있던 그 사람은 흐릿한 눈으로 교수를 쳐다보고 있었다. 그는 담뱃재를 와이셔츠 가슴팍에 뿌리면서 궐련을 피우고 있었다.

나무로 만들어진 들꿩 옆에 나란히 걸려 있는 벽시계가 5시를 쳤다.

필립 필리뽀비치가 대화를 막 시작하려 할 때, 시계 안에서 뭔가 웅웅거리는 신음 소리가 한 번 더 울려 나왔다.

「내가 벌써 두 번씩이나 부엌 위 선반에서 자지 말라고 했던 것 같은데, 특히 낮에 말이야!」

그는 과일 씨가 바로 목에 걸려 숨이 막히는 듯 기침을 캑캑 하면서 목쉰 소리로 대답했다.

「부엌 안의 공기가 더 기분 좋은데.」

그의 목소리는 평범한 목소리가 아니었다. 약간 둔탁하게 들렸으며, 이와 동시에 마치 작은 나무통 속에서 울려 나오는 소리 같았다.

필립 필리뽀비치가 머리를 좌우로 흔들고 나서 물었다.

「그 더러운 것은 어디서 났니? 네 넥타이에 대해 묻고 있는 거다.」

그는 필립 필리뽀비치가 가리키는 손가락 끝을 쳐다보더니 뾰족이 내민 입술 너머로 눈을 흘기고 나서 자신의 넥타이를 정다운 듯이 쳐다보았다.

그가 말하기 시작했다.

「뭐 어때서……. 더럽다고? 세련된 넥타이기만 한데. 다리야 뻬뜨로브나가 선물했어요.」

「아하, 다리야 뻬뜨로브나가 당신에게 이 더럽고 눈꼴사나운 것을 선물했어요? 그 구두 또한 비슷하구먼. 이 무슨 새빨간 거짓말인가? 도대체 어디서 난 거야? 그리고 내가 항상 뭐라고 그랬니? 어느 정도 예의범절에 맞는 좀 고상한 구두를 사라고 했잖아! 그런데, 그 꼴이 뭐야? 정말로 닥터 보르멘딸리가 그런 꼴불견을 골랐단 말이냐?」

「내가 그에게 래커 칠 된 구두를 사달라고 했어요. 그런데 뭐, 내가 인간들보다 못하단 말예요? 꾸즈네쯔끼에 한번 나가 보세요, 죄다 반짝반짝 빛나는 래커 칠 구두뿐이니.」

필립 필리뽀비치는 머리를 설레설레 흔들고 나서 무게 있게 말하기 시작했다.

「부엌 선반 위에 올라가 잠자는 것은 엄격히 금지되어 있다. 알겠어? 그 무슨 후안무치한 행위냔 말이야. 정말로 방해 놓고 싶은 거야? 거기에는 여자들이 있어.」

그의 안색이 어두워지더니 입술이 앞으로 툭 튀어나왔다.

「정말로 훌륭한 여자들이군! 생각해 보라고! 자기들이 뭐 지주 귀족의 부인이라도 되나! 하녀같이 보이지 않으려고 대표 위원 부인이나 되는 것처럼 멋들을 부리는 꼴이란 참! 이게 다 그 지나란 것이 꾸민 중상모략이구먼.」

필립 필리뽀비치가 두 눈을 부라리며 쳐다보았다.

「감히 지나를 지나란 것이라 부르다니! 알겠어?」

그는 잠자코 있었다.

「알겠냐고, 내 너에게 묻고 있잖아?」

「알겠어요.」

「그리고, 그 더럽고 볼썽사나운 것 좀 제발 목에서 떼어내. 당신은…… 너는……. 자신을 한번 거울로 보세요, 그 꼬락서니가 무엇과 비슷한가! 서커스 저리 가라지! 담배꽁초 좀 바닥에 버리지 말라고, 내 누누이 당부했지요? 그리고 아파트 안에서 그 상스러운 욕지거리는 이제 한마디라도 더 이상 내 귀에 들리지 않도록 각별히 조심하라고. 그리고 또, 아무 데나 침 뱉지 말 것. 침은 침통에다가 뱉으란 말이야. 오줌 누는 것도 변기에 정확하게 누고! 지나와 대화하는 것은 일체 금지한다! 그녀가 얼마나 불평하는지 알아? 당신이 어두컴컴한 곳에 숨어 있다가 자기를 놀라게 한다고. 내 두고 볼 거야! 누가 환자 손님한테 〈개나 알지, 난 몰라!〉 하고 불손한 대답을 하나? 당신 뭐야, 정말 여기가 술집인 줄 알아?」

「아빠, 아빠는 왜 그렇게 나를 심하게 학대하고 그러세요?」

갑자기 그는 울먹이며 말했다.

필립 필리뽀비치는 얼굴이 새빨개지더니, 안경을 번쩍거리며 들었다 놓았다.

「누가 당신〈아빠〉란 말이야? 이게 무슨 허물없이 구는 태도야? 난 다시는 그런 소리 듣고 싶지 않아! 나를 부를 때는 이름과 부칭을 존중해서 부르도록!」

그의 입에서 갑자기 불손한 표현들이 막 쏟아져 나오기 시작했다.

「그래요, 당신은 모두 다……. 침 뱉지 마라, 담배 피우지 마라……, 저리 가지 마라……. 이게 정말 뭐야? 여기가 뭐 전차 안이라도 되나? 어째서 당신은 나를 살게 두지 않는 거야? 그리고,〈아빠〉란 말이 그렇게 당신한텐 무익하고 쓸모없단 말이야! 내가 당신한테 나를 수술해 달라고 청한 적이 있나?」

그는 흥분하여 지껄이기 시작했다.

「좋은 일 하셨구먼! 동물을 잡아다가 칼로 머리를 길게 썰어 줄무늬를 만들어 놓고서, 이제 와서는 싫어하고 경멸하신다 이거지. 나는 나를 수술하라고 허락하지도 않았어. 그리고 또 마찬가지로…… (그는 천장을 향해 두 눈을 위로 치켜뜨고, 마치 모종의 법률적 문구라도 회상해 내려는 듯했다) 마찬가지로, 내 친족들의 동의도 없었다고. 나는 민사상의 손해 배상을 청구할 권리를 가지고 있어.」

필립 필리뽀비치의 눈이 완전히 휘둥그레지더니, 손에서 담배가 굴러떨어졌다.

〈정말로, 아주 위험한 잡종이군!〉 하는 생각이 그의 머릿속을 스쳐 지나가고 있었다.

가늘게 실눈을 뜨며 필립 필리뽀비치가 물었다.

「그래서 당신은 당신이 인간으로 변형된 것에 불만이신가? 당신 혹시 그 구정물 흐르는 쓰레기통 속을 뒤지며 다시 이리저리 뛰어다니고 싶어서 그러시는가? 개구멍 속에서 동사하고 싶다고? 으음, 만일 내 진작 알았더라면……!」

「당신은 뭘 그렇게 항상 꾸지람만 하십니까? 구정물, 쓰레기통 해가면서. 나는 스스로 내 자신의 빵 조각을 찾아내 먹고 살았을 뿐이라고! 만일 내가 당신의 칼에 죽었다면? 당신은 이것을 뭐라고 표현하시려나, 동무?」

몹시 화가 난 필립 필리뽀비치가 매우 흥분하여 소리쳤다.

「〈필립 필리뽀비치〉라 부르라고 했잖아! 나는 당신 동무가 아니야! 정말 터무니없군!」

〈악몽…… 악몽이야!〉 하고 필립 필리뽀비치는 생각하고 있었다.

「그럼 물론이지, 다 똑같은…….」

비꼬듯이 말하기 시작하면서, 그는 우월감에 가득 차 꼬고 있던 한쪽 다리를 옆으로 뻗었다.

「우리들은 이미 다 알고 있다고! 우리들이 당신들한테 어떻게 동무가 되겠어! 어디에서 동무인가! 우리들은 한 대학에서 함께 배우지도 않았고, 욕실까지 딸린 열다섯 개짜리 방이 있는 아파트에서 살아 보지도 못했다고! 단지 이제는 이 모든 것을 잊어버려야 할 때가 온 거야. 지금 시대는 모든 사람 각자가 자신의 권리를 소유하고…….」

필립 필리뽀비치는 창백해진 얼굴로 그의 장황한 논설을 듣고 있었다. 샤리꼬프는 갑자기 연설을 중단하더니, 이빨로 씹어서 쭈글쭈글해진 담배를 손가락 사이에 끼고 재떨이 쪽을 향해 시위라도 하듯이 걸어갔다.

그의 걸음걸이는 비틀거리고 있었다.

그는 오랫동안 조개껍질 재떨이 속에다 담배꽁초를 비벼 부수듯이 끄면서, 분명한 목소리로 〈봐, 봐! 보라고!〉 하며 외쳐 댔다.

담뱃불을 끄고 난 그는 되돌아 걸어 나오면서 갑자기 이빨로 딱딱 소리를 냈다.

그러고는 코를 겨드랑이 밑으로 쑤셔 넣기 시작했다.

「벼룩은 손가락으로 잡아! 손가락으로! 그런데 정말 이해 못 하겠네, 도대체 어디서 그 벼룩들을 옮아오는 거야?」

필립 필리뽀비치가 격분하여 소리쳤다.

「아니 무슨 말씀을, 내가 일부러 그걸 번식시켜요?」

그가 벌컥 화를 냈다.

「확실히, 벼룩은 나를 좋아한단 말씀이야.」

이때, 그는 손가락을 옷소매 속으로 집어넣어 어깻죽지 밑의 안감을 뒤적거리며 긁어 대더니 불그스레한 솜뭉치를 밖으로 꺼내어 내버렸다.

필립 필리뽀비치는 천장 위의 화채 장식 쪽으로 시선을 돌려 버렸다. 그러고는 손가락으로 책상을 탁탁 두드리기 시작했다.

벼룩을 다 죽이고 나자, 그는 의자에 가서 등을 비스듬히 뒤로 제치고 앉았다.

이때, 그는 양손을 양복 옷깃을 따라 나란히 매달듯이 하여 손끝을 아래로 축 늘어뜨리고, 눈을 아래로 깔고 마룻바닥 위의 바둑무늬를 계속 곁눈질하고 있었다. 그는 감탄이라도 하듯이 자신의 반장화를 눈여겨보고 있었다. 그리고 이것이 그에게 대단한 만족감을 주는 것 같았다. 필립 필리뽀비치는 그의 뭉툭한 장화 코끝에서 밝게 반짝반짝 빛나고 있는 반점을 쳐다보았다. 그러고는 눈을 가늘게 뜨고 말하기 시작했다.

「내게 또 어떤 용건을 알리고 싶으신 건지……?」

「어떤 용건이냐 하면! 용건은 단순한 거요. 필립 필리뽀비치, 내게는 거주증이 필요합니다.」

필립 필리뽀비치의 얼굴이 약간 찡그려졌다.

「흐음…… 제기랄……, 거주증이라! 실제로…… 흐음…… 그렇지, 하지만 거주증 없이도 그런대로 괜찮을 수도 있잖아?」

그의 목소리는 확신 없이 우울하게 울리고 있었다.

「당치도 않습니다.」

그가 확신을 가지고 대꾸했다.

「〈거주증이 없이도〉라니요? 이건 이미 실례의 말씀. 당신 스스로 아실 거요. 거주증 없는 사람은 생활하는 것이 엄하게 금지되어 있습니다. 그 첫째로, 주택 관리 위원회를 보시오!」

「왜 여기서 난데없이 주택 관리 위원회가 튀어나오나?」

「왜라니요? 만나기만 하면 그들은 언제 너는……, 아니 말하기를, 〈매우 존경하는 당신은 언제 거주 등록을 하실 겁니까?〉 하고 묻고 있는데도요?」

「오, 네가……. 맙소사.」

필립 필리뽀비치가 음울하게 소리쳤다.

「〈그들을 만나고, 질문을 하고 다닌다……?〉 상상이 가는군. 대체 그들에게 뭘 말하고 다니는 거지! 내가 쓸데없이 돌아다니지 말라고 하지 않았던가?」

그는 깜짝 놀라더니, 말뜻을 제대로 인지하자 얼굴이 빨갛게 달아오르며 마치 홍옥같이 붉으락푸르락거리기 시작했다.

「뭐 내가 유형수입니까? 〈쓸데없이 돌아다니다〉니, 어떻게 그런 말을! 당신의 말은 아주 모욕적이군! 나도 다른 모든 사람들처럼 일이 있어 다니는 거야.」

이런 말과 동시에 그는 래커 칠을 한 장화를 번쩍거리며 마룻바닥을 따라 비틀비틀 걷기 시작했다.

필립 필리뽀비치는 잠자코 있었다.

그의 시선은 이미 옆으로 돌아가 있었다.

〈그래도 역시 참아야 해〉 하고 그는 생각하였다.

그러고는 찬장 쪽으로 다가가 단숨에 물 한 컵을 들이마셨다.

조금 진정이 된 후 그는 말하기 시작했다.

「아주 멋지군. 문제는 말투에 있는 게 아니지. 그래, 당신의 그 매혹적인 주택 관리 위원회는 뭐라고 말하던가?」

「주택 관리 위원회보고 지금 뭐라고 하는 거요? 그래, 당신은 아무 이유도 없이 부당하게 주택 관리 위원회를 매혹적이라고 욕하고 있군. 주택 관리 위원회는 이익을 옹호해 주고 있어.」

「질문해도 되겠습니까? 그래, 누구의 이익입니까?」

「그거야 누군지 다 알려져 있지. 노동자의 이익이지.」

필립 필리뽀비치가 눈을 부릅떴다.

「그럼 당신이 근로자야?」

「그야 이미 다 알려진 사실이지. 난 네쁘만[34]이 아니니까.」

「으음, 알았네. 그러면 주택 관리 위원회는 당신의 혁명적 이익을 옹호하기 위해 무엇이 필요하다고 하던가?」

「두말하면 잔소리지. 나를 거주 등록시킬 것. 그들이 나에게 모스끄바 안에서 거주 등록을 하지 않고 살아가는 사람을 본 적이 있냐고 하더군. 이게 첫 번째 이유요. 하지만, 가장 중요한 것은 징집 등록증이지. 나는 공공 의무 회피자가 되고 싶지는 않거든. 이 외에도 직업 동맹 회원증, 직업소개소 회원증……」

「내가 어디다 당신 등록증을 써주어야 되는지 가르쳐 주시지? 이 식탁보 위에다 써줄까? 아니면, 내 여권에다? 정말 그래도 법규만을 중시해야 하는가! 잊지 마시오, 당신은 무어냐 하면……? 에…… 흠……, 당신은…… 말하자면 갑자기 출현한 존재로서, 그러니까 실험실적인……」

필립 필리뽀비치는 점점 더 자신 없게 말하고 있었다.

34 네쁘(신경제 정책)에 의한 벼락부자.

반면 그는 우월감에 가득 차 잠자코 있었다.

「좋아. 그럼 결국 당신의 그 주택 관리 위원회의 계획대로 당신을 등록시키고 전반적으로 모든 것을 만들려면 무엇이 필요하지? 아참, 당신에게는 성도 이름도 없지 않은가!」

「그건 당신이 잘못 알고 있군. 이름은 내 자신이 아주 편하게 선택할 수 있지. 그러고는 신문에다 인쇄해 버리면, 그것으로 끝이야!」

「어떻게 불러 드리는 게 좋을까?」

그가 넥타이를 똑바로 매고 나서 대답했다.

「뽈리그라프 뽈리그라포비치.」

「바보 같은 짓 하지 마시오.」

필립 필리뽀비치가 얼굴을 찌푸리며 대꾸했다.

「지금 나는 진지하게 말하고 있는 거야.」

독살스러운 냉소가 그의 콧수염을 살짝 일그러뜨리고 있었다.

「뭐가 뭔지 이해 못 하겠구먼, 난.」

그가 즐겁게, 그리고 의미 있게 말했다.

「나는 욕을 해도 안 돼, 침을 뱉어도 안 돼, 그리고 당신한테서는 오로지 〈바보〉 또 〈바보〉 소리만 듣고 있으니……. 아마도, 러시아 연방 내에서는 오로지 교수한테만 욕하는 것이 허용되어 있는 모양이지?」

필립 필리뽀비치의 눈에서 핏발이 서기 시작했다.

그는 물 한 컵을 따르더니 그것을 깨버렸다.

그러고는 다시 다른 컵에 물을 따라 마시고 나서 생각했다.

〈조금 더 있으면 나를 가르치려 들겠어. 그리고 그가 완전히 옳게 되겠는걸. 스스로 내 자신을 진정시킬 수가 없어.〉

그는 의자로 되돌아와서는 지나치리만치 공손하게 몸을 숙이면서 쇠같이 단단하고 딱딱한 목소리로 다음과 같이 말했다.

「미안합니다. 나는 신경이 많이 쇠약해졌소. 당신의 이름이 좀 이상하게 여겨지는군요. 어디서 그런 이름을 발견해 냈는지 무척 흥미로운데?」

「주택 관리 위원회가 도와주었소. 그들이 달력을 펼쳐 놓고 찾았지. 그러고는 내게 어떤 날짜를 할까 하고 묻기에 내가 선택한 거요.」

「어떤 달력에도 그런 것은 절대 있을 수 없어.」

「아하, 정말 놀랍군.」

그가 웃었다.

「당신의 관찰실에도 걸려 있는데.」

필립 필리뽀비치는 일어나지 않고 앉은 자리에서 벽지에 붙어 있는 누름단추 쪽으로 몸을 젖혔다. 곧 벨이 울리고 지나가 나타났다.

「관찰실에서 달력을 가져오너라.」

약간의 침묵이 흘렀다.

지나가 달력을 가지고 돌아오자, 필립 필리뽀비치가 물었다.

「어디에?」

「3월 4일이 경축일[35]이오.」

35 그리스 정교 달력에 따르면, 3월 4일은 〈성자의 날〉이다.

「가리켜 보시오……. 흠…… 제기랄……. 지나, 그걸 당장 뻬치까 속으로 던져 버려!」

지나는 깜짝 놀라 눈을 휘둥그렇게 뜨고서 달력을 가지고 밖으로 나갔으며, 그는 비난하는 듯한 눈초리를 하고서 머리를 멋대로 흔들고 있었다.

「성을 좀 알려 주시지요.」

「성은 상속적인 것을 쓰기로 동의하였소.」

「어떻게? 상속적인 성이라니? 도대체 어떤?」

「샤리꼬프.」

가죽 재킷을 입은 주택 관리 위원회 위원장 쉬본제르가 집무실 안의 책상 앞에 서 있었다. 닥터 보르멘딸리는 안락의자에 앉아 있었다. 이때 추위에 빨갛게 언 의사의 볼에는(그는 방금 전에 밖에서 돌아왔다) 필립 필리뽀비치와 마찬가지로 당황한 기색이 역력했다.

「어떻게 쓰라는 거요?」

필립 필리뽀비치가 참지 못하고 물었다.

「무얼 그렇게……?」

쉬본제르가 말하기 시작했다.

「문제는 간단한 겁니다. 확인증을 쓰세요, 시민 교수. 뭐냐 하면 이렇게, 즉 이렇게 쓰면 되겠지요. 이 서류의 제출자는 실제로 시민 샤리꼬프 뽈리그라프 뽈리그라포비치이다. 흠……. 〈당신의 아파트에서 출생한〉이라고 쓰시오.」

보르멘딸리는 주저주저하며 안락의자에서 살짝 움직이고

있었고, 필립 필리뽀비치는 콧수염을 잡아당기고 있었다.

「흠…… 이런 젠장할……, 이보다 더 바보 같은 짓거리는 상상하기조차 불가능해. 아무것도, 그는 출생되지 않았어. 단지 그냥…… 으음, 한마디로…….」

「그건 당신의 문제이고.」

남의 재난을 기뻐하는 듯한 목소리로 쉬본제르는 평온하고 태연하게 말했다.

「출생하였든지 아니면 출생하지 않았든지……. 대체로, 그리고 총체적으로 말해서 당신이 수술한 건 사실 아닌가요, 교수님! 당신은 시민 샤리꼬프를 창조해 냈습니다!」

「그리고 아주 간단한 거요.」

책장 쪽에서 샤리꼬프가 지껄여 댔다. 그는 거울 깊숙한 곳에 비친 자기 넥타이를 들여다보고 있었다.

필립 필리뽀비치가 퉁명스럽게 화를 내며 대꾸했다.

「내 당신한테 누우이 말하지만 말참견하지 말라고! 당신은 아무것도 모르면서 그냥 〈아주 간단하다〉고 쓸데없는 말참견을 하고 있는 거요. 하지만 그게 그렇게 아주 간단하지는 않아.」

「어째서 나는 말참견하면 안 되나?」

샤리꼬프가 성을 내며 투덜거리자 쉬본제르가 즉시 그를 지지하고 나섰다.

「미안합니다만 교수님, 시민 샤리꼬프가 백번 옳습니다. 이건 그의 권리입니다. 자기 자신의 고유한 운명, 특히나 문제가 서류에 관련된 것인 만큼, 그가 논의에 참가하는 것은 당연한 권리이지요. 서류는 이 세상에서 가장 중요한 물건입니다.」

이때, 갑자기 귀청이 떨어질 듯 요란한 벨소리가 대화를 중단시켰다.

필립 필리뽀비치가 수화기에 대고 〈예!〉 하더니, 그만 얼굴이 새빨개지면서 소리치기 시작했다.

「쓸데없는 일로 나를 귀찮게 하지 마시오! 그게 당신하고 무슨 상관이 있습니까?」

그는 수화기를 뿔 모양의 고리 위에 세게 던져 버렸다.

야릇한 기쁨의 미소가 쉬본제르의 얼굴 위에 잔잔히 퍼지고 있었다.

필립 필리뽀비치는 얼굴이 적자(赤紫)빛으로 변하면서 이렇게 소리쳤다.

「한마디로, 이걸 끝냅시다.」

그는 서류철에서 종이 한 장을 찢어 낸 다음, 그 위에 몇 글자를 대충 쓰기 시작했다. 그러고는 흥분하여 다 들리도록 소리 내어 읽어 내려갔다.

「〈이것을 보증한다〉……. 제기랄 이게 뭐야……? 홈…… 〈이 서류의 제출자, 인간은 머릿속 대뇌 수술 방법에 의한 실험실적인 실험에서 얻어졌으며, 서류가 필요하다……〉 제기랄……! 하지만, 나는 이처럼 바보스러운 서류를 작성하는 것에 대체로 반대야……! 서명. 〈교수 쁘레오브라젠스끼〉.」

「아주 이상하시군요, 교수님. 어째서 거주증을 바보스럽다 하시는 겁니까! 나는 거주증도 없는, 더구나 경찰의 징집 등록망에도 잡혀 있지 않은 주민이 아파트에서 체류하는 것을 허용할 수 없습니다. 만일 갑자기 제국주의 약탈자들과의 전쟁이라도 나는 날이면 어떻게 하겠습니까?」

쉬본제르가 화를 냈다.

「나는 아무 데도 싸우러 가지 않을 거야.」

갑자기 샤리꼬프가 얼굴을 찌푸리며 지껄여 댔다.

쉬본제르가 한동안 멍해 있다가, 급히 샤리꼬프 쪽으로 다가가더니 그에게 정중한 목소리로 말했다.

「시민 샤리꼬프 씨, 당신은 아주 책임감 없이 말씀하고 계신 겁니다. 징집 등록은 반드시 해야 합니다.」

「징집 등록은 하지. 하지만 전쟁하는 것은, 이거다 이거 (그는 엄지손가락을 둘째와 가운뎃손가락 사이에 세차게 끼워 넣어 내보였다).」

넥타이 나비 댕기를 고쳐 매면서 샤리꼬프가 매우 적의 어린 듯이 상스럽게 대답했다.

쉬본제르는 너무 당황하여 할 말을 잊고 있었다.

쁘레오브라젠스끼와 보르멘딸리는 매섭고도 침울한 눈초리를 서로 주고받고 있었다.

〈허허, 그 도덕 윤리 한번 어떻습니까?〉

보르멘딸리가 의미심장하게 고개를 끄덕였다.

「나는 수술할 때 심하게 중상을 입었어.」

얼굴을 찡그리며 샤리꼬프가 지껄였다.

「아, 어쩌면 나를 이렇게 꾸며 놓았을까?」

이렇게 말하면서 그는 자신의 머리를 가리켰다. 최근에 수

숱한 상처가 이마에 가로로 빙 둘러 그대로 남아 있었다.

「당신은 무정부주의자에다 개인주의자입니까?」

쉬본제르가 눈썹을 치켜뜨면서 질문했다.

이 질문에 샤리꼬프는 〈나한테는 병역 면제증을 내주어야 합니다〉라고 대답했다.

「으음 뭐, 좋소. 당분간은 중요하지 않으니까.」

매우 놀란 쉬본제르가 대답했다.

「우리들이 교수의 증명서를 경찰에 발송하면 당신에게 신분증을 교부해 주리라는 것은 확실한 사실이오.」

「지금 무슨…… 에……?」

갑자기 필립 필리뽀비치가 그의 말을 가로막고 나섰다. 분명히 그는 어떤 생각에서인지 괴로워하고 있었다.

「당신 집에 남아도는 방 하나 없을는지, 혹시 있다면 내 그것을 사고 싶소.」

노르스름한 섬광이 쉬본제르의 갈색 눈에서 번뜩거렸다.

「없소, 교수. 아주 유감스럽게도. 그리고 앞으로도 기대조차 할 수 없는 일이오.」

필립 필리뽀비치는 입술을 꼭 다물고 아무 말도 하지 않았다.

또다시 반미치광이 같은 전화벨 소리가 울리기 시작했다. 필립 필리뽀비치는 아무것도 묻지 않고 수화기를 들었다가 전화통 고리에 집어 던지듯이 내려놓아 버렸다. 그 바람에 수화기가 약간 빙글빙글 돌다가 푸른색 전화 줄에 대롱대롱 매달렸다.

모두들 몸을 움츠리며 떨고 있었다.

〈노인네가 신경과민이 되었군〉하고 보르멘딸리는 생각했으며, 쉬본제르는 눈을 번뜩거리며 인사한 다음 밖으로 나갔다.

샤리꼬프는 장화 가장자리로 삐걱삐걱 소리를 내면서 그의 발자국 뒤를 따라 나갔다.

교수는 보르멘딸리와 단둘이 남았다.

약간 침묵하고 나서 필립 필리뽀비치는 살짝 머리를 흔든 다음 말하기 시작했다.

「이건 악몽이야, 틀림없어. 당신도 보았지요? 내 당신한테 맹세하오만 나의 귀중한 의사 선생, 내 요즈음 2주일 사이에 최근 14년 동안보다도 더 많이 지쳤소! 정말로 위험한 별종이야, 내 당신한테 부언하자면……」

멀리서 유리창 깨지는 소리가 공허하게 울렸다. 이어서 억눌린 여자 비명 소리가 짤막하게 날아들더니 금방 사그라져 버렸다.

갑자기 악마가 복도 벽을 따라 우당탕거리며 관찰실 쪽으로 향하더니, 거기서 쾅 하고 부닥치며 뭔가를 떨어뜨린 다음 순식간에 뒤돌아 내달리는 소리가 났다.

문이 쾅 하고 여닫히는 소리가 났으며, 부엌에서는 다리야 뻬뜨로브나의 낮은 비명 소리가 울려 나왔다. 그러고 나서 샤리꼬프의 울부짖는 소리가 들리기 시작했다.

「맙소사! 이건 또 뭐야!」

필립 필리뽀비치가 소리치며 문 쪽으로 뛰어갔다.

〈고양이!〉하고 보르멘딸리는 직감적으로 생각하고는 필립 필리뽀비치의 뒤를 따라 뛰쳐나갔다.

그들은 복도를 따라 대기실 쪽으로 쏜살같이 내달려서는 문을 확 열고 안으로 뛰어 들어갔다. 대기실에서 화장실과 욕실 쪽으로 향하는 복도가 구부러져 있었다. 부엌에서 지나가 튀어나오더니 필립 필리뽀비치의 몸에 착 달라붙으며 뛰어들었다.

「내가 몇 번이나 명령했어! 고양이는 없도록 하라고!」

필립 필리뽀비치가 미친 듯이 벌컥 소리 지르기 시작했다.

「그는 어디 있나? 이반 아르놀리도비치, 우선 응접실의 환자들부터 안심시키시오, 제발!」

「욕실에, 그 저주스러운 악마가 욕실 안에 있어요.」

숨을 헐떡거리며 지나가 소리쳤다.

필립 필리뽀비치가 욕실 문으로 달려들었으나, 문이 열리지 않았다.

「문 열어라, 당장!」

이에 대한 대답으로 잠긴 욕실 안의 벽을 따라 뭔가가 펄떡 뛰어 오르기 시작했으며, 곧이어 세면기 부서지는 소리가 들리더니 샤리꼬프의 사나운 목소리가 문 뒤에서 공허하게 울려 나왔다.

「당장 죽여 버릴 거야…….」

수도 파이프를 따라 물이 철철 쏟아지는 소리가 요란히 울렸고, 물이 밖으로 흘러나오기 시작했다.

필립 필리뽀비치는 문고리를 꽉 눌러 세게 잡아당겼다.

땀이 몹시 난 다리야 뻬뜨로브나가 일그러진 얼굴로 부엌 문지방 위에 나타났다.

곧 부엌 위 천장 바로 밑에서 욕실 쪽으로 난 유리창에 벌레 모양으로 균열이 가면서 와장창 깨지더니 유리 조각 두 개가 밖으로 굴러떨어졌다. 그리고 그 뒤를 이어 거대한 크기의 고양이 한 마리가 밖으로 떨어졌다.

고양이는 얼굴에 호랑이처럼 환상 고리의 줄무늬가 얼룩덜룩하게 나 있었다. 목에는 나비 모양의 푸른색 댕기를 매고 있어 모습이 마치 순경과 흡사했다.

고양이는 곧장 탁자 위에 놓여 있던 긴 접시 위로 떨어지면서 접시를 세로로 두 동강 내놓고, 접시에서 다시 바닥으로 내려앉았다.

그러고는 세 발로 한 바퀴 돌고 나서 마치 춤을 추듯이 오른발을 흔들어 댔다. 그러고 나서 곧 뒷계단으로 난 좁은 틈 사이로 숨어들었다.

틈이 넓게 벌어지면서 뒷계단 문이 열렸다.

그리고 어느새 문틈의 얼굴은 고양이 대신 목에 스카프를 맨 쭈글쭈글한 노파로 바뀌어 있었다.

노파는 하얀색 물방울을 뿌린 것 같은 무늬의 치마를 입고 부엌에 나타났다. 노파는 집게손가락과 엄지손가락으로 움푹 들어간 합죽이 입 볼따구니를 문지르더니, 조금 붓고 가시 돋친 눈으로 부엌을 한번 빙 둘러보고 나서는 호기심에 가득 찬 목소리로 다음과 같이 발음했다.

「오, 주 예수여!」

창백한 얼굴의 필립 필리뽀비치가 부엌을 가로질러 들어가더니 노파에게 준엄한 목소리로 질문하였다.

「당신은 무슨 일이오?」

「말하는 개를 한번 보고 싶어서요.」

노파가 아양을 떨며 대답하고는 성호를 그었다.

필립 필리뽀비치는 한층 더 얼굴이 창백해졌으며, 노파에게 바짝 다가가더니 숨 가쁘게 속삭였다.

「지금 당장 부엌에서 꺼져요.」

노파는 문 쪽으로 뒷걸음질 치더니 화를 내며 말했다.

「아주 불손하시군요, 신사 교수님.」

「꺼지라고 내 말하잖아.」

필립 필리뽀비치는 반복하여 말했으며, 그의 눈은 부엉이 눈처럼 둥그레져 있었다. 그는 노파가 나가자 자기 손으로 식섭 뒷계단 문을 쾅 하고 닫아 버렸다.

「다리야 뻬뜨로브나, 내 이미 당신한테 누누이 말했잖아!」

「필립 필리뽀비치.」

다리야 뻬뜨로브나가 드러난 팔뚝에 주먹을 불끈 쥐어 보이면서 낙담하여 대답했다.

「그럼 나보고 어떡하란 말이에요……? 사람들이 종일 문안으로 밀려드는 통에 일을 할 수 없을 정도인데요!」

욕실 안의 물은 이제 둔탁하고 무서운 소리를 내며 몰아치고 있었다. 더 이상 샤리꼬프의 소리는 들리지 않았다.

닥터 보르멘딸리가 안으로 들어왔다.

「이반 아르놀리도비치, 확실히 문네만…… 홈…… 거기에 환자들이 몇 명이오?」

「열한 명입니다.」

보르멘딸리가 대답하였다.

「모두 돌려보내시오, 오늘은 더 이상 진료하지 않을 것이오!」

필립 필리쁘비치가 손가락 마디로 문을 두드리면서 소리쳤다.

「당장 밖으로 나오시오! 어째서 거기 틀어박혀 있는 거야?」

「구우, 구우.」

불만 섞인 샤리꼬프의 대답 소리가 어슴푸레 흘러나왔다.

「젠장할……! 안 들려! 물을 잠그라고!」

「멍멍……! 멍멍……!」

「물을 잠그지 못해! 무얼 하고 있는지 도통 난 모르겠네!」

극도로 흥분하면서 필립 필리쁘비치는 소리 질렀다. 지나와 다리야 뻬뜨로브나는 입을 딱 벌리고 낙담하여 문만 쳐다보고 있었다. 물 튀는 소리는 의심스럽게 점점 더한 소음으로 불어나고 있었다. 필립 필리쁘비치는 한 번 더 주먹으로 문을 쾅쾅 두드려 울렸다.

「저기 그예요!」

다리야 뻬뜨로브나가 부엌에서 소리쳤다.

필립 필리쁘비치가 그쪽으로 뛰어갔다.

천장 밑의 깨진 유리창 안으로 뽈리그라프 뽈리그라포비치의 모습이 보였으며, 그는 부엌 쪽으로 몸을 쑥 내밀고 있었다. 그는 일그러진 얼굴로 눈물을 흘리고 있었다. 점점 더 새빨간 피가 솟아 나오면서 콧등을 따라 연신 흐르고 있었고 여기저기 할퀸 상처가 나 있었다.

「당신 미쳤어?」

필립 필리뽀비치가 물었다.

「당신 왜 안 나오는 거야?」

샤리꼬프 스스로도 슬픔과 두려움에 가득 차 주위를 쳐다보며 대답했다.

「갇혔단 말예요, 난!」

「자물쇠를 열어! 뭐야 당신? 자물쇠도 본 적이 없나?」

「안 열린단 말예요, 빌어먹을 놈의 자물쇠가.」

매우 놀란 표정으로 뽈리그라프는 대답했다.

「큰일 났어요! 그가 자물쇠의 안전키를 건 모양이에요!」

지나가 깜짝 놀라 소리치며 손뼉을 쳤다.

「거기 누름단추 있지?」

필립 필리뽀비치가 물소리보다 더 크게 소리 내려고 외쳐대기 시작했다.

「그 단추를 아래쪽으로 내리눌러……. 아래로 누르라고! 아래로!」

샤리꼬프가 사라지더니 다시 1분 후에 창문에 나타났다.

「아무것도 안 보여.」

겁에 잔뜩 질린 그가 창문 쪽에 대고 울부짖었다.

「그럼 램프를 켜! 램프가 위에 매달려 있잖아!」

「그 망할 놈의 고양이 새끼가 램프를 깨뜨려 버렸단 말예요. 그리고 내가 그 비열한 놈의 다리를 잡으려고 하다가 그만 수도꼭지가 뽑혀서, 지금은 찾을 수도 없단 말예요.」

샤리꼬프가 대답했다.

세 명은 모두 놀라 손뼉을 치고 말았다.

그러고는 이 어처구니없는 상황에 그만 얼어붙은 사람들처럼 멍하니 있었다.

5분가량 지나서 보르멘딸리와 지나, 다리야 뻬뜨로브나는 이미 젖은 카펫을 돌돌 말아 원통형 모양으로 만들어 욕실 문지방에 갖다 대고, 그 위에 나란히 앉았다. 이들은 엉덩이를 욕실 문짝에 대고 문지방 밑의 틈을 막으려고 카펫을 꽉 누르고 있었다.

그리고 수위 표도르는 다리야 뻬뜨로브나의 혼례용 초를 켜 들고서 나무 사닥다리를 타고 천장 벽창 위로 기어 올라갔다.

큰 새장같이 생긴 회색빛 벽창에 그의 엉덩이가 뿌옇게 흐려 보이며 아른거리더니 곧 창구멍 속으로 사라졌다.

「두…… 구구!」

뭔가 소리치는 샤리꼬프의 목소리가 요란한 물소리를 타고 간간이 들렸다.

강력한 수압 때문에 욕실 안 벽창에서 부엌 위 천장 쪽으로 몇 번인가 물이 뿜어 나오더니, 이내 물소리가 멈추면서 잠잠해졌다.

그러고는 표도르의 목소리가 들렸다.

「필립 필리쁘비치, 매한가지예요, 문을 열어야 합니다, 먼저 물을 부엌 쪽으로 내보낸 다음에, 부엌에서 뽑아내도록 하십쇼!」

「여시오!」

필립 필리뽀비치가 화난 목소리로 소리쳤다.

세 명은 카펫 위에서 일어나 욕실 문을 밀었다.

그러자 곧 세찬 물결이 복도를 향해 막 쏟아져 나왔다.

물결은 복도에서 세 갈래로 갈라져 흘러갔다. 하나는 곧장 바로 맞은편에 있는 화장실 쪽으로, 또 한 줄기는 오른쪽의 부엌 쪽으로, 나머지 한 줄기는 왼쪽으로 돌아 응접실 쪽으로 흘러가고 있었다.

지나가 철썩철썩 물소리를 내며 껑충껑충 뛰어가더니 얼른 응접실 문을 쾅 하고 닫아 버렸다.

물이 복사뼈까지 차서 표도르가 욕실 밖으로 나왔다. 웬일인지 그는 실실 웃고 있었다. 그는 온몸이 완전히 젖어서 마치 방수포를 뒤집어쓴 것 같았다.

「간신히 틀어막았어요, 대단한 압력이었지요.」

그가 분명하게 상황을 설명했다.

「어디 있어, 이 인간은?」

필립 필리뽀비치가 물었다.

그는 욕설을 퍼부으며 한쪽 다리를 들고 있었다.

「밖으로 나오는 것을 두려워하고 있지요.」

순진한 웃음을 띠면서 표도르는 설명했다.

「때리실 거예요, 아빠?」

울먹이는 샤리꼬프의 목소리가 욕실 안에서 울려 나왔다.

「멍청이!」

짤막하게 필립 필리뽀비치가 대꾸했다.

지나와 다리야 뻬뜨로브나는 치마를 무릎까지 걷어 올려 허리춤에 끼워 맨 종아리 상태로, 그리고 샤리꼬프와 수위는 바짓가랑이를 걷어 올린 맨발 상태로 부엌 바닥을 젖은 걸레를 가지고 여기저기 철썩철썩 쳐서 그것들을 더러운 양동이와 세면대에 대고 쥐어짜고 있었다.

그동안 잊혔던 뻬치까에서는 윙윙거리며 낮고 둔탁한 소리가 울리기 시작했다. 물은 뒷문을 통과하여 계단 쪽으로 빠져나가면서 공허한 울림 소리를 내더니, 곧장 층계참 사이의 빈틈으로 스며들어 지하실로 떨어지기 시작했다.

보르멘딸리는 뒤꿈치를 들고 구두 끝으로 현관 마루에 고여 있는 깊은 물웅덩이 속에 서서는, 조금 열린 채 쇠사슬로 빗장 걸린 문틈으로 환자들과 얘기를 하고 있었다.

「오늘 접수는 받지 않습니다, 교수님께서 좀 편찮으십니다. 제발 부탁입니다만, 문에서 좀 떨어지십시오. 우리 수도 파이프가 터졌어요.」

「그러면 언제 접수받습니까? 난 단지 1분이면······.」

묻는 소리가 문 너머에서 들려왔다.

「할 수 없어요.」

이렇게 말하며 보르멘딸리는 구두코에서 뒤축으로 고쳐 섰다.

「교수님께서 누워 계십니다. 그리고 파이프가 터졌어요. 내일 오세요. 귀여운 지나야! 이곳에서 물을 닦아 내거라, 그렇지 않으면 물이 정문 계단 쪽으로 흘러 나가겠다.」

「걸레 조각 가지고는 안 되겠어요.」

「이제부터는 손잡이 컵으로 퍼냅시다!」

표도르의 말소리가 메아리쳤다.

「당장!」

전화벨 소리가 연달아 울리고 있었다. 이제 보르멘딸리는 아예 구두창을 바닥에 대고 물속에 서 있었다.

〈수술은 언제 합니까?〉 하는 소리가 바로 문 뒤에서 나왔으며, 그는 문틈 사이로 얼굴을 들이밀려고 애쓰고 있었다.

「파이프가 터져서……」

「물을 밟고서라도 저는……」

푸르스름하고 어렴풋한 사람의 그림자가 다시 문밖에 나타났다.

「불가능합니다, 내일 오십시오.」

「저는 이미 예약을……」

「내일 오십시오. 수도 참사가 났어요.」

표도르가 의사의 발 근처 조그만 호수 속에서 옴죽거리며 손잡이 컵으로 바닥을 박박 긁고 있었다. 온통 할퀸 자국투성이인 샤리꼬프는 새로운 방법을 궁리하고 있었다.

그는 거대한 걸레 조각을 원통형으로 둘둘 말더니, 그 위에 배를 대고 엎드려서는 현관에서 화장실 쪽으로 갔다가 다시 반대로 왔다가 하면서 물을 몰고 다니기 시작했다.

「너 뭐 하는 거야, 이 도깨비야! 아파트를 온통 물 천지를 만들려고 그래?」

다리야 뻬뜨로브나가 화를 냈다.

「세면대에 갖다 따라 버려!」

「뭐 하려고? 세면대!」

흐린 흙탕물을 손으로 잡으면서 샤리꼬프가 대답했다.

「물을 정문 바깥 계단 쪽으로 빼면 될걸.」

복도로 삐걱삐걱 소리를 내며 조그만 걸상 하나가 내어 나왔다.

그러고는 그 위에 필립 필리뽀비치가 몸의 균형을 잡으면서 똑바로 섰다.

그는 줄무늬가 쳐진 푸른색 양말을 신고 있었다.

「이반 아르놀리도비치, 대답하지 말고 내 침실로 가시오. 내 당신한테 단화를 내주겠소.」

「괜찮습니다, 필립 필리뽀비치, 아무렇지도 않아요!」

「그럼 덧신을 신으시오!」

「아니 괜찮습니다. 이미 매한가지입니다. 다 젖은 발인데요 뭐.」

「오, 맙소사!」

필립 필리뽀비치가 낙담하여 말했다.

「이 얼마나 해로운 동물입니까?」

갑자기 샤리꼬프가 대꾸하고 나섰다. 그는 손에 수프 그릇을 들고 몸을 웅크린 채 밖으로 나가고 있었다.

보르멘딸리가 문을 쾅 하고 닫더니 참지 못하고 웃기 시작했다. 필립 필리뽀비치의 콧구멍이 벌렁거리며 팽창하더니 안경에서 불꽃이 튀기 시작했다.

「당신 지금 누구에 대해 말하는 겁니까? 알려 주시지요?」

그가 걸상 위의 높은 곳에서 샤리꼬프에게 물었다.

「고양이에 대해 말하는 거예요. 그런 무뢰한 놈이!」

샤리꼬프가 눈알을 부라리며 대답했다.

「아시겠어요, 샤리꼬프……?」

필립 필리뽀비치가 숨을 돌려 쉬면서 대꾸했다.

「당신보다 더 뻔뻔스러운 인간은 한 번도 본 적이 없어.」

보르멘딸리가 히죽거리며 웃고 있었다.

필립 필리뽀비치가 계속해서 말했다.

「당신은…… 그야말로 철면피야! 어떻게 당신이 감히 그렇게 말할 수 있나! 이 모든 것을 스스로 저질러 놓고, 그러고도 또 스스럼없이…… 아, 안 돼! 이게 도대체 뭐란 말인가!」

「샤리꼬프, 내게 말해 봐요.」

보르멘딸리가 말하기 시작했다.

「앞으로 또 얼마 동안이나 고양이를 쫓아다닐 겁니까? 부끄러운 줄 아세요. 정말로 이건 꼴불견입니다! 미개인이라고요!」

「내가 왜 미개인이야? 절대 난 미개인이 아냐. 그놈을 아파트 안에 그냥 놔두는 것은 불가능하다고. 늘 무얼 도둑질하는 것처럼, 오로지 쑤셔 대며 찾아내기나 하고. 잘게 간 고기를 다리야의 부엌에서 처먹지 않나. 난 그를 가르치려고 했다고.」

샤리꼬프가 얼굴을 잔뜩 찌푸린 채 대꾸했다.

「당신 자신이나 가르치시지! 거울에 당신 얼굴이나 한번 비추어 보란 말이오.」

필립 필리뽀비치가 대답했다.

「하마터면 눈이 상할 뻔했군.」

샤리꼬프가 젖은 검은 손으로 눈을 만지면서 음울하게 대꾸했다.

습기 밴 어둠침침한 마룻바닥이 어느 정도 서서히 마르고, 모든 거울에 목욕탕 증기가 뽀얗게 덮인 가운데 더 이상 전화벨 소리도 울리지 않을 때, 필립 필리뽀비치는 빨간색의 염소 가죽 단화를 신고 현관에 서 있었다.

「이거 받으시오, 표도르……」

「대단히 감사합니다……」

「당장 옷을 갈아입으세요. 그리고 다리야 뻬뜨로브나한테 보드까 한 잔 달라고 해서 드십시오.」

「매우 감사합니다.」

표도르는 잠시 우물쭈물 망설이더니 다음과 같이 말했다.

「저 그리고 한 가지, 필립 필리뽀비치……. 솔직히 양심적으로 죄송스럽습니다만 7호 아파트의 유리창 값 때문에…… 시민 샤리꼬프가 돌을 던져 가지고…….」

「고양이한테?」

눈살을 찌푸리며 필립 필리뽀비치가 물었으며, 그의 얼굴에는 이미 검은 그림자가 드리워져 있었다.

「문제는 아파트 주인입니다. 그는 벌써 법정에 서류를 제출하겠다고 위협하였습니다.」

「젠장할……!」

「샤리꼬프가 그의 하녀를 포옹했어요. 그러자 그가 그를 쫓아내기 시작했고…… 그래서 말다툼이 벌어졌는데…….」

「하느님 맙소사, 앞으로 이런 사건이 있으면 즉시 내게 알려 주시오. 얼마나 필요하오?」

「1루블 반입니다.」

필립 필리뽀비치는 반짝반짝 빛나는 1루블짜리 은화 세 장을 꺼내서 표도르에게 건네주었다.

「그런 파렴치한 놈이 저지른 일의 대가로 1루블 반이나 또 지불하시게 되다니……」

둔탁한 음성이 문가에서 들려왔다.

「뭐, 그가 직접 지불해야 되는……」

필립 필리뽀비치가 돌아섰다.

그는 입술을 꽉 깨물더니 잠자코 샤리꼬프를 잡아채서 응접실 속으로 몰아넣은 다음 열쇠로 문을 잠가 버렸다.

샤리꼬프는 안에서 곧 주먹으로 문을 쾅쾅 두드리기 시작했다.

「감히 문을 두드려!」

필립 필리뽀비치는 아주 불쾌한 목소리로 소리 높여 말했다.

「으음, 벌써 현실로 드러나는군.」

의미심장하게 표도르가 말하기 시작했다.

「이렇게 뻔뻔스러운 인간은 내 평생 보질 못했어!」

보르멘딸리가 갑자기 땅에서 솟듯이 벌떡 일어났다.

「필립 필리뽀비치, 죄송합니다. 걱정하지 마십시오!」

원기 왕성한 젊은 의사가 문을 열고 응접실 안으로 들어갔다. 곧 응접실 안에서 그의 목소리가 들렸다.

「당신 뭐야? 여기가 대폿집인지 알아?」

「바로 그거야!」

과단성 있는 표도르가 덧붙여 말했다.

「바로 그거라니까! 따귀를 한 대 더 때려⋯⋯!」

「아니, 당신은 뭘⋯⋯? 표도르.」

필립 필리뽀비치가 슬픈 목소리로 분명치 않게 말했다.

「용서하십시오. 당신이 가엾군요, 필립 필리뽀비치!」

7

「아니, 아니, 안 돼요. 냅킨을 목덜미 밑으로 집어넣으세요!」

보르멘딸리가 완고하게 말했다.

「뭐, 뭘 반드시⋯⋯.」

샤리꼬프가 불만스럽게 투덜댔다.

「고맙소, 의사 선생. 나는 이제 잔소리하는 것도 지쳤소. 냅킨을 집어넣지 않는 한, 먹게 허락하지 않을 것이오. 지나야, 샤리꼬프에게서 마요네즈를 내가거라.」

필립 필리뽀비치가 부드럽게 말했다.

「〈내가라〉니 어째서? 내 당장 냅킨을 하지.」

샤리꼬프가 크게 낙담하여 말했다.

그는 왼손으로 지나가 가져가려고 하던 접시를 가로막으면서, 오른손으로는 냅킨을 목덜미 칼라 속으로 아무렇게나 쑤셔 넣었다. 그는 마치 이발소에 온 손님과 흡사해졌다.

「그리고 포크를 사용하세요.」

보르멘딸리가 덧붙여 말했다.

샤리꼬프는 길게 한숨을 쉬더니 진한 소스 속의 용철갑상어 조각을 집어 들기 시작했다.

「난 보드까 한 잔 더 마실 거요.」

그가 묻는 듯 선언하였다.

「아, 당신은 이제 그만 마시면 안 될는지……?」

보르멘딸리가 물었다.

「당신, 요 근래에 보드까에 너무나 의지하고 있어요.」

「그래서 당신 유감이야?」

샤리꼬프가 되물으면서 눈을 흘겼다.

「그런 바보 같은 말을 하다니…….」

필립 필리뽀비치가 준엄하게 말하고 나섰다.

하지만 보르멘딸리가 다시 그의 말을 가로막으며 말하기 시작했다.

「염려 마십시오, 필립 필리뽀비치. 제가 알아서 하겠습니다. 샤리꼬프, 당신은 아주 터무니없는 말을 하고 있는 거요. 그리고 매우 불쾌한 것은 당신이 그 터무니없는 난센스를 아주 단호하고 확신 있게 말한다는 데 있소. 물론, 보드까를 마시는 것에 대해 난 유감이 없어요. 더구나 이 보드까는 내 것도 아니고 필립 필리뽀비치의 것이오. 하지만 솔직히 보드까는 해롭소. 이게 첫 번째 이유이고, 두 번째는, 당신이 보드까를 마시지 않고도 무례하게 행동하고 있다는 데 있소.」

보르멘딸리는 테이프로 봉해 붙여진 찬장을 가리켰다.

「지나야, 나한테 생선을 좀 더 주렴.」

그동안에 샤리꼬프는 손을 쭉 뻗어 목이 긴 유리병을 집으면서 보르멘딸리를 곁눈으로 흘긋흘긋 쳐다보더니 술잔에 술을 따랐다.

「그러면 다른 것을 제안해야만 하겠군.」

보르멘딸리가 말했다.

「그러니까 이렇게, 오른쪽의 필립 필리뽀비치께 먼저 따르고, 다음에 나한테, 그리고 맨 마지막에 자기 것을 따르시오.」

분명히 약간 비웃는 듯한 웃음이 샤리꼬프의 입가를 스치고 있었다. 그는 술잔마다 보드까를 따랐다.

「여기 우리들 아파트에서는 모든 것이 마치 열병식을 하는 것 같군.」

그가 말했다.

「냅킨은 저기에, 넥타이는 이리로, 그리고 〈미안합니다〉, 게다가 〈드십시오〉, 〈감사합니다〉……. 이건 사실 진솔하지가 못하다고. 제정 시대 때처럼 자신들을 괴롭히고 있으니.」

「그러면, 〈진솔한 것〉이란 어떻게 하는 것인지, 질문 드릴까요?」

이 질문에 샤리꼬프는 필립 필리뽀비치에게 아무것도 대답하지 않고서 술잔을 위로 쳐들면서 다음과 같이 말했다.

「자, 모든 것이 잘되기를 바라며…….」

「그리고 당신도 역시…….」

약간 비꼬는 투로 보르멘딸리가 대꾸하였다.

샤리꼬프는 보드까를 한 입에 목구멍 깊숙이 쏟아부었다.

그러고 나서 얼굴을 찌푸린 다음, 빵 한 조각을 코 가까이 갖다 대면서 냄새를 맡더니 한입에 꿀떡 삼켜 버렸다. 그 바람에 그의 눈에서는 눈물이 흘렀다.

「대단한 경력의 솜씨로군.」

갑자기 필립 필리뽀비치가 선잠을 깬 듯 끊어졌다 이어졌다 하는 목소리로 말하였다.

보르멘딸리가 깜짝 놀라며 그를 곁눈으로 쳐다보았다.

「미안합니다만, 잘 못 알아들었습니다, 다시 청해도 될까요……?」

「대단한 경력의 솜씨란 말이오.」

필립 필리뽀비치는 반복하여 말하고는 슬프게 고개를 가로저었다.

「이제 더 이상은 아무것도 할 수 없게 되었구나! 끌림……!」

보르멘딸리가 비상한 관심을 가지고 필립 필리뽀비치의 눈을 날카롭게 쳐다보았다.

「당신은 그렇게 추측하고 계십니까, 필립 필리뽀비치?」

「아무것도 추측하지는 않소. 그걸 확신하고 있소.」

「정말로……?」

보르멘딸리는 말을 시작해 놓고 샤리꼬프를 곁눈으로 보고 나서는, 그만 하려던 말을 멈추어 버렸다. 샤리꼬프는 수상해하며 얼굴을 찌푸리고 있었다.

〈슈페터……〉[36] 하고 나지막하게 필립 필리뽀비치가 말하였다.

〈구트〉[37] 하며 조수가 대꾸했다.

---

36 〈좀 나중에〉라는 뜻의 독일어.
37 〈좋습니다〉라는 뜻의 독일어.

지나가 칠면조 고기를 가지고 들어왔다. 보르멘딸리는 필립 필리뽀비치에게 적포도주를 한 잔 따른 다음 샤리꼬프에게도 권했다.

「나는 원하지 않소. 나는 보드까가 더 좋아.」

그의 번쩍번쩍 빛나는 이마에는 땀이 났고, 그는 연신 즐거워하고 있었다.

필립 필리뽀비치는 포도주를 마신 후에 약간 기분이 누그러졌다.

그의 눈은 맑아졌고, 이제 샤리꼬프를 좀 더 호의 있게 쳐다보고 있었다.

하얀 냅킨을 걸치고 앉아 있는 샤리꼬프의 검은색 머리는 마치 하얀 농축 크림 위에 앉은 파리 같았다.

보르멘딸리 역시 술이 들어가자 힘이 나서 활발해 보였다.

「자 그럼, 우리 오늘 저녁에 당신과 함께 무얼 할까요?」

그가 샤리꼬프에게 물었다.

샤리꼬프는 눈을 깜박거리더니 이렇게 대답했다.

「서커스장으로 갑시다, 가장 좋은 구경이지.」

「매일같이 서커스냐?」

아주 부드럽게 필립 필리뽀비치가 말했다.

「그건 내 생각에 아주 지루할 거야. 내가 만일 당신이라면 한 번이라도 극장에 갔다 왔을 텐데.」

「난 극장에 안 가요.」

적의에 가득 차 샤리꼬프가 대꾸하고는 하품을 하면서 벌어진 입을 향해 십자를 그어 댔다.

「식사 중에 하품을 하면 다른 사람은 식욕이 달아납니다.」
자동적으로 보르멘딸리가 알려 주었다.
「미안합니다……. 어째서, 본래 당신한테는 극장이 마음에 들지 않는 겁니까?」
샤리꼬프는 빈 술잔을 가지고 마치 오페라 안경을 통해 보듯이 쳐다보았다.
그러고는 잠시 생각하더니 입술을 뾰족하게 내밀었다.
「바보 같은 짓들만…… 이야기하고, 또 이야기하고…… 반혁명적이야, 하나같이!」
필립 필리뽀비치는 고딕식의 등받이 위로 몸을 확 젖히면서 큰 소리로 웃기 시작하였으며, 그 바람에 그의 입 속에서 금니가 반짝거리기 시작했다.
보르멘딸리는 그저 머리를 설레설레 흔들고 있을 뿐이었다.
「당신이 아무 책이라도 좀 읽는다면…….」
보르멘딸리가 제의했다.
「하지만 아실런지……? 나는 벌써 독서를 한다고, 독서하고 있다고…….」
샤리꼬프는 대답하고 나서 갑자기 탐욕스럽게, 그리고 재빨리 보드까 반 컵을 자기 잔에 따랐다.
「지나야!」
필립 필리뽀비치가 불안스러운 듯이 소리치기 시작했다.
「보드까를 치워라. 더 이상 필요치 않다! 그래, 당신은 무얼 읽고 있습니까?」
그의 머릿속에서는 갑자기 그림 한 장면이 어슴푸레 아른거리고 있었다. 무인도, 야자수 그리고 짐승 가죽을 걸친 사람, 원추형 모자.

〈로빈슨······. 뭐 그런 종류의 내용이 나올 테지······.〉

「그 책이······ 그게 뭐더라······ 엥겔스와 그와의 왕복 서한인데······. 그게 누구더라······ 빌어먹을, 이렇게 생각이 안 나······. 아, 카우츠키.」

보르멘딸리는 하얀 고기 조각을 찍은 포크를 중도에서 멈춰 버렸으며, 필립 필리뽀비치는 그만 포도주를 엎질렀다.

샤리꼬프는 그사이를 놓치지 않고 교묘하게 얼른 보드카를 꿀꺽 마셔 버렸다.

필립 필리뽀비치가 식탁에 팔꿈치를 대고 샤리꼬프를 쳐다보면서 질문하였다.

「당신이 읽은 것에 대하여 무얼 말할 수 있는지, 가르쳐 주시겠어요?」

샤리꼬프가 어깨를 으쓱거렸다.

「뭐, 동의하지 않아요, 난.」

「누구와? 엥겔스와 아니면 카우츠키와?」

「둘 다.」

샤리꼬프가 대답했다.

「그거 아주 훌륭한 대답이네, 신에 맹세코! 〈말하는 자 모두 다른 이여······!〉 그러면 당신은 자신의 입장에서 무엇을 제안할 수 있을는지?」

「뭐, 여기서 제안은 무얼 제안해······? 그들은 쓰고, 또 쓰고······. 국제회의, 독일인들······. 아, 골치 아파! 모두 다 회수해서 똑같이 나누는 거야……..」

「바로 이럴 거라고 난 생각했었어!」

감탄하여 필립 필리뽀비치가 식탁보를 손바닥으로 철썩 때리고 나서 큰 소리로 말했다.

「바로 이러리라고 추측했다고!」

「당신은 방법도 알고 있나요?」

매우 흥미 있어진 보르멘딸리가 질문하였다.

「뭐, 여기서 어떤 방법이 있냐 하면.」

보드까를 마셔서 더욱더 수다스러워진 샤리꼬프가 설명했다.

「문제는 교활해지지 말아야 돼. 그런데, 이게 뭐야? 한 사람은 방 일곱 개에 흩어져 살면서 바지가 40벌씩이나 되는데, 다른 사람은 하는 일 없이 빙빙 돌아다니며 쓰레기통에 시 음식 씨서나 뒤지고 있으니 말이야.」

「방이 일곱 개란 것은 물론……, 당신, 나를 두고 말하는 거지요?」

필립 필리뽀비치가 가늘게 실눈을 뜨면서 거만하게 질문했다.

샤리꼬프는 몸을 웅크리더니 잠자코 있었다.

「뭐 그럼, 좋소. 나는 분배에 반대하지 않으니까. 닥터, 어제 당신 몇 명의 환자를 거절하였지요?」

「39명입니다.」

보르멘딸리가 즉시 대답했다.

「흐음…… 390루블이라. 으음, 그 손실을 세 명의 남자 몫으로 나누면. 지나와 다리야 뻬뜨로브나의 몫은 치지 맙시다. 샤리꼬프, 당신은 말이야, 130루블을 가져오시오.」

「무슨 뚱딴지같은 소리를……. 그게 무엇에 치르는 대가요?」

샤리꼬프가 깜짝 놀라 대답하였다.

「수도꼭지와 고양이!」

비꼬는 투의 평온한 상태로 조용조용히 말하던 필립 필리뽀비치가 갑자기 언성을 높이며 고래고래 소리를 질렀다.

「필립 필리뽀비치!」

보르멘딸리가 근심 어린 목소리로 크게 말했다.

「잠깐 가만히 계시오! 그건 당신이 저지른 추태의 대가이고 환자 접수가 절단이 나 버린 데 대한 대가야! 정말 참을 수가 없어! 사람이 말이야, 원시인처럼 온 아파트 안을 껑충껑충 뛰어다니지를 않나, 수도꼭지를 뽑아 놓질 않나……! 누가 뿔라수헤르 부인의 고양이를 죽였습니까, 누가……?」

「당신 말이야, 샤리꼬프, 3일에 계단에서 그 부인을 물었소?」

보르멘딸리가 이야기 중간에 급히 뛰어들듯이 말했다.

「당신은 늘 그 모양이야!」

필립 필리뽀비치가 소리쳤다.

「아냐, 그 여자가 내 낯짝을 후려갈겼단 말이오! 내 낯짝은 동네북이 아니라고!」

샤리꼬프가 큰소리로 외쳤다.

「그건 당신이 먼저 그녀의 젖가슴을 꼬집었기 때문이잖아! 당신이 그 모양이니……!」

보르멘딸리가 발 달린 잔을 엎지르고 나서 소리치기 시작했다.

「당신은 그 모양으로 가장 낮은 발달 수준에 있는 거야! 당신은 아직 정신적인 면에 있어 오로지 미약하게 겨우 발육되어 있는 존재일 뿐이야, 당신의 모든 행동들은 아주 동물적이라고. 대학 교육까지 받은 두 사람이 있는 데서 아주 참기 어려울 정도로 거리낌 없이 제멋대로 행동하지 않나, 또 모든 것을 어떻게 나누어야 한다는 등의 말 같지도 않은 바보 같은 소리를 아주 장황하고 거창하게 해가며 충고를 하지 않나, 그리고 또, 가루 치약을 다 먹어 삼켜 대고 있으니……!」

필립 필리뽀비치가 다시 소리쳤다.

「3일에 그랬습니다.」

보르멘딸리가 옆에서 확실하게 말했다.

「그래요, 맞아.」

필립 필리뽀비치의 목소리가 울려 퍼졌다.

「잘 기억해 두세요……. 그리고, 아연 연고는 왜 코에서 닦아 냈습니까……? 당신은 사람들이 당신한테 무슨 말을 하는지 잠자코 들어야 한단 말이오! 얼마간이라도 사회 모임의 타당한 구성원이 되기 위해 배우고 노력해야 한다, 이 말이오! 그래, 어떤 무뢰한이 당신한테 그 책을 보급했습니까?」

「당신한테는 모두가 무뢰한이군.」

양쪽에서 공격을 받아 정신이 아찔해진 샤리꼬프가 깜짝 놀라며 대답했다.

「내가 한번 알아맞혀 볼까!」

얼굴이 붉어진 필립 필리뽀비치는 적의를 담아 큰 소리로 말했다.

「그래요……. 그래, 쉬본제르가 주었소. 그는 무뢰한이 아니야. 나를 이론적으로 성숙시켰다고.」

「나는 알아, 알고 있다고. 당신이 카우츠키를 읽은 후에 얼마나 성숙했는지!」

안색이 노랗게 변한 필립 필리뽀비치는 째지는 듯한 목소리로 소리쳤다.

여기서, 그는 격분하여 벽에 붙어 있던 누름단추를 막 눌러 댔다.

「오늘 생긴 일만 가지고도 샤리꼬프가 더 이상 어떤 인간인지 알기에 충분하군! 지나야!」

「지나!」

보르멘딸리가 소리쳤다.

「지나!」

깜짝 놀란 샤리꼬프가 고함쳤다.

지나가 얼굴이 창백해져서 뛰어 들어왔다.

「지나! 저기 응접실에…… 그 책이 응접실에 있지?」

「그래요, 응접실에요.」

고분고분하게 샤리꼬프가 대답했다.

「유산염 색깔같이, 녹색 표지에…….」

「녹색의 책을…….」

「아니, 당장 불에 태우려 하다니! 그 책은 관고이고, 도서관 책이란 말이오!」

샤리꼬프가 분별없이 큰 소리로 말했다.

「왕복 서한이라고 쓰여 있고…… 그게 누구라고……? 엥겔스와 그 악마와의……. 당장 뻬치까 속에 처넣어!」

지나는 돌아서더니 급히 나갔다.

「내 그 쉬본제르란 놈을 교수형에 처할 테다. 절대로 거짓말이 아니야, 제일 먼저 큰 나뭇가지에다.」

필립 필리뽀비치는 칠면조 날갯죽지를 광포하게 깨물어 뜯으면서 큰 소리로 말했다.

「우리 아파트 동 안에는 마치 부스럼같이, 놀랄 만한 쓰레기 건달이 하나 들어앉아 있어. 신문에다 온갖 뜻도 없는 비방문을 쓸 뿐만 아니라…….」

샤리꼬프는 악의와 야유가 넘치는 눈초리로 교수를 곁눈질하기 시작했다.

이번에는 필립 필리뽀비치도 그에게 싸늘한 시선을 보낸 다음 잠자코 있었다.

〈오, 우리들 아파트에 이제 좋을 것은 아무것도 없을 것 같군〉 하고 보르멘딸리는 갑자기 예언적으로 생각하였다.

지나는 원형 접시 안에 오른쪽은 불그스레하고 왼쪽은 빨간 원추형으로 된 케이크와 커피 주전자를 가지고 들어왔다.

「나는 케이크 먹지 않을 거요.」

즉시 위협적이고 적의 어린 목소리로 샤리꼬프가 선언했다.

「아무도 당신한테 권하지 않았소. 예의범절에 맞게 처신하세요! 의사 선생, 듭시다.」

침묵 속에서 식사가 끝났다.

샤리꼬프는 주머니 속에서 구겨진 담배를 하나 꺼내서 피왔다.

커피를 다 마시고 난 필립 필리뽀비치는 시계를 보고 있었다. 그가 시간 알림 장치 버튼을 누르자 8시 15분을 알리는 소리가 부드럽게 연주되었다.

필립 필리뽀비치는 여느 때와 같이 고딕식 등받이에 몸을 젖히더니 조그만 탁자 위의 신문을 잡으려고 손을 뻗었다.

「의사 선생, 부탁하는데 그와 함께 서커스 구경이나 다녀오시오. 단, 제발 부탁이니 프로그램에 고양이는 없는지 살펴보시오.」

「그런데 어떻게 그런 불량배를 서커스장 안으로 들여보냅니까?」

얼굴을 찌푸리더니 가볍게 고개를 저으면서 샤리꼬프가 말했다.

「으음, 고양이뿐만 아니라 많은 것들이 그리로 들어가지.」

필립 필리뽀비치가 암시가 깔린 애매한 대답으로 비꼬듯이 대꾸하였다.

「저기 서커스에 어떤 프로그램이 있습니까?」

「솔로몬스끼 서커스장에는…….」

보르멘딸리가 읽어 내려가기 시작했다.

「네 개의 프로그램이……. 유셈스와 데드 포인트의 인간…….」

「유셈스라니 그게 뭡니까?」

필립 필리뽀비치가 미심쩍어하며 물었다.

「모르겠어요, 그냥 처음에 나온 글자를 읽은 거예요.」

「으음, 그러면 니끼찐의 서커스를 보는 게 낫겠소. 모든 프로가 분명하지 않으면 안 되니까.」

「니끼쩐의 서커스……, 니끼쩐 서커스장에는…… 흐음…… 코끼리와 인간의 절묘함의 한계라.」

「그래, 샤리꼬프 씨 당신은 코끼리에 대해 어느 정도나 알고 있나요? 친애하는 샤리꼬프 씨?」

필립 필리뽀비치는 계속 믿기지 않는 듯 샤리꼬프에게 질문했다.

샤리꼬프가 모욕을 느낀 것처럼 화를 내며 말했다.

「무얼? 정말 난 이해하지 못하겠네. 뭐가요, 뭐가? 고양이는 별개의 문제고, 하지만 코끼리는 유용한 동물들이지, 뭐.」

샤리꼬프가 대답했다.

「으음, 아주 좋아요, 좋아. 유용하다면 한번 다녀오세요. 그리고 그것들을 잘 보시오. 하지만 이반 아르놀리도비치의 말을 잘 들어야 합니다. 서커스장 안의 매점에서는 어떤 대화도 나눠서는 안 되고. 이반 아르놀리도비치, 간곡히 부탁하지만 샤리꼬프에게 맥주를 권해서는 안 됩니다.」

10분 후에 이반 아르놀리도비치는 오리 부리 모양의 긴 챙이 붙은 모자를 쓰고 옷깃을 세운 두꺼운 천으로 된 외투를 입은 샤리꼬프를 데리고 서커스장으로 떠났다.

아파트 안은 조용했다.

필립 필리뽀비치는 자신의 집무실 안에 있었다.

그가 두툼한 푸른색의 원추형 갓 밑의 램프를 켜자, 왠지 그 넓은 집무실 안이 아주 평온해 보였다.

그러고 나서 그는 생각에 잠겨 방 안을 왔다 갔다 하기 시작했다.

담뱃불 끝이 생기 없이 푸르스름한 불빛을 발하며 오랫동안 뜨겁게 빛나고 있었다. 교수는 손을 바지 주머니 속에 찔러 넣었다.

괴로운 생각이 학자인 그를 대머리 이마에서부터 잡아 찢고 있었다. 그는 입술로 입맛을 다시더니 입술 사이로 〈신성한 나일 강 강변으로……〉 하며 읊조리기 시작하였고 뭔가를 중얼거렸다.

마침내 그는 시거를 재떨이에 걸쳐 놓고는 온통 유리로 이루어진 장식장 쪽으로 다가갔다. 집무실 안은 천장 위에서 강렬하게 불타는 세 개의 전구에 의해 온통 밝게 빛나고 있었다.

필립 필리뽀비치는 장식장 속의 세 번째 유리 선반에서 목이 좁은 원통형 단지 하나를 꺼내더니, 얼굴을 찌푸리고 나서 그것을 전구 불빛에 비추며 살펴보기 시작했다. 투명하고 짙은 액체 속에서 조그맣고 하야말간 덩어리 하나가 둥둥 떠다니고 있었다.

그것은 샤리꼬프의 뇌 속에서 꺼낸 것이었다.

필립 필리뽀비치는 어깨를 으쓱하며 입술을 비쭉거리고는 흠 소리를 내면서 단지 안의 작은 덩어리를 뚫어지게 쳐다보고 있었다.

마치 쁘레치스쩬까 거리 아파트 안에서 자신의 삶을 완전히 뒤집어엎은 놀라운 개의 근원을 이 가라앉지 않고 둥둥 떠다니는 하얀 덩어리 속에서 발견해 내고 싶기라도 한 것 같았다.

대학자인 그가 그 근원을 발견해 내는 것은 가능한 일일 것이다.

뇌에 붙은 부속 물체를 아주 마음껏 충분히 살펴보고 난 그는 단지를 장 속에 숨기고 나서 장을 잠그더니 열쇠를 윗도리 조끼 주머니 속에 넣었다.

그러고는 머리를 어깨 속으로 움푹 들어가게 하고 양손을 양복 호주머니 가장 깊숙이 찔러 넣고 난 다음 스스로 무너져 내리듯이 가죽 소파 위로 몸을 내던졌다.

그는 오랫동안 두 번째 시거를 태우고 있었다. 적막한 고독 속에서 그는 시거 맨 끄트머리까지 완전히 씹고 있었다. 마치 백발의 파우스트처럼 푸르스름한 불빛에 채색된 그는 마침내 소리 높여 말했다.

「반드시, 필시, 나는 결단을 내릴 것이다!」

아무도 그의 이 말에 대답하지 않았다.

아파트 안의 모든 소리들은 이미 멈추어 있었다.

아부호프 골목의 11시는 예전과 같이 움직임마저 잠잠해지고 있었다.

아주 이따금씩, 밤늦은 보행자의 발자국 소리가 멀리서 간간이 울리고 있었다. 곧 어디에선가 커튼 뒤를 노크하는 소리가 들리더니 그 소리마저 사라져 갔다.

집무실 안에서는 필립 필리뽀비치의 호주머니 속 손가락 밑에서 시간을 알리는 음악 소리가 부드럽게 울리고 있었다.

교수는 닥터 보르멘딸리와 샤리꼬프가 서커스에서 돌아

오기를 초조하게 기다리고 있었다.

8

필립 필리뽀비치가 무엇을 결심하였는지는 알려져 있지 않았다.

그다음 일주일 내내 그는 아무 특별한 일도 착수하지 않고 있었다.

그가 전혀 활동하지 않아서 그런지, 아파트 내에는 여러 가지 사건들이 넘치고 있었다.

수돗물과 고양이 사건이 있은 지 약 6일이 지나서 주택 관리 위원회로부터 젊은 사람 한 명이 샤리꼬프를 찾아왔다. 여성으로 밝혀졌던 그 젊은이가 샤리꼬프에게 신분증을 건네주자, 샤리꼬프는 그것을 즉시 양복 호주머니 속에 집어넣었다. 이 일이 있은 후부터 샤리꼬프는 주저하지 않고 닥터 보르멘딸리를 다음과 같이 부르기 시작했다.

「보르멘딸리!」

「아직은 안 돼! 당신은 나를 이름과 부칭에 따라 부르시오!」

안색이 바뀌면서 보르멘딸리가 즉각 대꾸하고 나섰다.

이 6일이 지나는 동안에 외과 의사는 자신의 피교육자와 여덟 번가량이나 교묘하게 말다툼을 벌여야 했으며, 그 바람에 아부호프 아파트 방 안의 분위기는 숨이 막힐 듯이 답답했다는 것을 언급할 필요가 있겠다.

「그럼, 나도 이름과 부칭에 따라 불러 주시오.」

샤리꼬프는 아주 당당하게 응답하였다.

「안 돼!」

필립 필리뽀비치의 불같은 호령 소리가 문 쪽에서 쩌렁쩌렁 울리기 시작했다.

「내 아파트 안에서 당신을 그런 이름과 부칭으로 부르는 것을 나는 절대 허용 못 해. 만일 〈샤리꼬프〉라고 이름 부르는 것이 당신 귀에 거슬린다면, 앞으로 나와 닥터 보르멘딸리는 당신을 〈신사 샤리꼬프〉라고 부르도록 하지.」

「나는 신사가 아니야, 신사들은 모두 빠리에 있다고.」

샤리꼬프는 욕설하듯이 지껄였다.

「쉬본제르의 작품이군! 으음, 알겠어. 내 이 무뢰한 놈을 결판내고 말 게야! 신사 외에는 아무도 내 아파트에 발끝 하나 들여놓지 못해. 내가 이 아파트에 있는 한! 반대의 경우, 내가 나가든지 아니면, 당신이 여기서 나가든지! 가장 확실한 방법은 당신! 당신이 나가는 거야! 내 오늘 신문에다 광고를 내지. 당신, 단단히 들으시오. 내 당신한테 방을 얻어 줄 테니!」

필립 필리뽀비치가 소리쳤다.

「흥! 그래, 여기서 그냥 나갈 만치 내가 그렇게 바보 천치인가?」

아주 분명하게 샤리꼬프는 대답했다.

「뭐라고?」

필립 필리뽀비치가 되물었다. 곧 그의 안색이 아주 심하게 변했다. 보르멘딸리는 즉시 그에게 달려들며 그의 소매를 약간 불안스럽게 잡아당겼다.

「당신은…… 아시겠어요? 그런 후안무치한 언동은 삼가시오, 샤리꼬프 씨.」

보르멘딸리는 목소리 톤을 매우 높이고 있었다.

샤리꼬프는 뒷걸음질 치며 물러서더니, 호주머니에서 세 장의 종이를 끄집어냈다. 종이는 푸른색, 노란색, 하얀색이었다. 그는 손가락으로 종잇장을 가리키면서 말했다.

「자, 보라고, 봐. 난 이제 주택 조합 회원이란 말이야. 그러니까 책임 임차인 쁘레오브라젠스끼의 5호 아파트에서 내가 거주할 주택 면적으로 16제곱아르신이 나에게 주어져야 한다고.」

그리고 샤리꼬프는 뭔가 조금 생각하더니, 예전에 보르멘딸리가 새로운 단어로 그의 뇌 속에 자동적으로 기입시켜 놓았던 단어 〈블라거발리쩨〉[38]를 덧붙였다.

필립 필리뽀비치는 입술을 깨물기 시작했다. 그러고는 입술 사이로 거침없이 말했다.

「맹세코, 난 그 쉬본제르란 놈을 쏴 죽여 버리고 말 거야.」

샤리꼬프가 이 말을 아주 극도로 주의 깊게 그리고 아주 예민하게 받아들이고 있음이 그의 두 눈에 역력히 보였다.

「필립 필리뽀비치, 포어지히티히[39]…….」

보르멘딸리가 경계하면서 말했다.

---

38 〈호의를 가져 주십시오〉, 〈승낙하여 주십시오〉, 〈청을 들어주십시오〉에 해당하는 말이다.
39 〈조심해요〉에 해당하는 독일어.

「뭐, 이미 알고 있듯이……. 만일 내가 그렇게 비겁하게 행동할 거라면……!」

필립 필리뽀비치는 흥분하여 러시아어로 더 크게 소리쳐 댔다.

「이걸 염두에 두시오, 샤리꼬프, 신사는…… 나는 말이야, 만일 당신이 한 번만 더 그런 파렴치한 상식 밖의 언동을 일삼는다면 말이지, 내 집 안에서 식사를 비롯해 일체의 음식을 먹지 못하게 해버릴 거요. 16아르신! 그거 아주 매혹적인 이야기지. 그러나 그따위 중요하지도 않은 종이짝 때문에 내가 당신을 꼭 먹여 살려야 할 의무는 없겠지요?」

여기서 샤리꼬프는 깜짝 놀랐다. 그러고는 입을 조금 벌리기까지 했다.

「나는 음식 없이 살아남을 수 없는데……?」

그는 중얼거리기 시작했다.

「나보고 어디 가서 싸구려 음식점을 전전하면서 걸식이라도 하란 말이오?」

「그러게 예절 바르게 행동하란 말이오.」

두 의사는 이구동성으로 소리쳤다.

샤리꼬프는 눈에 띄게 조용해졌다.

이날 그는 자기 자신을 제외하고는 누구한테도 손해를 끼치지 않았다. 자기 자신한테 끼친 손해란, 보르멘딸리가 잠시 자리를 비운 사이에 그의 면도기를 몰래 사용하다가 그만 턱뼈 주위를 찢어 놓은 것이었다.

그래서 필립 필리뽀비치와 닥터 보르멘딸리는 그의 상처

를 봉합해 주었다. 웬일인지 샤리꼬프는 눈물을 흘리면서 오랫동안 울부짖었다.

다음 날 밤, 교수의 어둠침침한 집무실에는 푸르스름한 불빛이 흐르는 가운데, 필립 필리뽀비치와 그를 따르는 충실한 심복 보르멘딸리가 앉아 있었다.

다른 사람들은 이미 모두들 깊은 잠에 빠져 있었다.

필립 필리뽀비치는 자신의 하늘색 할라뜨[40]에다 붉은색 슬리퍼를 신고 있었으며, 보르멘딸리는 루바쉬까[41]에 파란색 멜빵을 메고 있었다.

두 의사 사이에 놓인 원형 탁자 위에는 두툼한 앨범과 나란히 코냑 한 병과 레몬이 담긴 작은 접시, 담뱃갑이 놓여 있었다.

두 학자들은 방 안이 뽀얗도록 담배를 피우며 최근의 사건들에 대하여 열띤 협의를 벌이고 있었다.

바로 이날 저녁, 샤리꼬프는 필립 필리뽀비치의 집무실에서 종이 압착기 밑에 놓여 있던 20루블을 착복하여 아파트 밖으로 사라졌다가 밤늦게 완전히 술에 절어서 돌아왔다.

그뿐 아니라 두 명의 낯선 사내들이 함께 나타나서는 정문 계단에서부터 시끄럽게 소란을 피우더니, 샤리꼬프의 집에서 아예 하룻밤 손님으로 머물겠다고 나섰다.

속옷 위에 바로 가을 외투만 걸쳐 입은 채, 이 소란에 참가

---

40 두루마기처럼 폭이 넓고 긴 옷으로, 대개 목욕 후 실내에서 가운이나 잠자기 전까지의 잠옷으로 입고 활동한다.
41 넓은 러시아식 상의.

한 표도르가 경찰 45지부에 전화를 걸고 나서야, 두 사내들은 멀리 떠나갔다. 그들은 표도르가 수화기를 고리에 걸며 전화를 세게 끊는 것을 보고는 순식간에 달아나 버렸다.

그 낯선 사내들이 떠난 후에, 현관에 놓여 있던 거울 달린 녹색 재떨이와 필립 필리뽀비치의 비버 가죽 모자, 그리고 그의 지팡이가 어디로 모습을 감추었는지는 아무도 알 수 없었다.

그 지팡이 위에는 금색의 결합 무늬 문자로 다음과 같은 글자들이 새겨져 있었다. 〈친애하고 존경하는 필립 필리뽀비치 님께 은혜를 입은 분과 주임 의사 일동은…… 날을 기념하여……〉, 그러고는 더 나아가서 로마 숫자로 〈XXV〉가 선명하게 새겨져 있었다.

「그들은 누구입니까?」

필립 필리뽀비치가 두 주먹을 불끈 쥐고 샤리꼬프에게 다가서며 물었다.

이때, 샤리꼬프는 비틀거리며 옆에 걸려 있던 외투 자락에 더듬더듬 매달리더니, 그 낯선 사내들은 자기도 잘 모른다고, 하지만 그들이 어떤 개새끼들은 아니고 아주 좋은 친구들이라고 중얼거리고 있었다.

「가장 놀랍고 경탄할 만한 것은, 그때 그들은 정말로 둘 다 취해 있었는데, 어떻게 그렇게 교묘하게 물건을 훔쳐 갔을까 하는 거야.」

필립 필리뽀비치는 기념제 축하 선물이 놓여 있던 꽃이대 안의 그 자리를 쳐다보면서 감탄하였다.

「그들은 전문가들이에요.」

표도르가 주머니 속에 돈을 받아 넣고는 잠자러 멀리 떨어져 나가면서 분명하게 말해 주었다.

20루블에 대해 샤리꼬프는 시치미를 딱 떼며 단호하게 부정하고 나섰다. 그러고는 이 아파트 안에는 자기 혼자만 사는 게 아니지 않느냐는 둥 뭔가 알아듣기도 어려운 말을 지껄여 댔다.

「아하! 그럼 아마도, 닥터 보르멘딸리가 그 돈에 손을 댔겠구면?」

필립 필리뽀비치는 낮은 목소리로 조용히 묻고 있었지만, 그의 목소리에는 극단적인 뉘앙스가 배어 있었다.

샤리꼬프는 비틀비틀하면서 완전히 흐리멍덩해진 눈을 겨우 뜨더니, 계속해서 다음 경우를 제안하고 나섰다.

「그게 아니라면, 어쩌면 지나가 훔쳤겠지 뭐…….」

「뭐라고?」

단추가 끌러져 벌어진 꼬프또츠까[42]의 가슴 부분을 손바닥으로 얼른 가리면서 마치 유령처럼 급히 문가에 나타난 지나가 소리치기 시작했다.

「아니, 어떻게 이럴 수가…….」

필립 필리뽀비치의 목 부위가 빨갛게 달아오르고 있었다.

「진정해라, 지나야」

그녀 쪽으로 손을 내밀면서 필립 필리뽀비치는 말했다.

「너무 걱정하지 마라, 우리가 모든 것을 밝혀 낼 테니.」

42 얇고 짧은 부인용 재킷.

지나는 입술을 비쭉비쭉 내밀더니 즉시 대성통곡하기 시작했다.

그녀의 젖가슴 윗부분에 올려져 있던 손바닥이 펄떡펄떡 뛰었다.

「지나! 부끄럽지도 않아! 지금 누가 그렇게 생각할 수 있겠어? 어허, 이게 무슨 창피야, 그래?」

보르멘딸리가 어찌할 바를 몰라 당황하며 말했다.

「허 이런, 지나, 너 바보 천치구나. 아하, 이것 참.」

필립 필리뽀비치가 말했다.

그러나 지나는 울음을 그치지 않았다. 모두들 잠자코 있었다.

샤리꼬프는 아주 상태가 안 좋아지기 시작했다.

그는 머리를 벽에다 탕탕 부닥뜨리고 나더니, 〈이〉 소리도 아니고 〈예〉 소리도 아닌 〈이에에에〉와 유사한 소리를 내고 있었다!

그의 안색은 창백해졌으며 턱뼈가 경련을 일으키며 불안하게 떨리기 시작했다.

「빨리 양동이를 그 무뢰한한테, 관찰실에서 갖다 줘!」

그리고 모두들 심하게 구토하며 괴로워하는 환자 샤리꼬프를 간병하느라 이리 뛰고 저리 뛰기 시작했다.

그를 재우러 데리고 들어갈 때, 그는 보르멘딸리의 팔 안에서 비틀거리며, 꼬부라진 혀로 추악한 말들을 어렵게 내뱉었다. 또 선율을 넣어 아주 부드럽게 상스러운 욕을 해대기도 했다.

이 모든 사건은 1시경에 일어났다.

그리고 지금은 자정이 훨씬 지난 3시경이었다.

그러나 두 의사는 집무실 안에서 코냑으로 흥분한 채 밤을 지새우고 있었다. 이들은 담배를 아주 많이 피웠다. 집무실 안은 짙은 담배 연기가 층을 이루면서 느릿느릿하게 움직이다 그나마도 흔들리지 않을 정도로 자욱해져 가고 있었다.

마침내 닥터 보르멘딸리가 자리에서 몸을 일으켰다.

그는 창백한 얼굴에 매우 단호한 눈빛을 띠며 잠자리 허리처럼 가는 발이 달린 작은 술잔을 높이 쳐들었다.

「필립 필리뽀비치!」

그는 감정이 넘쳐 소리 높여 말하기 시작했다.

「제가 제대로 먹지도 못하고 어렵게 생활하던 대학생으로 당신을 찾아왔을 때, 당신께서 제게 강좌 내내 안식처를 마련해 주신 것을 저는 결코 잊지 않을 겁니다. 믿어 주십시오. 필립 필리뽀비치. 당신은 제게 있어 단순한 교수님, 선생님보다 훨씬 더 크시고…… 저의 무한한 존경을 당신께……. 당신께 입 맞출 수 있도록 허락해 주십시오, 친애하는 필립 필리뽀비치.」

「오, 나의 귀엽고 가련한…….」

필립 필리뽀비치는 매우 당황하여 어찌할 바를 몰라 중얼거리더니 보르멘딸리를 향해 일어섰다.

보르멘딸리는 그를 꼭 껴안았으며, 담배 냄새가 물씬 풍기는 그의 부드러운 콧수염에 키스했다.

「신을 걸고, 필립 필리…….」

「오오, 이렇게 감동적일 수가, 이렇게 감동시키다니……. 고마워요. 오, 귀여운 사람, 나는 이따금 수술 중에 당신한테 고함도 쳤소. 이제 용서해 주시오, 이 노인네 특유의 급한 성미를. 사실상 정말 나는 이렇게 고독하게…… 〈세비야에서 그라나다까지……〉.」

필립 필리뽀비치가 말했다.

「필립 필리뽀비치, 쑥스럽지도 않으세요? 무슨 그런 말씀을 다 하시고…….」

보르멘딸리가 곧 불에 탈 듯 충심 어린 목소리로 말했다.

「만일 저에게 모욕 주기를 원치 않으신다면, 더 이상 제게 그런 말씀은 말아 주세요.」

「으음, 고맙소. 당신…… 〈신성한 나일 강의 강변을 향하여……〉 고마워요. 그리고 나는 당신을 능력 있는 의사로서 사랑했소.」

「필립 필리뽀비치, 제가 당신께 말씀드……」

보르멘딸리가 열정적으로 소리 높여 말하더니 갑자기 자리에서 벗어나 복도로 통하는 문을 보다 더 세게 꼭 닫은 다음 다시 자리로 돌아왔다.

그러고는 속삭이며 하던 말을 계속했다.

「정말 이게 유일한 결말입니다. 물론 제가 감히 당신께 충고를 드릴 수는 없습니다만, 그러나 필립 필리뽀비치, 당신 자신을 한번 보십시오. 당신은 너무 지치셨습니다. 정말로 이렇게 더 이상 일하시는 것은 불가능합니다!」

「절대적으로 불가능이야!」

한숨을 크게 들이쉬고 난 필립 필리뽀비치가 확인하듯이 말했다.

「바로 그렇습니다. 정말 이건 상상할 수도 없는 일이에요.」

보르멘딸리는 속삭이고 있었다.

「지난번에 당신께서는 제가 걱정이 된다고 말씀하셨습니다. 당신의 그 말씀이 그때 얼마나 저를 감동하게 했는지 아십니까, 소중하신 저의 교수님? 하지만 이제 저는 소년이 아니니, 제 스스로 헤아려 생각한 거예요. 물론 그것은 어느 정도 무시무시한 사건이 될 수도 있겠지요. 그러나 저의 심오한 확신으로는, 이제 다른 출구가 없습니다.」

필립 필리뽀비치가 벌떡 일어섰다. 그러고는 그에게 손을 내저어 흔들면서 소리 높여 말했다.

「유혹하지 마시오. 말조차 꺼내지 마시오.」

교수는 방 안에 가득 찬 연기의 물결을 흔들어 놓으면서 방 안을 왔다 갔다 하기 시작했다.

「더 이상 듣지 않을 것이오. 만일 현장에서 우리를 덮치기라도 하는 날이면 무슨 일이 생길지, 당신 아시겠소? 나나 당신이나 출신 성분이 더 주목을 끌기 때문에, 처음 받는 유죄 판결임에도 불구하고 우리는 영영 러시아를 떠날 수 없을 정도의 중형을 선고받을 거요. 나의 소중한 제자, 당신한테는 쁘롤레따리아 유사한 출신 성분이 하나도 없지 않은가?」

「거기에 어떤 출신 성분이? 제기랄……. 저의 아버님께서는 빌리노 법원의 예심 판사셨습니다.」

보르멘딸리가 코냑을 끝까지 마시며 슬픔에 가득 차 대답했다.

「바로 그렇단 말이오. 알다시피, 그래 그게 어떻겠어요? 정말로 요즈음은 그런 것이 나쁜 악질의 유전으로 취급되고 있단 말이오. 유전보다 더 더럽고 비열한 것은 요즈음 상상조차 할 수 없다고. 그렇지만 미안합니다, 나는 더 나쁜 유전을 지녔소. 아버님께서 대학 강단의 사제장이셨으니까. 메르시……〈세비야에서 그라나다까지 어스레한 밤의 어둠 속에……〉자, 이게 무슨 놈의……, 젠장할!」

「필립 필리뽀비치, 당신은 세계적 의미의 위인이십니다. 그런데 바로 그따위……, 미안합니다 거친 표현을 쓰게 되어서, 개새끼 하나 때문에……. 과연 그들이 정말로 당신을 건드릴 수 있어요? 당치도 않습니다.」

「하지만 더욱더 나는 그것을 하지 않을 것이오.」

필립 필리뽀비치는 유리 장식장 쪽으로 시선을 두면서 좌우를 둘러보더니 어떤 생각에 잠긴 듯이 우울하게 반박했다.

「아니, 왜요?」

「왜냐하면 당신 또한 세계적 의미의 저명 의사이기 때문이지요.」

「뭘요? 어디…….」

「아니오, 바로 그렇소. 그런데, 동료를 파국의 현장으로 집어 던져 놓고, 내 자신은 세계적 의미를 향해 뛰쳐나간다……. 미안합니다, 나는 샤리꼬프가 아니라 모스끄바 대학 출신의 교수란 말이오!」

필립 필리뽀비치는 거만하게 양어깨를 쫙 펴면서 옛 프랑스의 왕과 비슷한 자세를 취하였다.

「필립 필리뽀비치, 에흐……!」

보르멘딸리는 슬픔으로 가득 차서 소리 높여 말을 이었다.

「그러니까 뭡니까? 여기서 더 참으라고요? 당신은 아직도 저 무뢰한이 온전한 사람으로 변할 때를 기다리시는 겁니까?」

필립 필리뽀비치는 여기서 손짓으로 그의 말을 중지시켰다. 그러고는 자기 잔에 코냑을 따라 꿀꺽 마시고 나서 레몬즙을 잠깐 빤 다음 말하기 시작했다.

「이반 아르놀리도비치, 당신 생각에는 내가 당신과 마찬가지로 해부학이나 생리학에서……, 으음 말하자면, 인간의 대뇌 골수 기관의 해부와 생리 분야에 대해서 무엇이든 이해하고 있는 것 같소? 어떻소? 당신의 견해는?」

「필립 필리뽀비치, 무슨 그런 당치도 않은 말씀을 하십니까?」

강한 느낌을 받은 듯 보르멘딸리는 예민한 반응을 내보이며 양팔을 벌리고 당황스러워했다.

「으음, 좋아요. 나 역시 내가 이 분야의 모스끄바 의사들 가운데 가장 저질의 돌팔이는 아니라고 생각하오.」

「하지만 저는 좀 달리 생각합니다. 당신은 가장 저질의 꼴찌 의사에 비할 수 없는 가장 훌륭하신 첫 번째 의사이십니다. 모스끄바 내에서뿐만 아니라, 런던에서도 그리고 옥스포드에서도요!」

보르멘딸리는 격분해서 그의 말을 가로막으며 말했다.

「으음, 알겠어요. 문제는……, 자아 이렇게 될 것입니다. 자, 바로 이렇게 말이오, 미래의 교수 보르멘딸리. 이 일은 아무도 성공하지 못합니다. 물론이지요. 질문할 필요도 없어요. 아무도 성공 못 합니다. 이렇게 내 경우로 이미 증거가 나왔습니다. 이야기하세요, 이 쁘레오브라젠스끼가 말했다고. 끝났어요, 끝! 끌림!」

갑자기 필립 필리쁘비치는 장중하게 소리 높여 외쳤으며, 그러자 장식장은 울림 소리로서 그에게 대답하였다.

「끌림!」

그는 다시 반복해 외쳤다.

「실은 보르멘딸리, 당신은 내 학파의 첫 번째 제자입니다. 그리고 그 외에도, 내가 오늘 확신하였듯이 나의 친구입니다. 그래서 바로 이렇게 친구처럼 생각하고 마음속 비밀도 털어놓고 이야기하는 겁니다. 물론 나는 알아요. 당신이 이 일을 두고, 늙은 바보 멍청이 쁘레오브라센스끼가 마치 의예과 3학년밖에 안 된 풋내기처럼 수술에 임했다고 모욕하지는 않으리라는 것을 말입니다. 사실상 새로운 발견은 얻었지요. 어떤 발견인지 당신 스스로도 알고 있을 거요.」

여기서 필립 필리쁘비치는 매우 슬프게 양손으로 창문 커튼을 가리켰다.

그는 분명히 모스끄바를 암시하고 있었다.

「그러나 오로지, 이반 아르놀리도비치, 그 발견의 유일한 결과로서, 이제 우리들 모두는 그 샤리꼬프를 소유하게 될 것이며, 그것도 바로 이곳에서라는 것을 염두에 두기만 하시오.」

이때 쁘레오브라젠스끼는 앞으로 많은 문제가 있을 것을 암시라도 하듯 자신의 굵은 어깨 목 부위의 마비 증세를 손바닥으로 가볍게 두드리며 풀고 있었다.

「내 말을 믿으시오!」

필립 필리뽀비치는 음탕한 표정을 지으며 계속 말했다.

「내 맹세하는데, 만일 누구든지 여기서 나를 실컷 때려 준다면, 즉시 50루블을 지불하겠어. 〈세비야에서 그라나다까지……〉 젠장할……. 나는 5년 동안이나 뇌 속에서 그놈의 돌기(突起)를 찾아내느라 앉아 있었어……. 당신은 알고 있겠지요, 내가 어떤 일을 하였는지? 평범한 사람은 상상도 못해. 그리고 바로 지금에 와서는 그게 무엇을 위한 것이었나 하는 데 문제가 있는 거야. 어느 날, 사랑스러운 개 한 마리를 저런 쓸모없는 것으로 변형시키기 위하여? 아아, 머리카락이 거꾸로 선다, 거꾸로 서!」

「예외적으로 특별하게 뭔가가…….」

「완전히 당신과 동감이오. 자 의사 선생, 연구자가 말이오, 자신의 연구를 자연의 이치와 나란히 보조를 맞춰 가면서 손으로 더듬듯 천천히 진행시키지 않고, 문제를 빨리 해결하려고 강행군을 해가며 확실히 밝혀내려 들었을 때, 어떤 결과가 얻어지겠습니까! 봐요, 봐, 보라고! 샤리꼬프 같은 것이나 얻어다가 죽이나 먹이게 된 꼴을!」

「필립 필리뽀비치, 그런데 만일 스피노자의 뇌였다면 어떻게 되었을까요?」

「암, 암!」

필립 필리뽀비치는 소리 높여 외쳤다.

「암, 정말 그럴까! 만일 그 개가 불행한 개라서 나의 칼 아래서 죽었다면 어떻게 되었겠소? 당신도 알다시피, 그 수술이 어떤 수술이었습니까? 한마디로 나는, 이 필립 쁘레오브라젠스끼는 평생을 두고 그보다 더 어려운 수술은 해보지 못했소. 스피노자의 뇌하수체를 접목시키든 아니면 다른 어떤 도깨비의 것을 갖다 붙이든지 하여, 개로부터 아주 특별하고도 고상하며 가치 있는 존재를 만들어 낼 수도 있었을지 모르지. 하지만 무엇하려고? 무슨 목적으로 그런 짓을 하느냐 하는 데 문제가 있지 않겠소? 나한테 설명 좀 해보시오. 그래, 어째서 스피노자의 머리를 인공적으로 만들어 내는 게 필요합니까? 보통의 아낙네도 언제든지 그와 같은 머리를 출산해 낼 수 있는데 말이오! 바로 저 먼 시골구석 할마고르이의 평범한 아낙 로모노소프 부인은 당대의 유명한 학자 로모노소프를 출산하지 않았던가 말이오. 의사 선생, 인류는 이 점을 염두에 두어야 합니다, 진화론적인 질서 속에서 매년 수없이 많은 대중으로부터 가치 없고 쓸모없는 사람들이 배출되어 나오면서도 이 세상을 아름답게 장식하는 유명한 천재들이 수없이 창조되고 있다는 것을 말이오. 이제 이해가 가지요, 의사 선생? 왜 내가 당신이 샤리꼬프를 관찰하며 내린 추론들에 대하여 달갑게 여기지 않았는지를 말이오. 나의 발견, 악마나 물어 갔으면 좋을 그놈의 발견, 당신이 떠맡다시피 한 그 발견은 말이오, 꼭 깨진 동전 한 닢에 불과한 가치밖에……. 아, 우리 더 이상 이야기하지 맙시다, 이반 아르놀리도비치, 난 정말 이제 모든 것을 알았소. 나는 결코 쓸데없는 말을 지껄이지 않습니다. 이 점은 당신이 더 잘 알고 있을 거요. 이론적으로 이 일은 흥미롭지. 암 그렇고말고. 아주 좋지, 좋아. 생리학자들은 좋아서 어쩔 줄을 모를 테고……, 아카데믹한 분위기에 가득 찬 모스끄바는 제정신을 잃고 발광들을 해댈 테고. 으음, 그런데 실제적으로 결과가 뭡니까? 뭐냐고요? 지금 누가 당신 앞에 있습니까?」

이때 쁘레오브라젠스끼는 손가락으로 관찰실 쪽을 가리켰다.

그곳에서는 샤리꼬프께서 깊이 잠들어 계셨다.

「아주 특별하게 예외적인 병신 같은 놈.」

「그러나, 그가 누굽니까? 끌림! 끌림!」

교수는 소리쳤다.

「끌림 추군낀! (보르멘딸리는 입을 딱 벌리고 말았다.) 실은 자아, 보세요. 두 번의 유죄 판결, 알코올 중독, 〈평등 분배〉, 털모자와 20루블이 감쪽같이 사라지고(여기서 필립 필리뽀비치는 자신의 25주년 근속 기념제 때 받은 지팡이를 회상해 내고는 얼굴이 붉어지기 시작했다), 인간쓰레기에다 돼지……. 으음, 하지만 내 반드시 그 지팡이를 찾아내고 말 거야. 한마디로 뇌하수체는 인간의 탈을 쓴 그런 인물을 결정해 주는 잠복성의 비밀 암실 상자입니다. 그런 인물 말이오, 그런! 〈세비야에서 그라나다까지…….〉」

필립 필리뽀비치는 격렬하게 눈알을 굴리면서 소리치고 있었다.

「하지만 인간에게 흔히 있는 인물은 아니야! 뇌하수체 자체가 하나의 소규모 뇌라고! 하지만, 나에게 그런 뇌는 전혀 필요 없어, 그놈의 뇌하수체 모두 다 돼지한테나 갖다 줘라. 나는 아주 다른 것에 대하여, 즉 우생학(優生學)에 대하여, 그리고 인종 개량에 대하여 생각하며 온 신경을 써왔다고. 그런데 이게 뭔가, 인간을 젊어지게 하려다가 오히려 무엇을 얻었는가! 정말로 당신은 내가 돈 때문에 수술을 했다고 생각합니까? 나는 그래도 역시 학자입니다……」

「물론 당신은 위대하신 학자이십니다.」

보르멘딸리가 코냑을 꿀꺽 삼키면서 말했다. 그의 눈에는 핏발이 서 있었다.

「나는 2년 전 처음으로 뇌하수체에서 성호르몬을 배출시킨 후에 조그마한 실험을 한번 실행해 보고 싶었어요. 그런데 그것 대신에 무엇을 얻었습니까? 맙소사! 뇌하수체 속의 그 호르몬이, 오 하느님……. 의사 선생, 내 앞에는 흐릿한 절망만이 있소. 나는 맹세코 상실하였……」

보르멘딸리는 갑자기 소매를 걷어 올리더니 눈을 아래로 깔면서 말했다.

「귀중하신 선생님, 만일 당신이 스스로 모험을 감행하기를 원치 않으신다면, 제가 직접 그에게 비소를 먹일 겁니다. 저한테는 중요하지 않습니다. 아버지가 법원 예심 판사입니다. 틀림없이……, 결국 그것은 당신의 고유한 실험적인 존재일 뿐입니다.」

필립 필리뽀비치는 갑자기 잠잠한 채 유연해지더니 안락의자 속으로 무너져 내리듯이 몸을 던졌다. 그러고는 다음과 같이 말했다.

「안 돼요, 나는 결코 당신한테 그걸 허용치 않을 것이오, 귀여운 소년. 내 나이가 예순 살이오. 나는 당신한테 충고할 수 있습니다. 범죄는 절대로 저지르지 마시오, 좋은 사람이건 나쁜 사람이건 사람을 반대하여 범죄를 저지르는 것은 안 됩니다. 노년이 될 때까지 깨끗한 손으로 살아남아야 해요.」

「무슨 그런 말씀을, 필립 필리뽀비치? 만일 그를 또 그 쉬본제르가 마음대로 조종하는 날엔, 그에게서 무엇이 얻어지겠습니까? 하느님 맙소사, 나는 지금에서야 이해하기 시작했어요, 이 샤리꼬프에게서 무엇이 나올 수 있겠습니까?」

「아하? 당신은 이제야 이해하셨군요. 하지만 나는 수술 후 하루가 지나 바로 알았습니다. 그렇기 때문에 쉬본제르는 가장 못난 바보 멍청이라는 겁니다. 그는 샤리꼬프가 나에게보다 자신에게 한층 더 위협적이라는 것을 깨닫지 못하고 있어요. 그래서 지금 그는 나를 잡으려고 샤리꼬프를 내모는 데 온갖 노력을 다하고 있습니다. 만일 누구든지 거꾸로, 샤리꼬프를 쉬본제르 자신에게로 내몰기 시작한다면 그에게는 아무것도 남아나는 게 없을 거라는 것을 생각도 못하고서 말이지요!」

「물론이지요. 고양이를 죽이는 것만 보아도 알 수 있어요! 개의 심장을 지닌 인간!」

「오, 아니에요, 아냐.」

필립 필리뽀비치는 천천히 대답했다.

「의사 선생, 당신은 가장 큰 실수를 하고 있군요. 제발, 개를 비방하지는 마시오. 고양이, 그것은 일시적으로…… 2~3주면 없어질 규율 문제입니다. 내 보증하지요. 앞으로 한 달 정도만 더 지나면, 그는 고양이에게 덤벼드는 짓을 그만둘 것입니다.」

「그러면, 지금은 왜 그렇지요……?」

「이반 아르놀리도비치, 그것은 간단합니다. 당신은 정말 무얼 묻고 있는 거요? 그래요, 바로 뇌하수체가 아직 완전히 접목되지 않은 채 허공에 걸려 있는 상태 아닙니까? 어쨌든 그 뇌하수체는 틀림없이 개의 뇌에 접지될 것이고, 조금만 더 기다려 보세요, 완전히 뿌리를 내릴 테니. 아직 샤리꼬프는 오로지 개 뇌의 잔재만을 나타내고 있는 것이오. 그리고 이 점을 아셔야 합니다. 지금 고양이에 대한 문제는 샤리꼬프가 히고 있는 행동들 가운데 그래도 가장 나은 행동이라는 것을 말이오. 생각해 보시오, 그가 이미 개가 아닌 바로 인간의 심장을 갖게 되는 날에는 얼마나 끔찍한 일이 벌어지겠소? 아마 그것은 이 자연계에 존재하는 모든 것들 가운데 가장 추악한 심장이 될 겁니다.」

극도로 흥분한 보르멘딸리는 깡마른 손에 주먹을 불끈 쥐더니 어깨를 으쓱한 다음 확고하게 말했다.

「틀림없습니다. 저는 그를 죽여 버릴 겁니다.」

「나는 절대 금합니다.」

단호하게 필립 필리뽀비치는 대답했다.

「아니, 무슨 그런 말씀을……?」

갑자기 필립 필리뽀비치는 귀를 쫑긋하더니 손가락을 위로 들어올렸다.

「잠깐! 가만있어 봐요……. 나한테 무슨 발자국 소리가 들렸어요.」

두 사람은 귀를 기울여 경청하기 시작했다. 그러나 아파트 안은 조용했다.

「아무것도 아니군요.」

이렇게 말하고서 필립 필리뽀비치는 독일어로 열심히 말하기 시작했다. 그의 말 가운데 몇 번 〈형사 사건〉이라는 러시아 단어가 들려왔다.

「잠깐만요.」

갑자기 보르멘딸리가 주의를 기울이더니 문 쪽으로 발걸음을 옮기기 시작했다. 분명히 발자국 소리가 들리고 있었으며, 그 소리는 집무실 쪽으로 다가오고 있었다. 그 외에도 투덜대는 목소리가 들렸다.

보르멘딸리가 문을 세게 열더니 깜짝 놀라며 뒤로 얼른 물러섰다. 너무나 놀란 필립 필리뽀비치는 그만 안락의자 속에서 온몸이 굳어 버렸다.

빛이 밝게 비치는 복도의 사각 모서리 가운데에 잠옷 하나만 달랑 걸친 다리야 뻬뜨로브나가 곧 싸울 듯이 얼굴이 빨갛게 달아오른 채 서 있었다.

그리고 반라에 가까운 그녀를 거쳐 강하게 비쳐 나오는 빛은 의사와 교수에게 공포에 가까운 느낌으로 눈이 부시게 하고 있었다.

다리야 뻬뜨로브나의 힘센 팔뚝에 뭔가가 질질 끌려오고 있었다. 그리고 이 무엇인지 모를 물체는 완강히 버티면서 엉덩이를 뒤로 빼 주저앉으려 하고 있었다. 까만 솜털로 뒤덮인 그의 짧은 두 다리는 쪽나무 마룻바닥을 따라 비틀비틀 서로 엉키고 꼬이면서 갈지자로 휘청거리고 있었다.

물론 그 물체는 샤리꼬프였다.

그는 완전히 인사불성으로 취해 있었으며 머리털이 사방팔방으로 텁수룩하게 흐트러진 채 루바쉬까 하나만 달랑 걸치고 있었다.

거대한 체구의 벌거숭이 다리야 뻬뜨로브나는 샤리꼬프를 마치 감자 자루처럼 마구 흔들어 대며 이렇게 말했다.

「얼마나 꼴사나운가 한번 보세요, 교수님. 우리 방의 불청객 뽈리그라프 뽈리그라포비치를요. 저는 시집갔던 몸이지만, 지나는 순결한 처녀란 말예요. 다행히 제가 잠에서 깨어났기에 망정이지.」

말을 마치고 나서야 부끄러운 자신의 옷차림을 알아차린 다리야 뻬뜨로브나는, 얼른 손으로 젖가슴을 가리고는 비명을 지르며 복도 끝으로 사라졌다.

「다리야 뻬뜨로브나, 용서하시오, 제발!」

정신을 차린 필립 필리뽀비치가 얼굴이 새빨개져서 그녀의 뒤에다 대고 소리쳤다.

보르멘딸리는 루바쉬까 소매를 조금 위로 걷어 올리더니 샤리꼬프를 향해 돌진해 갔다. 필립 필리뽀비치는 그의 눈빛을 쳐다보고 몹시 두려워하며 몸서리를 쳤다.

「뭐 하려는 거요, 당신? 내가 절대 금한다고······.」

보르멘딸리가 오른손으로 샤리꼬프의 목덜미를 잡고 세

게 흔드는 바람에 셔츠 뒷부분이 쩍 소리를 내며 찢어지고 앞의 목에서는 단추가 떨어져 나갔다.

필립 필리뽀비치는 보르멘딸리의 앞을 가로질러 뛰어가서는 초라하게 비실비실 서 있는 샤리꼬프를 접착력이 강한 외과 수술 의사의 손아귀 속에서 잡아 빼내기 시작했다.

「당신은 나를 때릴 권리를 가지고 있지 않아요.」

목이 조여 숨도 제대로 못 쉬는 샤리꼬프는 바닥에 주저앉아서 취기가 가시는 듯 소리쳤다.

「닥터!」

필립 필리뽀비치는 절규하고 있었다.

보르멘딸리는 약간 정신을 차리고 나서 샤리꼬프를 놓아주었다. 그러자 곧 샤리꼬프는 넋두리를 해대며 흐느껴 울기 시작했다.

「으음, 알겠어요.」

보르멘딸리가 씩씩거리며 말했다.

「일단 아침까지 기다립시다. 그가 술에서 깨어나는 대로, 내 특별 공연을 열어 주고 말 테니까.」

말을 마친 그는 샤리꼬프의 겨드랑이 밑을 잡고 그를 재우러 응접실로 질질 끌고 갔다. 샤리꼬프는 뒷발길질을 해대며 고집을 부리려고 시도하였으나, 이미 그의 다리는 말을 듣지 않고 있었다.

필립 필리뽀비치는 두 다리를 벌리고 멍하니 서 있었다. 그 바람에 그의 하늘색 할라뜨 앞자락 끝이 양옆으로 벌어져 있었다. 그는 두 손을 위로 쳐들며 복도 천장 위의 램프

쪽을 쳐다보더니 혼잣말로 중얼거렸다.

「말은 해서 뭘 해? 말은…….」

9

그러나 다음 날 아침 닥터 보르멘딸리가 약속한 샤리꼬프의 특별 공연은 집행되지 못했다. 뽈리그라프 뽈리그라포비치가 집에서 사라져 버렸던 것이다.

보르멘딸리는 아주 격분하고 낙담하여 현관문 열쇠를 숨기지 않은 자기 자신을 바보 멍청이라고 탓하고, 이건 절대로 용서할 수 없는 일이라고 소리치면서 샤리꼬프가 버스 밑에나 가 치어 죽기를 바라는 것으로 끝을 맺었다.

필립 필리뽀비치는 집무실에 앉아 손가락을 머리카락 속에 찔러 넣고는 말했다.

「거리에서 어떤 일이 일어날지 상상이 가는군……. 상상이 간다고. 〈세비야에서 그라나다까지……〉 맙소사…….」

「그가 주택 관리 위원회에 또 갔을지도 몰라.」

보르멘딸리는 격분하여 어디론가 달려 나갔다.

보르멘딸리는 주택 관리 위원회에서 위원장 쉬본제르로부터 심한 욕설과 모욕을 당했다. 그리고 이 욕설은 하모브니체스끼 지역 인민 법정에 원서를 쓰기 위해 자리에 앉기 전까지 계속됐다.

그는 원서를 쓰면서도 자신은 쁘레오브라젠스끼 교수의 피양육자를 지켜 주는 파수꾼이 아니며, 더구나 그 피양육자 뿔리그라프는 소비조합 상점에서 교과서를 구입할 것같이 꾸며 7루블을 주택 관리 위원회로부터 빌려서 가지고 나갈 정도로, 이제 더 이상 어제와 같은 바보 천치가 아니라고 소리치고 있었다.

3루블에 샤리꼬프를 찾는 일을 시작한 표도르는 온 아파트 안을 위에서 아래까지 샅샅이 뒤져 가며 수색에 나섰다.

하지만 그 어디에도 샤리꼬프의 흔적은 없었다.

단지 뿔리그라프가 새벽에 찬장에서 붉은 빛깔의 병 하나와 닥터 보르멘딸리의 장갑, 그리고 자신의 모든 신분증을 챙기고 나서 챙 모자와 목도리, 외투 차림으로 떠났다는 것만이 밝혀졌다.

다리야 뻬뜨로브나와 지나는 샤리꼬프가 더 이상 돌아오지 않을 것이라며 기쁨과 희망을 감추지 못하고 있었다. 그러는 동안 샤리꼬프가 전날 밤 다리야 뻬뜨로브나에게서 3루블 50꼬뻬이까를 빌려 간 사실이 밝혀졌다.

「그렇게 해야만 했어, 으응? 어쩌자고 돈은 꾸어 주었나!」

필립 필리뽀비치가 주먹을 부르르 떨며 고함쳤다.

하루 종일 전화벨이 울렸다.

그리고 그다음 날도 전화벨은 계속하여 울리고 있었다.

의사들은 평상시와 달리 아주 적은 수의 환자들만 받았다.

하지만 세 번째 날에 두 의사는 경찰에 이 사실을 알려야 하는지, 모스끄바의 혼란스러운 미로 속에서 어떤 방법으로 샤리꼬프를 찾아내야 하는지에 대한 문제를 놓고 집무실 안에서 진지한 토의에 들어갔다.

그런데 〈경찰〉이라는 단어가 막 발음되자마자, 아부호프 골목의 경건한 고요함을 깨며 요란한 화물 자동차 소리가 울리더니 아파트 창문이 떨리기 시작했다.

그러고 나서 확실하고 자신만만한 초인종 소리가 울리더니, 현관에 뽈리그라프 뽈리그라포비치가 나타났다.

교수도 의사도 그를 맞이하러 나갔다.

뽈리그라프는 범상치 않은 거만을 떨며 안으로 들어서더니 완전한 침묵 속에서 챙 모자와 외투를 벗어 고리에 걸었다.

곧 그의 새로운 모습을 확인할 수 있었다. 그는 어깨도 맞지 않는 다른 사람의 가죽 재킷에다가 다 닳아빠진 가죽 바지를 입고 있었고 발에는 무릎까지 끈으로 매는 영국제의 높은 장화 구두를 신고 있었다.

쁘레오브라젠스끼와 보르멘딸리는 꼭 명령이라도 받은 것처럼 동시에 팔짱을 끼더니 뽈리그라프 뽈리그라포비치로부터의 첫 번째 통첩을 기다리며 문지방 가에 서 있었다.

그는 뻣뻣한 머리카락을 쓰다듬더니 헛기침을 한 다음 주위를 둘러보았다. 곧 그의 얼굴에 당혹해하는 표정이 역력해졌으며, 그는 자신의 이런 당혹스러움을 무례함으로 감추려 하였다.

「나는, 필립 필리뽀비치……」

마침내 그가 말하기 시작했다.

「공직에 임용되었소.」

두 의사는 분명치 않은 메마른 목구멍소리를 내면서 입을 살짝 움직였다.

쁘레오브라젠스끼가 먼저 냉정을 되찾고 손을 내밀며 말했다.

「공식 문서를 보여 주시오.」

문서에는 다음과 같이 찍혀 있었다.

이 문서의 지참인 뽈리그라프 뽈리그라포비치 동무는 실제로 M.K.X.국(局) 소속으로, 주인 없는 부랑 동물들(고양이 등)을 소탕하는 모스끄바 시 청소과 과장이다.

「그러면……」

필립 필리뽀비치는 힘들게 말하고 있었다.

「누가 당신에게 취직자리를 만들어 주었지요? 아하, 알 만하군. 하지만 한번 내 직접 알아맞혀……」

「그래요, 쉬본제르가 만들어 주었소.」

샤리꼬프가 대답했다.

「어째서 당신 몸에서 이렇게 몹시 역한 냄새가 나는지 물어봐도 될까요?」

샤리꼬프는 재킷에 코를 대고 걱정스러운 듯 냄새를 맡기 시작했다.

「아니, 무슨 놈의 냄새가 난다고……? 으음, 알겠다. 직업의 특수성 때문이군. 어제 고양이들을 목 졸라 죽이고, 또 죽이고 했거든.」

필립 필리뽀비치는 몸서리를 치며 보르멘딸리를 쳐다보았다.

보르멘딸리의 눈은 샤리꼬프를 향해 정조준 된 두 개의 검은색 총구를 연상시키고 있었다.

아무런 말도 없이 그는 샤리꼬프에게로 달려들더니, 손쉽게 그리고 확실하게 그의 인후부(咽喉部)를 꼭 잡아 버렸다.

「살려 줘.」

샤리꼬프는 얼굴이 하얗게 변하면서 우는 소리로 애원하기 시작했다.

「닥터!」

「아무 말씀도 하지 마십시오, 필립 필리뽀비치, 걱정 마십시오.」

보르멘딸리가 쇳소리를 내며 대꾸하더니 큰 소리로 외치기 시작했다.

「지나, 그리고 다리야 뻬뜨로브나!」

그들이 즉시 현관에 나타났다.

「자아, 나의 말을 그대로 따라서 반복해.」

보르멘딸리가 말했다. 그러고는 샤리꼬프의 목을 조금 더 짓누르며 외투 걸이 쪽으로 밀어붙였다.

「〈저를 용서해 주세요〉라고 말해……」

「그래 좋아, 반복할게.」

큰 타격을 받은 샤리꼬프는 목쉰 소리로 씩씩거리며 대답했다. 그러더니 갑자기 입을 크게 벌려 한숨에 공기를 들이마시고 경련을 일으키며 몸을 바르르 떨었다. 그는 〈살려 줘〉 하고 비명을 지르려고 시도하였으나, 소리가 나오지 않았다. 이미 그의 머리는 외투 걸이에 걸린 외투 속으로 완전히 잠기고 있었다.

「닥터, 제발 그만두시오!」

샤리꼬프는 자신이 복종할 것이며 시키는 대로 따르겠다는 뜻으로 고개를 끄덕이기 시작했다.

「……저를 용서해 주세요, 존경하는 다리야 뻬뜨로브나, 그리고 지나이다……」

「쁘로꼬피예브나.」

옆에서 지나가 깜짝 놀라며 소곤거렸다.

「아아, 쁘로꼬피예브나……」

완전히 목소리가 잠긴 샤리꼬프가 숨을 헥헥거리며 말했다.

「……제가 허물없이 제멋대로 행동하였음……」

「……허물없이……」

「……밤에 취한 상태로 추악한 언행을……」

「……취한 상태로……」

「……결코 다시는 안 그럴 겁니다……」

「……안 그럴 거……」

「놓아주세요, 그를 놓아줘요, 이반 아르놀리도비치.」

두 여자가 동시에 간원(懇願)하기 시작했다.

「그를 질식시켜 죽이겠어요!」

마침내, 보르멘딸리는 샤리꼬프를 풀어 주고는 말했다.

「화물 자동차가 당신을 기다리고 있나?」

「아닙니다. 그는 나만 태우고 왔습니다.」

뽈리그라프가 공손하게 대답했다.

「지나야, 차를 돌려보내라. 이제는 다음을 염두에 두시오,

당신은 다시 필립 필리뽀비치의 아파트로 돌아왔지요……?」

「그럼, 지금 내가 또 어디로 가요?」

샤리꼬프가 멍청히 생각에 잠긴 얼굴로 겁먹은 듯이 대답했다.

「아주 좋아요. 물은 고요할수록 좋고 풀은 낮을수록 좋지. 만일 반대의 경우, 추악한 언행을 일삼을 때마다 당신은 나한테 이렇게 벌 받을 줄 아시오! 알겠소?」

「알겠어요.」

샤리꼬프는 대답했다.

필립 필리뽀비치는 보르멘딸리가 샤리꼬프를 폭행하는 동안 내내 침묵하고 있었다.

그는 웬일인지 가엾고 쓸쓸하게 문지방 가에 몸을 웅크리고 앉아 눈을 아래로 깔고는 나무 바닥을 내려다보면서 손톱을 물어뜯고 있었다.

그러고 나서 갑자기 눈을 샤리꼬프에게로 들더니 의식 없이 그냥 내뱉듯 둔탁한 목소리로 물었다.

「당신은 그…… 죽인 고양이들을 가지고 무얼 합니까?」

「그 가죽으로 외투를 만들죠.」

샤리꼬프가 대답했다.

「고양이로 노동자들이 입을 다람쥐 털 외투를 만들 거요.」

이후, 아파트 안에는 고요가 찾아왔으며, 이 고요함은 이틀 동안 계속되었다. 뽈리그라프 뽈리그라포비치는 아침이면 요란히 울려 대는 화물 자동차를 타고 떠났다가, 저녁이 되면 나타나서는 필립 필리뽀비치나 보르멘딸리와 동석하여 조용히 식사했다.

보르멘딸리와 샤리꼬프는 한 방, 즉 응접실 안에서 함께 잠을 자면서도 아무런 대화도 나누지 않고 있었다.

그래서 보르멘딸리는 점점 지루해하기 시작했다.

약 이틀이 지나 창백하게 야윈 아가씨 한 명이 군데군데 뜯어고치고 그려 붙인 것 같은 눈에 담황색 스타킹을 신고 나타났다. 그녀는 화려하고 호화스러운 아파트 내부를 보고 아주 당황해하고 있었다. 아주 많이 낡은 외투를 걸쳐 입은 그녀는 샤리꼬프의 뒤를 따라 안으로 걸어 들어오다가 응접실에서 교수와 마주쳤다.

교수는 너무나 어이가 없는 듯이 한동안 멍하니 멈추어 서 있었다. 그러고는 가늘게 실눈을 뜨고 물었다.

「누군지 가르쳐 주시겠나?」

「나는 그녀와 결혼 등록을 할 거요, 이 여자는 우리 타이피스트이고 나와 함께 살 거요. 보르멘딸리는 응접실에서 추방시켜야 해요. 그에게는 자기 아파트가 있잖소.」

샤리꼬프는 얼굴을 찌푸리고 아주 불손한 말투로 분명하게 말했다.

필립 필리뽀비치는 얼굴이 빨개진 그 아가씨를 쳐다보고, 눈을 깜박이며 잠시 생각하더니 아주 정중하게 그녀를 자신의 집무실로 초대하였다.

「잠깐만 제 집무실 안으로 들어가 주시기 바랍니다.」

「나도 그녀와 함께 갈 거요.」

샤리꼬프가 급히 서두르며 의심쩍은 듯이 말했다.

그러자 이때, 마치 순간적으로 땅속에서 솟아난 듯이 보르멘딸리가 급히 나타나서 단호한 자세를 취했다.

「미안합니다만……」

그가 말하기 시작했다.

「교수님께서 아가씨와 대담하실 동안 당신은 나와 여기에 있어야 합니다.」

「나는 원하지 않소.」

두려움에 사로잡힌 아가씨와 필립 필리뽀비치가 들어가는 집무실 안으로 따라 들어가려고 하면서 샤리꼬프는 적의에 가득 차 대꾸했다.

「안 돼, 용서하시오.」

보르멘딸리는 샤리꼬프의 손을 꽉 잡았다. 그리고 그들은 관찰실 쪽으로 걸어갔다.

약 5분 동안 집무실로부터 아무 소리도 들리지 않았다.

그러더니 갑자기 그 아가씨의 흐느끼는 울음소리가 둔탁하게 울려 퍼지기 시작했다.

필립 필리뽀비치는 책상 가에 서 있었으며 아가씨는 더러운 레이스 손수건을 눈에 대고 울고 있었다.

「그가 말했어요, 그 무뢰한 자식이. 전투에서 부상당했다고…….」

아가씨가 소리 내어 울기 시작했다.

「거짓말이야!」

필립 필리뽀비치가 강직하게 대답했다. 그는 고개를 좌우로 흔들고 나서 계속해 말했다.

「나는 당신이 진심으로 가엾소. 하지만 이것은 있을 수 없는 일이오. 어떻게 만난 지도 얼마 안 되었으면서 단지 직무상의 지위 때문에……. 아가씨, 이건 정말로 꼴불견이야……. 실은…….」

그는 책상 서랍을 열더니 10루블짜리 지폐 세 장을 꺼냈다.

「나는 독약이라도 먹고 자살할 거예요.」

아가씨는 계속 울면서 말했다.

「식당에서 소금에 절인 고기를 매일……. 그가 위협하며 말하기를, 자기가 붉은 군대의 지휘관이었다고……. 자기와 함께 너는 멋진 아파트에서 살게 될 거라고 말하면서…… 매일같이 파인애플에다……. 또 그는 〈나의 심성은 선량해. 단지 고양이만 증오하지〉라고 말하면서……. 그는 내게서 반지를 기념으로 가졌…….」

「암, 암, 암, 심성 한번 착하지 착해, 〈세비야에서 그라나다까지〉.」

필립 필리뽀비치는 중얼거렸다.

「참고 견뎌야 해요. 당신은 아직 아주 젊고…….」

「정말로 개구멍에서였나요?」

「돈이나 받으시오! 빌리는 거라 생각하고.」

필립 필리뽀비치가 큰 소리로 말했다.

잠시 후, 마치 의식 행사 때처럼 문이 활짝 열리더니, 보르멘딸리가 필립 필리뽀비치의 부름에 따라 샤리꼬프를 데리고 들어왔다.

샤리꼬프는 눈알을 사방으로 굴리고 있었으며, 머리털은

마치 구둣솔처럼 빳빳하게 위로 치솟아 있었다.

「어째서 당신의 이마에 상처가 났는지, 어디 한번 이 아가씨에게 애써 설명 좀 해주시지요.」

필립 필리뽀비치가 비꼬는 듯한 목소리로 청하였다.

막판에 몰린 샤리꼬프는 모든 것을 다 걸고 도박을 감행하듯이 다음과 같이 말했다.

「나는 꼴차꼬프스끼 전선[43]에서 부상당했소.」

아가씨가 벌떡 일어나 큰 소리로 울부짖으면서 뛰어나갔다.

「거기 서시오! 잠깐 기다리세요!」

필립 필리뽀비치가 그녀의 뒤에다 대고 소리쳤다.

「반지를 빼서 주시오.」

그는 샤리꼬프 쪽으로 얼굴을 돌리며 말했다.

샤리꼬프는 순순히 손가락에서 에메랄드가 박힌 속 빈 반지를 하나 빼냈다.

「으음, 알았어.」

갑자기 악의에 찬 목소리로 샤리꼬프가 말했다.

「너 똑똑히 알아 둬라. 내일이면 나는 너를 정원 감축시켜 버리고 말 거야!」

「그를 두려워하지 마시오!」

보르멘딸리가 곧이어 소리쳤다.

「내가 아무것도 하지 못하도록 할 테니.」

보르멘딸리는 돌아서서 샤리꼬프를 노려보기 시작했으며, 샤리꼬프는 뒷걸음질 치다가 장식장에 뒤통수를 세게 부

---

43 1918년에서 1920년에 걸친 꼴차끄의 반소비에뜨 동란을 말한다.

덮쳤다.

「그녀의 성이 뭐지?」

보르멘딸리가 그에게 물었다.

「성은!」

그는 갑자기 울부짖듯이 소리치면서 야만적이고 무시무시하게 돌변하기 시작했다.

「바스네쪼바.」

샤리꼬프는 어디론가 도망갈 구멍이라도 찾듯이 눈알을 굴리며 대답했다.

「매일같이……」

샤리꼬프 재킷의 앞깃을 꽉 움켜잡은 보르멘딸리가 질책하듯 말하기 시작했다.

「내가 직접 청소과에다 여성 공민 바스네쪼바가 해고되었는지 어떤지 조회해 볼 것이오. 그래서 만일 당신이……. 그녀가 해고된 것을 내 알게 되기만 하면, 바로 이 자리에서 직접 내 손으로 당신을 쏴 죽여 버리고 말 테니! 똑똑히 기억해 두시오, 샤리꼬프. 내 러시아어로 말했소!」

샤리꼬프는 꼼짝 않고 서서 보르멘딸리의 코를 뚫어지게 쳐다보고 있었다.

「내 권총을 찾아봐야……」

쁠리그라프는 중얼거렸으나, 아주 기운이 없는 듯이 축 늘어져 있었다.

그러다가 갑자기 교묘히 기회를 포착하고서 재빨리 문 쪽으로 뛰쳐나갔다.

「똑똑히 기억해 두라고!」

보르멘딸리의 외침 소리가 그를 뒤따라가며 울려 퍼지고 있었다.

밤 내내 그리고 다음 날 오전까지 아파트 안에는 소나기가 쏟아지기 바로 전 먹구름과 같이 어두컴컴하고 우중충한 분위기만이 짙게 깔려 있었다.

하지만 모두들 아무 말 없이 잠자코 침묵을 지키고 있었다.

그러고는 바로 다음 날, 즉 아침에 좋지 않은 예감으로 머리가 쿡쿡 쑤시던 뽈리그라프 뽈리그라포비치가 음울한 얼굴로 화물 자동차를 타고 직장을 향해 떠났을 때, 교수 쁘레오브라젠스끼는 전혀 예정에도 없던 시간에 자신의 예전 환자들 가운데 한 명을 접견하였다.

뚱뚱한 체구에 키가 훤칠한 그 사람은 군복 차림을 하고 있었다. 그는 끈질기게 면담을 요구하다 마침내 얻어 내고야 말았다. 집무실 안으로 들어오면서, 그는 교수를 향해 정중하게 차렷 자세를 취하였다.

「통증이 다시 시작되었나요?」

얼굴이 핼쑥해진 필립 필리뽀비치가 그에게 물었다.

「앉으세요.」

「감사합니다. 통증 때문에 온 게 아닙니다, 교수님.」

손님은 헬멧을 책상 귀퉁이에 놓으면서 대답했다.

「저는 당신한테 큰 은혜를 입었어요. 음…… 이번에는 좀 다른 일로 왔습니다. 필립 필리뽀비치……. 늘 커다란 존경심을 지니면서……. 음…… 미리 예고하기 위해서……. 아주 명백한 난센스지요. 순전히 그 비열한 놈이…….」

환자는 가방 속을 뒤적거리더니 서류 한 장을 꺼냈다.

「좋습니다, 제게 직접 보고해 주셔서…….」

필립 필리뽀비치는 안경 위에 코안경을 덧끼우고는 서류를 읽어 내려가기 시작했다. 시시각각으로 안색이 변하면서 그는 오랫동안 중얼거리고 있었다.

……그리고 또한 주택 관리 위원회 위원장 쉬본제르 동무를 죽이려고 위협하였다. 이런 사실로 보아 그가 총포 화기를 보유하고 있음이 분명하다. 그리고 그는 반혁명적인 언사를 일삼으며, 그의 아파트에서 거주 등록도 받지 않고 비밀리에 살고 있는 조수 이반 아르놀리도비치 보르멘딸리와 함께 명백한 멘셰비끼처럼 행동하며, 심지어 엥겔스의 책조차도 자신의 하녀 지나이다 쁘로꼬피예브나 부니나를 시켜 뻬치까 속에 불태워 버리라고 명령하였다.

상기의 사실을 확인함 — 청소과 과장 샤리꼬프,
주택 관리 위원회 위원장 쉬본제르, 비서 뻬스뜨루힌

「내게 이것을 남겨 두고 가시겠습니까? 아니면, 미안합니다만 혹시 법정에 제출하시는 일로 당신한테 이게 필요하신 건가요?」

필립 필리뽀비치는 얼굴이 온통 빨갛게 바뀌면서 물었다.

「그렇지는 않지요, 교수님.」

환자는 심한 모욕을 받았다는 듯 콧구멍을 벌렁거렸다.

「당신은 정말 아주 멸시하듯 저희들을 보고 계시는군요. 난……」

그리고 그는 여기서 아주 거만스럽게 화를 내기 시작했다.

「아니, 그게 아니고……. 미안합니다, 미안해요.」

필립 필리뽀비치는 중얼거리기 시작했다.

「용서하시오, 사실 당신을 모욕하려고 한 말은 아닙니다.」

「우리도 그 따위 허위 문서 하나쯤은 제대로 읽을 수 있다고요, 필립 필리뽀비치!」

「아아, 화를 내진 마십시오. 그가 너무나 나를 귀찮게 했기 때문에…….」

「저도 알고 이해하고 있어요.」

환자는 화를 진정하고 완전히 정상적인 상태로 돌아왔다.

「하지만 그래도 역시 아주 대단하긴 대단한 건달이야! 그를 한번 만나 보고 싶은데요. 장안에서는 지금 당신에 대하여 바로 어떤 전설 같은 이야기들을 하고 있습니다.」

필립 필리뽀비치는 오로지 필사적으로 손을 내저어 흔들고 있을 뿐이었다.

여기서 환자는 교수의 등이 고양이 등처럼 굽었으며 근래 머리가 몰라보게 세어 백발이 되어 있는 것을 알아차렸다.

죄가 무르익으면 돌처럼 떨어지게 마련이다. 그리고 이것은 보통 있는 일이다.

불안한 가슴을 안고 뽈리그라프 뽈리그라포비치는 화물자동차를 타고 돌아왔다. 필립 필리뽀비치의 목소리가 그를 관찰실 안으로 부르고 있었다.

깜짝 놀란 샤리꼬프가 관찰실 안으로 들어와서는 약간 두려워하면서 보르멘딸리의 얼굴, 그리고 이어서 필립 필리뽀비치의 얼굴을 번갈아 가며 뚫어지게 쳐다보기 시작했다.

조수의 얼굴에는 먹구름이 잔뜩 끼어 있었으며 담배를 든 그의 왼손은 조산(助産)용 안락의자의 번쩍이는 손잡이 위에서 약간 떨리고 있었다.

태연하고 침착해진 필립 필리뽀비치가 흉사를 예언이라도 하듯이 아주 기분 나쁜 소리로 말했다.

「당장 짐을 싸시오, 바지, 외투, 당신한테 필요한 모든 것을. 그리고 이 아파트에서 나가!」

「아니, 이게 무슨?」

샤리꼬프는 진정으로 놀라고 있었다.

「오늘 이 아파트에서 나가라고!」

필립 필리뽀비치는 샤리꼬프 꼴도 보기 싫은 듯이 애써 눈을 가늘게 뜨고는 자신의 손톱을 쳐다보면서 조금 전과 똑같은 어조로 반복하여 말했다.

분명히, 어떤 사악한 귀신의 혼이 뽈리그라프 뽈리그라포비치에게 깃들여 있었고, 죽음의 사자가 이미 그를 지켜보고 있었으며, 그의 운명은 바로 어깨 너머에 와 있었다.

그러자 그는 자신이 직접 피할 수 없는 운명을 껴안기라도 하듯 악의에 가득 찬 말들을 끊었다 이었다 해가며 짖어 댔다.

「아니, 이게 무슨 소리야, 정말로? 내가 무엇하려고 올바른 처분과 심판을 당신한테서 찾아야 하지? 나는 16아르신만큼의 여기 내 자리에서 살고 있고, 또 앞으로도 살 거야!」

「아파트에서 나가시오.」

몹시 흥분한 필립 필리뽀비치는 숨이 찬 듯 속삭이는 소리로 말했다.

샤리꼬프는 스스로 자신의 죽음을 자초하고 있었다.

그는 왼손을 번쩍 들더니 필립 필리뽀비치를 향해 고양이 냄새가 역겹게 풍기는 물어뜯은 엄지손가락을 가운데와 집게손가락 사이로 내밀어 아주 모욕적인 손짓을 했다. 그러고 나서 오른손으로는 자신에게 폭력적인 보르멘딸리를 향해 호주머니 속에서 권총을 꺼냈다.

순간 보르멘딸리의 손에서 담배가 유성처럼 떨어졌다.

그리고 몇 초 후 심한 두려움에 가득 찬 필립 필리뽀비치는 깨진 유리창을 밟으며 껑충껑충 뛰어 장식장에서 침대 의자 쪽으로 달려갔다.

침대 의자 위에는 청소과 과장이 사지를 크게 벌린 채 목쉰 소리를 내며 누워 있었고, 그의 가슴팍 위에는 외과 의사 보르멘딸리가 자리를 잡고 앉아서 하얀색의 조그만 베개로 그를 질식시키고 있었다.

몇 분이 지나자, 예전 얼굴이 아닌 닥터 보르멘딸리가 현관 정문 쪽으로 걸어 나가더니 초인종 옆에 다음과 같은 메모 쪽지를 붙이기 시작했다.

오늘은 교수의 병 때문에 접수받지 않음.

벨을 눌러 시끄럽게 하지 마시기 바랍니다.

그는 칼날이 번뜩이는 펜나이프로 전화선을 절단하고 나서, 온통 할퀴어져 피투성이가 된 자신의 얼굴과 사방으로 갈기갈기 찢겨서 약하게 팔딱팔딱 뛰며 떨리는 두 손을 거울에 비춰 보았다.

그다음 부엌에 나타나서 바짝 긴장하고 있던 지나와 다리야 뻬뜨로브나에게 이렇게 말했다.

「교수님께서는 당신들보고 절대로 아파트 밖으로 나가지 말라고 부탁하셨습니다.」

「알았습니다.」

지나와 뻬뜨로브나는 벌벌 떨며 대답했다.

「뒷계단 쪽 비상 통로의 문을 잠그고 열쇠를 갖고 가게 해주시오.」

보르멘딸리는 문 뒤의 그림자 속으로 얼른 몸을 숨기고 손바닥으로 얼굴을 가리면서 말했다.

「이것은 임시적으로 그렇게 하는 것이지, 당신들을 못 믿어서가 아니오. 그러나 누군가가 와서 계속 문을 두드려 당신들이 정 못 참겠거든 문을 여시오. 하지만 열쇠는 나한테 있소. 나와 교수님을 방해해서는 절대 안 됩니다. 우리들은 아주 바쁠 것이오.」

「알겠습니다.」

두 여자가 대답했다. 그러고는 곧 안색이 파리하게 질리기 시작했다.

보르멘딸리는 뒷계단 문을 잠그고 열쇠를 가지고 가더니 현관 정문도 잠갔으며 복도에서 응접실로 통하는 문도 잠가 버렸다.

그러고 나서 그의 발걸음은 관찰실 안으로 사라져 버렸다.

고요한 적막이 아파트 안을 뒤덮으며 구석구석으로 스며 들기 시작했다.

땅거미가 밀려오고 있었다.

그것은 추악하고 불길해 보였으며 팽팽하게 긴장감이 도는 것이, 한마디로 말해 어둠, 그리고 암흑이었다.

나중의 일이지만, 마당 건너 이웃집 사람들은 이런 말들을 하곤 했다.

바로 그날 저녁에 마당 쪽으로 난 관찰실 창문을 통해 보니 쁘레오브라젠스끼 교수 아파트에 불이란 불은 다 환하게 켜져 있는 것 같았으며, 심지어 자신들이 직접 교수의 하얀색 원통형 모자를 보기까지 하였다는 등……

하지만 이것을 확인하기는 어렵다.

사실상 지나조차, 이미 모든 일이 다 끝났을 때, 쓸데없는 말을 지껄이고 있었다. 즉 보르멘딸리와 교수가 관찰실에서 밖으로 나온 후에, 집무실 안의 난롯가에 있는 이반 아르놀 리도비치 보르멘딸리를 보고 놀라 죽는 줄 알았다는 것이다.

흡사 그는 집무실 안에 쭈그리고 앉아 있는 것같이 보였으며, 교수 환자들의 병 기록이 적혀 있는 일지 꾸러미에서 파란색 표지의 노트 하나를 자신의 손으로 직접 꺼내더니 난로 속으로 던져 태워 버리더라는 것이다.

그때 의사의 얼굴은 완전히 푸른빛이었으며, 온통 산산조각으로 할퀸 자국투성이였고, 필립 필리뽀비치 자신도 그날 저녁에는 전혀 예전의 그처럼 보이지 않았다는 것이다. 그리고 또한, 뭔가가…….

그렇지만 어쩌면 쁘레치스젠스끼 아파트의 순진한 처녀가 거짓말을 하고 있을지도…….

단 한 가지는 보증할 수 있겠다.

바로 이날 저녁에 아파트 안에는 가장 완전한 평온이, 그리고 가장 무시무시한 정적이 흐르고 있었다.

끝.

에필로그

밤이 지나고 또 밤이 지나 관찰실 안에서 교전이 있은 지 10일이 지난 날 밤, 아부호프 골목 안의 쁘레오브라젠스끼 교수의 아파트에서는 날카로운 초인종 소리가 울리고 있었다. 지나는 문밖에서 나는 소리에 기절초풍할 정도로 놀랐다.

「경찰과 예심 판사입니다. 문을 열어 주시오.」

여럿이서 막 뛰어 들어오는 듯한 발소리가 나더니 사람들이 안으로 들어오기 시작했다. 새로 유리를 갈아 끼운 장식장이 놓여 있고 불빛에 사방이 번쩍거리는 응접실 안으로 많은 사람들이 몰려 들어왔다.

두 명은 경찰 복장을 하고 있었고, 한 명은 검은색 외투에 가방을 끼고 있었으며, 남의 재앙을 기뻐하는 위원장 쉬본제르도 창백한 안색으로 서 있었다.

그리고 젊은 여성, 수위 표도르, 지나, 다리야 뻬뜨로브나가 있었으며, 반나체의 보르멘딸리는 넥타이도 없이 목을 손으로 감싸며 부끄러워하고 있었다.

집무실 문이 열리면서 필립 필리뽀비치가 나왔다. 그는 모든 이에게 이미 잘 알려져 있던 하늘색의 할라뜨 차림으로 나왔다. 그리고 여기서 모든 사람들은 필립 필리뽀비치가 최근 일주일 사이에 건강이 많이 회복된 것을 금방 확인할 수 있었다.

네진처럼 힘 있어 보이고 원기 왕성해진 필립 필리뽀비치는 최상의 품위를 지니고 밤중의 불청객들 앞에 나타나서는 자신이 할라뜨 차림인 것에 대해 용서를 빌었다.

「아무 상관없습니다, 교수님.」

사복 차림을 한 사람이 매우 당혹해하며 대꾸하였다. 그러고 나서 그는 주저주저하며 말하기 시작했다.

「아주 불쾌하시겠지만…… 우리들에게는 당신 아파트에 대한 가택 수색 영장이 있으며, 그리고…….」

그는 필립 필리뽀비치의 콧수염을 곁눈질로 쳐다보며 말을 잇다가, 마침내 다음과 같은 말로 끝을 맺었다.

「……그래서 결과에 따라 체포합니다.」

필립 필리뽀비치가 실눈을 뜨고 질문했다.

「그런데 어떤 죄목인지…… 감히 물어나 볼까요? 그리고 누구를 체포한다는 겁니까?」

사복 차림의 사람이 뺨을 한 번 긁고 나더니 가방에서 종잇장을 하나 꺼내 읽기 시작했다.

「쁘레오브라젠스끼, 보르멘딸리, 지나이다 부니나, 그리고 다리야 뻬뜨로브나는 M.K.X. 소속 청소과 과장 뽈리그라프 뽈리그라포비치 샤리꼬프에 대한 살인죄 혐의로…….」

지나의 통곡 소리가 그의 말끝을 덮어 버렸다. 그리고 사람들이 웅성거리며 움직이기 시작했다.

「나는 아무것도 이해하지 못하겠군요.」

필립 필리뽀비치는 왕처럼 위풍당당하게 근엄한 자세를 취하면서 대답했다.

「무슨 샤리꼬프라고요? 아하, 미안합니다. 아마 내 개를……. 내가 수술한 그 개 말입니까?」

「용서하시오, 교수. 개가 아니고, 이미 사람이 된 샤리꼬프를 말하는 것입니다. 바로 그 일로 해서 우리들이 왔습니다.」

「그럼 그 개가 말을 했었나요?」

필립 필리뽀비치가 질문했다.

「그것이 사람으로 존재한다는 것을 의미하지는 않는데! 그건 그렇다 치고, 그건 중요하지 않아요. 샤릭은 지금도 존재하고 있으니까. 누구도 그를 죽이지 않았습니다.」

「교수!」

검은색 외투를 입은 사나이가 매우 놀라 말을 꺼내면서 눈썹을 치켜 올렸다.

「그렇다면, 그를 제시해야만 할 것입니다. 그가 사라져 버린 지난 10일, 그리고 여러 범죄 구성 사실들은, 죄송합니다만, 아주 좋지 않습니다.」

「닥터 보르멘딸리, 샤릭을 예심 판사님께 제시해 드리시오.」 필립 필리뽀비치가 영장을 손에 들고 명령하였다.

보르멘딸리 의사는 위선적으로 빙그레 웃고 나서 밖으로 나갔다.

그가 다시 응접실로 돌아와 휘파람을 휘익 하고 불자, 그의 바로 뒤 집무실 안에서 이상하게 생긴 개 한 마리가 튀어나왔다.

개는 군데군데 털이 빠져 얼룩덜룩했으며, 얼룩진 반점들 군데군데에는 어느 정도 털이 자라나 있었다.

마치 재주를 익힌 곡예사처럼 개는 뒷발로 서서 밖으로 걸어 나오더니, 다음에 네 발을 모두 바닥에 내려놓고는 주위를 둘러보았다.

갑자기 응접실 안의 사람들은 움직이지 않는 젤리와 같이 딱딱하게 굳어진 채 미동도 하지 않고 있었다. 무덤 안과 같은 침묵만이 흐를 뿐이었다.

이마에 적자색의 상처가 나 있어, 악몽에 시달릴까 두려울 정도로 무시무시한 모습을 한 개는 다시 뒷발로 일어서더니 빙그레 웃고 나서 안락의자에 가 앉았다.

다른 경찰관은 갑자기 크게 십자로 성호를 긋더니 뒤로 물러나다가 지나의 발을 밟아 버렸다.

검은 외투의 사내는 입을 딱 벌리고 닫을 줄 모르면서 이런 말만 입 밖에 낼 뿐이었다.

「어떻게 이럴 수가 있나요……? 그는 청소과에서 근무했었는데……」

「그를 그곳으로 임용시킨 건 내가 아니오.」

필립 필리뽀비치가 대답하였다.

「아마 쉬본제르 씨가 그에게 추천서를 써주었을 거요. 만일 내가 실수하고 있는 게 아니라면 말이오.」

「나는 아무것도 이해하지 못하겠소.」

검은 외투의 사내는 당황하며 말하더니 처음의 경찰관 쪽으로 몸을 돌리며 다음과 같이 질문했다.

「이 개가 그 사람이란 말입니까?」

「그는, 진짜로 그는……」

다 기어 들어가는 목소리로 경찰관이 대답했다.

〈그 개가 바로 그 자체입니다〉 하고 말하는 표도르의 목소리가 들리고 있었다.

「오로지, 무뢰한 상놈, 다시 털이 온통 자랐구먼.」

「그가 말을 했었나요……? 쿨룩쿨룩…… 쿨룩쿨룩…….」

「지금도 가끔 말을 하긴 합니다. 단지 점점 더 말수가 적어지고 있지요. 그러니까 우연한 기회를 이용하십시오. 그렇지만 그는 곧 영원히 잠자코 있게 될 겁니다.」

「그러나 지금은 왜지요?」

검은 외투의 사내가 조용하게 물었다.

필립 필리뽀비치는 어깨를 으쓱거렸다.

「과학은 아직 짐승들을 사람으로 변화시키는 방법을 알

지 못합니다. 바로 제가 한번 시도해 보았습니다만, 보시다시피 실패했을 뿐입니다. 조금 말을 했지만, 곧 예전의 상태로 변화하기 시작했죠. 격세유전(隔世遺傳)이었소!」

「나쁜 말을 해서는 안 돼!」

갑자기 개가 큰 소리로 외치며 안락의자에서 벌떡 일어섰다.

검은 외투의 사내는 얼굴이 창백해져서 가방을 떨어뜨리더니 옆으로 쓰러지기 시작했다. 경찰관이 얼른 그를 옆에서 붙들었으며 표도르는 뒤에서 잡았다.

그러고는 대혼란이 발생했다.

하지만, 혼란의 와중에서도 다음의 세 마디 말은 보다 분명하게 들리고 있었다.

필립 필리쁘비치 신경 안정제! 이건 기절이야.

닥터 보르멘딸리 내 쉬본제르 이놈을 내 손으로 직접 계단에서 던져 버릴 거야, 만일 그놈이 한 번 더 쁘레오브라젠스끼 교수의 아파트에 나타나기만 하면!

쉬본제르 이 말들을 조서록에 기입하기 바랍니다!

스팀이 따뜻하게 나오고 있었다.

커튼이 쁘레치스쩬까 짙은 밤하늘에 쓸쓸하게 떠 있는 별 하나를 가리고 있었다.

최고의 인간, 그리고 권위 있는 개 자선가는 안락의자에 앉아 있었으며, 개 샤릭은 몸을 기대고서 가죽 소파 옆의 카펫 위에 엎드려 있었다.

3월의 안개 때문에 개는, 아침마다 머리 봉합 매듭을 따라 고리 반지 모양으로 빙 둘러서 괴롭히는 두통으로 괴로워하고 있었다. 그러나 저녁 무렵의 따뜻한 스팀 온기로 두통은 사라지곤 했다.

그리고 지금은 머리가 점점 더 맑아지고 있었으며, 개의 머릿속에는 잘 정돈된 온화한 생각들만이 흐르고 있었다.

〈나는 아주 운이 좋았어, 아주 좋았어.〉

개는 잠시 동안 졸면서 생각했다.

〈그야말로 형언할 수 없게 좋았어. 이 아파트에 내 자리는 확고하게 정해진 거야. 나의 혈통이 깨끗하지 못하다는 것을 나는 완전히 확신해. 뉴펀들랜드산의 개가 아니고서야 어떻게 여기서……. 우리 할머니는 분명히 바람둥이였어. 할머니, 천당에 가세요. 나는 이제 확실히 정해졌어. 사실상 사람들은 무엇인가를 위해 내 머리를 온통 가늘고 길게 썰어 줄무늬를 만들어 놓은 걸 거야. 하지만 결혼하기 전까지는 상처가 다 아물겠지. 내가 그걸 쳐다볼 필요는 없지.〉

멀리서 모래시계 소리가 쟁강쟁강하며 공허하게 울리고 있었다.

개한테 한 번 물린 적이 있는 사람이 관찰실의 장식장 안을 치우고 있었다.

백발이 성성한 마법사는 앉아서 노래를 읊조리기 시작했다.

「신성한 나일 강 강변을 향하여…….」

개는 무시무시한 사건을 보았다.

미끈미끈한 장갑을 낀 권위 있는 인간의 손이 용기의 액체 속으로 가라앉더니 뇌를 끄집어냈다.

불요불굴(不撓不屈)의 인간은 뇌 속에서 집요하게 뭔가를 잡아내려고 애쓰더니, 마침내 그것을 잘라 냈다. 그러고는 그것을 주의 깊게 들여다보더니 눈을 가늘게 뜨면서 노래 불렀다.

「신성한 나일 강의 언덕을 향하여……」

악마의 서사시

쌍둥이가 어떻게 사무원을 파멸시켰는가에 관한 이야기

1
20일의 사건

사람들이 모두들 이 직장에서 저 직장으로 이리저리 옮겨 다니는 동안에 까로뜨꼬프 동무는 성냥 자재 본부(성냥 자재 중앙 창고 본부)에서 정식 사무원으로 꾸준히 근무하였으며, 벌써 11개월째 꾸준히 근속하고 있었다. 온화하고 조용한 성격을 지닌 금발의 사나이 까로뜨꼬프는 이 성냥 자재부에 한번 안주하고 나서부터는 이 세상에 소위, 운명의 전환 같은 것이 존재한다는 생각 자체를 아예 머릿속에서 완전히 지워 버렸으며, 그 대신 까로뜨꼬프 자신은 지구의 종말이 올 때까지 이 자재 본부에서 영원히 근무하게 될 것이라는 신념을 지니고 다녔다.

아아, 그러나 전혀 그렇게 되지 않았다.

1921년 9월 20일, 성냥 자재 본부의 봉급 담당 회계원이 커다란 귀 가리개가 달린 털모자를 뒤집어쓰고 서류 가방

속에 줄이 쳐진 지불 명령서를 집어넣고는 밖으로 나갔다.

그가 밖으로 나간 시간은 오전 11시였다.

오후 4시 반이 되어서야 그 봉급 담당 회계원은 비에 흠뻑 젖어 돌아왔다. 그는 털모자에 묻은 물기를 가볍게 털어 내고 벗어서 책상 위에 놓은 다음, 그 위에 가방을 올려놓고 다음과 같이 말했다.

「여러분, 훔쳐 가지 마세요.」

그는 책상 위를 손으로 더듬으며 뭔가를 여기저기 열심히 찾다가 사무실 밖으로 황급히 나가더니 15분이 지나서 목이 비틀린 커다란 닭 한 마리를 들고 돌아왔다. 그러고는 가방 위에 닭을 올려놓고 오른손으로 꼭 붙들고는 이렇게 말했다.

「봉급은 없을 거요.」

「그러면, 내일 지급되나요?」

이구동성으로 여직원들이 소리쳤다.

「아뇨.」

봉급 담당 회계원이 머리를 흔들기 시작했다.

「내일도 지급되지 않을 겁니다. 그리고 모레도 돈은 없습니다. 여러분, 좀 달려들지 마세요. 동무들, 이러다가 책상 엎어지겠어요.」

「우리보고 어떻게 하라고요. 어떻게?」

모두들 소리쳤다. 그 속에는 우리의 순진한 까로뜨꼬프도 끼여 있었다.

「여러분 제발!」

울먹이는 목소리로 그 회계원은 소리치면서 팔꿈치로 까

로뜨꼬프를 뿌리쳤다.

「제발, 비켜 주세요!」

「그래, 도대체 우리보고 어떻게 하라는 겁니까?」

모두들 아우성쳤다.

그리고 누구보다도 이 우스꽝스러운 인간 까로뜨꼬프의 목소리가 가장 컸다.

「자, 제발.」

회계원은 쉰 목소리로 중얼거리더니 가방에서 지불 명령서를 꺼내 까로뜨꼬프에게 내보였다. 회계원의 더러운 손톱이 가리키는 곳에는 붉은색 잉크로 비스듬하게 다음과 같이 쓰여 있었다.

지불할 것.
수보뜨니꼬프 동무를 대신하여 — 원로원

또 아래에는 보라색 잉크로 다음과 같이 쓰여 있었다.

현금 없음.
이바노프 동무를 대신하여 — 스미르노프

까로뜨꼬프는 혼자서 〈어떻게?〉 하고 소리쳤으며, 나머지 사람들은 숨을 몰아쉬며 모든 책임을 회계원 탓으로 돌리기 시작했다.

「아아, 맙소사, 여러분!」

회계원은 당황해하면서 말했다.

「만일 제게 책임이 있다면 제가 여기에 있겠습니까? 정말 이럴 수가!」

그는 황급히 가방에 지불 명령서를 집어넣은 다음 털모자를 뒤집어쓰고 가방을 겨드랑이에 끼고 나서 닭을 높이 치켜들고 소리쳤다.

「비켜 주세요! 비켜 주세요!」

그는 간신히 사람들의 장막을 뚫고 문밖으로 사라졌다.

그 뒤를 따라 얼굴이 창백해진 기록계 여직원이 높고 날카로운 굽이 달린 뾰족구두를 신고 비명을 지르며 뛰어나가다가, 문 바로 앞에서 구두 왼쪽 굽이 아지직 하는 소리와 함께 떨어져 나가는 바람에 비틀거리며 넘어질 뻔하였다.

그녀는 한쪽 다리를 들어 구두를 벗어 던져 버렸다. 사무실 안에 한쪽 구두를 남겨 놓은 채 그녀는 기우뚱기우뚱 걸어 나갔다.

그 외 나머지 사람들은 모두들 남아서 투덜거리기 시작했으며 그 속에는 까로뜨꼬프도 끼여 있었다.

2
생산품

이러한 일이 있은 지 3일이 지나서 까로뜨꼬프 동무가 근무하는 사무실 문이 살며시 열리더니 울어서 눈이 퉁퉁 부은 여직원 한 명이 목만 살짝 들이밀고는 악의에 차서 말했다.

「까로뜨꼬프 동무, 봉급 타러 가세요.」

「봉급?」

까로뜨꼬프는 기뻐서 소리쳤다. 그리고 휘파람으로 「카르멘」의 한 곡조를 불어 대면서 〈현금 출납구〉라는 표찰이 붙은 사무실로 달려갔다.

그러나, 현금 출납계원의 책상 옆에 멈추어 선 까로뜨꼬프는 그만 입을 딱 벌리고 말았다.

사무실 안에는 노란색 성냥 다발이 쌓여 이룬 커다란 기둥 두 개가 천장 바로 밑까지 치솟아 있었다. 땀에 젖고 불안한 기색이 역력한 현금 출납계원은 어떠한 질문에도 대답하지 않기 위해 벽에다 지불 명령서를 압정으로 고정시켜 두었는데, 그 명령서에는 녹색 잉크로 세 번째의 표제가 적혀 있었다.

생산품으로 지불할 것.
보고야블렌스끼 동무를 대신하여 — 쁘레오브라젠스끼
그래서 내가 결정함 — 끄쉐신스끼

까로뜨꼬프가 입을 헤벌리고 바보같이 웃으면서 현금 출납계 사무실을 나오고 있었다. 그의 손에는 노란색의 큰 성냥 다발이 네 개, 조그만 녹색 성냥 다발이 다섯 개 쥐어 있었으며 주머니 속에도 파란색 작은 성냥갑이 열세 개나 들어 있었다.

자기 방으로 돌아온 까로뜨꼬프는 사무실 안의 직원들이

놀라 왁자지껄하는 소리에 귀를 기울이면서 당일 발행된 커다란 신문지 두 장으로 성냥갑들을 싸 가지고는 아무에게도 말하지 않고 퇴근했다.

성냥 자재 본부의 중앙 현관을 막 나섰을 때, 까로뜨꼬프는 현관 쪽으로 다가서는 자동차에 하마터면 치일 뻔했다.

그러나, 자동차에 탄 사람이 누구인지 까로뜨꼬프는 바로 알아보지 못하였다.

집에 도착해 그는 탁자 위에 성냥갑들을 쫙 쏟아 놓고는 두어 걸음 물러서서 그것들을 물끄러미 쳐다보았다.

그의 얼굴에서는 바보 같은 웃음마저도 나오지 않았다. 까로뜨꼬프는 금발을 흐트러뜨리며 자기 자신에게 이렇게 말했다.

〈그래 이 상태에서 오랫동안 의기소침해하는 것은 아무 소용없어. 성냥갑들을 팔아 보도록 하자.〉

그는 주립 포도주 창고에 근무하는 이웃집 여자 알렉산드라 표도로브나의 아파트 문을 두드렸다.

〈들어오세요〉 하는 소리가 황량하게 방 안에서 울려 퍼졌다.

안으로 들어간 까로뜨꼬프는 너무나 놀라고 말았다.

예전보다 일찍 직장에서 돌아온 알렉산드라 표도로브나는 외투를 입은 채 모자도 벗지 않고 방바닥에 쭈그리고 앉아 있었다. 그녀 앞에는 신문지 마개로 주둥이를 막은 병들이 일렬로 쭉 늘어서 있었으며 병 속에는 짙은 빨간색의 액체들이 가득 담겨 있었다. 그리고 그녀의 얼굴에는 눈물 자국이 있었다.

〈마흔여섯 병이에요〉하고 말하고 나서 그녀는 까로뜨꼬프에게로 몸을 돌렸다.

「알렉산드라 표도로브나, 이거 잉크병이지요……?」

깜짝 놀란 까로뜨꼬프가 말했다.

「교회용 포도주요.」

그녀는 흐느껴 울면서 대답했다.

「그럼 당신에게도? 어떻게 이럴 수가…….」

까로뜨꼬프는 경악을 금치 못했다.

「그럼 당신도 교회용 포도주를 받았어요?」

그녀가 놀라서 물었다.

「아뇨, 우리들한테는 성냥이에요.」

까로뜨꼬프는 꺼져 가는 목소리로 대답하고 양복 단추를 비비 돌리기 시작했다.

〈게다가 참, 그 성냥들은 불도 붙지 않겠지요!〉하고 소리치면서 알렉산드라 표도로브나는 쭈그리고 앉을 때 접혔던 치마를 털어 내리면서 일어섰다.

「성냥이 불도 붙지 않는다니요?」

까로뜨꼬프는 깜짝 놀라 자기 방으로 뛰어갔다.

방에 들어서자마자 그는 지체 없이 성냥갑 하나를 잡아 찢은 다음 불을 켜보았다. 성냥은 픽 소리와 함께 푸른 불빛을 내며 확 타올랐다가 부러지면서 꺼져 버렸다. 까로뜨꼬프는 코를 찌르는 유황 냄새에 숨을 헐떡이더니 심하게 기침을 하기 시작했다. 그러고는 다시 성냥개비를 그어 보았다.

이번에는 성냥개비가 팍 하더니 불꽃이 두 개 튀었다. 첫 번째 불꽃은 창문 유리에 떨어졌으나, 두 번째 것은 바로 까로뜨꼬프 동무의 왼쪽 눈에 떨어지고 말았다.

「아앗!」

까로뜨꼬프는 외마디 비명을 지르며 성냥갑을 떨어뜨렸다.

순간적으로 그는 마치 성난 말처럼 발을 동동 구르면서 손바닥으로 눈을 눌러 막았다.

그러고 나서, 그는 눈이 멀지나 않았나 하는 두려운 생각에 조그만 손거울에 자신의 눈을 비춰 보았다. 그러나 눈은 아직 제자리에 그대로 있었다. 하지만, 사실상 눈 속이 빨개져 있었으며 속에서는 눈물이 쏟아지고 있었다.

「오, 하느님 맙소사!」

까로뜨꼬프는 당황하여 허둥지둥 장롱에서 휴대용 미제 약품 주머니를 꺼내 풀어 헤쳤다. 머리의 반쪽을 붕대로 칭칭 동여매는 바람에 그는 마치 부상병과 흡사하게 되었다.

밤새도록 까로뜨꼬프는 불도 끄지 않고 누워서 성냥불을 그어 댔다. 이렇게 성냥갑 세 통을 그어 댄 결과 그는 겨우 성냥 예순세 개비에 제대로 불을 붙일 수 있었다.

〈바보 같은 자식들, 사람을 속이다니, 참 기가 막히게 좋은 성냥들이군.〉

까로뜨꼬프는 중얼중얼하며 불평했다.

날이 밝아 오자 방 안은 온통 숨이 막힐 정도로 후텁지근한 유황 냄새로 가득 찼다. 새벽녘에 잠깐 잠이 든 까로뜨꼬프는 어이없고 무시무시한 꿈을 꾸었다.

그가 어느 푸른 초원에 있는데, 앞에 두 발 달린 거대한 당구공이 갑자기 나타나 살아서 움직이는 것이었다. 너무도 끔찍하여 까로뜨꼬프는 소리치며 눈을 떴다.

눈을 뜬 약 5초 정도의 순간에 그는 자신의 침대 옆에 있는 그 당구공에서 아주 강한 유황 냄새가 난다고 생각했다. 그러나 그다음에 모든 것이 사라져 버렸다. 몸을 뒤척이고 나서 까로뜨꼬프는 다시 잠들었으며 이미 잠에서 빠져나올 수 없었다.

3
대머리가 나타나다

다음 날 아침에 까로뜨꼬프는 붕대를 움직여 보고 나서 눈이 거의 완쾌되었다고 확신하였다. 하시만 지나치리만치 신중한 까로뜨꼬프는 한동안 붕대를 벗지 않기로 결정했다.

직장에 아주 늦게 도착한 그는 하급 직원들 사이에 괜한 소문을 불러일으키지 않기 위하여 교묘하게 곧장 자신의 방으로 가서 책상에 앉았다.

그의 책상 위에는 서류가 하나 와 있었는데, 그 서류에는 타이피스트 여직원들에게 피복을 지급해야 하는지, 말아야 하는지에 대하여 보충계 주임이 본부 국장에게 문의하는 내용이 적혀 있었다.

결재 서류를 한눈에 읽고 난 까로뜨꼬프는 그것을 집어 들고 국장 체꾸쉔 동무의 사무실이 있는 복도 쪽으로 향했다.

그런데 국장 사무실의 문 바로 앞에서 까로뜨꼬프는 깜짝 놀랄 만큼 괴상하게 생긴 정체불명의 낯선 사나이와 맞닥뜨렸다.

이 낯선 사나이는 키가 아주 조그마해서 키 큰 까로뜨꼬프의 허리에나 겨우 닿을 정도였다. 그는 키 작은 결점을 굉장히 넓은 어깨로 보상하고 있었다. 사각형의 몸통이 구부러진 다리 위에 얹혀 있었으며 게다가 왼쪽 다리는 절름발이였다.

그러나 가장 주목할 만한 것은 머리였다. 그의 머리는 거대한 달걀의 뾰족한 끝을 앞으로 향하게 하여 목 위에 수평으로 올려놓은 형태와 똑같았다. 그의 머리는 또한 달걀처럼 반질반질한 대머리였으며 너무나 반짝거려 머리의 정수리 부분에서 전구들이 꺼지지 않고 계속하여 타고 있는 것 같았다.

낯선 사나이의 아주 작은 얼굴은 푸른빛이 돌 정도로 잘 면도되어 있었고, 바늘귀처럼 조그맣고 푸른 눈은 움푹 들어가 박혀 있었다. 그의 몸은 회색 모포로 만든 프렌츠[44] 군복으로 둘러싸여 있었고, 앞 단추가 끌러져 속으로는 우끄라이나식의 수놓은 하얀색 루바쉬까가 드러나 있었으며, 다리는 알렉산드르 1세 시대의 천으로 만든 바지와 당시의 경기병들이 신던 짧은 장화 속에 들어가 있었다.

까로뜨꼬프는 〈괴상망측하게 생겼군〉 하고 생각하고는 그 대머리 사나이를 피해 체꾸쉰 국장의 사무실 문 쪽으로 향하였다.

---

44 네 개의 호주머니와 허리띠가 달린 짧은 깃의 군복식 상의. 영국의 프렌치 장군의 이름에서 유래되었다.

그러나 그 사나이는 전혀 예기치 않게 까로뜨꼬프의 길을 막아서며 물었다.
「무슨 용건이오?」
대머리 사나이는 신경과민의 말단 사무원이 벌벌 떨 정도의 목소리로 까로뜨꼬프에게 물어 왔다. 그 목소리는 마치 구리 대야 소리와 아주 흡사하였으며, 그 소리를 들은 사람이라면 누구나 단어 하나하나가 발음될 때마다 척추뼈를 따라 꺼칠꺼칠한 철조망이 긁혀 내려가는 듯한 느낌을 받을 정도로 특이한 음색을 지니고 있었다. 그 외에도 낯선 사나이의 목소리에서는 성냥 냄새가 나는 것처럼 생각되었다.
이러한 모든 사실에도 불구하고 선견지명이라고는 눈곱만큼도 없는 까로뜨꼬프는 이런 상황에서 전혀 내지 말아야 할 화를 내고 말았다.
「흠…… 아주 이상한 사람이군. 나는 서류를 가지고 가는 중이오……. 그런데, 당신은 대체 누군데 이러는 거요?」
「당신, 저 문짝에 뭐라고 쓰여 있는지 안 보여?」
까로뜨꼬프가 문을 쳐다보았다. 그리고 오래전부터 보아서 눈에 익은 글씨를 보았다.

보고서 없이는 들어오지 말 것.

「난 보고서를 가지고 가는 중이오.」
까로뜨꼬프는 자신의 결재 서류를 가리키며 바보 같은 말을 하고 말았다.

그 사각형 몸통의 대머리 사나이는 예기치 않게 벌컥 화를 냈다. 눈에서는 갑자기 누르스름한 불꽃이 타올랐다.

「동무, 동무는 가장 간단한 근무 수칙의 뜻도 이해하지 못할 만큼 지능이 낮은 거요?」

그는 냄비 깨지는 소리로 까로뜨꼬프의 귀를 멍하게 만들면서 말했다.

「도대체 당신이 지금까지 어떻게 여기에서 근무했는지 정말 놀라운 일이군. 이곳은 대체로 흥미로운 게 많은 곳이긴 하지만, 가는 곳마다 여기저기 눈퉁이들이 부어서 붕대로 감고 있지를 않나, 원 참. 음, 좋소. 바로 내가 모든 걸 정돈시켜 놓고 말 테니.」

까로뜨꼬프는 속으로 〈아차!〉 하고 탄식하였다.

〈이리 주시오!〉 하는 말과 동시에 그 낯선 사나이는 까로뜨꼬프의 손에서 결재 서류를 잡아 빼서 순식간에 읽은 다음에, 바지 주머니에서 사방을 깨문 흑연 연필을 꺼내서 그 서류를 벽에다 갖다 대고 몇 자 비스듬하게 끼적거렸다.

「꺼지시오!」

그가 크게 고함치며 서류를 까로뜨꼬프에게 찔러 주는 바람에, 하마터면 까로뜨꼬프의 나머지 성한 눈 하나도 마저 찔릴 뻔하였다.

복도의 바깥쪽 출입문이 쾅 하고 닫히면서 낯선 사나이는 사라져 버렸으며 까로뜨꼬프는 벽으로 포위된 공간에 홀로 남겨졌다.

체꾸쉰은 사무실에 없었다.

너무나 당황한 까로뜨꼬프는 30초가량 지나서 체꾸쉰 동무의 개인 여비서인 리도치까 제 루니가 바로 가까이 다가왔을 때서야 제정신이 들었다.

「아아!」

까로뜨꼬프 동무는 탄식했다.

리도치까의 눈도 까로뜨꼬프와 똑같은 휴대용 붕대로 감겨 있었다. 차이가 있다면 그녀의 붕대 끝에는 화려하게 꾸며진 나비 모양의 댕기가 매여 있다는 것뿐이었다.

「당신 눈은 왜 이렇게……?」

「성냥!」

리도치까는 흥분해서 대답했다.

「그 지주반을 놈의 성냥!」

「조금 아까, 그 사람은 누굽니까?」

몹시 흥분한 까로뜨꼬프가 귀엣말로 속삭이며 물었다.

「정말 모르고 계셨나요?」

리도치까가 조용한 목소리로 속삭였다.

「새로 부임한 국장이에요.」

「아뿔싸, 어떻게 이런 일이?」

까로뜨꼬프는 우는소리를 냈다.

「그러면, 체꾸쉰 국장은?」

「어제 날짜로 해임되었어요.」

리도치까는 악의에 차서 말했다. 그녀는 새로 온 국장 사무실 쪽을 손가락으로 가리키고 나서 다음과 같이 덧붙였다.

「흠, 칠칠치 못한 놈. 정말로 못된 인간. 그렇게 정반대의 인간은 내 평생 본 적이 없어요. 툭하면 고함치지! 〈해고!〉 하고 호통치지 않나. 대머리에다가, 이름도 속바지가 뭐야!」

그녀가 이와 같이 예기치 않게 서슴없이 덧붙이는 바람에 까로뜨꼬프는 놀라 눈을 휘둥그렇게 뜨면서 그녀를 쳐다보았다.

까로뜨꼬프는 〈그럼, 그의 성은 뭐라고……〉 하며 질문했으나 그만 끝까지 묻지도 못하였다.

그의 질문이 채 끝나기도 전에, 사무실 문 안에서 〈문서 전령!〉 하는 무시무시한 소리가 요란스럽게 울려 퍼졌던 것이다.

말단 서기 까로뜨꼬프와 여비서 리도치까는 순간적으로 재빠르게 서로 다른 쪽으로 흩어졌다. 자신의 방으로 쏜살같이 날아 들어온 까로뜨꼬프는 책상에 앉아서 혼잣말로 이렇게 중얼거렸다.

〈좋구나, 좋아……. 흠, 까로뜨꼬프, 너 진창에 빠졌어. 이 일을 어떻게 바로잡아야 한담……. 지능 지수가 낮다고……? 흠……, 뻔뻔스러운 놈……. 좋아! 어디 까로뜨꼬프가 얼마나 지능이 낮은지 두고 보라지.〉

사무원 까로뜨꼬프는 단숨에 그 대머리 사나이가 쓴 내용을 읽어 내려갔다.

결재 서류에는 비딱한 글씨로 다음과 같이 쓰여 있었다.

모든 타이피스트들과 여직원들에게 대체로 적절한 시기에 군복 속바지가 지급될 것임.

「거참, 아주 좋은 발상이야!」

까로뜨꼬프는 감탄하여 소리쳤다. 그리고 리도치까가 군복 속바지를 입고 있는 모습을 상상하고 나서 음탕하게 어깨를 움츠렸다.

그는 즉시 깨끗한 새 종이를 꺼내 3분 만에 전보문을 작성하였다.

전보문 보충계 주임에게 마침표 19일자 공문인 No 0, 15015(b)에 대한 답신임 콤마 성냥 자재 본부는 알립니다 콤마 모든 타이피스트들 그리고 대체로 여직원들에게 적절한 시기에 군복 속바지를 지급할 것임을 마침표 본부 국상 횡선 서명 사무원 횡선 바르폴로메이 까로뜨꼬프 마침표.

까로뜨꼬프는 문서 전령 빤쩨레이몬을 전화로 호출하여 다음과 같이 말했다.

「보충계 주임에게 서명 결재요.」

빤쩨레이몬은 입을 웅얼거리며 서류를 집어 들고 밖으로 나갔다.

이 일을 처리한 후 까로뜨꼬프는 만일 새 국장이 문득 여러 사무실을 순시할 생각을 한다면, 일에 몰두해 있는 자신을 반드시 발견해 낼 것이라는 계산에서 네 시간 동안이나 사무실 밖으로 나가지 않고 가만히 귀를 기울이고 있었다.

그러나 그 무시무시한 국장 사무실에서는 아무 소리도 들려오지 않았다.

딱 한 번 누군가를 해고하려고 위협하는 듯한 양철 주전자 소리가 흐릿하게 들려왔다. 그러나 그가 누구인지는, 귀를 열쇠 구멍에 가까이 갖다 대고도 들을 수 없었다.

오후 3시 반이 지나 사무실 벽 너머에서 빤쩨레이몬의 목소리가 울려 퍼졌다.

「국장이 자동차 타고 떠났다.」

사무실 안은 즉시 웅성거리더니 허둥대기 시작했다.

가장 늦게 쓸쓸히 까로뜨꼬프 동무는 집을 향해 출발했다.

4
단 하나의 단락으로 까로뜨꼬프 해고되다

다음 날 아침, 까로뜨꼬프는 자신의 눈에 더 이상 붕대의 도움이 필요 없음을 확신하고 기뻐했다. 그리고 붕대를 떼어 버리자 한결 편해졌으며 즉시 얼굴 모습이 바뀌었다. 차를 대충 마시고 난 까로뜨꼬프는 난로의 불을 끄고 나서, 늦지 않으려고 직장을 향해 달려갔다.

그러나 전차가 6번 노선 대신에 7번 노선을 따라 우회하다가 조그만 집들이 다닥다닥 붙어 있는 갓길에 접어들어 고장이 나는 바람에 50분이나 지각하게 되었다.

까로뜨꼬프는 3베르스따나 뛰어갔다. 숨을 헐떡이면서, 레스토랑 〈알프스 장미〉의 취사장 안에 걸려 있는 시계가 막 11시를 칠 때에야 겨우 사무실 안으로 뛰어 들어갔다.

사무실 안에서는 보통의 아침 11시경에는 볼 수 없었던 굉장한 구경거리가 그를 기다리고 있었다.

리도치까, 밀로치까 리또프쩨바, 안나 예브그라포브나, 고참 회계원 드로즈드, 기술 교관 기찌스, 노메라쯔끼, 이바노프, 무쉬까, 기록계 여직원, 회계 담당, 한마디로, 사무실 안의 모든 직원들이 레스토랑 알프스 장미 식탁의 예전 자기 자리에 앉아 있는 것이 아니라, 벽 가까이 빽빽이 무리를 지어 서 있었으며 벽에는 공고문의 4분의 1이 못에 박혀 붙어 있었다.

그런데 까로뜨꼬프가 출현하자 갑작스러운 침묵이 흐르며 모두들 고개를 숙였다.

「안녕하세요, 여러분, 이게 뭐예요?」

놀란 까로뜨꼬프가 물었다.

사람들은 잠자코 길을 터주었으며 까로뜨꼬프는 그 공고문을 향해 다가갔다.

그는 확실하고 분명하게 첫 번째 줄을 쳐다보았으나, 마지막 줄은 감정이 복받쳐 눈물을 머금은 채, 뿌연 안개 속에서 보아야 했다.

명령 제1호

1. 중요한 공문서에 놀라운 분란을 불러일으킬 정도로 자신의 임무를 소홀히 한 책임과, 아마도 주먹 싸움질로 추정되는 일로 얼굴에 상처를 입은 흉측한 모습을 하고 직장에 출근한 책임을 물어 까로뜨꼬프 동무에게 25일까

지의 전차비를 지급하고 26일자로 직위 해제함.

이 첫 번째 단락은 동시에 마지막 단락이기도 했다.

그리고 단락 밑에는 〈국장 깔리소네르〉라는 서명이 큰 글씨체를 과시하고 있었다. 20초 동안, 먼지투성이의 크리스털 홀 알프스 장미 안에는 가장 이상적인 침묵만이 흘렀다. 그리고 누구보다도 얼굴이 푸르스름하게 된 까로뜨꼬프가 가장 깊고 생기 없이 침묵하고 있었다.

21초가 지나자, 그 침묵은 깨졌다.

「어떻게? 어떻게 이럴 수가……?」

알프스 장미 레스토랑의 샴페인 잔 받침이 깨지는 것 같은 목소리로 까로뜨꼬프는 〈어떻게〉라는 말을 연거푸 두 번 발음하였다.

「그럼, 그의 성이 깔리소…… 네르였단 말인가?」

이 무시무시한 단어 〈깔리소네르〉라는 말이 들리자, 사무실 직원들은 갑자기 사방으로 흩어져 눈 깜짝할 사이에 마치 전선 위의 까마귀 떼처럼 책상 줄을 따라 일렬로 자기 자리에 가 앉았다. 까로뜨꼬프의 얼굴은 썩은 푸른곰팡이 색깔에서 반점이 있는 진홍색으로 바뀌었다.

「아이고, 에구머니나, 여보게, 그래 어떻게 하다 그런 실수를 저질렀나? 으응, 그래?」

스끄보레쯔가 장부를 뒤적이면서 먼발치에서 낮고 둔탁한 소리로 말했다.

「전 생…… 생각했어요. 생각했다고요.」

까로뜨꼬프는 말을 잇지 못하고 조각조각 부서지는 소리로 더듬거렸다.

「저는 〈깔리소네르〉를 〈깔리손〉[45]으로 읽었단 말이에요. 그가 자기 성을 그렇게 조그만 글씨로 쓸 줄이야!」

「난 속바지 안 입을 거야, 국장님보고 안심하라고 하세요!」

카랑카랑한 목소리로 리도치까가 말했다.

「조용히!」

스끄보레쯔가 쉬쉬하며 속삭이기 시작했다.

「당신, 무슨 소리예요?」

그는 얼른 자세를 낮추어 장부로 얼굴을 가리고 그 속에 몸을 숨겼다.

「하지만 그가 제 얼굴에 대하여 말할 권한은 없습니다!」

얼굴빛이 진홍색에서 담비 가죽처럼 하얗게 바뀌면서 까로뜨꼬프는 낮은 목소리로 소리쳤다.

「저도 리도치까 동무처럼 그 더러운 성냥개비 때문에 눈 화상을 입었단 말이에요!」

「좀 더 조용히!」

얼굴이 창백해진 기찌스가 아주 낮게 앵앵 소리를 냈다.

「당신 지금 무슨 소리요? 어제 그가 성냥들을 실험해 보고는 아주 우수한 것으로 결론을 내렸단 말이오.」

이때, 갑자기 문 위의 초인종이 〈드르르르〉 울렸다…….

그러자 즉시, 빤쩨레이몬의 육중한 몸이 접의자에서 떨어져 복도를 따라 쏜살같이 굴러갔다.

45 러시아어로 〈깔리손〉은 〈바지 안에 입는 속옷〉을 말한다.

「안 돼! 내가 설명하겠어. 내가 자초지종을 설명하겠어!」

높고 가는 목소리로 까로뜨꼬프는 소리치고 나서 좌충우돌 뛰어나갔다.

열 발자국쯤 뛰어갔을 때, 그의 일그러진 모습이 먼지 낀 알프스 거울에 비쳤다. 수면 위로 갑자기 떠오르듯 복도에 나타난 그는 〈별실〉이라는 표찰 위에 달려 있는 어스름한 전구 불빛을 향해 달려갔다.

숨을 헐떡이고 나서 그는 그 무시무시한 사무실 문 앞에 섰다. 그리고 숨을 돌려 정신을 차린 후 빤쩨레이몬이 자신을 꼭 껴안고 있음을 알았다.

「빤쩨레이몬 동무, 나를 놓아주시오, 제발. 난 국장한테 용무가…… 잠깐이면…….」

까로뜨꼬프는 불안하게 말하기 시작했다.

「안 됩니다. 불가능해요. 아무도 들여보내지 말라시는 명령이오.」

빤쩨레이몬은 쉰 목소리로 말했으며 지독한 파 냄새를 풍김으로써 까로뜨꼬프의 결단을 억누르기 시작했다.

「안 돼요. 가세요. 가시란 말이오, 까로뜨꼬프 씨. 당신을 들여보내면 당신 다음으로 나에게 어떤 날벼락이 떨어질지…….」

「빤쩨레이몬, 난 들어가야만 합니다.」

다 꺼져 가는 목소리로 까로뜨꼬프는 애원하였다.

「친애하는 빤쩨레이몬, 당신도 아실 거요. 나에게 해고 명령이 떨어져서…… 나를 놓아줘요, 사랑스러운 빤쩨레이몬.」

「아아, 제발 당신…….」

공포에 가득 차서 사무실 문 쪽을 돌아보고 난 빤쩨레이몬은 중얼거리기 시작했다.

「내 당신한테 진정으로 말합니다만, 불가능해요. 불가능하다고요, 동무!」

문 너머 사무실 안에서 전화벨 소리가 요란스럽게 나더니 쇠 대야가 울리는 듯한 둔탁한 목소리가 굉음을 냈다.

「퇴근할 거다! 지금 당장!」

빤쩨레이몬과 까로뜨꼬프는 급히 양옆으로 갈라섰다.

문이 쾅 하고 열리더니 챙 달린 모자를 쓴 깔리소네르가 겨드랑이에 가방을 끼고서 복도를 따라 급히 달리기 시작했다. 빤쩨레이몬이 그의 뒤에 바짝 달라붙어 뛰어갔으며, 빤쩨레이몬의 뒤를 조금 망설이던 까로뜨꼬프가 바로 따라붙었다. 복도 모퉁이를 지날 때 창백하고 불안해신 까로뜨꼬프는 빤쩨레이몬의 팔 밑으로 뛰어 지나가서 깔리소네르를 추월하였다. 그는 깔리소네르 바로 앞에서 그를 마주 바라보며 뒷걸음으로 달리기 시작했다.

「깔리소네르 동무.」

그는 간헐적인 목소리로 중얼거리기 시작했다.

「1분만 이야기하게 해주십시오……. 그 명령에 관하여 저는 여기서…….」

「동무!」

급히 서두르며 걱정스러워진 깔리소네르는 까로뜨꼬프를 밀쳐 내고 달리면서 광기에 차서 소리쳤다.

「당신 나 바쁜 거 보이지요? 좀 갑시다! 가자고……!」

「그 명령에 관해 전 이렇게……」

「정말 당신 나 바쁜 거 안 보여? 동무! 담당 사무원한테 가보시오.」

깔리소네르는 이미 내버려져 사용하지 않는 알프스 장미의 대형 오르간이 자리 잡고 있는 현관을 향해 내달리고 있었다.

「저도 역시 똑같은 사무원인데요!」

두려움에 가득 찬 까로뜨꼬프는 날카로운 쇳소리를 내기 시작했다.

「제 이야기를 끝까지 들어 보세요, 깔리소네르 동무!」

「동무!」

깔리소네르는 아무 말도 들으려 하지 않으면서 마치 사이렌이 울리듯이 소리쳤다. 그러고는 뒤따라오던 빤쩨레이몬을 향해 소리쳤다.

「나를 더 이상 지체시키지 못하도록 빨리 조치하시오!」

깜짝 놀란 빤쩨레이몬이 쉰 목소리를 냈다.

「동무! 당신 지금 누구를 붙들고 이러는 거야?」

그리고 빤쩨레이몬은 어떤 조치를 취해야 할지 몰라 하다가, 다음과 같은 조치를 내렸다. 즉, 자신의 몸통으로 까로뜨꼬프 앞을 막아 선 다음, 마치 사랑하는 여인에게 하듯이 자신의 몸 쪽으로 까로뜨꼬프를 꽉 잡아 껴안았다.

이런 조치는 곧 실효를 거두었다. 깔리소네르는 얼른 몸을 피하여, 한마디로 작은 도르래 바퀴가 계단 밑으로 굴러떨어지듯이 쏜살같이 도망쳐 중앙 현관 밖으로 튀어 나갔다.

빙! 부엥!

현관 대형 유리 밖에서 모터 사이드카가 요란한 소리를 내기 시작했다. 사이드카는 다섯 번의 총소리를 내고 난 후 뿌연 연기로 창문 시야를 가리더니 사라져 버렸다. 이때서야, 비로소 빤쩨레이몬은 까로뜨꼬프를 놓아주었다. 그는 얼굴의 식은땀을 닦고 나서 울부짖듯이 소리쳤다.

「10년 감수했네!」

「빤쩨레이몬……」

떨리는 목소리로 까로뜨꼬프는 물었다.

「지금 그가 어디로 간 거야? 빨리 말해, 그는 다른 종류의 인간이야, 알겠어……?」

「내 생각에는 아마도 중앙 조달청으로……」

까로뜨꼬프는 질풍같이 계단 밑으로 달려 내려가 외투 보관소 안으로 뛰어 들어가서는 외투와 모자를 잡아채 거리를 향해 뛰어나갔다.

5
악마의 요술

까로뜨꼬프는 운이 좋았다. 때마침 전차가 바로 앞에 도착해 알프스 장미와 나란히 멈추어 서 있었다.

전차 안으로 펄쩍 뛰어오른 까로뜨꼬프는 전차 내의 원형 제동 장치에 몸을 부딪치면서, 그리고 손님들 등의 배낭 주머니를 밀쳐 내면서 전차 앞의 운전석 쪽으로 돌진하였다.

조바심에 애간장이 녹고 있었다. 모터 사이드카는 웬일인지 멈칫거리더니 전차 앞에서 덜컹거리는 소리를 냈다. 그 순간 까로뜨꼬프는 잠시 모터 사이드카를 시야에서 놓쳐 버렸으나, 곧 다시 푸르스름한 연기구름 속에서 그 사각형 몸통의 등을 찾아낼 수 있었다.

5분가량 까로뜨꼬프는 전차 내의 비좁은 공간에서 비비적거리며 흔들렸다. 마침내 회색빛 건물의 중앙 조달청 앞에서 모터 사이드카가 멈추어 섰다. 육중한 사각형의 몸체는 보행자들 사이로 끼어들더니 곧 사라져 버렸다. 까로뜨꼬프는 달리고 있던 전차에서 재빨리 뛰어 내리다 한 바퀴 돌면서 넘어졌다.

그 바람에 무릎에 가벼운 타박상을 입은 그는 모자를 높이 들어 지나가는 자동차 앞을 아슬아슬하게 가로질러 헤치면서 조달청 현관을 향해 돌진했다.

현관 안에서는 수십 명의 사람들이 바닥에 젖은 발자국을 바닥에 남기면서 까로뜨꼬프를 향해 오기도 하고 반대로 그를 추월하여 지나가기도 했다. 그 사각형의 등 모습은 계단의 두 번째 오르막에서 아른아른거렸다. 까로뜨꼬프는 숨을 헐떡이면서 그가 있는 계단 쪽으로 서둘러 갔다.

깔리소네르는 이상하리만치 놀라운 속도로 계단을 올라갔으며 까로뜨꼬프는 행여나 그를 놓치지나 않을까 하는 생각에 가슴이 조마조마해지기 시작했다.

그리고 그러한 일은 마침내 일어나고야 말았다.

다섯 번째 층계참에서 까로뜨꼬프가 완전히 기진맥진했

을 때, 그 사각형의 등은 사람들의 얼굴, 털모자, 가방들의 숲 속으로 뒤섞여 버리고 말았다.

까로뜨꼬프는 번개처럼 층계참을 향해 날아가 두 개의 표찰이 붙어 있는 문 앞에서 1초간 망설였다. 한 표찰에는 푸른색 바탕에 금색 글씨로 〈여교사보 공동 침실〉이라고 경음 부호[46]가 포함되어 쓰여 있었으며, 다른 표찰에는 하얀색 바탕에 검은색 글씨로 〈조달 업무 운영 사무실장〉이라고 경음 부호 없이 쓰여 있었다.

까로뜨꼬프는 무턱대고 문 안으로 돌진하여 들어갔다. 대형 유리로 된 칸막이와 이리저리 움직이며 뛰어다니는 수많은 금발의 여자들이 보였다.

까로뜨꼬프가 첫 번째 유리 칸막이를 열자, 칸막이 너머 안쪽에 파란 옷을 입은 사람이 보였다. 그는 책상 위에 누워서 전화기를 들고 쾌활하게 웃고 있었다.

두 번째 칸막이가 쳐진 방에는 책상 위에 쉴레르 미하일로프의 전집이 놓여 있었고, 그 옆에서는 스카프를 걸친 낯선 중년 여성이 이상한 냄새가 나는 말린 생선의 무게를 저울에 달고 있었다.

세 번째 칸막이가 쳐진 방에는 이상한 소음과 자잘한 전화벨 소리가 끊임없이 났으며, 여섯 대의 타자기 너머로 연한 빛의 작은 이가 난 여섯 명의 여자들이 연거푸 웃으며 타자를 치는 모습이 보였다.

---

46 러시아어 알파벳 33자 중의 하나로 〈Б〉와 같이 쓰며 음가를 지니지 않는다. 구식 철자법에선 단어의 마지막 자음에 붙여서 쓰곤 했다.

마지막 칸막이 너머에는 넓은 공간이 확 트여 있었으며 중간중간에 굵직한 기둥들이 받치고 서 있었다.

타자기 치는 소리가 참기 어려울 정도로 공중을 맴돌았으며 수많은 여자들과 남자들의 머리가 보였다.

그러나, 그들 가운데 깔리소네르같이 생긴 머리는 하나도 없었다.

생각이 뒤얽혀 머리가 돌기 시작한 까로뜨꼬프는 손에 거울을 들고 자신 쪽으로 뛰어오던 첫 번째 여자를 불러 세웠다.

「당신, 깔리소네르 보지 못하셨는지요?」

그 여인이 커다란 눈을 둥그렇게 뜨고 다음과 같이 대답했을 때, 까로뜨꼬프는 기뻐서 가슴이 덜컥 내려앉았다.

「네, 봤어요. 하지만 방금 떠났어요. 빨리 따라가세요.」

까로뜨꼬프는 원기둥이 떠받치고 있는 홀을 지나 그녀의 조그맣고 하얀 손끝의 반짝반짝 빛나는 발간색 손톱이 가리킨 곳을 향하여 달려갔다.

홀 안을 정신없이 뛰어간 그는 자신이 좁고 어둑한 복도 끝의 엘리베이터 승강장 앞에 있음을 알아차렸다.

불이 켜진 승강기가 입을 크게 벌리고 있는 것이 보였다. 까로뜨꼬프는 가슴이 쿵 하고 내려앉았다. 순간 승강기의 커다란 문은 모포를 두른 사각형의 몸통과 반짝반짝 빛나는 까만 가방을 집어삼켜 버렸다.

까로뜨꼬프는 〈깔리소네르 동무!〉 하고 소리친 다음, 온몸이 굳어 버렸다.

갑자기 푸른 색깔의 수많은 원들이 동그라미를 그리며 승강장 앞에서 펄쩍펄쩍 뛰어올랐다. 승강장의 그물망이 닫히면서 승강기 유리문도 닫혔다. 승강기가 출발했다. 그리고 그 사각형의 등이 한 바퀴 돌자 영웅호걸의 앞가슴으로 바뀌었다. 까로뜨꼬프는 그의 모든 것, 즉 회색빛 군복 상의, 모자, 가방, 그리고 건포도만 한 눈 등 모든 것을 알아보았다. 그는 분명 깔리소네르였다.

그러나 깔리소네르는 앞가슴까지 축 내려오는 아시리아인의 주름 잡힌 긴 턱수염을 기르고 있었다. 순간 까로뜨꼬프는 이렇게 생각했다.

〈턱수염이 그동안 자랐나? 모터 사이드카를 타고 계단을 오르는 사이에 자랐단 말인가? 참, 이게 무슨 일이람?〉

그러고 나서 두 번째로는 이런 생각이 들었다.

〈아냐 가짜 턱수염일 거야, 참, 이상한 일이군?〉

하지만 까로뜨꼬프가 이런 생각을 하는 사이에 깔리소네르는 이미 그물망이 쳐진 깊은 나락 속으로 빠져들기 시작했다. 처음으로 그의 발이 자취를 감췄으며 다음으로 배, 턱수염, 마지막으로 조그만 눈과 입이 자취를 감추면서, 입에서는 테너 가수의 부드러운 말소리가 크게 메아리쳤다.

「늦었어요, 동무. 금요일에 오시오.」

순간 까로뜨꼬프의 머릿속에는 〈목소리도 가짜인가?〉 하는 생각이 번뜩 스쳤다.

그리고 약 3초간 머리가 고통스럽게 아파 왔다. 그러나 어떠한 요술도 자신을 멈추게 해서는 안 되며 여기서 멈추는 것은 곧 파멸이라는 생각이 들자, 까로뜨꼬프는 승강기 쪽으로 돌진했다.

그물망 안으로 승강기 지붕 위의 굵은 철사 밧줄이 올라오는 것이 보였다. 머리에 반짝이는 석재 장식 핀을 꽂은 미녀 한 명이 몹시 지친 듯 괴로워하며 비상구 통로 바로 안에서 튀어나와서는 상냥하게 까로뜨꼬프의 손을 잡으면서 물었다.

「동무, 당신은 심장 장애가 있지요?」

「아니요. 아아, 없어요, 동무.」

아연실색한 까로뜨꼬프가 말하고 나서 그물망 쪽으로 발걸음을 옮겼다.

「나를 말리지 말아요.」

「동무, 이럴 땐 이반 피노게노비치한테 가보시오.」

미녀는 승강기 쪽으로 향하는 까로뜨꼬프의 길을 가로막으면서 슬픔에 잠긴 듯한 목소리로 말했다.

「난 그를 원하지 않아요!」

까로뜨꼬프가 울음 섞인 목소리로 소리쳤다.

「동무! 난 바쁜 사람이야. 당신 뭐야?」

그러나 그 여인은 슬픔에 잠긴 표정으로 꼼짝 않고 그 자리에 서 있었다.

〈내가 아무것도 할 수 없다는 걸, 당신이 잘 아시잖아요〉 하고 말하고 나서 그녀는 까로뜨꼬프의 손을 꼭 쥐었다.

이때 승강기가 올라와 멈추었다. 승강기는 가방 든 사람 한 명을 내뱉고는 그물망이 닫히면서 다시 아래로 하강했다.

「나를 놓아주시오!」

까로뜨꼬프는 큰 소리로 외치고 나서 자신의 팔을 잡아 뺀 다음 그녀에게 욕설을 퍼부으면서 계단을 따라 아래로 달려 내려갔다.

그는 6층의 대리석 계단을 붕붕 날듯이 달려 내려가다가 하마터면 노파와 충돌하여 사고가 날 뻔하였다. 머리를 틀어 올린 키 큰 노파는 너무 놀란 나머지 성호를 그었다.

까로뜨꼬프는 자신이 새로운 대형 유리벽 옆에 있음을 깨달았다. 유리벽에는 파란색 바탕에 은색 글씨로 쓰인 〈학급 담임 여교사 당직실〉이라는 푯말이 상향 화살표와 함께 표시되어 있었고 흰색 종이에 펜글씨로 쓰인 〈안내실〉이라는 푯말이 하향 화살표로 그려져 있었다.

어두침침한 가운데 공포감이 까로뜨꼬프를 사로잡고 있있다.

유리벽 너머에는 분명히 깔리소네르가 아른거리고 있었다.

깔리소네르는 푸른빛이 돌 정도로 면도를 한 상태였고 예전과 같은 모습이었으며 무시무시해 보였다. 그는 오로지 얇은 유리판 하나를 사이에 두고 까로뜨꼬프와 아주 가까운 거리에서 지나갔다.

아무것도 생각하지 않으려 하면서, 까로뜨꼬프는 반짝반짝 빛나는 구리로 된 문손잡이에 달려들어 그것을 세게 흔들어 댔다. 그러나, 문은 꼼짝도 하지 않았다.

까로뜨꼬프는 이를 부득부득 갈고 나서, 다시 한 번 번쩍이는 그 구리 손잡이를 힘껏 잡아당겨 보았다. 이때 그는 절망감만이 가득한 가운데 아주 작은 푯말 하나를 발견해 냈다.

여섯 번째 출입구를 지나 우회하시오.

깔리소네르는 아른거리더니 유리벽 너머 침침한 구석 통로 뒤로 사라져 버렸다.

「여섯 번째가 어디야? 여섯 번째 출입구가 어디?」

까로뜨꼬프가 누군가에게 힘없이 소리쳤다.

지나가던 사람들이 옆으로 길을 비켜 주었다. 조그만 문이 옆에서 열리더니 문 속에서 키가 자그마한 노인이 한 명 튀어나왔다.

그는 광택 있고 반들반들한 모직으로 된 옷을 입었고 파란 안경을 걸치고 있었으며 손에는 커다란 서류 목록을 들고 있었다. 조그만 안경 위로 까로뜨꼬프를 슬쩍 쳐다보고 나서, 노인은 씩 웃으면서 웅얼웅얼 입술을 깨물었다.

노인이 중얼거리기 시작했다.

「뭐라고? 모두 다 원한다고? 내 신에 맹세코 말하건대, 그건 다 부질없는 짓이야. 당신은 이 늙은이 말을 벌써 들었어야 했어. 포기해. 어쨌든 난 당신을 이미 지워 버렸어. 히히히.」

「어디에서 지워 버렸단 말입니까?」

까로뜨꼬프는 그 자리에 선 채로 꼼짝 않고 있었다.

「히히, 어디서냐고? 이 목록에서 보면 알지. 연필로 찌 — 익 하고 지워 버렸지. 히히.」

그 꼬부랑 노인이 음탕하게 웃기 시작했다.

「말…… 말씀 좀……. 어디에서 제 이름을 아셨지요?」

「히히, 농담을 좋아하시는군, 바실리 빠블로비치.」

「나는 바르플로메이 뻬뜨로비치예요.」

까로뜨꼬프는 말하면서 이마의 미끈미끈한 식은땀을 손으로 만졌다.

순간 야릇한 웃음이 꼬부랑 노인의 무시무시한 얼굴에 드리워졌다. 노인은 서류 목록의 한 장을 펴 보이며 초췌한 손가락과 긴 손톱으로 한 줄 한 줄 가리켜 나갔다.

「왜 나를 혼동하게 하는 거야? 오, 바로 요기 있구먼. 까로브꼬프, 배. 뻬.」[47]

「나는 까로뜨꼬프예요.」

까로뜨꼬프가 조급하게 소리쳤다.

「그래, 내가 말하잖아, 까로브꼬프라고.」

꼬부랑 노인이 화를 냈다.

「그리고 바로 여기 깔리소네르도 있고. 둘이 함께 전입되었군. 깔리소네르 자리에는 체꾸쉰이라……」

「뭐라고……?」

기뻐서 어찌할 줄 모르며 까로뜨꼬프는 소리쳤다.

「깔리소네르가 해고당했다고요?」

「정확한 이야기지. 꼭 하루 동안만 관리하는 데 성공한 거야. 그러고는 쫓겨난 거지, 뭐.」

「오, 하느님!」

기쁨에 넘쳐 까로뜨꼬프는 소리 높여 말했다.

---

47 러시아식 이름은 보통 〈이름+부칭+성〉으로 구성된다. 여기서 〈이름+부칭〉으로 이루어진 〈바실리 빠블로비치〉와 〈바르플로메이 뻬뜨로비치〉는 머리글자가 똑같이 〈베, 뻬〉가 된다. 즉, 주인공의 성은 〈까로뜨꼬프〉이지만 〈까로브꼬프〉라는 다른 사람으로 잘못 오인되고 있는 상황이다.

「나는 구원받았다! 나는 구원받았어!」

자신을 어찌할 줄 모르며 까로뜨꼬프는 뼈만 남은 꼬부랑 노인의 앙상한 손을 꼭 그러쥐었다.

노인은 빙그레 웃었다. 순간 까로뜨꼬프의 기쁨은 사라져 버렸다.

노인의 움푹 팬 파란 눈 속에서 뭔가 이상한 불길함이 어슴푸레 아른거리고 있었다. 회청색 잇몸이 다 드러나도록 웃는 그의 웃음도 이상하게 여겨졌다.

그러나 곧 까로뜨꼬프는 불쾌감을 떨쳐 버리고 서둘러 다그치기 시작했다.

「따라서 저는 지금 당장 성냥 자재 본부로 달려가야만 하나요?」

「암, 반드시.」

노인이 확신 있게 말해 주었다.

「여기 쓰여 있는 대로, 성냥 자재 본부로 가는 거요. 단, 당신의 신분증을 보여 주기만 하시오. 내가 여기 이 서류 목록에 연필로 표시해 놓겠소.」

까로뜨꼬프는 당장 호주머니 속을 더듬거렸다. 그러고는 창백해졌다. 다시 다른 호주머니 속을 뒤져 보고 나서는 더욱더 창백해졌다. 그는 바지 호주머니 곳곳을 퍽퍽 두드려 보고 나서 힘없이 개탄하는 소리를 냈다.

그는 즉시 계단을 따라 뛰어 올라가면서 발밑만 쳐다보았다. 계단을 내려오는 사람들과 부딪치면서 절망감에 가득 찬 까로뜨꼬프는 계단 맨 꼭대기까지 단숨에 날아오르듯 뛰어 올라갔다.

그는 조금 전에 만났던 머리에 석재 장식 핀을 꽂은 미녀를 만나 그녀에게 뭔가 물어보려고 했다. 그러나 그곳에 있던 미녀가 이미 코흘리개 불구 소년으로 변해 있는 것을 알아차렸다.

「애야.」

그 소년에게 달려들며 까로뜨꼬프가 물었다.

「내 조그만 지갑인데, 노란색이고……」

「그건 진실이 아니에요.」

소년이 악의에 가득 차서 대답했다.

「내가 안 훔쳤어요. 그들이 거짓말하고 있는 거라고요.」

「그래 아니야, 귀여운 것, 나는 그게 아니고……. 네가 아니고   . 그 신분증을……」

소년은 눈을 치뜨며 힐끔 쳐다보더니 갑자기 울부짖기 시작했다.

「오, 이런 맙소사!」

까로뜨꼬프는 절망감에 사로잡혀 소리치고는 꼬부랑 노인을 향해 아래로 달려 내려갔다.

그러나 그가 그곳에 도착했을 때, 노인은 이미 없었다. 노인은 어디론가 사라져 버렸다.

까로뜨꼬프는 조그만 문으로 달려들어 손잡이를 잡아당겼다. 문은 잠겨 있었다. 어두침침한 가운데 조금 음울한 향기가 나는 것 같았다. 까로뜨꼬프의 머릿속에는 오만 가지 생각이 눈보라처럼 비비꼬이기 시작했다. 그러다가 갑자기 새로운 아이디어 하나가 머릿속에서 튀어나왔다.

〈전차다!〉

갑자기 그는 전차 안의 조그만 공간에서 두 명의 젊은이가 자신을 억눌렀던 상황을 분명하게 회상해 냈다. 그들 가운데 한 명이 깡마른 체격에 검은 콧수염을 풀로 붙인 것처럼 달고 있었던 것도 분명하게 기억이 났다.

「오, 불행이야, 이미 재앙이군.」

까로뜨꼬프는 중얼거렸다.

「엎친 데 덮친 격이로군.」

그는 거리 밖으로 뛰쳐나가 길 끝까지 내달려 골목길로 구부러졌다. 골목으로 접어들자 까로뜨꼬프 앞에 갑자기 우중충한 양식으로 된 조그만 건물의 출입구가 나타났다.

사팔뜨기에다 음울한 얼굴을 한 회색 제복의 사나이가 까로뜨꼬프는 쳐다보지 않고 어딘가 다른 쪽을 쳐다보면서 물었다.

「넌 어디로 기어드는 거야?」

「동무, 나는 까로뜨꼬프, 베. 뻬예요. 방금 신분증을 강탈당해……. 하나밖에 없는 신분증인데……. 그들이 나를 체포할 수도 있고…….」

「그리고 아주 간단하겠지.」

출입구 계단에 서서 그 사나이가 확실하게 말끝을 맺어 주었다.

「자, 바로 이런 상황임을 알아주십시오…….」

「까로뜨꼬프 본인이 직접 오라고 해라.」

「그래 맞아, 동무, 내가 바로 까로뜨꼬프요.」
「으응, 그래? 그럼 증명서 제시해 봐.」
「그 증명서를 방금 강탈당했다니까. 동무, 강탈당했다고! 콧수염이 난 젊은 사람한테…….」

까로뜨꼬프는 신음 소리를 내며 말했다.

「콧수염이 붙었다고? 그럼 그가 바로 까로뜨꼬프일 거야. 맞아 틀림없는 그치야. 우리 지역에서 그는 특별한 소매치기로 활동하고 있지. 지금부터 네가 각 카페를 돌아다니며 그를 찾아내라.」

「동무, 난 찾을 수 없어요. 나는 지금 성냥 자재 본부에 있는 깔리소네르한테 가야만 돼. 나를 제발 놔주시오.」

까로뜨꼬프는 울면서 말했다.

「긴밀한 신분증을 제시해라.」
「내가 강탈해? 누구한테서?」
「주택 관리 위원한테서.」

까로뜨꼬프는 출입구 계단에서 뛰쳐나와 거리를 따라 내달렸다.

〈성냥 자재 본부로 갈까? 아니면 주택 관리 위원한테 갈까?〉

까로뜨꼬프는 생각했다.

〈주택 관리 위원회는 아침부터 접수를 받지. 그러니까 성냥 자재 본부로 가야지.〉

그 순간, 저 멀리 끄레믈린의 불그스레한 적황색 시계탑이 4시를 알렸다. 그러자 곧 가방을 낀 사람들이 저마다 문에서 뛰쳐나와서는 어디론가 줄달음치기 시작했다. 땅거미가 밀려오고 하늘에서는 보기 드문 진눈깨비가 내렸다.
⟨늦었어. 집으로 가자.⟩
까로뜨꼬프는 생각했다.

6
첫 번째 밤

자물쇠 구멍으로 하얀 메모 쪽지 하나가 튀어나와 있었다. 어둑어둑한 상태에서 까로뜨꼬프는 쪽지를 읽어 내려갔다.

사랑스러운 이웃에게

저는 즈베니고로드의 엄마한테 갑니다. 당신한테 선물로 포도주를 남기고 갑니다. 건강을 위해 마시세요. 아무도 포도주를 사려고 하지 않아요. 포도주 병들은 구석에 놔두었어요.

당신의 빠이꼬바가

까로뜨꼬프는 빙그레 웃고서 자물쇠를 덜그렁거리며 열었다.

그리고 복도 구석에 놓아둔 포도주 병들을 모두 자신의 방으로 옮기느라 스무 번도 더 왔다 갔다 했다.

그는 램프에 불을 켠 다음, 예전에도 그랬듯이 모자도 외투도 벗지 않고 침대 위에 쓰러졌다. 마치 마법에 걸린 사람처럼 그는 약 반 시간 동안 짙은 어둠과 뒤섞여 벽에 걸려 있는 크롬웰의 초상화를 물끄러미 쳐다보았다.

그러다가 침대에서 벌떡 일어나더니 갑자기 난폭한 발작 증세를 보이기 시작했다. 모자를 확 벗어 벽 구석에 세게 던져 버렸다. 단번에 성냥갑 꾸러미들을 바닥에 내팽개치고는 발로 짓밟아 뭉갰다.

「죽어! 죽어라! 죽어 버려!」

까로뜨꼬프는 울부짖으며 자신이 깔리소네르의 머리를 짓밟아 뭉갠다는 생각을 어렴풋이 하면서 성냥갑 귀신들을 짓밟았다. 까로뜨꼬프는 깔리소네르의 계란 모양 머리를 회상하다가, 갑자기 그의 잘 면도된 얼굴과 턱수염이 붙은 얼굴, 두 개의 얼굴이 생각나자, 곧 짓밟는 것을 멈추었다.

「아니…… 이게 어쩌다가 이렇게……?」

그는 중얼거리더니 손으로 눈 부위를 비벼 댔다.

「이게 뭐야……? 뭐 때문에 내가 여기 서서 쓸데없는 짓을 하고 있지? 모든 게 다 무시무시한 상태인데 말이야. 정말 그는 이중 얼굴이 아닐까?」

공포감이 검은 창문을 통해 방 안으로 스며들고 있었다. 까로뜨꼬프는 창문을 보지 않으려고 커튼으로 창문을 가려 버렸다.

그러나 창문을 가려도 공포감은 가시지 않았다. 그 이중 얼굴은 턱수염이 길게 자랐다가 갑자기 말끔히 면도되었다가 하면서 시시때때로 벽 구석에서 푸른 눈을 번쩍거리며 떠올랐다 사라졌다 했다.

마침내 까로뜨꼬프는 긴장감 때문에 머리에 금이 가려는

것을 느끼면서 참지 못하고 조용히 흐느껴 울기 시작했다.

흐느껴 울고 나서 좀 기분이 가벼워진 그는 미끈미끈해진 엊저녁의 감자를 조금 먹었다. 그러다가 다시 그 저주스러운 수수께끼같이 헤아릴 수 없는 사건을 생각해 내고는 조금 더 울먹였다.

갑자기 그가 중얼거렸다.

「아니……, 내가 지금 무엇 때문에 울고 있는 거지? 나한테는 아직 포도주가 있잖아?」

그는 단숨에 포도주 반 컵을 들이켰다. 5분이 지나자 달콤한 액체가 효력을 발휘하기 시작했다. 왼쪽 관자놀이가 고통스럽게 아파 오기 시작했다. 그리고 더 강렬해 구역질이 날 정도로 마시고 싶어졌다.

포도주 세 컵을 다 마시고 나자 까로뜨꼬프는 관자놀이를 때리는 고통 때문에 깔리소네르를 완전히 잊어버렸다. 그는 신음하며 상의를 벗어 버리고 나서 괴로운 듯 눈을 치켜뜨더니 침대 위에 쓰러졌다.

〈피라미돈이 있었으면……〉 하며, 그는 오랫동안 중얼거리다가 몽롱한 꿈속으로 빠져들었다.

7
오르간과 고양이

다음 날 아침 10시에 까로뜨꼬프는 서둘러 차를 끓여서는 입맛도 없이 4분의 1컵가량 마셨다. 어렵고 귀찮은 날이 자신 앞에 놓여 있음을 직감하면서 자신의 방을 그대로 내팽개쳐 두고 안개가 자욱한 아스팔트 마당을 가로질러 내달렸다.

아파트 옆 동의 출입구 문 위에는 〈아파트 주택 관리 위원회〉라는 표찰이 붙어 있었다. 까로뜨꼬프는 문고리에 손을 뻗침과 동시에 눈으로는 이미 다음과 같은 글귀를 읽어 내려가고 있었다.

〈증명서가 없는 경우는 접수받지 않음.〉

「오, 맙소사. 왜 나는 가는 곳마다 되는 일이 하나도 없지?」

까로뜨꼬프는 화가 나서 소리쳤다.

그러고는 이렇게 덧붙였다.

「음 그래, 그러면 다음에 신분증을 가지고 오고, 지금은 성냥 자재 본부로 가자. 그곳에서 어떤 일이 어떻게 되어 가고 있는지 알아야 하니까. 아마도 지금쯤은 체꾸쉰 국장이 돌아와 있겠지.」

돈지갑을 모두 강탈당했기 때문에 까로뜨꼬프는 걸어서 성냥 자재 본부에 다다랐다. 그는 현관을 통과하자마자 곧장 발걸음을 사무실 쪽으로 향했다.

사무실 문턱에 도착한 그는 그만 멈추어 서서 입을 딱 벌리고 말았다. 사무실 안에는 아는 얼굴이 한 명도 없었다. 드로즈다도, 안나 예브그라포브나도, 한마디로 말해 한 명도 없었다.

철조망 위의 갈까마귀 떼는 이미 회상할 수 없었으며, 알렉세이 미하일로비치의 아름다운 세 마리의 매를 연상시키는 세 명의 젊은이가 책상에 앉아 있었다.

그들은 하나같이 아주 말끔하게 면도를 한 데다 머리는 똑같이 금발을 하고 있었으며 바둑판무늬가 그려진 밝은 회색 양복을 입고 있었다.

또 한 명의 젊은 여직원이 책상에 앉아 있었는데, 그녀는 눈을 게슴츠레 뜨고 있었고 귀에는 다이아몬드 귀고리를 달고 있었다.

젊은이들은 까로뜨꼬프에게 아무런 관심도 보이지 않고 부기 장부에 뻑뻑 소리를 내며 펜으로 쓰는 일을 계속하고 있었다. 여직원이 마침내 까로뜨꼬프에게 눈길을 주었다. 이에 대한 답으로 까로뜨꼬프가 당황하여 살짝 웃자, 그녀는 입가에 오만스러운 웃음을 띠면서 얼굴을 휙 돌려 버렸다.

〈이상하네〉 하고 까로뜨꼬프는 생각하며 문지방에서 발을 헛디뎌 넘어질 뻔했다. 하는 수 없이 그는 사무실 밖으로 나왔다.

자신의 방 문가에 다다르자 까로뜨꼬프는 잠시 망설였다. 그는 크게 숨을 쉬고 나서 예전부터 눈에 익은 사랑스러운 표찰 〈사무원〉을 눈여겨 바라보며 문을 열고 안으로 들어갔다.

사무실 안의 조명은 즉시 까로뜨꼬프의 눈을 침침하게 만들어 버렸다. 사무실 바닥이 발아래서 약간 흔들리는 것 같았다.

까로뜨꼬프의 책상에는 금발의 사무원 깔리소네르가 팔꿈치를 책상 위에 떡하니 대고는 펜으로 책상 위를 광기 있게 두드리면서 제자리인 양 스스럼없이 앉아 있었다. 그의 곱슬곱슬하며 반짝이는 텁수룩한 털들이 가슴을 내리덮고 있었다.

까로뜨꼬프는 내내 한숨만 쉬고 있다가 푸른색 책상보 위에 반사되어 비춰지던 그의 반짝반짝 빛나는 대머리를 쳐다보았다.

깔리소네르가 먼저 침묵을 깼다.

「동무, 무엇이 필요하십니까?」

그는 약간 가성으로 정중하고 정답게 속삭이듯 물어 왔다.

조급해진 까로뜨꼬프는 입속의 침을 삼키고 나서, 〈흐읍〉 하며 빼빼 마른 가슴으로 공기를 쭉 들이마신 다음, 들릴 듯 말 듯하게 나직이 말했다.

「흐음…… 동무, 내가 바로 이곳의 사무원이었는데……. 즉…… 으음 그래요, 만일 그 명령문을 기억하신다면…….」

깔리소네르는 놀라움에 가득 차서 얼굴 윗부분이 급격히 변하기 시작했다. 그의 밝은 빛 눈썹이 치켜 올려지더니 이마는 주름살이 잡혀 아코디언처럼 변하였다.

「미안합니다만, 이곳의 사무원은 접니다.」

그가 정중하게 대답했다.

잠시 동안의 침묵이 까로뜨꼬프에게 큰 충격을 주었다.

침묵이 지나가자 그는 이렇게 말했다.

「물론이지요. 어제는 저였습니다만, 오, 으음 그래요. 미안합니다. 제가 혼동했어요.」

그는 엉덩이를 뒤로 빼며 뒷걸음질 쳐서 사무실 밖으로 나와서는 복도에서 쉰 목소리로 자기 자신에게 말했다.

「까로뜨꼬프, 오늘이 며칠인지 기억하니?」

그러고는 스스로 자신에게 대답하였다.

「화요일, 아냐, 금요일이야. 1천9백······.」

까로뜨꼬프가 뒤로 돌아섰다.

그러자 즉시, 까로뜨꼬프 바로 앞 복도 천장 위에 켜놓은 두 개의 전구 불빛이 깔리소네르의 하얀 대머리와 말끔히 면도된 하얀 얼굴에 반사되면서 빛을 확 뿜어내는 바람에 까로뜨꼬프의 온 시야를 가려 버렸다.

〈좋소!〉 하며 쇠 대야가 바닥에 쾅 하고 떨어지는 듯한 굉음이 울렸으며, 그 바람에 너무 놀란 까로뜨꼬프는 온몸에 경련을 일으켰다.

「내 당신을 기다리고 있었소. 잘 오셨소. 알게 되어서 기쁘오.」

이런 말과 동시에 그가 까로뜨꼬프 가까이로 다가와서 손을 세게 잡아 악수를 했는데, 까로뜨꼬프는 손이 너무 아픈 나머지 마치 지붕 위의 황새처럼 한쪽 다리를 들고 서서 악수에 응했다.

「난 정원(定員)을 다시 할당했소.」

깔리소네르는 빠른 속도로 그리고 끊어졌다 이어졌다 하면서 무게 있게 말하기 시작했다.

〈세 명은 저기에······〉 하면서 그는 손으로 사무실 문 쪽을 가리켰다.

「그리고 물론 거기에 마네치까도 배치했지. 당신은 나의 조수로, 그리고 깔리소네르는 사무원으로 발령 냈소. 나머지 예전에 있던 자들은 모두 다 모가지 쳐버렸지. 그 바로 멍텅구리 빤쩨레이몬 역시 파면했고. 왜냐하면 그가 알프스 장미의 하인이었다는 정보가 입수되었거든. 난 지금 부서로 급히 달려갈 거요. 그동안에 조수인 당신은 깔리소네르와 함께 지금 말한 모든 것에 대한 관련 서류를 작성하시오. 그리고 특히 그자에 대해, 아, 그치 이름이 뭐였더라……? 아, 맞아 까로뜨꼬프, 그에 대해서도 특별히 관련 서류를 작성하시오. 그러고 보니 참, 당신은 그 파렴치한 놈하고 약간 비슷하게 생겼구먼. 그치 눈두덩이 퍼렇게 멍들어 부어오른 것만 빼고는 말이야.」

「내가 파렴치한이라고? 난 아냐.」

까로뜨꼬프는 놀란 나머지 턱이 쭉 빠진 채, 고개를 설레설레 흔들며 말했다.

「나는 파렴치한이 아니야. 신분증을 모두 샹탈딩했을 뿐이라고. 모두 다.」

「모두 다라고?」

깔리소네르가 벌컥 소리를 질렀다.

「어리석었구먼. 하지만, 더 좋아질 수도 있는 법이지.」

그는 힘들게 숨을 몰아쉬고 있던 까로뜨꼬프의 팔에 착 달라붙어 겨드랑이를 끼더니 그를 끌고 복도를 따라 쏜살같이 내달렸다. 그러고는 비밀스러운 사무실 안으로 끌어넣은 다음, 폭신폭신한 가죽 의자 위에 까로뜨꼬프를 내던지듯 앉혀 놓고서 자신도 그 앞의 책상에 앉았다.

까로뜨꼬프는 발아래 바닥이 이상하게 진동하는 것을 느끼면서 몸을 웅크렸다. 그러고는 눈을 꽉 감고 나서 다음과 같이 중얼거리기 시작했다.

「20일은 월요일이었지, 말하자면, 화요일은 21일이라는 얘기인데……. 아니야, 난 뭐지? 21년도라……. 발신 번호가 0, 15……, 서명을 위한 자리가 있었고, 횡선. 그리고 바르폴로메이 까로뜨꼬프. 이 사람은 말하자면 나인데. 화요일, 수요일, 목요일, 금요일, 토요일, 일요일, 월요일. 월요일은 약자로 뻬라고 쓰고 금요일도 역시 약자는 뻬지. 그리고 일요일이라……. 일요일…… 은 에스, 수요일처럼…….」

깔리소네르는 찌지직 소리를 내며 서류에 서명한 다음, 그 위에 쾅 하고 도장을 찍어서 까로뜨꼬프에게 내밀었다.

순간 전화벨 소리가 요란하게 울리기 시작하였다. 깔리소네르는 수화기를 집어 들고 큰 소리로 외쳤다.

「아하! 그래. 그렇지. 지금 곧 갈게.」

그는 옷걸이에 달려들어 그곳에 걸려 있던 챙 달린 모자를 벗겨 자신의 대머리를 덮었다. 그러고는 이렇게 말하면서 문 밖으로 사라졌다.

「사무원 깔리소네르 방에 가서 나를 기다리시오.」

까로뜨꼬프가 직인이 찍혀 있는 서류에서 다음과 같이 쓰여 있는 것을 읽었을 때, 그의 눈에는 모든 것이 결정적으로 흐릿하게 보이기 시작했다.

    본 서류의 제출자는 실제로 나의 조수이며, 틀림없는 바실리 빠블로비치 까로브꼬프이다. 깔리소네르

「오 — 오!」

까로뜨꼬프는 신음하면서 바닥에 서류와 모자를 떨어뜨렸다.

「대체 일이 지금 어떻게 되어 가는 것인가?」

그 순간 문이 삐익하고 열리더니 깔리소네르가 자신의 턱수염을 달고 돌아왔다.

「깔리소네르 벌써 퇴근했어?」

그는 가늘고 부드럽게 까로뜨꼬프에게 물었다.

불이 완전히 꺼졌다.

「아 — 아 — 아 — 아 — 아……」

순간 까로뜨꼬프는 더 이상 고통을 참지 못하고 자신을 잊어버린 채 울부짖었다. 그는 깔리소네르한테 달려들어 이를 드러내었다. 깔리소네르의 얼굴에 공포감이 서리더니 금방 얼굴이 노랗게 변했다. 그는 엉덩이를 뒤로 하여 뒷걸음으로 재빨리 문가로 물러서더니 덜커덩하고 문고리를 잡아연 다음 복도 쪽으로 나자빠졌다.

그는 감정을 억제하지 못하고 잠시 복도 바닥에 웅크리고 앉아 있었으나, 곧 일어나서는 비명을 지르며 쏜살같이 달리기 시작했다.

「문서 전령! 문서 전령! 도와줘!」

「거기 서요. 서라고요. 동무, 멈춰 서세요……」

까로뜨꼬프가 냉정을 되찾고 나서 그의 발자국을 따라 뒤쫓아 가며 소리쳤다.

사무실 안에서 뭔가 쿵 하고 울리는 소리가 나더니 세 명의 젊은이가 일제히 뛰쳐나왔다. 그러고는 여인의 표독스러운 눈빛이 타자기 주위에서 갑자기 번뜩거렸다.

〈쏘아 버린다! 쏘아 버릴 거야!〉 하는 그녀의 히스테리컬한 외침 소리가 갑자기 울려 퍼졌다.

깔리소네르는 우선 오르간이 있는 현관으로 뛰쳐나가서는 어디로 뛰어 달려야 할지 멈칫멈칫하다가 모퉁이 옆의 샛길을 급히 가로질러 오르간 뒤로 사라졌다.

까로뜨꼬프는 그의 뒤를 따라 내달리다가 미끄러져 발을 헛디뎠다. 아마도, 노란색 벽면에 돌출해 나와 있던 검은색의 구부러진 커다란 손잡이가 아니었다면 난간을 들이받아 머리가 깨졌을지도 모를 일이었다. 손잡이에 까로뜨꼬프의 외투 앞자락이 끼면서 낡은 외투천이 찌직하며 찢어졌다.

그 바람에 까로뜨꼬프는 차가운 마룻바닥에 살짝 엉덩방아를 찧으며 주저앉았다. 오르간 뒤의 측면 통로 쪽으로 난 문 속으로 깔리소네르가 쏙 들어간 뒤에, 쾅 하며 문이 세게 닫혀 버렸다.

「하느님 맙소사……」

까로뜨꼬프는 앉아서 하소연을 늘어놓기 시작했으며 그칠 줄을 몰랐다.

먼지로 뒤덮인 구리 통 파이프가 붙은 거대한 상자 속에서 마치 컵 깨지는 것 같은 이상한 소리가 나더니, 이어서 먼지 낀 상자 배 속의 으르렁 소리, 이상한 반음계의 빽빽 소리 그리고 종소리가 울려 나왔다. 다음에 장조음의 화음 소리, 원기 왕성한 낙천적 음의 물결이 흘러나왔다. 이 누르스름한 색깔을 띤 세 줄 건반의 거대한 상자는 그동안 방치해 두었던 자신의 내부 휴경지 안에 오랫동안 사용하지 않고 방치해 두었던 음들을 한꺼번에 왕창 뿌리면서 연주해 대기 시작했다.

떠들썩했네, 울려 퍼졌네, 모스크바 화재…….

사각형의 각이 진 문 안의 캄캄한 어둠 속에서 갑자기 빤쩨레이몬의 창백한 얼굴이 나타났다. 순간 그에게도 변화가 있었다.
그의 눈은 승리감에 도취된 듯 섬광이 번뜩이며 번쩍거리고 있었다. 그는 레스토랑 문 앞의 웨이터처럼 차렷 자세를 취하더니, 오른손으로 냅킨을 집어 왼팔 위에 척 걸쳐 놓는 깃처럼, 오른손으로 왼손 둘레를 몇 바퀴 돌리면서 손바닥으로 척 소리를 냈다. 그러고는 마치 찻잔이 가득한 쟁반을 나르기라도 하듯 양팔을 둥그렇게 해가지고, 트로이카의 곁말처럼 시선을 비스듬히 옆으로 두면서 자리에서 급히 내달리더니, 계단을 따라 쏜살같이 아래로 사라져 버렸다.

강가에 연기가 자욱이 퍼졌네.

〈내가 무슨 일을 저질렀나?〉하며 까로뜨꼬프는 공포에 떨었다.
오르간은 처음에 오랫동안 사용하지 않았던 음의 물결을 한꺼번에 쏟아내고 나더니, 이제 고르게 음을 내면서 수천

마리 사자들의 울부짖는 소리와 으르렁 소리로 성냥 자재 본부 안의 텅 빈 홀 안을 가득 채워 나갔다.

ㄲ레믈린 정문 안의 벽면에서…….

고함치는 듯한 노랫소리와 굉음 소리, 종소리 사이로 자동차 소리가 울려 퍼졌다. 그러고는 곧 깔리소네르가 정문 출입구를 지나 돌아왔다. 깔리소네르는 면도한 얼굴이었으며, 복수심에 불타는 무서운 모습을 하고 있었다.

음흉하고 푸르스름한 불빛 속에서 그는 계단을 따라 경쾌하게 걸어 올라가기 시작했다.

순간 까로뜨꼬프의 머리털은 주뼛주뼛 위로 곤두서고 있었다. 곧, 그는 오르간 뒤의 굽은 계단을 날듯이 뛰어 올라가 옆문으로 빠져나가서 벽돌 조각이 널려 있는 마당 밖으로 내달린 다음, 거리를 향해 뛰쳐나갔다.

회색 프록코트를 입고 그는 서 있었지…….

길모퉁이에서 마부는 채찍을 휘두르며 여윈 말의 고삐를 세게 잡아당겼다.
「오, 하느님! 하느님!」
까로뜨꼬프는 격렬하게 흐느껴 울기 시작했다.
「또다시 그가! 아니, 이게 무슨 변고람?」
턱수염 붙은 깔리소네르가 2인승 사륜마차 옆의 포장도

로에서 갑자기 나타나더니 마차 속으로 뛰어들어 마부의 등을 몹시 때리면서 가느다란 목소리로 말했다.

「달려! 달리란 말이야, 이 무뢰한아!」

여윈 말은 고삐가 당겨지자 발로 땅을 걸어차더니 매서운 채찍을 맞아 가며, 마차 폭음 소리를 온 거리에 가득 채우면서 쏜살같이 내달리기 시작했다.

막 쏟아져 내리는 눈물 사이로 까로뜨꼬프는 반짝반짝 빛나는 마부의 가죽 모자가 날아가는 것을 보았다. 가죽 모자 바로 밑에서 돈 수십 장이 펄럭이며 사방으로 흩어져 날아갔다. 소년들이 휘파람을 불며 돈을 잡으러 쫓아갔다. 마부가 뒤돌아보고 나서 급히 말고삐를 잡아당겼다. 그러나, 깔리소네르는 주먹으로 마부의 등짝을 세게 후려치며 이렇게 소리쳤다.

「가! 가라고! 그냥 가란 말이야! 내가 그 돈 다 지불해 줄게.」

마부는 자포자기하여 소리 질렀다.

「에흐 나리, 아무렴요. 갑시다요, 가요.」

마부는 여윈 말을 매우 급하게 몰아 댔다. 곧 마부도 말도 모두 길모퉁이 너머로 사라져 버렸다.

까로뜨꼬프는 흐느껴 울면서 자신의 머리 위에서 급히 움직이는 잿빛 하늘을 쳐다보고 있었다. 그는 비틀거리면서 미친 듯이 소리치기 시작했다.

「아— 아—, 정말 모르겠네! 이렇게 가만있지만은 않을 거야! 난 깔리소네르에게 모든 걸 설명하고 말 거야.」

까로뜨꼬프는 전차에 껑충 뛰어올라 전차의 아치형 손잡

이에 간신히 매달리다시피 하면서 가고 있었다. 아치형 손잡이는 그를 5분가량 뒤흔들더니 9층짜리 푸른색 건물 앞에 내던지듯 내동댕이쳤다.

까로뜨꼬프는 현관으로 뛰어 들어가서 나무로 된 칸막이에 뚫어 놓은 사각형 구멍 속으로 머리를 밀어 넣은 다음, 안에서 차를 마시고 있던 파란색 옷을 입은 거대한 체구의 남자에게 물었다.

「동무, 불만 접수 사무소가 어디에 있소?」
「8층, 아홉 번째 복도, 아파트 41호, 방 번호 302.」
그 남자는 여자 목소리로 대답했다.

「여덟 번째, 아홉 번째, 마흔한 번째, 3백…… 3백……, 그리고 또…… 302라.」

까로뜨꼬프는 넓은 계단을 따라 뛰어 올라가면서 중얼거렸다.

「여덟 번째, 아홉 번째, 여덟 번째, 가만 스톱, 40…… 아냐, 42…… 아냐, 302.」

까로뜨꼬프는 우물우물댔다.

「아, 맙소사! 잊어버렸네……. 그래, 맞아 40번, 마흔 번째야…….」

8층에서 그는 세 개의 문을 지나쳐 네 번째 문에 쓰여 있는 까만색 숫자 〈40〉을 보고 안으로 들어갔다. 안은 원기둥이 군데군데 천장을 받치고 있는 무한히 넓은 홀이었으며 조명등이 두 개 켜져 있었다. 홀 한구석에는 두루마리 종이가 걸려 있는 종이 마름대가 놓여 있었고 바닥에는 온통 뭔가 가득 쓰인 종잇조각들이 여기저기 널려 있었다. 멀리 타자기가 놓여 있는 조그만 책상이 바라다 보였다. 금빛 옷을 입은 여인이 나지막하게 노래를 흥얼거리며 주먹으로 뺨을 떠받친 자세로 그 책상 앞에 앉아 있었다.

까로뜨꼬프는 당황하여 주위를 둘러보다가 하얀 겉옷을 입은 묵직한 몸집의 사내가 무겁게 발걸음을 떼면서 원기둥 뒤의 무대에서 내려오고 있는 것을 발견했다. 그의 대리석 같은 얼굴에서 희끄무레하게 늘어뜨려진 콧수염이 보였다. 그 사내는 범상치 않게 정중하면서 생기가 하나도 없어 깁스를 한 것 같은 웃음을 지어 보이며 까로뜨꼬프에게로 가까이 다가와 부드럽게 손을 내밀어 악수를 한 다음 구두 뒤축을 부딪치며 차렷 자세를 취하고 말했다.

「저는 얀 소베스끼[48]입니다.」

깜짝 놀란 까로뜨꼬프가 대답하였다.

그 사내는 반갑게 웃음을 지었다.

「자신을 소개하십시오. 내 소개를 할 때면 많은 사람들이 놀라곤 하지요.」

그는 악센트를 달리 해가며 말했다.

「그러나 동무, 내가 그 강도와 뭐든지 공통점이 있다고는 생각지 말아 주시오. 오, 안 되지. 아주 불행한 일치일 뿐이에요. 그 이상은 아무것도 없어요. 나는 이미 나의 새로운 성

---

48 이 이름은 〈사회 보장Sotsial'noe Obespechenie〉의 약자 〈소베스〉를 연상하게 한다. 〈소베스〉는 혁명 후에 생겨난 공공 기관의 이름으로 사람들은 이곳에서 연금을 탔다.

(姓), 소쯔보스끼⁴⁹를 승인해 달라고 요청하는 청원서를 제출해 놓은 상태지요. 이 성이 훨씬 더 아름답고 그렇게 위험하지도 않거든요. 그렇지만 만일 당신이 기분 나쁘다면……」

여기까지 말한 사내는 모욕적으로 입을 비죽비죽거렸다.

「난 당신에게 귀찮게 강요하지는 않을 거요. 우리들은 항상 사람들을 발견하거든요. 사람들은 항상 우리 잡지사를 찾고 있으니까.」

「미안합니다만……」

까로뜨꼬프는 이곳에서도 가는 곳마다 그랬듯이 뭔가 이상한 일이 시작되고 있다는 것을 직감하면서 미친 사람처럼 큰 소리로 고함쳤다.

「당신은 뭐지요?」

그는 면도된 얼굴의 대머리 사내가 어디에선가 불쑥 나타날까 봐 두려워하면서, 노련한 시선으로 주위를 둘러본 다음, 어설픈 말로 다음과 같이 덧붙였다.

「저는 아주 기쁩니다. 그래요, 아주……」

그 사내의 대리석 같은 얼굴에서 현란한 색깔의 홍조가 살짝 스며 나왔다. 그는 까로뜨꼬프의 손을 상냥하게 들어 올린 다음 그를 끌고 책상 쪽으로 가면서 말했다.

「그래요, 나는 아주 기쁩니다. 그러나 그것이 바로 불행이에요, 불행. 생각해 보세요. 지금 우리 사무실에는 당신에게 권할 의자조차 없지 않습니까? 우리들이 아주 중요함에도 불구하고, 그들은 우리들을 까맣게 잊어 먹고 있어요. (그

---

49 〈사회 부흥Sotsial'noe Vosstanovlenie〉의 약자로 추측된다.

사내는 종이 마름대를 손으로 흔들어 보였다.) 음모지요, 음모……. 그러나, 우리들은 일을 전개해 나갈 거요. 너무 걱정하지 마시오……. 으음…… 당신은 어떤 새로운 기사로 우리들을 기쁘게 해주실 건가요?」

그는 창백한 까로뜨꼬프에게 부드럽게 질문하였다.

「아 그렇지요. 실례, 미안, 대단히 죄송합니다. 당신에게 소개해 드리지요.」

그는 하얀 손을 타이피스트 쪽으로 우아하게 흔들었다.

「겐리에따 뽀따뽀브나 뻬르심판스예요.」

여인은 즉시 차가운 손으로 까로뜨꼬프의 손을 잡은 다음, 지친 듯이 그를 쳐다보았다.

「자아, 그러면…….」

주인은 달콤힌 말을 계속해 나갔다.

「당신은 무엇으로 우리를 기쁘게 해주실 건가요? 칼럼? 아니면, 르포?」

하얀 눈을 치켜뜨고 나서, 그는 말을 길게 늘이면서 천천히 말했다.

「당신은 그러한 것들이 우리들에게 얼마나 필요한지 아마 상상도 못 할 거요.」

〈오 — 오, 성모 마리아……. 이건 또 어떻게 된 거지?〉

까로뜨꼬프는 한동안 멍청히 생각하고 나서, 불안하게 숨을 돌려 쉬면서 말하기 시작했다.

「나한테는……. 에…… 아주 무서운 일이 발생했어요. 그가……. 나는 이해할 수 없어요. 제발, 이게 환각 상태라고 생각지 말아 주세요…… 으음……하…… 카하……. (까로뜨꼬프는 억지로 웃음을 지으려고 애썼으나, 웃음이 나오지 않았다.) 그는 살아 있어요. 나는 단언합니다……. 그러나, 난 아무것도 이해할 수 없어요. 그는 턱수염이 붙었다가 1분 후에는 턱수염이 없어지곤 하거든요. 나는 정확히 이해할 수가 없어요……. 그리고 목소리도 변하고……. 그 외에도 난 모든 신분증을 강탈당했거든요. 하나도 남김없이. 그런데 아파트 관리소장이 공교롭게도 죽었어요. 그 깔리소네르가…….」

「아 — 아, 나는 이제 알겠어요.」

잡지사 주인이 흥분하여 외쳐 댔다.

「원인은 그들한테 있지요?」

「오, 맙소사! 아 — 암 물론이지요.」

여인이 맞장구쳤다.

「아, 그런 무시무시한 깔리소네르들…….」

「당신 아시겠어요……?」

주인은 흥분하여 말을 가로막으며 말했다.

「나는 바로 그 인간 때문에 의자도 없이 이렇게 바닥에 앉게 된 거요. 자, 한번 보세요. 그래, 그가 잡지나 문학에 대해 무얼 알겠어요……?」

주인은 까로뜨꼬프의 단추를 꽉 움켜쥐었다.

「부탁합니다, 말씀해 보세요, 그가 무얼 알겠어요? 그는 이틀 동안 이곳에 체류하면서 완전히 나를 지치게 해버렸어요. 그러나 생각해 보세요. 그나마 다행이었지요. 참다못해 나는 표도르 바실리예비치에게 다녀왔지요. 그랬더니 그는 마침내 그를 쫓아내 버리더라고요. 내가 표도르 바실리예비치한테 아주 날카로운 질문을 제기했거든요. 〈나입니까? 아니면 그입니까?〉 하고 말이에요. 그랬더니 그를 어떤 성냥 자재 본부인가 하는 곳으로 전임시켰다던가? 뭐, 그자가 어디로 갔는지는 내 알 바 아니지만, 하여튼 거기서 성냥 냄새나 실컷 맡으라고 하지 뭐! 그러나 가구, 가구들을 그자가 그놈의 저주스러운 사무소에 전달해 버렸단 말이야. 몽땅 다. 자 — 아, 어떻겠어요? 어디에다 올려놓고 글씨를 써야 되는지 나한테 좀 알려 주시겠소? 어디에 놓고 기사를 쓰겠소, 당신 같으면? 나는 당신이 우리 편일 거라고 믿어 의심하지 않기에 이런 말을 막 하는 거요, 오, 나의 소중한 동료 (이때, 주인은 까로뜨꼬프를 꼭 껴안았다). 아주 훌륭한 공단으로 만들어진 루이 14세식 가구들을 그 병신 같은 놈이 그렇게 무책임하게, 당장 내일이면 문을 닫아 버릴 그 멍텅구리 사무소로 쫓아내 버린 거야. 젠장할.」

「뭐? 사무소라고요? 어떤 사무소?」

까로뜨꼬프가 분명치 않게 물었다.

「아아, 뭐 그 불만 접수 사무소나, 뭐라나.」

주인은 울화가 치미는 듯이 말했다.

「뭐, 뭐라고요?」

까로뜨꼬프가 소리쳤다.

「지금 뭐라고 그랬죠? 그게 어디에 있다고요?」

「저기에.」

주인은 깜짝 놀라 대답하고는 손으로 바닥을 가리켰다.

까로뜨꼬프는 마지막으로 그 사내의 하얀 겉옷을 광기 어린 눈으로 둘러보았다.

1분 후에, 까로뜨꼬프는 자신이 복도에 나와 있음을 알았다.

잠깐 생각하고 나서, 그는 아래로 향하는 계단을 찾으면서 왼쪽으로 급히 달려갔다. 5분가량 그는 변덕스럽게 이리저리 구부러진 복도를 따라가며 달렸다. 그리고 다시 5분이 지나자, 자신이 조금 아까 내달리기 시작했던 바로 그 자리에 서 있음을 알았다.

문에는 〈40〉이라고 쓰여 있었다.

「후 — 우, 젠장할!」

까로뜨꼬프는 한숨을 내쉬었다. 그는 발로 바닥을 짓밟더니 이번에는 오른쪽으로 내달렸다. 그리고 5분이 지나자 다시 마찬가지였다.

방 번호 〈40〉.

까로뜨꼬프는 문을 확 잡아당기고 나서 홀 안으로 뛰어들어갔다. 그는 홀 안이 텅 비어 있음을 확인했다. 단, 타자기만이 책상 위에서 하얀 이빨을 드러내며 소리 없이 웃고 있었다.

까로뜨꼬프는 원기둥이 쭉 서 있는 쪽으로 달려갔다. 그리고 여기서 그 주인과 마주쳤다. 그는 이미 웃지도 않고 화난 얼굴로 홀 안의 조금 높은 자리에 서 있었다.

「미안합니다, 제가 작별 인사도 하지 않았어요……」

까로뜨꼬프는 말을 시작해 놓고는 중간에 말꼬리를 흐리며 잠자코 있었다.

주인은 귀도 코도 없이 서 있었으며 왼쪽 팔은 부러져 있었다.

까로뜨꼬프는 소름이 끼쳐 뒷걸음치면서 다시 복도로 내달렸다. 눈에 띄지 않던 비밀스러운 문이 갑자기 맞은편에서 확 열리더니, 그 속에서 주름투성이의 갈색 얼굴을 한 할망구가 손잡이가 달린 빈 양동이를 들고 밖으로 나왔다.

「할멈! 할멈!」

까로뜨꼬프는 불안하게 소리치기 시작했다.

「사무소가 어디에 있소?」

「몰라, 여보게. 모른다고, 이 양반아.」

노파가 대답했다.

「참, 넌 뛰어다니지 좀 마라. 이 녀석아, 못 찾기는 매한가지야. 어떻게 찾는나는 거야? 한번 싱싱을 해봐라. 건물이 10층까지 있는데.」

「우우……. 천치.」

입술을 삐죽거리고 나서 까로뜨꼬프는 짐승처럼 으르렁거렸다. 그는 문 속으로 돌진해 들어갔다. 그가 들어가자 문이 쾅 하고 닫혀 버렸다. 그 바람에 까로뜨꼬프는 출구도 없는 흐릿하고 어둠침침한 공간에 갇혀 버렸다.

그는 마치 채석장에서 흩날리는 석탄 가루를 덮어쓴 사람처럼 이리저리 몸을 부딪치며 벽을 마구 할퀴어 대기 시작했다.

마침내 까로뜨꼬프는 아직 더듬지 않은, 좀 밝고 비교적 하얗게 비치는 문짝을 향해 몸을 내던졌다.

문짝은 곧 까로뜨꼬프를 어떤 계단 쪽으로 방출해 버렸

다. 잔 발자국 소리를 내면서 그는 아래로 달려 내려갔다. 또 다른 발자국 소리가 아래에서 그를 향해 들려왔다. 슬픈 불안감이 까로뜨꼬프의 심장을 억누르고 있었다. 그래서 까로뜨꼬프는 달리는 것을 멈추었다.

그 순간 반짝이는 챙 모자가 보이더니 회색빛 담요와 긴 턱수염이 아른거렸다. 까로뜨꼬프는 비틀거리며 손으로 난간을 간신히 잡고 기대어 섰다.

이와 동시에 시선이 맞닥뜨리면서 두 사람은 공포와 고통의 가냘픈 소리를 내며 울부짖었다.

까로뜨꼬프는 엉덩이를 뒤로 빼고 계단 위쪽으로 물러나기 시작했으며, 깔리소네르는 극도의 공포감에 사로잡혀 계단 아래쪽으로 뒷걸음치기 시작했다.

「거기 서요. 1분간만…… 설명만 해주시오…….」

까로뜨꼬프는 목쉰 소리를 냈다.

「구해 줘요!」

깔리소네르는 울부짖기 시작했으며, 그의 가냘픈 목소리가 맨 처음의 굵고 낮은 저음으로 바뀌었다.

그는 계단 아래로 물러나다가 그만 발을 잘못 디뎌 〈꽈— 당!〉 하고 뒤로 넘어지며 뒤통수를 바닥에 부딪쳤다.

이 돌발적인 사건은 그냥 넘어가지 않았다.

그가 갑자기 눈에서 푸른빛이 흘러나오는 검은 고양이로 둔갑해 버렸다. 고양이는 반대 방향으로 마치 날듯이 껑충껑충 뛰어 올라갔다. 고양이는 신속하고 부드럽게 층계참을 뛰어넘더니 작은 덩어리처럼 오므라들었다. 그러고는 창문

턱으로 껑충 뛰어오르더니 깨진 유리창 사이에 쳐진 거미집을 뚫고 밖으로 사라져 버렸다.

순간 하얀 천이 까로뜨꼬프의 대뇌를 가려 버렸다.

그러나 곧, 쓰러진 까로뜨꼬프의 뇌 속에 예전 같지 않은 분명한 윤곽이 그려졌다.

「아, 이제야 모든 걸 분명히 알겠군.」

까로뜨꼬프는 중얼거리며 조용히 웃기 시작했다.

「아하, 알겠어. 바로 그거였어. 고양이! 모든 게 분명해. 고양이.」

그는 더욱 크게 웃기 시작했다.

그리고 그 웃음소리는 더욱더 커져 온 계단 안에 메아리치며, 으르렁거리는 굉음으로 바뀌어 홀 안을 가득 채워 나갔다.

8
두 번째 밤

황혼녘에 까로뜨꼬프 동무는 융단 침대 위에 앉아서 모든 것을 잊고 진정하기 위해 포도주 세 병을 마셨다.

이제 머리 곳곳이 아파 오기 시작했다. 오른쪽, 그리고 왼쪽 관자놀이, 뒤통수, 심지어 볼까지 아팠다. 그리고 배 속에서는 더러운 침전물이 파도치듯 우욱 우욱 하며 치밀어 올라왔다. 까로뜨꼬프 동무는 두 번이나 쇠 대야에 대고 구토를 했다.

머리를 아래로 숙이고 나서 까로뜨꼬프는 힘없이 중얼거

렸다.

「내일은 그와 마주치지 않도록 해봐야지. 그러나 그가 곳곳을 빙빙 돌아다니기 때문에 난 기다려야 돼. 모퉁이 골목이나 아니면 막다른 골목에서 기다려야지. 그는 내 옆을 그냥 지나쳐 갈 거야. 만일 그가 내 뒤를 쫓아오면 난 도망가야지. 그는 저 멀리 처지고 말 거야. 너는 너의 길, 말하자면, 네 자신의 다른 길로 가라 이거지. 나는 이미 더 이상 성냥 자재 본부를 원하지 않아. 나한테는 뭐든지 이제 다 마찬가지야. 국장도 사무원도 혼자 다 해먹어. 전차비 같은 것, 난 원치 않아. 그런 것들 없어도 나는 아무 상관없다고. 단지, 제발 나를 가만히 좀 내버려 둬. 고양이가 너냐? 아니면 너는 고양이가 아니냐? 턱수염이 있는 너냐? 아니면 턱수염 없는 너냐? 너한테는 너의 인생이 있고, 나한테는 나의 인생이 있는 법. 내 스스로 조그마한 다른 일자리를 찾아 거기서 조용하게 그리고 평화롭게 근무할 거야. 나는 누구도 건드리지 않을 것이고, 누구도 나를 건드리지 못하지. 나는 너에게 어떠한 불만 청구서도 제출하지 않을 거야. 내일 나한테 신분증만 바르게 정정해 줘. 그럼 끝이야……」

멀리서 시계 종소리가 공허하게 울려오고 있었다.

「땡…… 땡……」

〈이건 뻬스뜨루힌의 집에서 나는 소리군〉 하고 생각하며 까로뜨꼬프는 숫자를 세기 시작했다.

〈열……. 열하나……. 자정, 열셋, 열넷, 열다섯…… 마흔……〉

「시계가 40번을 쳤네.」

까로뜨꼬프는 우울하게 웃기 시작했다.

그러더니 이번에는 다시 울기 시작했다.

그러고 나서, 아주 빠르고 격하게 교회용 포도주를 토해 내기 시작했다.

「독하군, 오, 독한 포도주야.」

이렇게 말하고 나서, 까로뜨꼬프는 신음 소리를 내며 베개 위로 몸을 내던졌다.

2시가 지났다.

아직 끄지 않은 램프 불이 베개 위 창백한 그의 얼굴과 헝클어진 머리카락을 비추고 있었다.

9
타자기의 무서움

가을은 까로뜨꼬프 동무를 애매하고 이상야릇하게 맞이하고 있었다.

까로뜨꼬프는 겁에 질려 계단 좌우를 둘러보며 조심조심 8층으로 기어 올라갔다. 잘 생각해 보지도 않고 적당히 오른쪽으로 방향을 바꾼 그는 기뻐서 가슴이 설레었다.

〈호실 302~349〉라고 쓰여 있는 표지판 위에 오른쪽을 가리키는 손가락이 그려져 있었다. 표지판의 손가락이 가리키는 방향을 따라 까로뜨꼬프는 〈302 — 불만 접수 사무소〉라는 표찰이 붙어 있는 문에까지 다다랐다.

마주치지 말아야 할 사람과 마주치지 않기 위해 까로뜨꼬프는 조심조심 문 주변을 세심히 살펴본 다음 안으로 들어갔다.

문 안으로 들어가자마자 타자기 앞에 앉아 있는 일곱 명의 여자들이 시야에 확 들어왔다. 잠시 머뭇거리고 난 그는 맨 가장자리에 앉아 있는 여자에게 다가갔다. 거무스름하고 윤기 없는 얼굴의 그녀에게 인사를 하고 뭔가 말하려 했다.

그러나 갑자기 갈색 머리의 그녀가 그의 말을 가로막고 나섰다. 모든 여자들의 시선이 일제히 까로뜨꼬프에게 집중되었다.

「우리 복도로 나가요.」

윤기 없는 얼굴의 그녀는 격하게 말하고 나서 서둘러 머리 모양을 매만졌다.

까로뜨꼬프의 머릿속에서는 〈하느님 맙소사, 또다시……, 또 무슨 일인가……〉 하는 생각이 슬프게 아른거리고 있었다.

무겁게 한숨을 쉬고 나서 그는 그녀를 따라 복도로 나섰다. 곧이어 나머지 여섯 명의 여자들이 두려움에 떨며 쉬쉬 말하기 시작했다.

갈색 머리 여자는 까로뜨꼬프를 끌고 어두침침하고 텅 빈 복도로 나오자 다음과 같이 말하기 시작했다.

「당신은 정말 너무해요……. 당신 때문에 난 어제 한잠도 못 잤어요. 그리고 마침내 마음을 정했어요. 당신이 원하시는 대로 하세요. 당신께 몸을 맡기겠어요.」

까로뜨꼬프는 그녀의 커다란 눈과 거무스름한 얼굴을 쳐다보았다. 그녀의 얼굴에서는 은방울꽃 냄새가 풍기고 있었다.

까로뜨꼬프는 뭔가 목구멍소리를 냈으나 아무것도 말하지 못했다. 갈색 머리 여자는 고개를 젖히더니 고통스러운 듯 이를 드러낸 다음 까로뜨꼬프의 손을 덥석 잡아 자기 쪽으로 끌어당기면서 속삭이기 시작했다.

「무얼 그렇게 가만히 있어? 이 유혹자야, 너의 그 과감성에 난 반해 버렸어. 오, 나의 뱀 같은 악마. 내게 키스해 줘, 으응? 빨리 키스해 줘, 통제 위원이 아무도 없을 때, 얼른, 으응?」

다시 이상야릇한 소리가 까로뜨꼬프의 입에서 흘러나왔다. 까로뜨꼬프는 비틀거렸다.

그리고 뭔가 달콤하고 부드러운 촉감이 자신의 입술에 와 닿는 것을 느꼈다. 까로뜨꼬프의 눈 바로 앞에 그녀의 커다란 눈동자가 다가오고 있었다.

「내 몸을 맡길게, 너한테……」

까로뜨꼬프의 입술 바로 앞에서 속삭이고 있었다.

「내겐 필요 없어. 난 신분증을 강탈당했단 말이야.」

쉰 목소리로 까로뜨꼬프가 대답했다.

〈옳지, 자 — 알 한다〉 하는 소리가 갑자기 뒤에서 울려 퍼졌다.

까로뜨꼬프는 뒤를 돌아다보았다. 그리고 반들반들한 모직 옷을 입은 꼬부랑 노인을 발견했다.

〈아 — 아 — 앗!〉 하며 갈색 머리 여자는 비명을 질렀다. 그녀는 두 손으로 얼굴을 가리고 문 안으로 뛰어 들어갔다.

〈히 — 히 — 힛〉 하며 꼬부랑 노인은 말하기 시작했다.

「솜씨 좋아. 너는 어디를 가나, 역시 신사 까로브꼬프다워. 으음, 하지만 역시 덜렁이일 뿐이지. 그래, 여기서 키스를 하든, 하지 않든 그건 중요한 게 아니지. 당신은 아직 출장 티켓에는 키스를 못 했으니깐. 내가 바로 그 출장 티켓을 받아 버렸거든. 나는 출장 간다. 뭐, 불만 있어?」

이런 말과 함께 그는 까로뜨꼬프에게 엄지손가락을 둘째와 가운뎃손가락 사이에 끼워 내보였다.

「그리고 내 너에 대한 고소장을 제출하마.」

반들반들한 옷을 입은 꼬부랑 노인은 악의에 차서 말을 계속해 나갔다.

「그래, 주무 부서에서 세 명이나 강간을 하고, 이제는 그것도 모자라 그 밑의 과에까지 손을 뻗치니? 지금 그 귀여운 것들이 어떤 눈물을 흘리고 있는지나 아니? 너한테는 모두가 매한가지겠지? 하지만 그 처녀들은 지금 피눈물을 흘리고 있어. 에그, 그 가엾은 소녀들……. 하지만 이미 늦었지, 늦었어. 네가 순결을 돌려줄 수도 없을 테고. 암, 돌려주지 못하고말고.」

꼬부랑 노인은 오렌지빛 꽃다발이 그려진 커다란 손수건을 꺼내 울면서 코를 풀기 시작했다.

「신사 까로뜨꼬프 씨, 이 노인네 손아귀에서도 동전 몇 닢의 푼돈까지 알겨 내길 원하십니까? 뭐 어디…….」

꼬부랑 노인은 몸서리치며 흐느껴 울기 시작했다. 그러고는 가방을 떨어뜨렸다.

「이것도 가지고 가. 가지고 가서 마저 잡숴. 공산당원도 아닌 불쌍한 이 노인네 굶어 죽게 내버려 둬……. 내버려 두라고, 동정이나 받게. 그게 이 늙은 개가 가야 할 길이지. 으음, 하지만 신사 까로뜨꼬프 씨, 이것만은 잊지 마시오.」

꼬부랑 노인의 목소리가 갑자기 예언자의 목소리로 준엄하게 바뀌더니 종소리처럼 울려 퍼지기 시작했다.

「그 돈 당신한테 유익한 보탬은 안 될 거야. 그 돈에는 악마가 붙어 있거든. 아마 그 돈이 당신 목구멍에 말뚝처럼 걸리고 말 거야.」

꼬부랑 노인은 분에 겨워 흐느끼며 눈물을 펑펑 쏟아 냈다.

히스테리의 발작 상태가 까로뜨꼬프를 사로잡았다.

갑자기, 그리고 자신도 예기치 못하게 그는 발을 〈타다닥 타다닥〉 하며 빠른 속도로 구르기 시작했다.

「으 — 으, 빌어먹을!」

그는 앙칼지게 소리쳤다. 그의 다급한 소리가 아치형 천장을 따라 울려 퍼졌다.

「난 까로브꼬프가 아니야. 나한테서 꺼져 버려! 까로브꼬프가 아니라고. 난 출장 안 가! 안 간다고!」

까로뜨꼬프는 자신의 칼라 옷깃을 잡아 찢기 시작했다.

꼬부랑 노인은 순간적으로 바싹 오므라들더니 공포감에 떨었다.

「다음!」

문 안에서 누군가가 소리쳤다.

까로뜨꼬프는 갑자기 잠잠해졌다.

그러고는 문 안으로 돌진해 들어갔다.

왼쪽으로 돌아 타자기들이 쭉 놓여 있는 옆을 지나쳐 갔다. 갑자기 정신을 차려 보니 파란색 양복을 입은 키 큰 금발의 멋진 사내 앞에 자신이 서 있음을 알아차렸다.

금발의 사나이는 까로뜨꼬프에게 고개를 끄덕이더니 말했다.

「동무, 간단하게 말하시오. 한마디로, 빨리. 뽈따바입니까? 아니면, 이르꾸츠끄입니까?」

「신분증을 강탈당했어요.」

미개인처럼 좌우를 둘러보며 엉망진창이 된 까로뜨꼬프가 대답했다.

「그리고 고양이가 나타났어요. 고양이는 그럴 권한이 없어요. 평생토록 나는 결코 싸움을 하지 않았어요. 원인은 성냥이었지. 나를 괴롭힐 권한을 가지고 있는 것은 아냐. 나는 그 고양이를 깔리소네르라고 보지는 않을 거야. 나는 강탈당했어요. 하나도······.」

「으응? 이게 무슨 잠꼬대 같은 소리야? 군복을 지급하지. 그리고 루바쉬까와 수건도 줄게. 만일 이르꾸츠끄로 간다면, 입었던 거라 좀 낡은 것이기는 하지만 털가죽 반코트도 지급하지. 간단히 말해.」

파란 양복의 사나이가 대꾸했다.

그는 자물쇠에 열쇠를 넣어 짤그랑거리며 음악 소리를 내더니 책상 서랍을 잡아 빼서 서랍 속을 한번 쳐다보고는 상냥하게 말했다.

「세르게이 니꼴라예비치, 부탁해요.」

그러자 곧, 물푸레나무로 만든 서랍 속에서 곱게 빗은 밝은 빛깔의 하얀색 머리를 하고 파란 눈알이 펄쩍펄쩍 뛰는 사람이 얼굴을 빠끔히 내밀었다. 얼굴 아래 목은 마치 뱀처럼 구부러져 꼬여 있다가 펴지면서 보이기 시작하였으며, 이어 풀 먹인 칼라가 바삭바삭 소리를 내며 와이셔츠가 보였고, 다음으로 신사복이 나타났으며, 곧이어 팔이 보이고 마지막으로 바지가 나타났다.

1초가 지나자, 그는 나무랄 데 없이 완전무결한 비서가 되었다.

그는 〈안녕하십니까?〉 하는 인사말을 가늘게 〈삑 ─〉 하는 소리로 말하고서 빨간 책상보 위로 기어 나왔다.

그는 마치 몸값을 지불하여 자유롭게 된 개처럼 몸을 가볍게 흔들고 나서 책상 아래로 뛰어내린 다음, 긴 옷소매를 섶어 안으로 밀어 넣더니 호주머니에서 이름난 외제 펜을 꺼냄과 동시에 그냥 마구 갈겨 써대기 시작했다.

까로뜨꼬프는 멈칫하며 뒤로 물러서고 말았다.

그는 손을 내밀며 애처롭게 파란 양복의 사나이에게 말했다.

「저기 좀 보세요, 저기 좀 봐! 아니, 사람이 서랍 속에서 기어 나오네. 뭐 이런 일이 다 있어……?」

파란 양복의 사내가 대답했다.

「당연하지요. 아암, 기어 나와야지. 그 사람이라고 온종일 누워 있을 수만은 없잖아요. 기어 나올 때가 된 거요. 시간이 된 거야. 시계로 정확히 측정된 시간이지.」

까로뜨꼬프가 이상한 소리를 내며 물었다.

「그러나 어떻게? 어떻게 그렇게?」

파란 양복의 사내가 흥분하여 화를 내기 시작했다.

「오오, 당신, 제발……. 꾸물거리지 좀 마시오, 동무.」

이때, 갈색 머리 여인이 갑자기 문밖에서 나타나더니 기뻐서 어쩔 줄을 몰라 하며 외쳤다.

「나는 이미 이 사람 서류를 뽈따바로 보내 버렸어요. 나는 이 사람과 함께 떠날 거예요. 우리 아주머니가 위도 43도, 경도 5도의 뽈따바에 살고 계시거든요.」

「으음, 놀랄 만하군.」

갈색 머리의 파란 양복 사내가 대꾸했다.

「하지만 난 이렇게 꾸물대는 데 이제 진절머리가 나.」

「나는 출장 가고 싶지 않아!」

까로뜨꼬프는 시선을 어디다 두어야 할지 몰라 하며 소리쳤다.

「이 금발 여인이 나한테 몸을 바칠 거야. 하지만 난 이제 더 이상 참을 수 없어. 나는 원하지 않아! 신분증을 돌려주시오. 나의 신성한 성(性)도 원상 복귀 시켜!」

「동무, 여기는 결혼 상담 부서예요.」

비서가 빽빽거리며 이야기하기 시작했다.

「우린 아무것도 할 수 없어요.」

「오, 이 바보 멍청이!」

금발 여인이 소리를 지르더니, 다시 까로뜨꼬프를 쳐다보면서 〈동의해! 동의하라고!〉 하며 프롬프터처럼 속삭이는 소리로 외쳐 댔다.

그녀의 머리가 문밖으로 사라졌다가 다시 나타났다.

「동무!」

까로뜨꼬프는 눈물범벅을 한 채 흐느껴 울기 시작했다.

「동무! 제발 부탁이니 신분증을 다오. 달리 생각해 줘. 부탁이야, 이렇게 온 마음으로 너에게 간절히 청할게. 이 청만 들어주면 난 수도원으로 떠날 거야.」

「동무! 발작하지 말고. 구체적으로, 그리고 추상적으로 말하시오. 문어체로, 그리고 구어체로 말하시오. 긴급하게, 그리고 은밀하게 말하시오. 뽈따바입니까? 아니면, 이르꾸츠끄입니까? 바쁜 사람 시간 빼앗지 마시오! 복도로 다니지 말 것! 침 뱉지 말 것! 담배 피우지 말 것! 환전해 달라고 귀찮게 하지 말 것!」

금발 사내는 제정신을 잃고 큰 소리로 뇌까리고 있었다.

「악수하는 것도 금시되었소!」

비서가 꼬 — 끼오 하고 우는 소리를 내며 말했다.

「그럼, 포옹을 허용해!」

금발 여인이 열정적으로 속삭였다.

그리고 마치 바람이 쌩 하고 불듯 까로뜨꼬프의 목 언저리에 은방울꽃 냄새가 팍 끼얹히더니 갑자기 방 안에 꽃 냄새가 확 퍼졌다.

「열세 번째 계명에 쓰여 있지, 보고서 없이는 아무리 친한 사람의 집이라도 들어가지 말라고.」

반들반들한 옷을 입은 꼬부랑 노인이 중얼거리더니 망토 자락을 흔들면서 공중을 날아가듯 쏜살같이 달렸다.

「난 들어가지도 않지. 들어가지도 않는다고 하지만 그래도 결재 서류는 던져 놓아두지. 바로 이렇게 말이야, 퍽……! 아무 서류에나 서명하고 피고석에나 가 앉으라, 이거지 뭐.」

그는 넓고 검은 소매에서 흰 종이 뭉치를 꺼내 내던졌다. 종잇장들은 마치 바닷가 절벽 위에서 갈매기 떼가 날듯이 사방으로 흩어지며 날다가 책상 위 여기저기에 떨어졌다.

방 안이 뿌옇게 흐려지면서 창문이 흔들거리기 시작했다.

「금발 동무!」

몹시 지친 까로뜨꼬프가 울음을 터뜨렸다.

「차라리 나를 이 자리에서 쏴 죽여 줘. 그러나 단, 아무 신분증이라도 좋으니 하나만 만들어 줘. 그러면 네 손에 입이라도 맞추마.」

뿌연 안개 속에서 금발 사내가 갑자기 부풀어 오르며 키가 커지기 시작했다. 그는 꼬부랑 노인이 뿌려 놓은 종잇장 위에 엄청나게 빠른 속도로 미친 듯이 서명을 해서는 그것들을 연신 비서에게 집어던지기 시작했다. 그리고 비서는 마치 먹을 것을 받은 개처럼 꼬록꼬록 소리를 내가며 그 종잇장들을 붙잡았다.

「젠장할!」

금발 사내가 우렁차게 소리치기 시작했다.

「젠장할……. 헤이! 타이피스트들!」

그가 거대한 손을 한 번 휘두르자 바로 까로뜨꼬프의 눈앞에서 벽이 무너져 내렸다. 그리고 곧이어 책상 위에 놓여 있던 30대의 타자기들이 탁탁 타다닥 소리를 내더니 일제히 폭스트롯[50]을 연주해 대기 시작했다. 30명의 여자들이 넓적

다리를 흔들면서 음탕하게 어깻짓을 해보인 다음, 담황색 스타킹을 신은 긴 다리짝을 무대 위의 하얀 드라이아이스 거품 위로 내던지듯 쭉쭉 뻗으면서 마치 서커스 시작 전에 인사를 하는 것처럼 책상 주위를 한 바퀴 돌아 행진했다.

하얀 종잇장들이 뱀처럼 길게 늘어지며 타자기의 주둥이 속으로 기어 들어갔다. 타자기 입속으로 들어간 종잇장들은 둥그렇게 굽어지면서 마름질되고 촘촘히 박음질되어 갔다.

곧이어 보라색의 세로줄 무늬 장식이 붙은 하얀색 치마가 타자기 밖으로 기어 나왔다. 그리고 치마에는 다음과 같이 쓰여 있었다.

이 서류의 제출자는 어떠한 깡패가 아닌 실제 제출자이다.

「자, 받아!」

뿌연 안개 속에서 금발 사내가 쾅 소리를 내며 서류를 내던져 떨어뜨렸다.

「이 — 이 — 이 — 이······.」

까로뜨꼬프는 가냘프게 훌쩍훌쩍 울기 시작하더니, 금발 사내의 책상 모서리에 머리를 들이받기 시작했다.

순간 머리가 조금 가벼워지는 것 같더니 누군가의 얼굴이 까로뜨꼬프 앞으로 덤벼드는 것이 눈물 사이로 보였다.

「신경 안정제!」

50 〈여우 걸음과 같은 춤〉이란 뜻으로 미국에서 생겨난 사교댄스. 또는 그런 스텝이나 리듬.

누군가 천장 아래에서 소리쳤다.

꼬부랑 노인의 망토 자락이 마치 까만 까마귀처럼 천장의 불빛을 가로막아 버렸다. 꼬부랑 노인은 불안에 떨며 속삭이기 시작했다.

「이제 구조하는 길은 하나뿐이에요. 제5과의 닥터 드이르낀한테 가는 길이오. 빨리! 급히! 급하다고!」

에테르 냄새가 진동했다.

곧이어 여러 사람의 손들이 까로뜨꼬프를 부드럽게 감싸 어둠침침한 복도 밖으로 들어냈다. 망토를 입은 꼬부랑 노인이 까로뜨꼬프를 감싸 안아 끌고 가면서 히죽히죽 웃더니 속삭였다.

「으음……, 난 벌써 그치한테 민폐를 끼쳐 놓았지. 그렇게 책상 위에다 서류를 뿌려 놓았으니 서류 한 건당 최소한 5년은 실히 감옥에서 썩어야 할걸. 자, 빨리! 서둘러, 서둘러!」

늙은이의 망토 자락이 이리저리 날리기 시작했다. 승강장 그물망 속에서 습기 찬 바람이 확 뿜어 올라왔다.

그리고 곧이어 승강기가 벼랑 밑으로 미끄러지면서 떠나갔다.

10
무시무시한 드이르낀

사방이 거울로 장식된 승강기가 아래로 떨어지기 시작했다. 까로뜨꼬프와 거울 속의 까로뜨꼬프가 동시에 아래로 떨어져 내려가고 있었다.

본래의 까로뜨꼬프는 거울 속의 두 번째 까로뜨꼬프를 잊어버리고 홀로 승강기 밖으로 걸어 나와 서늘한 현관 쪽으로 향했다. 매우 뚱뚱하고 장밋빛 얼굴에다 털모자를 뒤집어쓴 사람이 까로뜨꼬프를 맞이했다.

「허, 놀랄 만하군. 바로 내가 당신을 체포할 거요.」

「나를 체포할 순 없어.」

까로뜨꼬프는 대답하고 나서 악마처럼 흉악스럽게 웃기 시작했다.

「왜냐하면, 내가 누구인지 아무도 모르거든. 물론이지. 나를 체포할 수도, 나를 결혼시킬 수도 없지. 그리고 난 뽈따바로 가지도 않을 거야.」

뚱뚱한 사람은 공포에 띨며 까로뜨꼬프의 동공을 쳐다보더니 멈칫멈칫 뒤로 물러나 주저앉았다.

「체포해, 체포하라고.」

까로뜨꼬프가 우는 소리를 낸 다음, 그 뚱뚱보에게 신경안정제 냄새를 확 풍기며 바르르 떨리는 창백한 혓바닥을 내보였다.

「어떻게 네가 나를 체포한다는 거지? 신분증 대신에 이것 (엄지손가락을 둘째와 셋째 손가락 사이에 끼움)밖에 없는데? 아마, 난 호엔촐레른[51] 왕조의 후손일 거야.」

「오, 주 예수여.」

뚱뚱보는 떨리는 손으로 성호를 그었고 장밋빛 얼굴은 노

---

51 프로이센 왕조의 이름.

랗게 변해 버렸다.

「깔리소네르 못 만났지?」

까로뜨꼬프는 끊어졌다 이어졌다 하는 소리로 질문한 다음 주위를 둘러보았다.

「대답해, 이 뚱땡아!」

「아무도 못 봤어요.」

뚱뚱보는 얼굴 색깔을 장밋빛에서 회색빛으로 바꾸면서 대답했다.

「그럼 이제 어떻게 한담?」

「드이르낀한테 가세요, 달리 방법이 없어요.」

뚱뚱보가 더듬더듬 겨우 말했다.

「그한테 가는 게 가장 좋은 방법이에요. 단, 무섭긴 하지만. 아아, 그는 무서워! 그러니깐 접근하면 안 돼요. 벌써 두 명이나 그의 사무실에서 위로 날아가 버렸지요. 지금은 전화도 고장이 나 있어요.」

「알겠어.」

까로뜨꼬프는 대답하고는 용맹스럽게 침을 탁 뱉더니 말했다.

「지금 나한테는 매한가지야. 올라가자!」

「다리 다치지 않도록 하십시오, 전권 대사 동무.」

뚱뚱보는 까로뜨꼬프를 승강기 안으로 태우면서 상냥하게 말했다.

위 층계참에서 열여섯 살가량 되어 보이는 조그만 소녀와 맞닥뜨리자, 까로뜨꼬프가 무시무시한 목소리로 소리치기 시작했다.

「넌 어디로 가는 거야? 서지 못해!」

「때리지 마아, 으응? 착한 아저씨…….」

뚱뚱보는 몸을 움츠리면서 손으로 머리를 감쌌다.

「드이르낀한테 가는 손님이시다.」

「지나가세요.」

조그만 소녀가 소리쳤다.

뚱뚱보가 조그만 소리로 속삭였다.

「당신께서 직접 들어가십시오, 각하. 저는 여기 벤치에서 각하를 기다리고 있겠습니다. 아주 무시무시해서…….」

까로뜨꼬프는 어두컴컴한 대기실 안으로 들어섰다.

대기실은 텅 빈 홀로 이어져 있었으며 홀 안에는 푸른색의 깨끗한 카넷이 넓게 깔려 있었다.

〈드이르낀〉이라는 표찰이 붙어 있는 문 앞에 서서 까로뜨꼬프는 잠시 망설였다. 그러나 곧, 그는 문을 확 열고 안으로 들어갔다.

커다랗고 검붉은 색의 책상들과 벽에 걸린 시계들이 안락하게 잘 배치된 사무실이 나타났다.

조그맣고 포동포동하게 살이 찐 드이르낀이 책상 바로 뒤에 앉아 있다가 마치 용수철 튀듯이 벌떡 일어나더니 콧수염을 곤두세우며 소리쳤다.

「자, 잠자코 있어!」

하지만 까로뜨꼬프는 아직 아무 말도, 정말 아무 말도 하지 않고 있었다.

그 순간 사무실 안에 가방을 든 창백한 젊은이 한 명이 나타났다.

드이르낀의 얼굴이 순식간에 웃음 주름살로 뒤덮였다.

〈아이!〉 하며 드이르낀은 미묘한 소리를 냈다.

「안녕하십니까, 아르뚜르 아르뚜르이치.」

「잘 들어, 드이르낀.」

젊은이는 째지는 듯한 날카로운 소리로 말하기 시작했다.

「네가 뿌즈이레프에게 이걸 썼지? 내가 퇴직금 관리 현금 출납 창구에 내 개인 경영의 독재권을 설립하려 했다고. 그래서 내가 5월 지급의 퇴직금을 몽땅 가로채려 했다고. 네가 그랬지? 대답해 봐, 이 상놈아.」

「내가……?」

드이르낀은 분명치 않게 웅얼거리기 시작했다.

그렇게 무시무시하게 위협적이었던 드이르낀이 갑자기 착하고 온순한 드이르낀으로 요술처럼 바뀌었다.

「아르뚜르 지끄따뚜리치, 내가……. 내가, 물론……. 당신은 쓸데없이…….」

「오오, 이 파렴치한, 더러운 놈.」

젊은이가 명확하게 말하고 나서 머리를 흔들었다. 그러고는 가방을 휘둘러 드이르낀의 귀싸대기를 후려쳤다. 마치 접시 위에 팬케이크를 꺼내 놓을 때처럼.

까로뜨꼬프는 기계적으로 〈오흐〉 하며 한숨을 내쉬더니 온몸이 굳어 버렸다.

「나의 일에 참견하는 무뢰한 놈들은 너 나 할 것 없이 모두 다 이렇게 될 것이다.」

젊은이가 거창하게 연설을 하더니, 작별 인사로 까로뜨꼬프에게 붉은 주먹을 불끈 쥐어 내보이며 위협하고 나서 밖으로 나갔다.

약 2분 동안 사무실 안에는 조용한 침묵만이 흘렀다.

단지 가지 달린 촛대 위의 작은 갈고리들만이 어디에선가 달려가는 화물 자동차의 진동 때문에 달그락거릴 뿐이었다.

「허 참, 젊은 사람……」

모욕당한 드이르낀이 쓰디쓴 웃음을 지어 보이며 말했다.

「이게 바로 열심히 일한 대가지. 밤에 잠도 안 자고, 제대로 먹지도, 마시지도 못하면서 일하지. 하지만 결과는 항상 한 가지, 귀싸대기 얻어맞는 것뿐이야. 혹시 당신도 귀싸대기 치러 온 기 아냐? 뭐 때리세요, 뭐. 드이르낀을 때려 버려요. 보다시피, 드이르낀의 상판대기는 뭐 국가의 소유니깐. 혹시, 당신은 손이 아플까 봐 못 때리시나? 그럼 뭐, 저 가지 달린 촛대를 잡으시지, 뭐.」

이렇게 말하고 나서, 드이르낀은 책상 바로 뒤에서 포동포동한 볼때기를 유혹적으로 자랑스럽게 내보였다.

아무것도 이해하지 못하면서 까로뜨꼬프는 의심쩍은 듯 수줍어하며 웃더니 가지 달린 촛대의 자루를 움켜잡았다. 그러고는 초들이 꽂혀 있는 부분으로 드이르낀의 머리를 〈파삭〉 하는 소리와 함께 내리쳤다.

드이르낀의 코에서 책상보로 핏방울이 떨어지기 시작했다.

드이르낀은 〈살려 줘!〉 하고 외마디 소리를 지르고 나서 사무실 안쪽 문을 통과해 달리기 시작했다.

이때, 〈뻐꾹 뻐꾹!〉 하며 벽에 걸려 있던 시계 속의 뻐꾸기가 기쁨에 넘친 듯이 소리치더니 아름답게 채색된 뉘른베르크의 작은 집 속에서 밖으로 튀어나왔다.

〈큐 클럭스 클랜!〉[52] 하며 뻐꾸기가 소리치더니 대머리로 바뀌면서 이렇게 말했다.

「당신이 노동자를 몹시 때린다고 기입해 두겠소!」

맹렬한 분노와 발작이 까로뜨꼬프를 다시 사로잡았다. 그는 다시 촛대를 휘둘러 시계를 후려쳤다. 시계는 와장창 하는 굉음과 금빛 시계 바늘의 파편 조각으로 대답했다.

동시에 깔리소네르가 시계 밖으로 튀어나오더니 하얀 수탉으로 변한 다음 〈발신자〉라고 쓰여 있는 푯말을 들고 재빨리 문 속으로 몸을 감추었다.

곧이어, 안쪽 문 너머에서는 드르르끼의 통곡 소리가 울려 나왔다.

「그를 잡아, 강도야, 강도!」

곧이어 사람들의 육중한 발소리가 사방에서 날아들었다.

까로뜨꼬프는 돌아서서 도망치기 시작했다.

11
추적 영화와 심연

뚱뚱이 드르르끼이 층계참에서 승강기 객실 쪽으로 도망

[52] Ku Klux Klan. 미국 내 흑인 인종 차별주의자들의 비밀 결사 단체.

쳐 뛰어가더니, 승강장 그물망을 그대로 내팽개쳐 둔 채 굉음을 내며 아래로 급히 내려갔다.

그리고 여기저기가 패이고 낡아 더러워진 거대한 계단을 따라 사람들이 다음의 순서대로 달려 내려갔다.

맨 앞에 뚱뚱이의 검은 털모자가, 그리고 그 뒤에 〈발신자〉 푯말을 든 하얀 수탉, 수탉 뒤에는 윗부분에 날카로운 하얀 초꽂이가 박혀 있는 가지 달린 촛대, 다음에 까로뜨꼬프, 이어서 손에 권총을 든 열여섯 살짜리 처녀, 그리고 또 저벅저벅 소리 나는 장화를 신은 익명의 사람들이 계단을 따라 아래로 달리고 있었다.

계단은 온통 청동 쇠 부딪치는 소리로 신음하였으며, 층계참 옆의 문들은 놀라 불안에 떨며 쾅쾅 닫혔다.

누군가가 위층에서 몸을 길게 늘어뜨려 아래를 내려다보고 나서 손을 확성기 모양으로 모으고 소리쳤다.

「어떤 부서가 이사하는 거냐? 금고는 그냥 두고 가!」

아래에서 여자 목소리가 응답했다.

「강도야, 강도들!!」

거리로 향하는 거대한 문에 다다라 까로뜨꼬프는 털모자와 가지 달린 촛대를 추월하여 제일 선두로 나선 다음, 타는 듯이 달구어진 뜨거운 바깥 공기를 왕창 들이마시고는 쏜살같이 거리를 따라 내달리기 시작했다.

하얀 수탉은 땅 틈 사이로 돌연 자취를 감춰 버렸으며, 황 냄새가 확 풍기더니 갑자기 검은 망토 자락의 노인네가 공중에서 나타났다.

그는 까로뜨꼬프 옆을 나란히 겨우겨우 따라 걸으며 가냘프고 느릿느릿하게 외쳤다.

「동무들, 이자가 협동 조합원들을 때려요!」

까로뜨꼬프가 가는 길의 보행자들은 사방으로 방향을 틀며 흩어졌으며 몇몇 사람들은 급히 개구멍 속으로 기어 들어갔다. 어디선가 갑자기 호각 소리가 삐 — 엑 하고 나더니 금방 사그라져 버렸다. 누군가가 갑자기 미친 듯이 웃어 대며 야유를 퍼붓기 시작했다.

그러고는 〈붙잡아〉 하는 불안스러운 쉰 목소리의 외침이 타오르기 시작했다. 철로 된 셔터 문이 자잘한 소음을 내며 내려졌고, 한 절름발이가 전차 철로 위에 앉아서 날카로운 소리로 외쳐 댔다.

「뭔가 터졌구먼, 터졌어!」

드디어 까로뜨꼬프 뒤로, 마치 크리스마스트리 폭죽이 〈빠바방 빵빵〉 하고 터지면서 〈삐용 삐용〉 날아가듯이, 총탄 사격이 매우 빠르고 경쾌한 소리를 내며 날아들기 시작했다. 총알은 〈픽픽 피 — 익〉 소리를 내며 옆으로 위로 할 것 없이 마구 날아갔다.

으르렁거리며 울부짖던 까로뜨꼬프는 숨을 헉헉 몰아쉬며 거대한 거인, 11층짜리 건물을 향해 돌진했다.

건물은 측면이 거리 쪽으로 나와 있고 정면은 협소한 골목 쪽을 향하고 있었다. 건물 귀퉁이에 달린 〈레스토랑과 맥주〉라는 글씨가 쓰여 있는 유리 간판은 별 모양으로 금이 가 쪼개져 있었다.

중년쯤 되어 보이는 마부가 매우 지친 듯한 얼굴 표정으로 마부석에서 거리로 내려와 앉으면서 말했다.
「허허, 이상하군! 여보게들, 어째서 닥치는 대로 마구 쏘아 대는 거야, 그래……?」
한 사람이 골목에서 뛰어나오더니 까로뜨꼬프를 잡으려고 양복 자락을 움켜잡았다. 하지만, 그의 손에는 양복 자락만 덜렁 남겨졌다.
까로뜨꼬프는 모퉁이 뒤로 돌아 몇 미터를 쏜살같이 내달린 다음, 사방이 유리 거울로 장식된 현관 가운데로 뛰어 들어갔다.
갑자기, 레이스가 달리고 금도금 단추가 달린 옷을 입은 소년이 승강기에서 툭 튀어나오더니 울기 시작했다.
「아서씨, 타요 다, 디리고요!」
소년은 큰 소리로 말했다.
「단, 이 고아를 때리지만 마세요, 으응!」
까로뜨꼬프는 성냥갑 같은 승강기 안으로 급히 뛰어 들어가, 또 다른 까로뜨꼬프 반대편의 푸른 소파에 앉아 모래사장 위로 올라온 물고기처럼 숨을 팔딱팔딱 쉬기 시작했다.
조그만 소년은 흐느껴 울면서 까로뜨꼬프를 뒤따라 승강기 안으로 기어 들어온 다음, 문을 닫고 승강기 안의 손잡이 끈을 잡아당겼다.
곧이어 승강기는 위로 올라가기 시작했다.
그리고 얼마 안 있어 승강기는 다시 아래로 내려왔다.
현관에서는 다시 사람들의 빗발치는 아우성 소리가 울려

퍼지기 시작했으며 현관 입구의 회전 유리문은 연신 뱅글뱅글 돌아가며 사람들을 안으로 집어넣고 있었다.

승강기는 부드럽게 출발했다가 중간에 구역질이 나는 듯, 우욱 우욱 하며 위로 올라갔다. 소년은 안심하고 한 손으로 코를 훔쳐 닦으면서 다른 한 손으로는 손잡이 끈을 잡았다.

「돈 훔쳤지, 아저씨?」

소년이 여기저기 갈기갈기 찢어져 엉망진창이 된 까로뜨꼬프의 모습을 눈여겨보면서 호기심 어린 눈빛으로 질문했다.

「깔리소네르……, 사람들이 공격하고 있어…….」

숨을 몰아쉬며 까로뜨꼬프가 대답했다.

「그래, 그놈이 이제 전면 공세로 전환했다고…….」

「아저씨, 아저씨한테는 옥상 위가 가장 좋겠어요. 거기엔 당구장도 있다고요.」

소년이 충고해 주었다.

「그곳 지붕에서는 요새처럼 몸을 숨길 수도 있어요. 모제르 총만 있다면 아주 그만이죠.」

「위로 가자…….」

까로뜨꼬프가 동의했다.

1분 후에, 승강기는 경쾌한 소리를 내며 멈추어 섰다. 소년이 문을 세게 열더니 코로 킁킁 냄새를 맡고 나서 말했다.

「기어 나가, 아저씨. 저 지붕 쪽으로 달려가.」

까로뜨꼬프는 승강기 밖으로 펄쩍 뛰어나가 주위를 둘러본 다음 가만히 서서 귀를 기울였다. 아래에서 사람들의 왁자지껄한 소리가 점점 커지면서 더 가까이 다가왔으며, 옆

유리 칸막이 너머에서는 뼈로 만든 공들이 부딪치는 소리가 들려왔다. 유리 칸막이 안에서는 불안에 떨며 초조해하는 사람들의 얼굴 모습이 아른거렸다. 소년은 승강기 안으로 재빨리 뛰어 들어가더니 문을 닫은 다음 아래로 떨어져 자취를 감추어 버렸다.

까로뜨꼬프는 독수리 같은 시선으로 맞은편 진지를 노려보더니 잠시 주저주저하다가 〈전진!〉 하는 고함 소리를 내지르며 당구장 안으로 달려 들어갔다.

반들반들 윤이 나는 하얀 당구공들이 놓여 있는 푸른색 당구대와 창백한 얼굴들이 뿌옇게 흐려 보이며 다가왔다. 귀를 찢는 듯한 아우성 소리의 울림이 바로 아래 아주 가까이에서 들려왔다. 어디에선가 〈와장창〉 하는 소리와 함께 유리 파편들이 비 오듯 쏟아져 내렸다.

마치 신호라도 한 듯, 당구 치던 사람들이 일제히 당구 채를 집어던지더니 일렬로 서서 저벅저벅 소리를 내며 벽 옆의 문 쪽으로 달려들었다.

까로뜨꼬프가 광분하여 그들 뒤를 쫓아 달려가서 갈고리로 문을 걸어 잠갔다.

그는 계단에서 당구장으로 통하는 출입구 유리문도 우지직 하는 소리를 내며 잠가 버렸다. 그러고는 순식간에 당구공으로 완전 무장을 했다.

그리고 몇 초가 흘러갔다.

승강기 옆의 유리문 바로 뒤에서 처음으로 사람의 머리가 조심스레 천천히 위로 올라왔다.

순간, 까로뜨꼬프의 손에서 당구공이 유리문을 향해 날아갔으며, 당구공은 〈쌔앵〉 하는 소리를 내며 유리를 뚫고 밖으로 날아갔다.

순식간에 그 머리는 사라져 버렸다.

첫 번째 머리가 사라진 자리에 파리한 불빛이 번쩍거리더니, 두 번째 머리가 올라왔고 뒤이어 세 번째 머리가 올라왔다.

곧이어 까로뜨꼬프의 손에서 당구공이 연달아 날아갔으며, 칸막이의 유리창이 와장창 깨져 버렸다.

계단 안은 온통 왁자지껄한 소음으로 뒤덮여 버렸다. 이에 대답이라도 하듯이 귀를 째는 진게로프스끼[53] 재봉틀 돌아가는 소리와 같은 기관총 소리가 울부짖으며 온 건물 안을 뒤흔들었다.

순간 창문 윗부분의 유리창과 창틀이 마치 칼로 도려내기라도 한 듯 와장창 송두리째 날아가 버렸으며, 당구장 안에는 뿌연 가루 먼지가 검은 먹구름처럼 시커멓게 일면서 벽면 회반죽 가루가 뭉게뭉게 퍼져 날기 시작했다.

까로뜨꼬프는 진지를 더 이상 고수하기가 불가능함을 알아차렸다.

그는 머리를 손으로 감싼 채 이리저리 사방으로 뛰어다니다가 발로 세 번째 유리벽을 냅다 차버렸다. 벽 너머로는 가파르지 않은 아스팔트 지붕이 이어져 있었다. 마침내 벽에 금이 가기 시작하더니 와르르 무너지며 나가떨어졌다.

까로뜨꼬프는 콩 볶듯이 들끓는 총탄 사격 아래서 피라미

[53] 재봉틀 만드는 회사의 이름.

드식으로 쌓아 놓은 다섯 더미의 당구공들을 지붕 위로 내던지는 데 성공했다. 당구공들은 잘린 머리통처럼 아스팔트 지붕을 따라 사방으로 흩어지며 쏜살같이 굴러갔다. 이어서 당구공들을 뒤따르며 까로뜨꼬프가 뛰쳐나갔다.

그는 매우 운 좋게 뛰쳐나갔다. 왜냐하면, 그가 지붕 쪽으로 나가자마자 창문 아래 부분을 향하여 일제히 기관총 사격이 시작됐기 때문이다. 순식간에 아래 창문의 유리창과 창틀이 온데간데없이 사라져 버렸다.

〈항복하라!〉는 소리가 어렴풋하게 까로뜨꼬프에게 울려왔다.

까로뜨꼬프 머리 바로 위에서는 태양이 희미하게 지고 있었고 하늘은 파리하게 생기를 잃어 가고 있었으며, 그의 앞에 펼쳐져 있는 차디찬 아스팔트 지붕 위에는 스산한 바람이 불고 있었다.

옥상 아래와 빌딩 밖의 도시에서는 불안에 가득 찬 사람들이 왁자지껄 떠드는 소리가 좀 둔화된 채 계속해 울려오고 있었다.

아스팔트 지붕 위로 껑충 뛰어올라 사방을 둘러보고 당구공 세 개를 움켜잡은 까로뜨꼬프는 옥상 난간 쪽으로 펄쩍 뛰어가서는 난간 밑으로 기어 들어가 아래를 내려다보았다. 순간 그의 가슴이 꽁꽁 얼어붙었다.

까로뜨꼬프 앞에 납작해진 조그만 집들의 지붕과 옥상이 쭉 펼쳐져 있었다. 그리고 전차들이 기어가는 조그마한 광장과 딱정벌레만 한 사람들의 모습이 멀리 보였다.

곧 까로뜨꼬프는 골목 틈을 따라 출입구 쪽으로 춤추듯 걸어가는 회색빛의 작은 형체들을 분별해 냈다. 그 조그만 형체들 뒤로 금빛으로 번쩍거리는 헬멧들이 여기저기 흩어져 붙어 있는 중형 고가 사다리 장난감 소방차가 보였다.

「완전히 에워싸 버렸군! 소방관 놈들이.」

까로뜨꼬프는 한숨을 내쉬었다.

난간 위를 펄쩍 뛰어넘은 까로뜨꼬프는 정조준을 하더니 연달아 당구공 세 개를 내던졌다. 당구공들은 하늘 높이 날아오른 다음 둥글게 아치를 그리고 나서 굉음을 내며 아래로 떨어졌다. 까로뜨꼬프는 또 당구공 세 개를 한 손아귀에 움켜쥐고 다시 난간 밑으로 기어 나온 다음 손을 위로 높이 쳐들더니 그것들도 몽땅 밖으로 내던졌다. 당구공들은 은빛으로 반짝이더니 이어 아래로 하강하면서 검은빛으로 바뀌었고 다시 반짝거리고 나서 이내 사라져 버렸다.

까로뜨꼬프에게는 딱정벌레들이 햇빛이 가득한 옥상 공간 위를 초조하게 뛰어가는 것처럼 여겨졌다. 까로뜨꼬프는 다시 탄환을 움켜잡기 위해 몸을 비스듬히 돌리며 구부렸다. 그러나, 이것은 성공할 수 없었다.

유리 조각이 와지직 부서지며 타다닥 튀는 소리와 함께 당구장의 뚫린 구멍으로 사람들이 나타났다.

그들은 지붕 쪽으로 뛰쳐나오면서 완두콩처럼 사방으로 떨어지며 흩어졌다. 회색빛 챙 모자와 회색빛 외투가 날듯이 달려 나왔으며, 반들반들한 옷을 입은 꼬부랑 노인은 위 유리창을 통해 땅도 밟지 않고 번개같이 날아 나왔다.

곧이어 벽이 완전히 무너져 내리더니 면도를 한 무시무시한 깔리소네르가 손에 구식 총을 든 채 작은 롤러 바퀴를 타고서 위협적으로 굴러 나왔다.

〈항복하라!〉는 소리가 앞에서, 뒤에서 그리고 위에서 높이 울렸으며, 참기 어려울 정도로 기분 나쁘고 으스스한 베이스 소리가 귀를 멍하게 만들면서 온 건물을 뒤덮어 버렸다.

「물론이지.」

까로뜨꼬프는 힘없이 소리쳤다.

「물론이야. 전투는 패배다.」

그는 입술로 〈따 — 따 — 따아!〉 하고 퇴각 나팔 소리를 냈다.

용감한 죽음이 까로뜨꼬프의 영혼 속으로 세차게 쏟아지고 있었다.

까로뜨꼬프는 난간 옆을 짚어 균형을 잡으면서 난간 기둥 위로 기어 올라갔다.

그러고는 난간 기둥 위에서 흔들거리더니 팔을 위로 쭉 뻗어 온몸을 늘이고서 소리쳤다.

「치욕보다 죽음이 낫다!」

그를 쫓던 추적자들은 두어 걸음 거리에 있었다.

이미 까로뜨꼬프는 두어 걸음 밖의 추적자들의 손이 일제히 자신이 서 있는 위쪽을 향해 뻗쳐지며 정조준되는 것을 보았다. 그리고 이미 깔리소네르의 총구에서 불길이 튀어나오는 것도 보았다.

태양 빛이 까로뜨꼬프를 유혹이라도 하듯 따갑게 내리쬐

었으며, 까로뜨꼬프는 눈을 부시게 하는 끝없는 심연 속의 태양을 바라보았다. 까로뜨꼬프는 숨을 헐떡거렸다.

마침내, 그는 귀청을 째는 듯한 가련한 외침과 함께 공중으로 펄쩍 뛰어올랐다. 순간 그의 숨은 멈추었다.

폭발로 뚫린 것 같은 까만 구멍이 난 창문이 달린 회색빛 집들이 분명치 않게, 아주 분명치 않게 보였다.

그리고 그 집들은, 까로뜨꼬프 옆을 지나 날아오르기 시작했다.

그러더니, 그 회색빛 집들이 갑자기 아래로 떨어지는데, 자신은 반대로 위로 올라가기 시작하는 것을 까로뜨꼬프는 아주 분명히 알았다.

저 멀리 보이는 빌딩과 빌딩이 맞닿은 골목의 좁은 틈바구니를 향하여 자신의 머리가 점점 더 위로 올라가고 있었으며, 그 골목 틈바구니는 바로 자신의 머리 위쪽 방향에 있음을 아주 분명히 깨달았다.

그 후, 팍 소리와 함께 그의 머릿속에선 오로지 피투성이가 된 태양만이 보였으며, 그 외에는 정말 아무것도 더 이상 알아볼 수 없었다.

역자 해설
불가꼬프적 사실주의, 기괴한 상상력과 만나다

불가꼬프Mikhail Bulgakov는 1925년 1월에서 3월 사이에 중편 「개의 심장Sobach'e serdtse」을 탈고하였다. 그러나 이 작품이 공식적으로 세상에 빛을 보게 되기까지는 작가의 운명만큼이나 어둡고 긴 터널을 거쳐야 했다. 1925년 7월 「악마의 서사시D'iavoliada」, 「비운의 날샅Rokovye iaitsa」과 몇몇 단편들이 수록된 문집 『악마의 서사시』가 압수되었다. 1926년 10월 모스끄바 예술 극장에서 「뚜르빈가의 나날들 Dni Turbinykh」이 초연된 후에는 작가에 대한 비난이 더욱 더 심해져 마침내 1927년 초, 모스끄바 예술 극장은 「개의 심장」의 각색에 대한 계약마저 파기하기 이른다. 하지만 불가꼬프는 「개의 심장」을 완성한 후에 자신의 작품을 친지나 친구들과의 문학 모임 등에서 여러 번 낭독하였다. 이러한 일련의 과정들은 훗날 60년이란 긴 세월이 지난 후인 1987년 6월, 잡지 『즈나먀Znamia』에 처음으로 「개의 심장」이 발표되었을 때 독자들에게 아주 낯설지만은 않은 작품이 되게끔 하는 데 큰 원동력이 되었다. 또한 불가꼬프는 한 번도 「개의 심장」의 각본을 쓴 적이 없지만, 1987년 이후 오늘날까지 많은 배우와 연출가들의 해석과 각색을 통해 러시아의 많은 예술 극장에서 이 작품에 대한 공연이 성공적으로 이루어져 왔다.

「개의 심장」이 쓰인 1920년대 모스끄바에서, 생식 기관의 이식에 의한 인간 본성의 교정 및 우생학 등에 대한 논의는 언론에서 흔히 다뤄지던 화제 중의 하나였다. 또한 당시는 혁명과 내전으로 이어지는 대혼란의 소용돌이를 겪으면서 모든 분야에서 볼셰비끼의 혁명 이데올로기가 강요되던 시대이기도 했다. 본래 의사 출신인 작가 불가꼬프는 당시 유행하던 화제, 즉 과학의 발달이 가져올 수 있는 놀라운 가능성에 대하여 자연히 관심을 가지게 되었으며, 이러한 관심은 작품 속에서 주인공 쁘레오브라젠스끼가 개 샤릭을 정자 분비관의 이식을 통해 새로운 인간 샤리꼬프로 변형시키는 수술로 나타난다. 〈쁘레오브라젠스끼〉라는 이름도 〈변형시키다〉의 뜻을 지닌 러시아어 동사 〈쁘레오브라지찌preobrazit'〉에서 유래된 것이다.

이 작품에서 작가는 개를 인간으로 변형시키는 비자연적이고 부자연스러운 수술을 볼셰비끼의 파괴적인 혁명과 동일시하고 있다. 그리고 이 수술이 잘못되었음을 마치 혁명의 부당함을 알리듯이 주인공 쁘레오브라젠스끼를 통해 전한다. 이는 개를 인간으로 변형시키는 수술의 성공 후에 〈샤리꼬프(개인간)〉라는 결과물을 놓고, 과연 자연의 법칙을 거스르는 이와 같은 수술이 인류의 미래를 위하여 정당한 일인가 하는 문제에 대해 자신의 조수 보르멘딸리와 진지한 대화를 나누는 부분에서 드러난다. 여기에서 불가꼬프는 자신의 주인공 쁘레오브라젠스끼 통해 인간 사회에도 자연에서와 같은 법칙이 존재하며, 변화는 과정을 무시해 버리는 혁명적 방법이 아닌 자연의 진화와 같은 점진적 방법으로 이루어져야 한다고 말하고 있다. 즉, 자연의 법칙을 파괴하고 자연의 순리를 거역하였을 때 인간에게 엄청난 재앙이 올 수 있다는 자신의 철학을 전달하고 있는 것이다.

나한테 설명 좀 해보시오. 그래, 어째서 스피노자의 머리를 인공적으로 만들어 내는 게 필요합니까? 보통의 아낙네도 언제든지 그와 같은 머리를 출산해 낼 수 있는데 말이오!

본래 개 샤릭에게 이식된 뇌하수체는 죽은 〈끌림 추군낀〉의 것이다. 러시아어로 〈추군chugun〉은 강철을 의미하며 또 다른 강철을 의미하는 단어 〈스딸리stal'〉와 연관된다. 이는 작품 속에서 샤리꼬프의 외모가 스딸린과 매우 비슷하게 묘사되고 있는 것과도 무관하지 않다.

한편, 쉽게 변형될 수 없는 〈강철〉의 성질을 가진 샤리꼬프를 인간으로 변형시키려는 쁘레오브라젠스끼와 그의 조수 보르멘딸리의 반대편에는 같은 쁘롤레따리아 출신의 쉬본제르와 그가 이끄는 〈담콤(주택 관리 위원회)〉이 등장한다. 쉬본제르가 샤리꼬프에게 지어 준 이름 뽈리그라프 뽈리그라포비치(〈뽈리그라프poligraf〉는 러시아어로 〈복사기〉

라는 뜻이다)에서 알 수 있듯이 샤리꼬프는 쉬본제르의 명령에 의해 움직이는 하수인이며 그의 기계적인 복사판이다. 처음에 쉬본제르 일당이 쁘레오브라젠스끼 교수의 아파트를 공용화하기 위해 그의 아파트에 나타났을 때 교수는 이를 끝까지 막아 낸다. 불가꼬프 문학에 있어서 아파트 즉 〈돔 Dom〉은 행복하고 단란한 가정의 상징임과 동시에, 수 세대에 걸쳐 잘 보존되어 온 인쩰리겐찌아의 전통과 관습이 급속하게 붕괴되고 있는 대상으로서의 상징성을 또한 나타낸다. 쁘레오브라젠스끼 교수는 샤리꼬프가 자신과 동일한 인쩰리겐찌아 출신이 아니며 단지 잘못된 수술(실험실 속에서의 혁명)에 의하여 탄생되었음을 강조하는 반면에, 쉬본제르는 샤리꼬프가 자신과 동일한 쁘롤레따리아 출신임을 강조한다. 그는 쁘레오브라젠스끼 교수의 아파트를 쁘롤레따리아에게 평등하게 분배해 주는 데 실패한 후, 교수의 아파트에서 실험실적 혁명에 의해 탄생한 샤리꼬프를 교수의 불법적(不法的)인 아들로 간주하면서 쁘레오브라젠스끼를 부르주아로 몰아 맹렬히 공격한다.

하지만, 샤리꼬프는 쉬본제르에게 통제받고 조정되듯이 또 다른 누군가에게도 통제받고 지시받을 수 있는 가능성의 소유자이며, 이는 누군가에게 항상 충성을 맹세할 수 있는 〈소비에트적 충실견(忠實犬)〉의 인간형을 떠올리게 한다. 또한, 샤리꼬프가 입고 다니는 가죽 재킷은 쉬본제르 일당뿐만 아니라 혁명 시대의 국가 보안국Gosudarstvennoe Politicheskoe의 복장을 연상시키기도 한다. 그가 맡은 직책은 모스끄바 시내를 배회하는 모든 유랑 동물들(특히, 고양이)을 제거하는 〈숙청(肅淸) 지부〉의 관리 책임자이다. 결국 인쩰리겐찌아 쁘레오브라젠스끼는 쁘롤레따리아의 저질적인 인간 본성을 교정하기 위해 실험실 인간 샤리꼬프를 창조하였으나, 그것은 창조가 아닌 또 다른 변형물 개인간을 만들어 내는 중대한 실수였음을 곧바로 직시하게 되며, 따라서 샤리꼬프(개인간)를 다시 샤릭(개)으로 환원시키는 수술을 단행한다. 마치 불가꼬프 자신이 당시에 저질러지고 있던 혁명의 소용돌이를 다시 혁명 이전으로 환원시키고 싶었던 것처럼…….

「악마의 서사시」는 1920년대 불가꼬프가 쓴 세 편의 중편소설 가운데 첫 번째 소설이다. 작품은 전체의 줄거리를 정돈하기가 어려울 정도로 마치 뿌연 안개 속을 헤매듯이 당시의 혼란스러운 시대상을 대변하며 전개된다. 작품의 배경이 되는 1920년대는 전시 공산주의 시대로 실제로 작품 속에서 나타나듯 봉급 대신에 성냥이나 포도주 등을 주던 시대였다.

정상적인 사고를 하며 정상적인 근무를 하던 평범한 사무원 까로뜨꼬프가 정신 병원까지 갔다가 마침내 옥상 꼭대기 위에 올라가 떨어져 죽기까지의 일련의 사건들은 얽히고설켜 복잡하게 전개된다. 사건은 성냥 공장에서 근무하던 까로뜨꼬프가 봉급 대신에 받은 질 나쁜 성냥으로 인해 눈에 화상을 입는 것에서부터 시작한다. 자신의 직장 상사가 밤사이에 해임되고 새로운 국장으로 깔리소네르(구레나룻이 없는)가 온 줄도 모르고 까로뜨꼬프는 새 국장을 몰라보는 실수를 저지른다. 또한 결재 서류에서 국장 이름이 〈깔리소네르〉인지도 모른 채 여직원들에게 〈깔리손(속바지)〉을 지급하라는 엉뚱한 내용의 공문서를 작성하는 바람에 하루아침에 해임되고 만다. 작가는 이 부분에서 많은 인쩰리겐찌아들이 갑자기 직장에서 내몰림으로써 한순간에 정상적인 질서가 무너져 내리던 당시의 사회적 혼란상을 암시하고 있다. 그 후 자신의 부당 해고를 알리기 위하여 국장(깔리소네르)을 쫓고 쫓는 까로뜨꼬프의 추격전은 마치 무성 영화의 한 장면을 보는 듯하다. 이미 이성을 잃어 가고 있는 까로뜨꼬프 앞에 똑같이 생긴 두 명의 깔리소네르(구레나룻 있는 깔리소네르와 구레나룻 없는 깔레소네르)가 나타나고, 까로뜨꼬프 자신도 까로브꼬프로 오인(誤認)받는다. 까로뜨꼬프가 분실한 자신의 신분증을 만들려고 하는 과정에서 벌어지는 일련의 코믹한 사건들은 당시 무식한 쁘롤레따리아 관료 사회의 경직성을 그로테스크하게 풍자한 불가꼬프적 사실주의의 일면을 엿보게 한다. 까로뜨꼬프가 신분증을 재발급받으려고 찾아간 사무실의 한 서기보는 서랍 속에 하루 종일 누워 있다가 서기의 명령이 떨어지자 마치 로봇처럼 서랍 속에서 일어나 기어 나온다. 그는 서랍 속에서 나오자마자 영문도 모른 채 무조건 기계적으로 마구 쓰기 시작한다. 여기엔 스위치를 누르면 자동적으로 움직이는 거대한 로봇처럼, 오로지 하나의 명령에 따라 전후 사정을 가리지 않고 기계적으로 움직이는 당시 사회주의 체제에 대한 작가의 부정적 시각이 담겨 있다. 결국 작가는 정상적인 사람이 미치광이가 될 수밖에 없는 당시의 대혼란을 자기 고유의 〈그로테스크한 사실주의〉를 통해 나타내고 있는 것이다. 마치 마지막 장면에서 주인공 까로뜨꼬프가 옥상 꼭대기로부터 땅을 향하여 아래로 곤두박질치며 떨어질 때, 그의 눈에는 반대로 회색빛 건물이 아래로 떨어지고 자신은 위를 향하여 올라가고 있는 것처럼 보이듯이······.

미하일 아파나시예비치 불가꼬프는 자신이 사망한 후에도 26년 동안이나 출판되지 못했던 유고(遺稿)『거장과 마르가리따 *Master i Margarita*』(1940)가 세상에 알려지면서 19세기 러시아 문학의 전통을 이어받은 20세기 러시아 작가, 그리고 20세기 러시아 문학을 대표할 수 있는 전 세계적인 작가의 한 사람으로서 자리매김하기 시작하였다. 오늘날 불가꼬프의 문학적 유산이 20세기 러시아 문학의 가장 거대한 자산 중의 하나라는 사실에 이의를 제기할 사람은 아마 아무도 없을 것이다. 불가꼬프의 주요한 작품들은『거장과 마르가리따』를 비롯하여,『백위군 *Belaia gvardiia*』(1923~1924),『극장 이야기 *Teatral'nyi roman*』(1936~1937),『몰리에르 씨의 생애 *Zhizn' gospodina de Mol'era*』(1932~1933) 등의 장편소설과「커프스 위의 기록 Zapiski na manzhetakh」(1922),「젊은 의사의 수기 Zapiski iunogo vracha」(1925~1926) 등 수많은 단편들과 풍자적 중편소설「악마의 서사시」(1924),「비운의 달걀」(1924),「개의 심장」(1925) 등을 들 수 있다. 또한「뚜르빈가의 나날들」(1926),「조야의 아파트 Zoikina kvartira」

(1926), 「알렉산드르 뿌쉬낀Aleksandr Pushkin」(1939) 등의 희곡도 불가꼬프 문학 세계 속에서 주요한 위상을 차지하고 있다.

불가꼬프의 수많은 작품들 가운데 그가 1920년대에 집필한 세 중편소설(「악마의 서사시」, 「비운의 달걀」, 「개의 심장」)은 불가꼬프의 문학적 유산을 이해하는 데 있어 특별한 중요성을 지닌다고 볼 수 있다. 첫째, 이 세 중편들은 불가꼬프가 오랜 시간 〈서류철 속의 수도Stolitsa v bloknote〉라는 표제로 여러 신문과 잡지들에 기고하였던 신문 칼럼(fel'eton)들의 총체적 결산이며, 둘째, 세 중편 소설들의 서술 기법은 『거장과 마르가리따』에 나타난 〈불가꼬프적〉인 것의 발판이 되고 있다는 점이다. 불가꼬프는 19세기 러시아 사실주의의 전통을 계승하면서 아울러 다른 작가와 특별히 구분되는 불가꼬프적인 특성을 지닌 사실주의 작가로 평가받고 있다. 따라서 그가 쓴 대부분의 사실주의적 색채의 작품들은 전통적인 부분과 불가꼬프적인 독창적 부분으로 나누어 볼 수 있다. 특히, 1920년대의 세 중편소설은 불가꼬프적 사실주의의 여러 가지 경향 중에서도 독특한 그로테스크적 사실주의의 경향을 강하게 나타내고 있다. 불가꼬프의 전(全) 창작기 가운데 이들 세 작품처럼 이를 선명하게 나타내는 작품들은 존재하지 않는다. 이에 대한 자세한 내용은 본 역자의 박사 학위 논문 「불가꼬프 작품에 나타난 서술 기법의 특징 연구」(1996)를 참고하길 바란다.

이 책의 번역 대본으로는 모스끄바에서 출간된 불가꼬프

전집(전5권) 중 제2권을 썼음을 밝혀 둔다(Михаил Афана сьевич Булгаков, Собрание сочинений в пяти томах, том 2, Государственное Издательство 〈Художественная Литература〉, Москва, 1989).

끝으로, 1996년 겨울 유난히도 추웠던 그날, 러시아 돈 강 유역의 어느 기숙사 모퉁이 방에서 본 역서의 원고를 마감하면서 바라보았던 창밖의 매몰찬 눈보라를 떠올리며, 번역에 많은 도움을 주었던 세르게이 군, 그리고 그때 그 지독한 바퀴벌레 때문에 많은 고생을 하면서도 내조를 마다하지 않았던 아내 김위경에게 감사하고, 보잘것없는 원고의 출판을 쾌히 승낙하여 주신 열린책들 홍지웅 사장님과 교정과 편집을 맡아 준 편집부에 깊은 감사를 드린다.

정연호

미하일 아파나시예비치 불가꼬프 연보

1891년 출생 5월 3일[1] 끼예프에서 신학교 교수 아파나시 이바노비치 불가꼬프 Afanasii Ivanovich Bulgakov와 여학생 기숙 학교의 여선생 바르바라 미하일로브나 Varvara Mikhailovna(처녀 때 성은 뽀끄로프스까야 Pokrovskaia) 사이에서 3남 4녀 중 맏아들로 태어남.

1900년 9세 8월 18일 제2끼예프 김나지움 예비반에 입학.

1901년 10세 8월 22일 제2끼예프 김나지움에 입학.

1906년 15세 『백위군 Belaia gvardiia』에 묘사된 안드레예프스끼 언덕에 있는 건물 13동으로 이사.

1907년 16세 3월 14일 아버지가 신장 경화로 사망.

1908년 17세 여름 사라또프에서 온 여학생 따찌야나 니꼴라예브나 라빠 Tat'iana Nikolaevna Lappa와 알게 됨.

1909년 18세 제2끼예프 김나지움을 졸업하고, 어머니의 반대를 무릅쓰고 끼예프 대학 의학부에 입학.

---

1 1918년 2월까지는 구력인 율리우스력이 사용되었다. 율리우스력은 현행 태양력에 비해 18세기에 11일의 차이가 있고, 그 후 1세기마다 1일이 더해진다. 그러므로 신력에 따르면 미하일 아파나시예프 불가꼬프는 5월 15일에 태어난 것이 된다.

1913년 22세 따찌야나 니꼴라예브나 라빠와 결혼.

1914년 23세 제1차 세계 대전 발발. 여름에 아내와 함께 사라또프에 머묾. 부상자들을 위한 진료소에서 일함. 가을 학업을 계속하기 위해 끼예프로 돌아옴.

1915년 24세 4월 말~5월 초 해군성 의사로 자원하지만, 건강상의 이유로 군 복무에 부적합하다는 판정을 받음. 5월 18일 대학 학장의 승인 하에 뻬체르스끄에 있는 끼예프 적십자 군 병원에서 일함.

1916년 25세 9월 소아과 전공의로 졸업.

1916~1917년 25~26세 스몰렌스끄 현에 있는 지방 의회 병원에서, 후에는 뱌지마에서 일함. 이 시기부터 작품을 쓰기 시작하지만, 작품을 발표하지는 않음.

1917년 26세 사라또프에 있는 처가 방문. 니꼴라이 2세의 폐위에 대한 소식을 들음. 9월 뱌지마 도시 병원에서 전염병과 성병학 분과 과장으로 일함. 12월 모스끄바와 사라또프를 방문함.

1918년 27세 3월 끼예프로 돌아와 성병 전문의로 일함. 이때 작품을 쓰지만, 이 작품들은 현존하지 않음.

1919년 28세 2월 우끄라이나 민족주의 세력에 의해 세워진 우끄라이나 인민 공화국의 군의(軍醫)로 동원됨. 2월 3일 밤 우끄라이나군의 퇴각 시 탈영함. 8월 말 군의 자격으로 혁명을 지지하는 붉은 군대에 동원되어 끼예프를 떠남. 여름에 「질병Nedug」과 「첫 꽃Pervyi tsvet」을 씀. 8월 14~16일 끼예프로 돌아와 전투 중에 반(反)소비에트군 제니낀파 측으로 넘어감(혹은 포로가 됨). 10월 11월 제3쩨르스끄 까자끄 부대의 군의로 북까프까즈에서 복무함. 11월 26일 신문 「그로즈니Groznyi」에 〈미래에 대한 전망Griadushie perspektivy〉이라는 사설이 M.Б.라는 이름과 성의 머리글자만으로 발표됨. 12월 의료 활동을 전면적으로 그만두고 지방 신문사에서 기자로 복무하기 시작함.

1919~1920년 28~29세 그로즈니와 블라지까프까즈의 신문에 불가꼬프

의 소품들이 처음으로 발표됨. 『커프스 위의 기록Zapiski na manzhetakh』 에 대한 작업 시작.

1920년 29세 2월과 3월 회귀열에 걸려 소비에뜨 권력이 도시에 확립되기 전 제니낀파들과 함께 도시를 뜨지 못함. 혁명 군사 위원회의 예술 분과 내 문학부와 연극부의 장이 됨. 6월 4일 최초의 짤막한 유머러스한 희곡 「자기방어Samooborona」가 제1소비에뜨 극장에서 상연됨. 희곡은 전해지지 않음. 7월과 8월 드라마 「뚜르빈의 형제들Brat'ia Turbiny」을 씀. 8월 21일 드라마 「뚜르빈의 형제들」이 제1소비에뜨 극장에서 초연됨. 10월 말과 11월 예술 분과의 활동에 대한 조사 위원회에서 심한 비판을 받고 제명당함.

1921년 30세 1~2월 희곡 「파리의 코뮌주의자들Parizhskie kommunary」을 써서 공산주의적 희곡의 장인을 선정하는 대회에 「자기방어」, 「뚜르빈의 형제들」과 함께 모스끄바에 보내지만, 세 작품 모두 탈락됨. 이 희곡들을 불가꼬프에 의해 모두 폐기되어 오늘날까지 전해지지 않음. 3월 제1소비에뜨 극장에서 「파리의 코뮌주의자들」 초연. 4월 5일 희곡 「회교승의 아들들Synov'ia mully」을 씀. 5월 15일 「회교승의 아늘늘」 조연. 5월 26일 띠플리스로 갔다가, 바뚬으로 감. 7월과 8월 바뚬에서 콘스탄티노플로 떠나려고 하지만 성공하지 못함. 9월 바뚬에서 끼예프로 돌아옴. 9월 26일 끼예프에서 모스끄바로 이사함. 10월 1일 인민 정치 계몽 위원회 내 문학 분과에서 비서가 됨. 10월 초 『거장과 마르가리따』의 배경이 되는 볼리샤야 사도바야 10동 50호로 이사함. 11월 23일 인민 정치 계몽 위원회의 해체에 따라 12월 1일부로 해고됨. 11월 말 주간 신문 「상공통보Torgovo-promyshlennyi vestnik」의 사회부 주임으로 취직.

1921년 말~1922년 초 30~31세 여러 잡지사와 신문사에 잠시 동안 일함. 수많은 사설들과 보고서들을 발표.

1922년 31세 1월 중순 「상공통보」가 폐간됨. 2월 1일 끼예프에서 어머니가 발진티푸스로 사망. 4월 신문사 「경적Gudok」에 입사. 처음에는 교열자로, 나중에는 칼럼니스트로 일함. 5월 베를린 신문 「그 전야

Nakanune」와 동 신문의 「문학 부록」 파트에서 일하기 시작함. 1922년에 여러 간행물에서 불가꼬프의 작품을 출판. 단편 「의사의 기이한 모험Neobyknovennye prikliucheniia doktora」, 『커프스 위의 기록』 중 여러 장들, 스케치 「붉은 벽돌의 모스끄바Moskva krasno-kamennaia」, 단편 「강신술 회합Spiriticheskii seans」, 「붉은 왕관Krasnaia korona」, 「13호-엘삐뜨 라브꼬문의 집N. B.-Dom El'pit-Rabkommuna」, 「서류철 속의 수도Stolitsa v bloknote」 등.

1923년 32세 1~2월 『백위군』 1부에 대한 작업. 1년 동안 스물두 편이 넘는 스케치와 단편, 칼럼이 발표됨. 3월 전 러시아 작가 연합에 입회. 5월 30일 베를린에서 온 알렉세이 똘스또이Aleksei Tolstoi를 위해 꼬모르스끼Komorskii가 개최한 연회에 참석. 이 연회는 「고인의 기록Zapiski pokoinika」에서 묘사됨. 11월 1일 G. P. 우호프G. P. Ukhov라는 필명으로 불가꼬프의 사설 〈마드리드 정원의 비밀Taina Madridskogo dvora〉이 「경적」에 발표됨.

1924년 33세 1월 초 〈표지 전환파Smenovekhovtsy〉(소련의 자본주의 부활을 기대한 망명 러시아인 인쩰리겐찌야 단체)와의 연회에 참석하여 후일 두 번째 부인이 될 L. E. 벨로제르스까야L. E. Belozerskaia와 알게 됨. 4월 따찌야나 니꼴라예브나 라빠와 이혼. 가을과 겨울 소설 『백위군』 완성. 그 밖에도 1924년 한 해 동안 중편 「악마의 서사시D'iavoliada」, 단편 「칸의 불Khanskii ogon'」, 장편 『백위군』의 일부가 출판됨. 단편 「비운의 달걀Rokovye iaitsa」을 완성함.

1925년 초 34세 잡지 『러시아Rossiia』에 소설 『백위군』의 1부가 나옴. 1월 19일 『백위군』을 희곡으로 개작하는 작업 시작. 겨울과 봄 「개의 심장Sobach'e serdtse」의 작업에 들어감. 2월 15일 문예지 『핵Nedra』의 주간 N. S. 안가르스끼의 아파트에서 「개의 심장」 낭독. 2월 「비운의 달걀」이 『핵』 6호에 게재됨. 4월 3일 『백위군』을 모스끄바 예술 극장을 위한 희곡으로 써달라는 제안을 받음. 4월 말 『러시아』 5호에 『백위군』의 뒷부분이 출간됨. 4월 30일 L. E. 벨로제르스까야와 혼인. 8월 15일 『백위군』의 희곡을 모스끄바 예술 극장에 제출. 9월 초 스따니슬라프스끼

Stanislavskii 입회하에 모스끄바 예술 극장 단원들에게 『백위군』을 낭독해 줌. 연말 『백위군』과 「조야의 아파트Zoikina kvartira」에 대한 작업 진행. 1년 동안 10편이 넘는 작품들이 여러 곳에 발표됨.

1926년 35세 1월 11일 바흐딴고프 스튜디오의 단원들에게 「조야의 아파트」 낭독. 1월 30일 희곡 「진홍빛 섬Bagrovyi ostrov」의 상연을 위해 실내 극장과 계약 체결. 1월과 2월 모스끄바 예술 극장에서 『백위군』 리허설에 들어감. 2월 27일 단편 「치치꼬프의 모험Pokhozhdeniia Chichikova」을 정치 기술 박물관에서 문학적 유머를 위한 연회에서 낭독. 3월 바흐딴고프 극장에서 「조야의 아파트」 리허설 시작. 4월 26일 작품집 『악마의 서사시』 재간. 5월 7일 합동 국가 보안부에서 불가꼬프의 집 수색. 「개의 심장」의 원고와 일기장 세 권을 압수해 감. 5월 10일 레닌그라드의 필하모니 대공연장에서 열린 문학 예술 연회에서 안나 아흐마또바Anna Akhmatova와 알게 됨. 5월 13일 레닌그라드에서 돌아옴. 진술을 위해 합동 국가 보안부에 출두를 요청받음. 6월 25일 공연 위원회가 모스끄바 예술 극장에서 『백위군』의 공연을 허락함. 6월 말과 7월 조 소 레쁘쉰 골목 4동 1호로 이사. 7월과 8월 모스끄바 근교에 있는 뽄소비Ponsovyi 부부의 주말 농장에서 「조야의 아파트」에 대한 작업 진행. 9월 10일 『백위군』의 희곡 텍스트에 대한 작업을 마무리. 「뚜르빈가의 나날들Dni Turbinykh」로 제목을 확정. 9월 15일 바흐딴꼬프 극장 단원들이 「조야의 아파트」 대본 읽기에 들어감. 9월 17일 공연 위원회의 회원들이 참석한 가운데 「뚜르빈가의 나날들」의 첫 공개 리허설 진행. 9월 23일 관객들, 정부 인사들, 언론들이 참석한 가운데 리허설 진행. 9월 25일 「뚜르빈가의 나날들」의 공연이 공식적으로 허가됨. 10월 5일 「뚜르빈가의 나날들」 초연. 연말까지 41회에 걸쳐 공연됨. 10월 11일 〈언론의 집〉에서 「뚜르빈가의 나날들」에 대한 논쟁이 벌어짐. 10월 21일 공연 위원회에서 「조야의 아파트」의 공연 허가. 10월 28일 바흐딴고프 극장에서 「조야의 아파트」 초연. 연말 훗날 〈질주Beg〉라 이름 붙여질 희곡에 대한 작업이 시작됨.

1927년 36세 1월과 2월 「진홍빛 섬」에 대한 희곡을 완성하여 모스끄바 실내 극장에 줌. 2월 7일 메이홀드 극장에서 「뚜르빈가의 나날들」과

「봄갈이 사랑Liubov' Iarovaia」에 대한 토론회에 나감. 3월과 4월 「질주」에 대한 첫 편집 작업 완료. 5월과 여름 끄림의 수닥에 위치한 음악가 A. A. 스뻰지아로프A. A. Spendiarov의 주말 농장에서 휴식을 취함. 8월 1일 볼쇼이 뻬로고프스까야 36-B 6호에 방 세 개짜리 아파트를 임대 계약함. 11월 9일 바흐딴고프 극장 공연 목록에서 「조야의 아파트」 사라짐.

1928년 37세 1월 2일 희곡 「질주」에 대해 모스끄바 예술 극장과 계약을 체결하고 대본 읽기에 들어감. 6월 17일 공연 위원회에서 「조야의 아파트」와 「뚜르빈가의 나날들」을 공연 목록에서 삭제하기로 결정. 9월 11일 모스끄바 예술 극장에서 「뚜르빈가의 나날들」 2백 회 공연이 이루어짐. 9월 26일 공연 위원회에서 희곡 「진홍빛 섬」에 대해 허가함. 10월 9일 모스끄바 예술 극장의 예술 소비에뜨에서 희곡 「질주」에 대해 논의함. 10월 11일 「질주」의 모스끄바와 레닌그라드에서의 공연을 공연 위원회가 허락함. 모스끄바 예술 극장과 레닌그라드 대극장에서 「질주」의 리허설 시작. 공연 위원회는 1928년 한 해 동안 「질주」의 공연을 금지하다가는 허가하기를 반복함. 10월 24일 희곡 「질주」의 공연 금지가 최종 확정됨. 12월 9일 실내 극장에서 「진홍빛 섬」에 대한 비공개 심사가 이루어짐. 12월 11일 「진홍빛 섬」 초연. 연말 이후 〈거장과 마르가리따 Master i Margarita〉라는 제목이 붙여질 새로운 소설에 대한 작업 시작.

1929년 38세 2월 28일 미래의 세 번째 아내가 될 엘레나 세르게예브나 쉴로프스까야Elena Sergeevna Shilovskaia와 알게 됨. 3월 6일 불가꼬프의 모든 작품들의 공연 금지에 대한 공연 위원회의 결정이 공포됨. 3월 17일 「조야의 아파트」의 마지막 198회 공연이 이루어짐. 4월 「뚜르빈가의 나날들」이 공연 목록에서 삭제됨. 봄 소설 『거장과 마르가리따』에 대한 두 번째 편집이 시작됨(〈기사의 발굽Kopyto Inzhenera〉). 5월 8일 〈기사의 발굽〉 중 한 장인 〈푸리분드광Maniia furibunda〉의 원고를 〈핵〉 출판사에 넘김. 6월 초 실내 극장에서 「진홍빛 섬」이 마지막으로 공연됨. 7월 초 자신의 어려운 사정과 소련을 떠날 수 있게 허락해 달라는 요구를 담은 편지를 스딸린Stalin과 깔리닌Kalinin, 고리끼Gor'kii에게 보냄. 9월 3일 소련을 떠날 수 있게 도와달라는 요청을 담은 편지를 소비에뜨 중앙 집행 위원회 간부회의 비서 A. C. 예누끼제A. C. Enukidze와 고리끼에게 보냄. 9월 원고 「비밀 친구에게Tainomu drugu」에 대한 작업을 함. 10월 몰리에르에 대한 희곡 작업에 착수. 12월 6일 몰리에르에 대한 희곡 「위선자들의 밀교Kabala sviatosh」의 첫 번째 편집 작업 완료. 희곡 「지복Blazhenstvo」에 대한 구상과 작업에 착수.

1930년 39세 1월 말과 2월 초 자먀찐Zamiatin과 뻴냐Pil'niak과의 만남. 1월 11일 불가꼬프가 드라마 연합에서 희곡 「몰리에르Mol'er」를 낭독. 3월 18일 공연 위원회가 희곡 「몰리에르」를 금지함. 3월 28일 소련 정부에 편지를 보냄. 소설 「극장Teatr」과 『거장과 마르가리따』의 초기 편집본과 희곡 「지복」의 일부를 불태움. 4월 17일 4월 14일에 권총 자살한 마야꼬프스끼Maiakovskii의 장례식에 참석. 4월 18일 스딸린의 전화를 받음. 5월 10일 모스끄바 예술 극장의 조연출 직책을 맡음. 5월 「죽은 혼Mertvye dushi」의 무대화 작업에 들어감. 7월 7일 모스끄바 예술 극장의 예술 위원회가 「죽은 혼」의 무대화를 위한 첫 개작본을 거부함. 10월 31일 「죽은 혼」의 무대화를 위한 두 번째 개작본을 모스끄바 예술 극장에서 읽고 논의함. 예술 위원회의 지적에 따라 개작을 완성함. 12월 모스끄바 근교 휴양소에서 엘레나 세르게예브나 쉴로프스까야와 만남.

1931년 초 40세 「죽은 혼」의 리허설. 2월 25일 가정을 깨지 말아 달라는 쉴로프스까야 남편의 강력한 요청에 의해 쉴로프스까야와 관계를 끊음. 5월 30일 외국에서 휴식을 취할 수 있게 해달라는 요청을 담은 편지를 스딸린에게 보내지만 응답을 받지 못함. 7월과 8월 희곡 「아담과 이브Adam i Eva」와 「몰리에르」에 대한 작업에 들어감. 8월 22일 「아담과 이브」 완성. 희곡을 레닌그라드의 붉은 극장과 바흐딴고프 극장의 감독부에서 읽음. 10월 3일 희곡 「몰리에르」를 공연 위원회에서 허락함. 가을 모스끄바 예술 극장에서 「몰리에르」를 올리기로 약속.

1932년 41세 1월 모스끄바 예술 극장에서 「뚜르빈가의 나날들」을 다시 올리기로 결정. 2월 11일 「뚜르빈가의 나날들」에 대한 총 리허설. 2월 18일 초연이 이루어짐. 3월 14일 레닌그라드 대극장에서 「몰리에르」를 거절했다는 소식이 전해짐. 3월 말 모스끄바 예술 극장에서 「몰리에르」의 리허설이 시작됨. 3월 11일 〈멋진 사람들의 생애〉 시리즈를 위해 몰리에르에 대한 책을 쓰기로 계약 체결. 7월 8월 몰리에르에 대한 책에 착수. 엘레나 세르게예브나 쉴로프스까야와의 서신 교환과 관계가 회복됨. 10월 3일 벨로제르스까야와 이혼. 10월 4일 엘레나 세르게예브나 쉴로프스까야와 결혼. 10월 아내와 레닌그라드에 가 있는 동안 『거장과 마르가리따』에 대한 작업을 다시 시작함. 첫 번째 완성된 편집본에 대한 작업 시작됨(〈대재상Velikii kantsler〉). 11월 25일 모스끄바 예술 극장에서 「몰리에르」의 리허설이 이루어짐. 11월 28일 불가꼬프의 개작에 따라 모스끄바 예술 극장에서 「죽은 혼」의 초연이 이루어짐.

1933년 42세 3월 5일 몰리에르에 대한 소설 작업이 끝남. 〈몰리에르 씨의 생애Zhizn' gospodina de Mol'era〉라는 제목이 붙여짐. 3월 10일 모스끄바 예술 극장에서 희곡 「질주」의 리허설이 재개됨. 4월 몰리에르에 대한 소설에 대해 출판사가 부정적인 평가를 하고, 불가꼬프가 책을 넘기기를 거절함. 4월 29일 희곡 「질주」에 대해 모스끄바 예술 극장과 새로운 계약을 함. 5월 6월 레닌그라드 뮤직홀에서 희곡 「지복」에 대해 계약하고 작업에 들어감. 여름 희곡 「질주」의 새로운 편집에 들어감. 11월 9일 「질주」의 대한 새로운 편집본 완성. 11월 『거장과 마르가리따』의 37장 506쪽의 분량에 달하는 원고 완성(〈대재상〉). 11월 29일 모스끄바 예술 극장 감독부가 극장 상연 계획에서 「질주」를 제외시킴. 12월 9일 찰스 디킨스의 소설 『피크윅 클럽의 기록』을 각색한 연극에서 재판장 역할을 맡아 처음으로 무대에 섬. 12월 23일 모스끄바 예술 극장에서 희곡 「몰리에르」를 읽음. 12월 25일 희곡 리허설이 다시 시작됨.

1934년 43세 1월 모스끄바 예술 극장에서 「뚜르빈가의 나날들」을 공연하기로 결정. 2월 레닌그라드에서 온 아흐마또바와 만남. 4월 예누끼제에게 두 달에 걸친 해외 휴가를 요청함. 5월 29일 소비에뜨 작가 동맹에 가입 신청서를 냄(6월 4일에 가입 허락됨). 6월 7일 스딸린에게 편지를 씀. 답장을 받지 못함. 6월 20일 모스끄바 예술 극장의 레닌그라드 공연 시 「뚜르빈가의 나날들」 공연 5백 회를 맞음. 7월 12일 『거장과 마르가리따』에 대한 새로운 편집 작업 시작. 여름 「죽은 혼」의 시나리오 작업에 들어감. 겨울 뿌쉬낀에 대한 희곡 작업 시작. 10월 16일 모스끄바 예술 극장에서 희곡 「몰리에르」에 대한 리허설이 재개됨. 10월 말 『거장과 마르가리따』의 첫 번째 완전한 편집 작업이 완성됨. 12월 17일 뿌쉬낀에 대한 희곡과 관련하여 바흐딴고프 극장과 계약 체결.

1935년 44세 겨울 뿌쉬낀에 대한 희곡에 대한 작업을 지속함. 「죽은 혼」과 「검찰관Revizor」의 시나리오 작업도 지속. 2월 4월 스따니슬라프스끼가 참석한 가운데 「몰리에르」의 리허설이 시작됨. 3월 26일 뿌쉬낀에 대한 희곡 작업이 다시 시작됨. 4월 7일과 13일 모스끄바에 온 아흐마또바와 만남. 4월 8일 뜨레네프Trenev의 집에서 빠스쩨르나끄Pasternak와 만남. 4월 22일 「몰리에르」를 수정하라는 요구를 거절하는 편지를 스따니슬라프스끼에게 보냄. 그의 답변 수용됨. 4월 23일 미국 대사관의 연회 방문. 이 연회는 『거장과 마르가리따』에 나오는 사탄의 위대한 무도회의 묘사에 반영됨. 5월 7일 희곡 「이반 바실리예비치Ivan Vasil'evich」의 일부를 풍자 극장의 배우들에게 읽어 줌. 6월 2일과 18일 뿌쉬낀에 대한 희곡을 바흐딴고프 극장 배우들에게 읽어 줌. 9월 9일 뿌쉬낀에 대한 희곡 작업 완성. 9월 30일 「이반 바실리예비치」 희곡 완성. 10월 2일 풍자 극장 배우들에게 희곡을 읽힘. 10월 29일 「이반 바실리예비치」의 무대화가 허락됨. 10월 체포된 남편과 아들의 석방을 위해 애쓰는 아흐마또바를 도움. 연말 모스끄바 예술 극장에서 「몰리에르」의 리허설이 지속됨.

1936년 45세 2월 모스끄바 예술 극장에서 「몰리에르」의 총 리허설과 비공개 심사가 이루어짐. 2월 6일 불가꼬프가 스딸린에게 편지를 쓰기로 결심. 2월 16일 「몰리에르」의 초연이 이루어짐. 3월 9일 신문 「프라브다Pravda」에 「몰리에르」에 대해 〈외적 화려함과 거짓된 내용Vneshnii blesk i fal'shivoe soderzhanie〉이라는 제목의 사설이 실림. 이후 공연 취소됨. 3월 16일 신문 「소비에뜨 예술Sovetskoe iskusstvo」에 모스끄바 예술 극장 배우 M. M. 얀쉰M. M. Ianshin의 희곡 「몰리에르」에 대한 사설 〈교훈적인 실패Pouchite'lnaia neudacha〉가 실림. 5월 13일 풍자 극장에서 「이반 바실리예비치」 공연의 비공개 총 리허설이 이루어짐. 6월 말과 7월 『거장과 마르가리따』 소설의 기본 텍스트에 수정을 가한 마지막 노트 작업에 들어감. 「마지막 비상」 장이 쓰임. 9월 15일 모스끄바 예술 극장에서 해고되고, 볼쇼이 극장 리브레토 작가이자 고문으로 일하게 됨. 11월 26일 「고인의 기록」에 대한 작업에 돌입.

1936년 말~1937년 초 45~46세 5장까지만 진행된 소설의 네 번째 편집 작업이 시작됨.

1937년 46세 겨울 희곡 「알렉산드르 뿌쉬낀Aleksandr Pushkin」이 금지됨. 3~9월 몇몇 리브레토를 집필함(「흑해Chernoe more」, 「미닌과 뽀자르스끼Minin i Pozharskii」, 「뾰뜨르 대제Petr Velikii」). 4~5월 「고인의 기록」의 몇 장을 친구들에게 낭독해 줌. 가을 「고인의 기록」에 대한 작업을 그만둠. 11월 『거장과 마르가리따』에 대한 최종 편집에 들어감.

1938년 47세 겨울과 봄 『거장과 마르가리따』에 대해 집중적으로 작업. 친구들에게 소설의 일부를 낭독해 줌. 5월 22일과 23일 『거장과 마르가리따』의 마지막 편집을 끝냄. 5월 27일~6월 24일 소설을 타자로 치고 수정함. 6월 25일 엘레나 세르게예브나가 아들과 함께 쉬고 있는 레베잔으로 한 달간 쉬러 감. 8월 『돈키호테』를 희곡으로 개작. 9월 〈목자Pastyr'〉라는 가제목의 희곡 작품에 대한 작업을 시작. 훗날 「바뚬Batum」이라는 제목을 붙임. 9월 19일 소설 『거장과 마르가리따』의 타자본에 대한 수정 시작. 연말까지 『거장과 마르가리따』에 대한 작업을 지속.

1939년 48세 4월 26일~5월 14일 친구들에게 『거장과 마르가리따』 전문을 낭독해 줌. 5월 14일 『거장과 마르가리따』의 에필로그 완성. 7월 2일 희곡 「바뚬」을 모스끄바 예술 극장 단원들에게 읽어 줌. 7월 희곡 작업을 완성하고 모스끄바 예술 극장 감독부에 넘김. 8월 14일 「바뚬」에 대한 작업을 위해 모스끄바 예술 극장 스텝들과 아내와 함께 그루지야로 떠났다가 희곡 공연이 취소되었다는 소식을 기차에서 듣고 모스끄바로 돌아옴. 급격한 시력의 저하를 느낌. 9월 두 번째로 급격한 시력의 저하를 느낌. 불가꼬프의 건강이 악화됨. 혈압성 신장 경화라는 진단을 받음. 10월 4일 시력 감퇴로 인해 엘레나 세르게예브나에게 『거장과 마르가리따』의 수정 사항을 받아 적게 함. 이 작업은 죽음이 임박할 때까지 계속됨.

1940년 ⁴⁹세 2월 13일 마지막으로 엘레나 세르게예브나에게 『거장과 마르가리따』의 수정 사항을 받아 적게 함. 3월 10일 오후 4시 39분 미하일 아파나시예비치 불가꼬프 사망. 3월 11일 작가 동맹 건물에서 시민장이 치러짐. 3월 12일 화장되어 모스끄바 노보제비치 사원에 안장됨.

열린책들 세계문학 213 개의 심장

옮긴이 정연호 한국외국어대학교 노어과를 졸업하고 동 대학원에서 「불가코프 작품에 나타난 서술 기법의 특징 연구」로 문학 박사 학위를 받았다. 현재 대구가톨릭대학교 러시아어과 교수로 재직 중이다. 대표 논문으로는 「도스토옙스키 문학에 있어서 〈자유〉의 주제」, 「불가코프적 그로테스크 특성」, 「불가코프 작품에 나타난 〈타임머쉰〉의 모티브」, 「불가코프 작품에 나타난 〈동물〉의 형상」, 「불가코프 작품에 나타난 〈의사〉의 형상」 등이 있다. 『체계적으로 배우는 생활 러시아어 문법』, 『러시아 문학 영화 감상법』, 『슬라브 문화의 이해』를 지었으며, 『불가코프 중편선』, 『비운의 달걀』, 『이반 바실리예비치』 등을 우리말로 옮겼다.

지은이 미하일 불가꼬프 **옮긴이** 정연호 **발행인** 홍예빈·홍유진
발행처 주식회사 열린책들 **주소** 경기도 파주시 문발로 253 파주출판도시
전화 031-955-4000 **팩스** 031-955-4004 **홈페이지** www.openbooks.co.kr
Copyright (C) 주식회사 열린책들, 1998, 2013, *Printed in Korea*.
ISBN 978-89-329-1213-4 04890 **발행일** 1998년 12월 10일 초판 1쇄 2013년 7월 10일 세계문학판 1쇄 2024년 3월 30일 세계문학판 4쇄

이 도서의 국립중앙도서관 출판예정도서목록(CIP)은 서지정보유통지원시스템 홈페이지(http://seoji.nl.go.kr)와 국가자료공동목록시스템(http://www.nl.go.kr/kolisnet)에서 이용하실 수 있습니다.(CIP제어번호: CIP2013009754)

열린책들 세계문학
Open Books World Literature

001 죄와 벌 전2권
표도르 도스토옙스키 장편소설 | 홍대화 옮김 | 각 408, 512면

죄와 벌의 심리 과정을 따라가며 혁명 사상의 실제적 문제를 제시하는 명작
- 고려대학교 선정 〈교양 명저 60선〉
- 미국 대학 위원회 선정 SAT 추천 도서

003 최초의 인간
알베르 카뮈 장편소설 | 김화영 옮김 | 392면

20세기 문학의 정점을 이룬 알베르 카뮈 최후의 육성
- 1957년 노벨 문학상 수상 작가

004 소설 전2권
제임스 미치너 장편소설 | 윤희기 옮김 | 각 280, 368면

〈소설이란 무엇인가〉라는 주제를 작가, 편집자, 비평가, 독자의 입장에서 풀어 나간 작품
- 〈이달의 청소년도서〉 선정
- 한국 간행물 윤리 위원회 선정 〈청소년 권장 도서〉

006 개를 데리고 다니는 부인
안톤 체호프 소설선집 | 오종우 옮김 | 368면

삶의 진실과 인간의 참모습을 웃음과 울음으로 드러내는 위대한 작품
- 1993년 서울대학교 선정 〈동서 고전 200선〉
- 2002년 노벨 연구소가 선정한 〈세계문학 100선〉

007 우주 만화
이탈로 칼비노 단편집 | 김운찬 옮김 | 424면

25편 단편 속 신비로운 존재 〈크프우프크〉를 통해 환상적으로 창조된 우스꽝스러운 우주

008 댈러웨이 부인
버지니아 울프 장편소설 | 최애리 옮김 | 296면

난해한 〈의식의 흐름〉 기법과 〈내적 독백〉을 시도한 영국 모더니즘 소설의 고전
- 2005년 『타임』지 선정 〈100대 영문 소설〉, 〈20세기 100선〉
- 2009년 『뉴스위크』 선정 〈세계 100대 명저〉

009 어머니
막심 고리끼 장편소설 | 최윤락 옮김 | 544면

혁명의 교과서이자 인간다운 삶의 권리를 일깨우는 영원한 고전
- 1912년 그리보예도프상
- 2006년 이고르 수히흐 교수 〈러시아 문학 20세기의 책 20권〉
- 서울대학교 권장 도서 100선

010 변신
프란츠 카프카 중단편집 | 홍성광 옮김 | 464면

어디에도 안주하지 못하는 인간의 모습을 초현실적으로 그려 낸 카프카의 주옥같은 단편들
- 서울대학교 권장 도서 100선

011 전도서에 바치는 장미
로저 젤라즈니 중단편집 | 김상훈 옮김 | 432면

신화와 SF의 융합, 흥미롭고 지적인 중단편 소설집

012 대위의 딸
알렉산드르 뿌쉬낀 장편소설 | 석영중 옮김 | 240면

역사적 대사건을 가정 소설과 연애 소설의 형식에 녹여 내어 조망한 산문 예술의 정점
- 2000년 한국 백상 출판 문화상 번역상

013 바다의 침묵
베르코르 소설선집 | 이상해 옮김 | 256면

전쟁과 이데올로기에 가려진 인간성에 대하여 고찰한 레지스탕스 문학의 백미

014 원수들, 사랑 이야기
아이작 싱어 장편소설 | 김진준 옮김 | 320면

유대인 학살에서 살아남은 네 남녀의 사랑과 상처를 그린 소설
- 1978년 노벨 문학상 수상 작가

015 백치 전2권
표도르 도스토옙스키 장편소설 | 김근식 옮김 | 각 504, 528면

백치 미쉬낀을 통해 구현하는 완전한 아름다움과 순수한 인간의 형상
- 피터 박스올 《죽기 전에 읽어야 할 1001권의 책》

017 1984년
조지 오웰 장편소설 | 박경서 옮김 | 392면

감시하고 통제하는 전체주의의 권력 앞에 무력해지는 인간의 삶
- 2009년 『뉴스위크』 선정 〈세계 100대 명저〉
- 『타임』지가 뽑은 〈20세기 100선〉

019 이상한 나라의 앨리스
루이스 캐럴 환상동화 | 머빈 피크 그림 | 최용준 옮김 | 336면

시공을 초월하며 상상력과 호기심의 한계를 허무는 루이스 캐럴의 환상 동화
- 2003년 BBC 〈영국인들이 가장 사랑하는 소설 100편〉
- 2004년 〈한국 문인이 선호하는 세계 명작 소설 100선〉

020 베네치아에서의 죽음
토마스 만 중단편집 | 홍성광 옮김 | 432면

삶과 죽음, 예술과 일상이라는 양극의 주제를 다룬 걸작

- 1929년 노벨 문학상 수상 작가
- 피터 박스올 《죽기 전에 읽어야 할 1001권의 책》

021 그리스인 조르바
니코스 카잔차키스 장편소설 | 이윤기 옮김 | 488면

카잔차키스가 그려 낸 자유인 조르바의 영혼의 투쟁

- 2002년 노벨 연구소가 선정한 〈세계문학 100선〉
- 2004년 〈한국 문인이 선호하는 세계 명작 소설 100선〉
- 2005년 동아일보 선정 〈21세기 신고전 50선〉
- 피터 박스올 《죽기 전에 읽어야 할 1001권의 책》

022 벚꽃 동산
안톤 체호프 희곡선집 | 오종우 옮김 | 336면

거창한 사상보다는 삶의 사소함을 객관적인 문체로 그린, 가장 완숙한 체호프의 작품

- 2006년 이고르 수히흐 교수 〈러시아 문학 20세기의 책 20권〉
- 미국 대학 위원회 선정 SAT 추천 도서
- 서울대학교 권장 도서 100선

023 연애 소설 읽는 노인
루이스 세풀베다 장편소설 | 정창 옮김 | 192면

담백하고 섬세한 문체와 간결한 내용에 인간의 탐욕과 자연의 거대함을 담은 환경 소설

- 1989년 티그레 후안상
- 1998년 전 세계 베스트셀러 8위

024 젊은 사자들 전2권
어윈 쇼 장편소설 | 정영문 옮김 | 각 416, 408면

인간의 어리석음, 광기, 우스꽝스러움을 탁월하게 포착한 전쟁 소설이자 심리 소설

- 1945년 오 헨리 문학상
- 1970년 플레이보이상

026 젊은 베르테르의 슬픔
요한 볼프강 폰 괴테 장편소설 | 김인순 옮김 | 240면

사랑의 열병을 앓는 전 세계 젊은이들의 영혼을 울린 감성 문학의 고전

- 2003년 크리스티아네 취른트 《사람이 읽어야 할 모든 것, 책》
- 피터 박스올 《죽기 전에 읽어야 할 1001권의 책》

027 시라노
에드몽 로스탕 희곡 | 이상해 옮김 | 256면

명랑한 영웅주의, 감미로운 연애 감정, 기발하고 화려한 시구들이 돋보이는 명작

- 미국 대학 위원회 선정 SAT 추천 도서

028 전망 좋은 방
E. M. 포스터 장편소설 | 고정아 옮김 | 352면

영국 사회의 계층 간 갈등과 가치관의 충돌을 날카롭게 포착한 걸작

- 1998년 랜덤하우스 모던 라이브러리 선정 〈최고의 영문 소설 100〉
- 피터 박스올 《죽기 전에 읽어야 할 1001권의 책》

029 까라마조프 씨네 형제들 전3권
표도르 도스토옙스키 장편소설 | 이대우 옮김 | 각 496, 496, 460면

많은 인물군과 에피소드를 통해 심오한 사상과 예술적 깊이를 보여 주는 도스토옙스키 40년 창작의 결산

- 국립중앙도서관 선정 청소년 권장 도서 50선
- 서울대학교 권장 도서 100선
- 서머싯 몸 선정 세계 10대 소설

032 프랑스 중위의 여자 전2권
존 파울즈 장편소설 | 김석희 옮김 | 각 344면

자유에 대한 정열이 고갈된 20세기에 대한 탁월한 우화

- 1969년 실버펜상
- 2005년 『타임』지 선정 〈100대 영문 소설〉

034 소립자
미셸 우엘벡 장편소설 | 이세욱 옮김 | 448면

성(性) 풍속의 변천 과정을 중심으로 진사찌는 두 형제의 쓸쓸한 삶을 다룬 소설

- 1998년 『타임스 리터러리 서플리먼트』 선정 〈올해의 책〉
- 2002년 국제 IMPAC 더블린 문학상
- 1998년 『리르』 선정 〈올해 최고의 책〉

035 영혼의 자서전 전2권
니코스 카잔차키스 자서전 | 안정효 옮김 | 각 352, 408면

카잔차키스 자신의 삶의 여정을 아름답게 묘사한 자전적 소설

037 우리들
예브게니 자먀찐 장편소설 | 석영중 옮김 | 320면

인간이 인간일 수 있음을 방해하는 모든 제도를 거부하는, 디스토피아 소설의 효시

- 2006년 이고르 수히흐 교수 〈러시아 문학 20세기의 책 20권〉
- 피터 박스올 《죽기 전에 읽어야 할 1001권의 책》

038 뉴욕 3부작
폴 오스터 장편소설 | 황보석 옮김 | 480면

추리 소설의 형식을 빌려 장르의 관습을 뒤엎어 버린, 가장 미국적인 소설

- 피터 박스올 《죽기 전에 읽어야 할 1001권의 책》

039 닥터 지바고 전2권
보리스 파스테르나크 장편소설 | 홍대화 옮김 | 각 480, 592면

장엄한 시대의 증언으로 러시아 문학의 지평을 넓힌 해빙기 문학의 정수

- 1958년 노벨 문학상
- 미국 대학 위원회 선정 SAT 추천 도서
- 『타임』지가 뽑은 〈20세기 100선〉

041 고리오 영감
오노레 드 발자크 장편소설 | 임희근 옮김 | 456면

〈인간 희극〉 시리즈의 으뜸으로, 이후 방대한 소설 세계를 열어 주는 발자크의 대표작

- 2002년 노벨 연구소가 선정한 〈세계문학 100선〉
- 연세대학교 권장 도서 200권

042 뿌리 전2권
알렉스 헤일리 장편소설 | 안정효 옮김 | 각 400, 448면

10여 년간의 철저한 자료 조사로 재구성된 르포르타주 문학의 걸작

- 1977년 퓰리처상
- 1977년 전미 도서상
- 2004년 〈한국 문인이 선호하는 세계 명작 소설 100선〉
- 2005년 헨리 포드사 선정 〈75년간 미국을 뒤바꾼 75가지〉

044 백년보다 긴 하루
친기즈 아이뜨마또프 장편소설 | 황보석 옮김 | 560면

꿈꾸는 듯한 현실과 현실 같은 상상이 절묘하게 어우러진, 소비에트 문화권 최고의 스테디셀러

- 1983년 소비에트 문학상
- 1994년 오스트리아 유럽 문학상

045 최후의 세계
크리스토프 란스마이어 장편소설 | 장희권 옮김 | 264면

신화적 인물과 모티브를 현대적 관심사들과 결합시킨 지적 신화 소설

- 1988년 프랑크푸르트 도서전 선정 〈올해의 책〉
- 1988년 안톤 빌트간스상
- 1992년 독일 바이에른 주 학술원 대문학상
- 피터 박스올 〈죽기 전에 읽어야 할 1001권의 책〉

046 추운 나라에서 돌아온 스파이
존 르카레 장편소설 | 김석희 옮김 | 368면

20세기 냉전이 낳은 존 르카레 최고의 스릴러

- 1963년 서머싯 몸상
- 1963년 영국 추리작가 협회상
- 1963년 미국 추리작가 협회상
- 2005년 『타임』지 선정 〈100대 영문 소설〉

047 산도칸 — 몸프라쳄의 호랑이
에밀리오 살가리 장편소설 | 유향란 옮김 | 428면

말레이시아 해를 배경으로 펼쳐지는 해적 산도칸과 그의 친구 야네스의 활약상

- 피터 박스올 〈죽기 전에 읽어야 할 1001권의 책〉

048 기적의 시대
보리슬라프 페키치 장편소설 | 이윤기 옮김 | 560면

예수가 행한 기적의 이면을 인간의 입장에서 조명한 기막힌 패러디

- 1965년 유고슬라비아 문학상

049 그리고 죽음
짐 크레이스 장편소설 | 김석희 옮김 | 224면

성장과 소멸, 삶과 죽음이 자연과 인간에게 주는 의미를 성찰하게 하는 걸작

- 1999년 전미 비평가 협회상
- 1999년 『가디언』 선정 〈올해의 책〉

050 세설 전2권
다니자키 준이치로 장편소설 | 송태욱 옮김 | 각 480면

몰락한 오사카 상류층의 네 자매의 결혼 이야기를 통해 당시의 풍속을 잔잔하게 그린 작품

052 세상이 끝날 때까지 아직 10억 년
스뜨루가츠끼 형제 장편소설 | 석영중 옮김 | 224면

반유토피아 문학의 전통을 계승한 정치 풍자로 판금 조치를 당하기도 한 문제작

- 1988년 〈이달의 청소년 도서〉 선정

053 동물 농장
조지 오웰 장편소설 | 박경서 옮김 | 208면

스딸린 통치의 역사를 동물 우화에 빗댄 정치 알레고리 소설의 고전

- 2008년 영국 플래닛닷컴 선정 〈역사상 가장 위대한 소설 10〉
- 2009년 『뉴스위크』 선정 〈세계 100대 명저〉

054 캉디드 혹은 낙관주의
볼테르 장편소설 | 이봉지 옮김 | 232면

해학과 풍자를 통해 작가 자신의 철학을 고스란히 담아 낸 철학적 콩트의 정수

- 1993년 서울대학교 선정 〈동서 고전 200선〉
- 미국 대학 위원회 선정 SAT 추천 도서

055 도적 떼
프리드리히 폰 실러 희곡 | 김인순 옮김 | 264면

〈형제의 반목〉이라는 모티프를 이용하여 자유와 반항을 설득력 있게 묘사한 비극

- 1993년 서울대학교 선정 〈동서 고전 200선〉
- 고려대학교 선정 〈교양 명저 60선〉

056 플로베르의 앵무새
줄리언 반스 장편소설 | 신재실 옮김 | 320면

예술 작품을 둘러싸고 벌어지는 인간 사회의 다양한 양상을 날카롭게 통찰한 작품

- 1986년 메디치상
- 1986년 E. M. 포스터상
- 1987년 구텐베르크상

057 악령 전3권
표도르 도스또옙스키 장편소설 | 박혜경 옮김 | 각 328, 408, 528면

실제 사건에 심리적, 형이상학적 색채를 가미한 위대한 비극

- 1966년 동아일보 선정 〈한국 명사들의 추천 도서〉
- 피터 박스올 〈죽기 전에 읽어야 할 1001권의 책〉

060 의심스러운 싸움
존 스타인벡 장편소설 | 윤희기 옮김 | 340면

1930년대 대공황기 캘리포니아 농장 지대의 파업을 극적으로 그린 소설

- 1937년 캘리포니아 커먼웰스 클럽 금상
- 1962년 노벨 문학상 수상 작가

061 몽유병자들 전2권
헤르만 브로흐 장편소설 | 김경연 옮김 | 각 568, 544면

현대 문명의 병폐와 가치의 붕괴를 상징적, 비판적으로 해석한 박물 소설이자 모든 문학적 표현 수단의 총체

063 몰타의 매
대실 해밋 장편소설 | 고정아 옮김 | 304면

하드보일드 소설의 창시자 대실 해밋의 세계 최초 탐정 소설

- 2009년 「뉴스위크」 선정 〈세계 100대 명저〉
- 뉴욕 추리 전문 서점 블랙 오키드 선정 〈최고의 추리 소설 10〉

064 마야꼬프스끼 선집
블라지미르 마야꼬프스끼 선집 | 석영중 옮김 | 384면

20세기 러시아의 위대한 혁명 시인 마야꼬프스끼의 대표적인 시와 산문 모음집

065 드라큘라 전2권
브램 스토커 장편소설 | 이세욱 옮김 | 각 340, 344면

공포와 성(性)을 결합시킨 환상 문학의 고전

- 2003년 크리스티아네 취른 〈사람이 읽어야 할 모든 것 책〉
- 피터 박스올 〈죽기 전에 읽어야 할 1001권의 책〉

067 서부 전선 이상 없다
에리히 마리아 레마르크 장편소설 | 홍성광 옮김 | 336면

지극히 평범한 한 인간을 통해 전쟁의 본질을 보여 주는, 가장 위대한 전쟁 소설

- 미국 대학 위원회 선정 SAT 추천 도서
- 「타임」지가 뽑은 〈20세기 100선〉
- 피터 박스올 〈죽기 전에 읽어야 할 1001권의 책〉

068 적과 흑 전2권
스탕달 장편소설 | 임미경 옮김 | 각 432, 368면

〈출세를 향한 젊은이의 성공과 좌절을 통해 부조리한 사회 구조를 고발한 작품

- 2002년 노벨 연구소가 선정한 〈세계문학 100선〉
- 국립중앙도서관 선정 청소년 권장 도서 50선
- 서울대학교 권장 도서 100선

070 지상에서 영원으로 전3권
제임스 존스 장편소설 | 이종인 옮김 | 각 396, 380, 496면

제2차 세계 대전을 배경으로 두 쌍의 연인을 통해 하와이 주둔 미군 부대의 실상을 폭로한 자연주의 소설

- 1952년 전미 도서상
- 1998년 랜덤하우스 모던 라이브러리 선정 〈최고의 영문 소설 100〉

073 파우스트
요한 볼프강 폰 괴테 희곡 | 김인순 옮김 | 568면

진리를 찾는 파우스트를 통해 인간사의 모든 문제를 상징적으로 표현한 고전 중의 고전

- 2002년 노벨 연구소가 선정한 〈세계문학 100선〉
- 2003년 국립중앙도서관 선정 〈고전 100선〉
- 미국 대학 위원회 선정 SAT 추천 도서
- 서울대학교 권장 도서 100선
- 「뉴스위크」 선정 〈세상을 움직인 100권의 책〉

074 쾌걸 조로
존스턴 매컬리 장편소설 | 김훈 옮김 | 316면

마스크 뒤에 정체를 감추고 폭압에 맞서 싸우는 쾌걸 조로의 가슴 시원한 활약

075 거장과 마르가리따 전2권
미하일 불가꼬프 장편소설 | 홍대화 옮김 | 각 364, 328면

스탈린 치하의 소비에트 사회를 풍자하는 시늘한 공포와 유쾌한 웃음의 묘미

- 2006년 이므르 수히트 교수 〈러시아 문학 20세기의 책 20권〉
- 피터 박스올 〈죽기 전에 읽어야 할 1001권의 책〉

077 순수의 시대
이디스 워튼 장편소설 | 고정아 옮김 | 448면

사랑과 결혼의 의미를 찾는 세 남녀의 이야기를 세밀하게 그려 낸 연애 소설의 고전

- 1998년 랜덤하우스 모던 라이브러리 선정 〈최고의 영문 소설 100〉
- 2009년 「뉴스위크」 선정 〈세계 100대 명저〉

078 검의 대가
아르투로 페레스 레베르테 장편소설 | 김수진 옮김 | 384면

1868년 마드리드, 역사적인 음모와 계략 그리고 화려한 검술이 엮어 내는 지적 미스터리

- 1993년 「리르」지 선정 〈10대 외국 소설가〉
- 1997년 코레오 그룹상
- 2000년 「뉴욕 타임스」 선정 〈올해의 포켓북〉

079 예브게니 오네긴
알렉산드르 뿌쉬낀 운문소설 | 석영중 옮김 | 328면

패러디의 소설이자 소설의 패러디, 러시아가 낳은 위대한 시인 뿌쉬낀의 장편 운문 소설

- 고려대학교 선정 〈교양 명저 60선〉
- 연세대학교 권장 도서 200권

080 장미의 이름 전2권
움베르토 에코 장편소설 | 이윤기 옮김 | 각 440, 448면

에코의 해박한 인류학적 지식과 기호학 이론이 녹아 있는 중세 추리 소설

- 1981년 스트레가상
- 1982년 메디치상
- 『타임』지가 뽑은 〈20세기 100선〉

082 향수
파트리크 쥐스킨트 장편소설 | 강명순 옮김 | 384면

지상 최고의 향수를 만들려는 한 악마적 천재의 기상천외한 이야기

- 2003년 BBC 「빅리드」 조사 〈영국인들이 가장 사랑하는 소설 100편〉
- 2008년 서울대학교 대출 도서 순위 20

083 여자를 안다는 것
아모스 오즈 장편소설 | 최창모 옮김 | 280면

현대 히브리 문학의 대표적 작가이자 평화 운동가인 아모스 오즈의 대표작

084 나는 고양이로소이다
나쓰메 소세키 장편소설 | 김난주 옮김 | 544면

고양이의 눈에 비친 인간들의 우스꽝스럽고도 서글픈 초상

085 웃는 남자 전2권
빅토르 위고 장편소설 | 이형식 옮김 | 각 472, 496면

17세기 영국 사회에 대한 묘사와 역사에 대한 통찰력이 돋보이는 위고의 최고 걸작

087 아웃 오브 아프리카
카렌 블릭센 장편소설 | 민승남 옮김 | 480면

아프리카에 바치는, 아프리카인과 나눈 사랑과 교감 그리고 우정과 깨달음의 기록

- 피터 박스올 〈죽기 전에 읽어야 할 1001권의 책〉

088 무엇을 할 것인가 전2권
니콜라이 체르니솁스끼 장편소설 | 서정록 옮김 | 각 360, 404면

젊은 지식인들에게 〈혁명의 교과서〉로 추앙받은 사회주의 이상 소설

090 도나 플로르와 그녀의 두 남편 전2권
조르지 아마두 장편소설 | 오숙은 옮김 | 각 408, 308면

브라질의 국민 작가 아마두의 관능적이고도 익살이 넘치는 대표작

092 미사고의 숲
로버트 홀드스톡 장편소설 | 김상훈 옮김 | 424면

신화의 원형과 〈숲〉으로 상징되는 집단 무의식의 본질을 유려한 문체로 형상화한 걸작

- 1985년 세계 환상 문학상 대상
- 2003년 프랑스 환상 문학상 특별상

093 신곡 전3권
단테 알리기에리 장편서사시 | 김운찬 옮김 | 각 292, 296, 328면

총 1만 4233행으로 기록된, 단테의 일주일 동안의 저승 여행 이야기

- 2009년 「뉴스위크」 선정 〈세계 100대 명자〉
- 서울대학교 권장 도서 100선

096 교수
샬럿 브론테 장편소설 | 배미영 옮김 | 368면

권위와 위선을 거부하고 자립해 가는 인간들의 모순된 내면 심리에 대한 탁월한 묘사

097 노름꾼
표도르 도스토옙스키 장편소설 | 이재필 옮김 | 320면

잡지의 실패, 형과 아내의 죽음, 빚…… 파국으로 치닫는 악몽 같은 이야기로 승화한 작가의 회상

098 하워즈 엔드
E. M. 포스터 장편소설 | 고정아 옮김 | 512면

정교한 플롯과 다채로운 인물 묘사가 돋보이는 E. M. 포스터의 역작

- 1998년 랜덤하우스 모던 라이브러리 선정 〈최고의 영문 소설 100〉
- 2004년 〈한국 문인이 선호하는 세계 명작 소설 100선〉

099 최후의 유혹 전2권
니코스 카잔차키스 장편소설 | 안정효 옮김 | 각 408면

예수뿐 아니라 그의 주변 인물들에게까지 생생한 살과 영혼을 부여한 소설

- 피터 박스올 〈죽기 전에 읽어야 할 1001권의 책〉

101 키리냐가
마이크 레스닉 장편소설 | 최용준 옮김 | 464면

모든 문제에 대한 해답이 존재했던, 잃어버린 유토피아에 관한 우화

- 1989년 휴고상

102 바스커빌가의 개
아서 코넌 도일 장편소설 | 조영학 옮김 | 264면

가장 매력적인 탐정 〈셜록 홈스〉를 창조해 낸 코넌 도일 최고의 장편소설

- 「히치콕 매거진」 선정 〈세계 10대 추리 소설〉
- 피터 박스올 〈죽기 전에 읽어야 할 1001권의 책〉

103 버마 시절
조지 오웰 장편소설 | 박경서 옮김 | 408면

〈인도 제국주의 경찰〉이라는 실제 경험을 바탕으로 완성한 조지 오웰의 첫 장편, 그 식민지의 기록

104 10 1/2장으로 쓴 세계 역사
줄리언 반스 장편소설 | 신재실 옮김 | 464면

패러디, 다큐멘터리, 에세이 등 다양한 형식을 통한 세계 역사의 포스트모더니즘적 전복

105 죽음의 집의 기록
표도르 도스토옙스키 장편소설 | 이덕형 옮김 | 528면

도스토옙스키의 실제 경험이 가장 많이 반영된 다큐멘터리적 소설

- 1955년 시카고 대학 그레이트 북스
- 피터 박스올 《죽기 전에 읽어야 할 1001권의 책》

106 소유 전2권
수전 바이어트 장편소설 | 윤희기 옮김 | 각 440, 488면

우연히 발견된 편지의 비밀을 좇으며 알아 가는 빅토리아 시대의 사랑, 그리고 현실의 사랑

- 1990년 부커상
- 1990년 영국 최고 영예 지도자상인 커맨더(CBE) 훈장
- 2005년 『타임』지 선정 〈100대 영문 소설〉

108 미성년 전2권
표도르 도스토옙스키 장편소설 | 이상룡 옮김 | 각 512, 544면

불행한 운명을 타고난 한 청년이 이상과 현실 사이에서 방황하는 모습을 그린 성장 소설

110 성 앙투안느의 유혹
귀스타브 플로베르 희곡소설 | 김용은 옮김 | 584면

〈낭만주의적 구도자〉 귀스타브 플로베르가 스스로 밝힌 〈평생의 작품〉

111 밤으로의 긴 여로
유진 오닐 희곡 | 강유나 옮김 | 240면

치솟는 애증과 한없는 연민의 다른 이름, 〈가족〉에 대한 유진 오닐의 자전적 고백

- 1936년 노벨 문학상 수상 작가
- 1957년 퓰리처상
- 미국 대학 위원회 선정 SAT 추천 도서
- 『타임』지가 뽑은 〈20세기 100선〉

112 마법사 전2권
존 파울즈 장편소설 | 정영문 옮김 | 각 512, 552면

중층적 책략과 거미줄처럼 깔린 복선, 다양한 상징이 어우러진 거대한 환상의 숲

- 2003년 BBC 『빅리드』 조사 〈영국인들이 가장 사랑하는 소설 100편〉
- 『타임』지 선정 〈100대 영문 소설〉

114 스쩨빤치꼬보 마을 사람들
표도르 도스토옙스키 장편소설 | 변현태 옮김 | 416면

작가의 시베리아 유형 중에 발표된 작품. 유쾌한 희극적 기법과 언어의 기막힌 패러디

115 플랑드르 거장의 그림
아르투로 페레스 레베르테 장편소설 | 정창 옮김 | 512면

그림에 감춰진 문장으로 과거를 추적해 가는 미스터리이자 역사 추리 소설

- 1993년 프랑스 추리 소설 대상
- 1993년 『리르』지 선정 〈10대 외국인 소설가〉

116 분신
표도르 도스토옙스키 장편소설 | 석영중 옮김 | 288면

〈의식의 분열〉이라는 도스토옙스키 창작의 가장 중요한 테마를 예고한 작품

117 가난한 사람들
표도르 도스토옙스키 장편소설 | 석영중 옮김 | 256면

보잘것없는 하급 관리와 욕심 많은 지주의 아내가 되는 가엾은 처녀가 주고받은 편지

118 인형의 집
헨리크 입센 희곡 | 김창화 옮김 | 272면

누군가의 아내 혹은 어머니가 아닌, 한 〈인간〉으로서의 여성의 깨달음을 그린 화제작

- 미국 대학 위원회 선정 SAT 추천 도서
- 『뉴스위크』 선정 〈세상을 움직인 100권의 책〉

119 영원한 남편
표도르 도스토옙스키 장편소설 | 정명자 외 옮김 | 448면

도스토옙스키의 심화된 예술 세계를 보여 주는 단편 모음집

120 알코올
기욤 아폴리네르 시집 | 황현산 옮김 | 352면

파격적인 시풍과 유려한 내재율을 자랑하는 기욤 아폴리네르의 첫 시집

121 지하로부터의 수기
표도르 도스토옙스키 장편소설 | 계동준 옮김 | 256면

선악의 충돌, 환경과 윤리의 갈등, 인간의 번민과 그리스도를 통한 구원에 관한 이야기들

122 어느 작가의 오후
페터 한트케 중편소설 | 홍성광 옮김 | 160면

세계적 작가 페터 한트케가 소설의 형식으로 써 내려간 독특한 〈작가론〉, 한트케식 글쓰기의 표본

123 아저씨의 꿈
표도르 도스토옙스키 장편소설 | 박종소 옮김 | 312면

과장의 기법과 희화적 색채를 드러낸 도스토옙스키의 풍자 드라마 혹은 사회 비판적 소설

124 네또츠까 네즈바노바
표도르 도스토옙스키 장편소설 | 박재만 옮김 | 316면

네또츠까 네즈바노바라는 한 여성의 일대기를 다룬 도스토옙스키 최초의 장편이자 미완성작

125 곤두박질
마이클 프레인 장편소설 | 최용준 옮김 | 528면

해박한 미술사적 지식을 토대로 한 예술 소설이자 역사적 배경 속에서 벌어지는 사회심리 코미디

- 1999년 『타임스 리터러리 서플러먼트』 선정 〈올해의 책〉
- 1999년 휫브레드상

126 백야 외
표도르 도스토옙스키 소설선집 | 석영중 외 옮김 | 408면

도스토옙스키의 유토피아적 사회주의 사상이 나타난 단편 모음으로, 뻬뜨로빠블로프스끄 감옥에 수감된 동안의 삶의 환희 등이 엿보이는 작품

127 살라미나의 병사들
하비에르 세르카스 장편소설 | 김창민 옮김 | 304면

1939년 프랑스 국경 숲 집단 총살에서 살아남은 작가이자 팔랑헤당의 핵심 멤버였던 산체스 마사스를 추적하는, 탐정 소설 형식을 띤 이야기

- 2001년 스페인 살림보상, 「케 레에르」지 독자상, 바르셀로나 시의 상
- 2004년 영국 「인디펜던트」 외국 소설상

128 뻬쩨르부르그 연대기 외
표도르 도스토옙스키 소설선집 | 이항재 옮김 | 296면

새로운 테마와 방법으로 고심한 흔적이 나타나는, 당대 사회에 대한 날카로운 관찰자적 시각을 가지고 간결하고 세련된 문체를 사용한 작품

129 상처받은 사람들 전2권
표도르 도스토옙스키 장편소설 | 윤우섭 옮김 | 각 296, 392면

19세기 중엽 뻬쩨르부르그 상류 사회의 이중적 삶과 하층민의 고통, 그로 인한 비극적 갈등과 모순을 그린 작품

131 악어 외
표도르 도스토옙스키 소설선집 | 박혜경 외 옮김 | 312면

도스토옙스키의 중기 단편. 점차 완숙해져 가는 작가의 예술적·사상적 세계관이 돋보이는 작품

132 허클베리 핀의 모험
마크 트웨인 장편소설 | 윤교찬 옮김 | 416면

모험 소설의 대가, 미국의 셰익스피어라 불리는 마크 트웨인의 대표작

- 미국 대학 위원회 선정 SAT 추천 도서
- 서울대학교 권장 도서 100선

133 부활 전2권
레프 톨스토이 장편소설 | 이대우 옮김 | 각 308, 416면

톨스토이의 세계관이 담긴 거대한 사상서. 끝없는 용서와 사랑으로 부활하는 인간성에 대한 이야기

- 2003년 국립중앙도서관 선정 (고전 100선)
- 2004년 (한국 문인이 선호하는 세계 명작 소설 100선)

135 보물섬
로버트 루이스 스티븐슨 장편소설 | 최용준 옮김 | 360면

백 년이 넘게 전 세계 독자들의 사랑을 받아 온 해양 모험 소설의 고전

- 2003년 BBC 「빅리드」 조사 (영국인들이 가장 사랑하는 소설 100편)
- 미국 대학 위원회 선정 SAT 추천 도서

136 천일야화 전6권
앙투안 갈랑 | 임호경 옮김 | 각 336, 328, 372, 392, 344, 320면

마법과 흥미진진한 모험 속에서 아랍의 문화와 관습은 물론 아랍인들의 세계관과 기질을 재미있게 전하는 앙투안 갈랑의 〈천일야화〉 완역판

- 2003년 국립중앙도서관 선정 (고전 100선)

142 아버지와 아들
이반 뚜르게네프 장편소설 | 이상원 옮김 | 328면

격변기 러시아의 세대 갈등, 〈보수〉와 〈진보〉가 대립하는 시대상을 묘사하여 논쟁을 불러일으킨 작품

- 1993년 서울대학교 선정 (동서 고전 200선)
- 미국 대학 위원회 선정 SAT 추천 도서

143 오만과 편견
제인 오스틴 장편소설 | 원유경 옮김 | 480면

오만과 편견에서 비롯된 모든 갈등과 모순은 결혼으로 해결된다. 셰익스피어에 버금가는 작가 제인 오스틴의 대표작

- 1954년 서머싯 몸이 추천한 세계 10대 소설
- 2002년 노벨 연구소가 선정한 〈세계 문학 100선〉
- 미국 대학 위원회 선정 SAT 추천 도서

144 천로 역정
존 버니언 우화소설 | 이동일 옮김 | 432면

좁은 문을 지나 천국에 이르는 순례자의 여정. 침례교 설교자 존 버니언의 대표작인 종교적 우화소설

- 1945년 호레이스 십 선정 〈세계를 움직인 책 10권〉
- 2003년 국립중앙도서관 선정 (고전 100선)
- 2004년 (한국 문인이 선호하는 세계 명작 소설 100선)

145 대주교에게 죽음이 오다
윌라 캐더 장편소설 | 윤명옥 옮김 | 352면

웅대한 자연환경과 함께 뉴멕시코 선교사들의 삶을 그린, 퓰리처상 수상 작가 윌라 캐더의 아름다운 신화적 소설

- 2005년 「타임」지 선정 〈100대 영문 소설〉
- 2009년 「뉴스위크」 선정 〈세계 100대 명저〉
- 미국 대학 위원회 선정 SAT 추천 도서

146 권력과 영광
그레이엄 그린 장편소설 | 김연수 옮김 | 384면

군사 혁명 시절의 멕시코, 법법자이자 도망자를 자처한 어느 사제의 이야기. 불구가 된 세상이 신의 대리인에게 내리는 가혹한 형벌, 혹은 놀라운 축복!

- 2005년 「타임」지 선정 〈100대 영문 소설〉

147 80일간의 세계 일주
쥘 베른 장편소설 | 고정아 옮김 | 352면

공상 과학 소설의 고전. 지금까지 전 세계에 가장 많은 번역 작품을 남긴 쥘 베른. 그가 그려 낸 80일 동안의 세계 일주

- 미국 대학 위원회 선정 SAT 추천 도서

148 바람과 함께 사라지다 전3권
마거릿 미첼 장편소설 | 안정효 옮김 | 각 616, 640, 640면

미국 문학사상 최고의 이야기꾼 마거릿 미첼의 대표작. 전쟁의 폐허 속에서 살아가는 여성의 이야기
- 1937년 퓰리처상
- 2009년 『뉴스위크』 선정 〈세계 100대 명저〉

151 기탄잘리
라빈드라나트 타고르 시집 | 장경렬 옮김 | 224면

먼 곳을 가깝게 하고 낯선 이를 형제로 만드는 타고르 시의 힘! 나그네, 연인…… 〈님〉을 그리는 가난한 마음들이 바치는 노래의 화환
- 1913년 노벨 문학상
- 2003년 국립중앙도서관 선정 〈고전 100선〉

152 도리언 그레이의 초상
오스카 와일드 장편소설 | 윤희기 옮김 | 384면

예술과 삶의 관계를 해명한 오스카 와일드의 유일한 장편소설
- 1996년 동아일보 선정 〈한국 명사들의 추천 도서〉
- 미국 대학 위원회 선정 SAT 추천 도서

153 레우코와의 대화
체사레 파베세 희곡소설 | 김운찬 옮김 | 280면

이탈리아 신사실주의 문학을 대표하는 파베세의 급진적인 신화 해석

154 햄릿
윌리엄 셰익스피어 희곡 | 박우수 옮김 | 256면

삶과 죽음, 도덕과 양심, 의지와 운명 등 다양한 문제를 동반한 존재 탐구의 여정
- 2002년 노벨 연구소가 선정한 〈세계문학 100선〉
- 미국 대학 위원회 선정 SAT 추천 도서

155 맥베스
윌리엄 셰익스피어 희곡 | 권오숙 옮김 | 176면

모순과 역설을 통해 인간 내면의 온갖 가치 충돌을 그려 낸, 셰익스피어 4대 비극의 마지막 작품
- 2002년 노벨 연구소가 선정한 〈세계문학 100선〉
- 미국 대학 위원회 선정 SAT 추천 도서

156 아들과 연인 전2권
D. H. 로런스 장편소설 | 최희섭 옮김 | 각 464, 432면

19세기 말에서 20세기 초 영국 사회 하층 계급의 삶을 생생하게 묘사한 로런스의 자전적 소설!
- 2002년 노벨 연구소가 선정한 〈세계문학 100선〉
- 2009년 『뉴스위크』 선정 〈세계 100대 명저〉

158 그리고 아무 말도 하지 않았다
하인리히 뵐 장편소설 | 홍성광 옮김 | 272면

〈전후 독일에서 쓰인 최고의 책〉이라고 극찬받은 작품. 섬세하게 묘사된 전후의 내면 풍경
- 1972년 노벨 문학상 수상 작가

159 미덕의 불운
싸드 장편소설 | 이형식 옮김 | 248면

신앙 깊고 정숙한 미덕의 화신 쥐스띤느에게 가해지는 잔혹한 운명. 〈싸디즘〉의 유래가 된 문제작

160 프랑켄슈타인
메리 W. 셸리 장편소설 | 오숙은 옮김 | 320면

공포 소설, 공상 과학 소설의 고전. 과학의 발전과 실험이 불러올지도 모를 끔찍한 재앙에 대한 경고
- 2009년 『뉴스위크』 선정 〈세계 100대 명저〉
- 미국 대학 위원회 선정 SAT 추천 도서

161 위대한 개츠비
프랜시스 스콧 피츠제럴드 장편소설 | 한애경 옮김 | 280면

개츠비, 닉, 톰이라는 세 캐릭터를 통해 시대적 불안을 뛰어나게 묘사한 고전
- 2005년 『타임』지 선정 〈100대 영문 소설〉
- 미국 대학 위원회 선정 SAT 추천 도서

162 아Q정전
루쉰 중단편집 | 김태성 옮김 | 320면

현대 중국의 문학과 인문 정신의 출발을 상징하는 루쉰의 소설집
- 1996년 『뉴욕 타임스』 선정 〈20세기에 가장 큰 영향을 끼친 그레이트 북스〉

163 로빈슨 크루소
대니얼 디포 장편소설 | 류경희 옮김 | 456면

최초의 본격 소설이자 근대 소설의 효시. 국적과 시대와 세대를 불문한 여행기 문학의 대표작
- 2003년 국립중앙도서관 선정 〈고전 100선〉
- 미국 대학 위원회 선정 SAT 추천 도서

164 타임머신
허버트 조지 웰스 소설선집 | 김석희 옮김 | 304면

SF의 거인 허버트 조지 웰스가 그려 낸 인류의 미래 그 잔혹한 기적
- 2003년 크리스티아네 취른트 〈사람이 읽어야 할 모든 것 책〉
- 피터 박스올 〈죽기 전에 읽어야 할 1001권의 책〉

165 제인 에어 전2권
샬럿 브론테 장편소설 | 이미선 옮김 | 각 392, 384면

가난한 고아 가정 교사 제인 에어와 부유하지만 불행한 로체스터의 사랑을 주제로 한 연애 소설
- 미국 대학 위원회 선정 SAT 추천 도서
- 피터 박스올 〈죽기 전에 읽어야 할 1001권의 책〉

167 풀잎
월트 휘트먼 시집 | 허현숙 옮김 | 280면

자유시의 선구자 월트 휘트먼. 40년간 수정과 증보를 거듭한 시집 『풀잎』의 초판 완역본
- 2002년 노벨 연구소가 선정한 〈세계문학 100선〉
- 2009년 『뉴스위크』 선정 〈세계 100대 명저〉

168 표류자들의 집
기예르모 로살레스 장편소설 | 최유정 옮김 | 216면
쿠바와 미국, 그 어느 땅에도 뿌리박기를 거부한 작가 기예르모 로살레스. 그가 생전에 남긴 단 한 권의 책
• 1987년 황금 문학상

169 배빗
싱클레어 루이스 장편소설 | 이종인 옮김 | 520면
일반 명사가 된 한 남자의 이야기. 미국의 중산 계급에 대한 풍자와 뛰어난 환경 묘사에 성공한 루이스의 최고 걸작
• 1930년 노벨 문학상

170 이토록 긴 편지
마리아마 바 장편소설 | 백선희 옮김 | 192면
50대 여성 라마툴라이가 친구 아이사투에게 쓴 편지. 일부다처제를 둘러싼 두 여인의 고통과 선택, 새로운 삶에서의 번민을 담아낸 작품
• 1980년 노마상

171 느릅나무 아래 욕망
유진 오닐 희곡 | 손동호 옮김 | 168면
욕정과 물욕, 근친상간과 유아 살해. 욕망에서 비롯된 인간사 갈등의 극단점. 그러나 그 속에서도 아직 꺾이지 않는 사랑에 대한 이야기
• 1936년 노벨 문학상 수상 작가

172 이방인
알베르 카뮈 장편소설 | 김예령 옮김 | 208면
인간의 부조리를 성찰한 작가 알베르 카뮈의 처녀작. 죽음, 자유, 반항, 진실의 심연을 들여다본다
• 1957년 노벨 문학상 수상 작가
• 2002년 노벨 연구소가 선정한 〈세계 문학 100대 작품〉

173 미라마르
나기브 마푸즈 장편소설 | 허진 옮김 | 288면
아랍 문학계의 큰 별, 나기브 마푸즈가 파고든 두 차례의 혁명, 그 이후
• 1988년 노벨 문학상 수상 작가
• 피터 박스올 《죽기 전에 읽어야 할 1001권의 책》

174 지킬 박사와 하이드 씨
로버트 루이스 스티븐슨 소설선집 | 조영학 옮김 | 320면
인간 내면의 근원을 탐구한 탁월한 심리 묘사가 스티븐슨. 그가 선사하는 다섯 가지 기이한 이야기
• 2004년 〈한국 문인이 선호하는 세계 명작 소설 100선〉

175 루진
이반 뚜르게네프 장편소설 | 이항재 옮김 | 264면
한 〈잉여 인간〉의 삶과 죽음을 러시아 문단의 거인 뚜르게네프의 사실적 시선을 통해 엿본다

176 피그말리온
조지 버나드 쇼 희곡 | 김소임 옮김 | 256면
20세기 영국 사회의 허위와 모순에 대한 신랄한 풍자. 셰익스피어 이후 가장 위대한 극작가 조지 버나드 쇼의 대표작
• 1925년 노벨 문학상 수상 작가

177 목로주점 전2권
에밀 졸라 장편소설 | 유기환 옮김 | 각 336면
노동자의 언어로 쓰인 최초의 노동 소설. 19세기를 살아간 노동자의 고달픈 삶, 그 몰락의 연대기
• 피터 박스올 《죽기 전에 읽어야 할 1001권의 책》

179 엠마 전2권
제인 오스틴 장편소설 | 이미애 옮김 | 각 336, 360면
호기심과 오해가 빚어낸 사건들 속에서 완성되는 철부지 엠마의 좌충우돌 성장기
• 2007년 데보라 G. 펠터 《여성의 삶을 바꾼 책 50권》

181 비숍 살인 사건
S. S. 밴 다인 장편소설 | 최인자 옮김 | 464면
추리 소설의 황금시대를 장식한 S. S. 밴 다인의, 시와 문학을 접목시킨 연쇄 살인 사건

182 우신예찬
에라스무스 풍자문 | 김남우 옮김 | 296면
자유로운 세계주의자 에라스무스, 그의 눈에 비친 〈웃지 않을 수 없는〉 시대의 모습

183 하자르 사전
밀로라드 파비치 장편소설 | 신현철 옮김 | 488면
지중해에 실제로 존재했던 하자르 제국에 대한, 역사와 환상이 교묘하게 뒤섞인 역사 미스터리 사전 소설

184 테스 전2권
토머스 하디 장편소설 | 김문숙 옮김 | 각 392, 336면
옹졸한 인습 속에서도 강인한 생명력과 자연의 회복력을 지닌 순수한 대지의 딸 테스의 삶과 죽음
• 미국 대학 위원회 선정 SAT 추천 도서

186 투명 인간
허버트 조지 웰스 장편소설 | 김석희 옮김 | 288면
SF의 거장 허버트 조지 웰스의 빛나는 상상력. 보이지 않는 인간이 보여 주는, 소외된 인간의 고독
• 미국 대학 위원회 선정 SAT 추천 도서

187 93년 전2권
빅토르 위고 장편소설 | 이형식 옮김 | 각 288, 360면
프랑스 대혁명 당시 가장 치열했던 방데 전투의 종말. 그리고 그곳에서, 사상과 인간성 간의 전쟁이 다시 시작된다

189 젊은 예술가의 초상
제임스 조이스 장편소설 | 성은애 옮김 | 384면

20세기 가장 혁명적인 문학가 제임스 조이스의 자전적 소설. 감수성을 억압하는 사회를 거부하고 예술의 길을 택한 한 소년의 성장기

190 소네트집
윌리엄 셰익스피어 연작시집 | 박우수 옮김 | 200면

아름다운 언어로 사랑과 고통을 그려 낸 소네트 문학의 최고 걸작

- 2009년 『뉴스위크』 선정 《세계 100대 명저》

191 메뚜기의 날
너새니얼 웨스트 장편소설 | 김진준 옮김 | 280면

할리우드 뒷골목의 하류 인생들! 그들의 적나라한 모습에서 헛된 꿈에 부푼 인간들의 모습을 본다

- 2009년 『뉴스위크』 선정 《세계 100대 명저》

192 나사의 회전
헨리 제임스 중편소설 | 이승은 옮김 | 256면

모호한 암시와 뒤에 숨겨진 반전. 현대 심리 소설의 아버지 헨리 제임스의 대표작

- 미국 대학 위원회 선정 SAT 추천 도서
- 1955년 시카고 대학 《그레이트 북스》

193 오셀로
윌리엄 셰익스피어 희곡 | 권오숙 옮김 | 216면

인간의 사랑과 질투, 그리고 의심이라는 감정이 빚어내는 비극

194 소송
프란츠 카프카 장편소설 | 김재혁 옮김 | 376면

난데없는 소송과 운명적 소용돌이에 희생당하는 한 인간을 통해 카프카의 문학적 천재성을 본다

- 2002년 노벨 연구소가 선정한 《세계 문학 100선》
- 2005년 『타임』지 선정 《100대 영문 소설》

195 나의 안토니아
윌라 캐더 장편소설 | 전경자 옮김 | 368면

유토피아를 꿈꾸며 고향을 떠나온 이민자들의 삶. 황량한 초원에서 펼쳐진 그들의 아름다운 순간들

- 2007년 데보라 G. 펠터 《여성의 삶을 바꾼 책 50권》

196 자성록
마르쿠스 아우렐리우스 명상록 | 박민수 옮김 | 240면

로마 황제라는 화려함 뒤에 권력보다는 철학과 인간을 사랑했던 고독한 영웅이 있었다. 그의 성찰의 시간들을 엿본다

197 오레스테이아
아이스킬로스 비극 | 두행숙 옮김 | 336면

오레스테스를 중심으로 벌어지는 잔혹한 복수극을 통해 정의란 무엇인지에 대한 질문을 던진다

198 노인과 바다
어니스트 헤밍웨이 소설집 | 이종인 옮김 | 320면

한 노인과 거대한 물고기의 사투를 통해 삶과 죽음에 대한 고민과 패배하지 않는 인간의 굳건한 의지를 그려 낸다

- 1952년 퓰리처상 수상작
- 1952년 노벨 문학상 수상 작가

199 무기여 잘 있거라
어니스트 헤밍웨이 장편소설 | 이종인 옮김 | 464면

체험에 뿌리를 내린 크나큰 비극. 미국 문학의 거장 헤밍웨이가 《잃어버린 세대》의 모습을 담는다

- 『타임』지가 뽑은 《20세기 100선》
- 미국 대학 위원회 선정 SAT 추천 도서

200 서푼짜리 오페라
베르톨트 브레히트 희곡선집 | 이은희 옮김 | 320면

이데올로기 속에 갇힌 인간의 모습을 그려 낸 「서푼짜리 오페라」와 「억척어멈과 자식들」을 만난다

- 『뉴욕 타임스』 선정 《20세기 최고의 책 100선》

201 리어 왕
윌리엄 셰익스피어 희곡 | 박우수 옮김 | 224면

자신의 정체성을 아는 자 누구인가? 오이디푸스의 후예 리어, 눈 있으되 보지 못하는 자의 고통

- 미국 대학 위원회 선정 SAT 추천 도서
- 2002년 노벨 연구소가 선정한 《세계문학 100선》

202 주홍 글자
너새니얼 호손 장편소설 | 곽영미 옮김 | 360면

미국 문학의 시대를 연 호손의 대표작. 가장 통속적인 곳에서 피어난 가장 숭고한 이야기

- 미국 대학 위원회 선정 SAT 추천 도서
- 서울대학교 선정 《동서 고전 200선》

203 모히칸족의 최후
제임스 페니모어 쿠퍼 장편소설 | 이나경 옮김 | 512면

자연과 문명, 인디언과 백인, 신화와 역사의 경계를 넘나드는 모히칸 전사의 최후 전투 기록

- 미국 대학 위원회 선정 SAT 추천 도서

204 곤충 극장
카렐 차페크 희곡선집 | 김선형 옮김 | 360면

양차 대전 사이 유럽을 살아간 휴머니스트 카렐 차페크의 치열한 고민, 그러나 위트 넘치는 기록들

205 누구를 위하여 종은 울리나 전2권
어니스트 헤밍웨이 장편소설 | 이종인 옮김 | 각 416, 400면

허무주의에서 평화를 위한 필사의 투쟁으로, 연대를 통한 실천 의식을 역설한 헤밍웨이의 역작

- 1953년 노벨 문학상 수상 작가
- 뉴스위크 선정 세계 100대 명저
- 르몽드 선정 《20세기 최고의 책》

207 타르튀프
몰리에르 희곡선집 | 신은영 옮김 | 416면

최고의 희극 배우이자 가장 위대한 극작가 몰리에르, 조롱과 웃음으로 무장한 투쟁의 궤적

- 1955년 시카고 대학 〈그레이트 북스〉
- 서울대학교 선정 〈동서 고전 200선〉

208 유토피아
토머스 모어 소설 | 전경자 옮김 | 288면

르네상스 시대의 휴머니즘과 종교적 관용, 성 평등을 주장한 근대 소설의 효시이자 사회사상사적 명저

- 『뉴스위크』 선정 세상을 움직인 100권의 책
- 스탠포드 대학 선정 〈세계의 결정적 책 15권〉

209 인간과 초인
조지 버나드 쇼 희곡 | 이후지 옮김 | 320면

니체의 초인 사상에 큰 영향을 받은 버나드 쇼의 인생관과 예술론이 흥미로운 설정과 희극적인 요소와 함께 펼쳐진다

- 1925년 노벨 문학상 수상
- 시카고 대학 그레이트 북스

210 페드르와 이폴리트
장 라신 희곡 | 신정아 옮김 | 200면

프랑스 신고전주의 희곡의 대가 라신의 대표작이자 정념을 다룬 비극의 정수

- 서울대학교 선정 〈동서 고전 200선〉
- 시카고 대학 그레이트 북스

211 말테의 수기
라이너 마리아 릴케 장편소설 | 안문영 옮김 | 320면

고독과 고난에 대한 기록, 20세기 초 독일어로 발표된 최초의 현대 소설이자 릴케의 유일한 장편소설

- 국립중앙도서관 선정 청소년 권장도서 50선
- 서울대학교 선정 〈동서 고전 200선〉

212 등대로
버지니아 울프 장편소설 | 최애리 옮김 | 328면

삶과 죽음, 세월을 바라보는 깊은 눈. 무수한 인상의 단면들을 아름답게 이어 간 울프의 자전적 소설

- 2002년 노벨 연구소가 선정한 〈세계문학 100선〉
- 2005년 『타임』지 선정 〈100대 영문 소설〉

213 개의 심장
미하일 불가꼬프 중편소설집 | 정연호 옮김 | 352면

혁명의 모순과 과학의 맹점을 파고든 〈불가꼬프적〉 상상력의 정수

214 모비 딕 전2권
허먼 멜빌 장편소설 | 강수정 옮김 | 각 464, 488면

고래에 관한 모든 것, 전율적인 모험, 자연과 인간에 대한 심오한 통찰을 담은 멜빌의 독보적 걸작

- 1954년 서머싯 몸이 추천한 〈세계 10대 소설〉
- 2002년 노벨 연구소가 선정한 〈세계문학 100선〉

216 더블린 사람들
제임스 조이스 단편소설집 | 이강훈 옮김 | 336면

마비된 도시 더블린에 갇힌 욕망과 환멸, 20세기 문학사를 새롭게 쓴 선구적 작가 제임스 조이스 문학의 출발점

- 2008년 〈하버드 서점이 뽑은 잘 팔리는 책 20〉
- 2004년 〈한국 문인이 선호하는 세계 명작 소설 100선〉

217 마의 산 전3권
토마스 만 장편소설 | 윤순식 옮김 | 각 496, 488, 512면

20세기 독일 문학의 거장 토마스 만 작품의 정수. 죽음이 지배하는 알프스의 호화 요양원 〈베르크호프〉에서 생(生)의 아름다움과 환희를 되묻다

220 비극의 탄생
프리드리히 니체 | 김남우 옮김 | 320면

아폴론과 디오뉘소스라는 두 가지 원리로 희랍 비극의 근원을 분석하고 서양 문화의 심층 구조를 드러낸다. 20세기 문학, 철학, 예술에 심대한 영향을 끼친 책

221 위대한 유산 전2권
찰스 디킨스 장편소설 | 류경희 옮김 | 각 432, 448면

세상만사를 꿰뚫어보는 깊은 통찰과 풍부한 서사, 유쾌한 해학이 담긴 19세기 대문호 찰스 디킨스의 작품

- 2002년 노벨 연구소가 선정한 〈세계문학 100선〉
- 2007년 영국 독자들이 뽑은 가장 귀중한 책

223 사람은 무엇으로 사는가
레프 똘스또이 소설집 | 윤새라 옮김 | 464면

1852년부터 1907년까지, 13편을 선정해 60년에 이르는 똘스또이 작품 세계의 궤적을 담아낸 단편선

224 자살 클럽
로버트 루이스 스티븐슨 소설선집 | 임종기 옮김 | 272면

인간 내면에 도사린 본질적 탐욕과 이중성, 죄의식과 두려움을 다룬 기묘하고 환상적인 단편선

225 채털리 부인의 연인 전2권
데이비드 허버트 로런스 장편소설 | 이미선 옮김 | 각 336, 328면

20세기 문학계를 뒤흔든 D. H. 로런스의 문제작. 현대 산업 사회에 대한 비판과 인간성 회복에의 염원이 담긴 작품

- 르몽드 선정 〈20세기 최고의 책〉
- 피터 박스올 〈죽기 전에 읽어야 할 1001권의 책〉
- 2004년 〈한국 문인이 선호하는 세계 명작 소설 100선〉

227 데미안
헤르만 헤세 장편소설 | 김인순 옮김 | 264면

혼돈과 자아 상실의 시대를 살아가는 젊은이들에게 시대의 지성 헤르만 헤세가 바치는 작품

- 1946년 노벨 문학상 수상 작가
- 2004년 〈한국 문인이 선호하는 세계 명작 소설 100선〉

228 두이노의 비가
라이너 마리아 릴케 시선집 | 손재준 옮김 | 504면

삶 속에서 죽음을 노래한 시인 릴케의 대표 시집 중 엄선한 170여 편의 주요 작품을 소개한 시 선집
- 동아일보 선정 《세계를 움직인 100권의 책》
- 고려대학교 선정 《교양 명저 60선》

229 페스트
알베르 카뮈 장편소설 | 최윤주 옮김 | 432면

죽음 앞에 선 인간의 고뇌와 역할에 대한 진지한 성찰이 담긴 《제2차 세계 대전 이후 최대의 걸작》
- 1957년 노벨 문학상 수상 작가
- 서울대학교 선정 권장 도서 100선
- 국립중앙도서관 선정 청소년 권장 도서 50선

230 여인의 초상 전2권
헨리 제임스 장편소설 | 정상준 옮김 | 각 520, 544면

자유로운 이상을 가진 한 여인의 이야기. 헨리 제임스의 심리적 사실주의를 대표하는 걸작
- 2004년 《한국 문인이 선호하는 세계 명작 소설 100선》
- 미국 대학 위원회 선정 SAT 추천 도서
- 서울대학교 선정 《동서 고전 200선》

232 성
프란츠 카프카 장편소설 | 이재황 옮김 | 560면

독일인이 뽑은 20세기 최고의 작가 카프카의 3대 장편소설 중 하나
- 2002년 노벨 연구소가 선정한 《세계 문학 100선》
- 피터 박스올 《죽기 전에 읽어야 할 1001권의 책》

233 차라투스트라는 이렇게 말했다
프리드리히 니체 산문시 | 김인순 옮김 | 464면

니체 철학의 가장 중심적인 사상들을 생동하는 문학적 언어로 녹여 낸 작품
- 국립중앙도서관 선정 고전 100선
- 동아일보 선정 《세계를 움직이는 100권의 책》

234 노래의 책
하인리히 하이네 시집 | 이재영 옮김 | 384면

독일을 대표하는 서정 시인이자 혁명적 저널리스트인 하이네의 시집. 실패한 사랑의 슬픔과 인습의 굴레에서 벗어나고자 했던 고아한 시성(詩聖)의 노래

235 변신 이야기
오비디우스 서사시 | 이종인 옮김 | 632면

라틴 문학의 전성기를 대표하는 시인 오비디우스가 그리스 로마 신화를 응집한 역작
- 2002년 노벨 연구소가 선정한 《세계문학 100선》
- 서울대학교 권장 도서 100선
- 연세대학교 권장 도서 200선

236 안나 카레니나 전2권
레프 톨스토이 장편소설 | 이명현 옮김 | 각 800, 736면

사랑과 결혼, 가정 등 일상적인 소재를 통해 당대 러시아의 혼란한 사회상과 개인의 내면을 생생하게 묘사한, 톨스토이의 모든 고민을 집대성한 대표작
- 《가디언》 선정 역대 최고의 소설 100선
- 서울대학교 권장 도서 100선

238 이반 일리치의 죽음·광인의 수기
레프 톨스토이 장편소설 | 석영중·정지원 옮김 | 232면

죽음 앞에 선 인간 실존에 대한 톨스토이의 깊은 성찰이 담긴 걸작
- 시카고 대학 그레이트 북스
- 피터 박스올 《죽기 전에 읽어야 할 1001권의 책》

239 수레바퀴 아래서
헤르만 헤세 장편소설 | 강명순 옮김 | 232면

모순적인 교육 제도에 짓눌린 안타까운 청춘의 이야기. 헤세의 사춘기 시절 체험이 담긴 자전적 성장 소설
- 1946년 노벨 문학상 수상 작가
- 서울대학교 선정 동서 고전 200선

240 피터 팬
J. M. 배리 장편소설 | 최용준 옮김 | 272면

영원히 어른이 되고 싶지 않은 소년 피터팬. 신비의 섬 네버랜드에서 펼쳐지는 짜릿한 대모험
- 《가디언》 선정 《모두가 읽어야 할 소설 1000선》

241 정글 북
러디어드 키플링 중단편집 | 오숙은 옮김 | 272면

늑대 품에서 자란 소년 모글리. 대지가 숨 쉬는 일곱 개의 빛나는 중단편들
- 1907년 노벨 문학상 수상 작가
- BBC 선정 아동 고전 소설

242 한여름 밤의 꿈
윌리엄 셰익스피어 희곡 | 박우수 옮김 | 160면

셰익스피어의 대표 낭만 희곡. 꿈과 현실을 넘나드는 한바탕의 마법 같은 이야기
- 미국 대학 위원회 선정 SAT 추천 도서

243 좁은 문
앙드레 지드 | 김화영 옮김 | 264면

지상보다 천상의 행복을 사랑한 여인과, 그 여인을 사랑한 한 남자의 이야기. 현대 프랑스 문학의 거장 앙드레 지드의 대표작
- 1947년 노벨 문학상 수상 작가
- 2003년 국립중앙도서관 선정 《고전 100선》

244 모리스
E. M. 포스터 장편소설 | 고정아 옮김 | 408면

영국 중산층의 한 젊은이가 자신의 성적 정체성을 찾아가는 과정을 그린 소설

245 브라운 신부의 순진
길버트 키스 체스터턴 단편집 | 이상원 옮김 | 336면

추리 문학계의 전설로 손꼽히는 매력적인 성직자 탐정 브라운 신부의 놀라운 활약상. 추리 문학의 거장 체스터턴의 대표 단편집

246 각성
케이트 쇼팽 장편소설 | 한애경 옮김 | 272면

오롯이 〈자기 자신〉으로 살기 원했던 한 여성의 이야기. 선구적 페미니즘 작가 케이트 쇼팽의 대표작

247 뷔히너 전집
게오르크 뷔히너 지음 | 박종대 옮김 | 400면

독일 현대극의 선구자가 된 천재 작가 게오르크 뷔히너. 「당통의 죽음」, 「보이체크」 등 그가 남긴 모든 문학 작품을 한 권에 수록한 전집

248 디미트리오스의 가면
에릭 앰블러 장편소설 | 최용준 옮김 | 424면

〈스파이 소설의 최고 걸작〉으로 평가받는, 현대 스파이 소설의 아버지 에릭 앰블러의 대표작

249 베르가모의 페스트 외
옌스 페테르 야콥센 중단편 전집 | 박종대 옮김 | 208면

페스트가 이탈리아 북부를 휩쓸자 절망에 빠진 시민들은 타락하기 시작한다. 덴마크 작가 야콥센의 걸작 중단편집

250 폭풍우
윌리엄 셰익스피어 희곡 | 박우수 옮김 | 176면

폭풍우로 외딴 섬에 난파한 기묘한 인연의 사람들. 사랑과 복수, 용서가 뒤섞인 환상적인 이야기

251 어센든, 영국 정보부 요원
서머싯 몸 연작 소설집 | 이민아 옮김 | 416면

서머싯 몸이 자신의 실제 스파이 경험을 토대로 쓴 연작 소설집. 현대 스파이 소설의 원조이자 고전이 된 걸작

252 기나긴 이별
레이먼드 챈들러 장편소설 | 김진준 옮김 | 600면

하드보일드 소설의 대표 고전. 레이먼드 챈들러가 창조한 전설적인 탐정 필립 말로의 활약을 담은 대표작

- 1955년 에드거상 수상작

253 인도로 가는 길
E. M. 포스터 장편소설 | 민승남 옮김 | 552면

인도인과 영국인은 친구가 될 수 있을까. 영국 식민 통치의 모순을 파헤친 E. M. 포스터의 대표작

- 「타임」 선정 〈현대 100대 영문 소설〉
- 모던 라이브러리 선정 〈20세기 영문 소설 100선〉
- 1924년 제임스 테이트 블랙 기념상 수상
- 1925년 페미나상 수상

254 올랜도
버지니아 울프 장편소설 | 이미애 옮김 | 376면

남성에서 여성이 되어 수백 년을 살아온 한 시인의 놀라운 일대기. 버지니아 울프의 걸작 환상 소설

- 피터 박스올 〈죽기 전에 읽어야 할 1001권의 책〉
- BBC 선정 〈우리 세계를 형성한 100권의 소설〉

255 시지프 신화
알베르 카뮈 지음 | 박언주 옮김 | 264면

카뮈의 부조리 사상의 정수를 담은 대표 철학 에세이. 철학적인 명징함과 문학적 감수성을 두루 갖춘 걸작

- 1967년 노벨 문학상 수상 작가
- 고려대학교 선정 교양 명저 60선

256 조지 오웰 산문선
조지 오웰 지음 | 허진 옮김 | 424면

조지 오웰의 명징한 통찰과 사유를 보여 주는 빼어난 에세이들을 엄선한 선집

257 로미오와 줄리엣
윌리엄 셰익스피어 희곡 | 도해자 옮김 | 200면

증오 속에서 태어나 죽음을 넘어서는 불멸의 사랑. 셰익스피어가 창조한 가장 유명한 사랑의 비극

258 수용소군도 전6권
알렉산드르 솔제니찐 기록문학 | 김학수 옮김 | 각 460면 내외

20세기 최고의 고발 문학이자 세계적인 휴먼 다큐멘터리

- 1970년 노벨 문학상
- 「타임」지가 뽑은 〈20세기 100선〉

264 스웨덴 기사
레오 페루츠 장편소설 | 강명순 옮김 | 336면

운명처럼 얽혀 신분이 뒤바뀐 도둑과 귀족의 파란만장한 이야기. 독일어권 문학의 거장 레오 페루츠의 걸작 환상 소설

265 유리 열쇠
대실 해밋 장편소설 | 홍성영 옮김 | 328면

대실 해밋이 자신의 최고 걸작으로 꼽은 작품. 인간의 욕망과 비정한 정치의 이면을 드러내는 하드보일드 범죄 소설

266 로드 짐
조지프 콘래드 장편소설 | 최용준 옮김 | 608면

침몰하는 배와 승객을 버리고 도망친 한 선원의 파멸과 방황, 모험을 그린 걸작. 영국 문학의 거장 조지프 콘래드의 대표 장편소설

- 모던 라이브러리 선정 〈20세기 영문 소설 100선〉
- 르몽드 선정 〈20세기 최고의 책〉

267 푸코의 진자 전3권
움베르토 에코 장편소설 | 이윤기 옮김 | 각 392, 384, 416면

광신과 음모론의 극한을 보여 주는 이야기. 에코의 가장 〈백과사전적〉이고 야심적인 소설

270 공포로의 여행
에릭 앰블러 장편소설 | 최용준 옮김 | 376면

전쟁 중 한 엔지니어의 생사를 둘러싸고 벌어지는 각국의 숨 막히는 첩보전. 현대 스파이 소설의 아버지 에릭 앰블러의 걸작

271 심판의 날의 거장
레오 페루츠 장편소설 | 신동화 옮김 | 264면

유명 배우의 의문의 죽음, 그리고 수수께끼의 연쇄 자살 사건의 비밀. 독일어권 문학의 거장 레오 페루츠의 대표작

272 에드거 앨런 포 단편선
에드거 앨런 포 지음 | 김석희 옮김 | 392면

환상 문학과 미스터리 문학의 선구자 에드거 앨런 포의 대표 작품 12편을 엄선한 단편집

- 미국 대학 위원회 선정 SAT 추천 도서
- 2002년 노벨 연구소가 선정한 〈세계문학 100선〉
- 2004년 〈한국 문인이 선호하는 세계 명작 소설 100선〉

273 수전노 외
몰리에르 희곡선집 | 신정아 옮김 | 424면

천재 극작가이자 희극 배우 몰리에르, 고전 희극을 완성한 그의 대표적 문제작들

- 고려대학교 선정 〈교양 명저 60선〉
- 클리프턴 패디먼 〈일생의 독서 계획〉

274 모파상 단편선
기 드 모파상 지음 | 임미경 옮김 | 400면

세계문학사상 가장 위대한 단편 작가 중 하나인 기 드 모파상. 속되고도 아름다운 삶의 면면을 날카롭게 포착하는 그의 걸작 단편들

275 평범한 인생
카렐 차페크 장편소설 | 송순섭 옮김 | 280면

죽음을 앞두고 진정한 자신들을 만난 한 남자의 이야기. 체코 문학의 길을 낸 20세기 최고의 이야기꾼 차페크의 걸작

276 마음
나쓰메 소세키 장편소설 | 양윤옥 옮김 | 344면

정교한 언어로 길어 올린 인간 내면의 연약한 심연. 일본의 국민 작가 나쓰메 소세키 문학의 정수

- 서울대학교 권장 도서 100선
- 피터 박스홀 《죽기 전에 읽어야 할 1001권의 책》

277 인간 실격·사양
다자이 오사무 소설집 | 김난주 옮김 | 336면

일본 데카당스 문학의 기수 다자이 오사무. 그가 생의 마지막 불꽃을 태워 완성한 두 편의 대표작

278 작은 아씨들 전2권
루이자 메이 올컷 장편소설 | 허진 옮김 | 각 408, 464면

세상의 모든 딸들을 위한 걸작. 저마다 다른 개성으로 빛나는 네 자매의 성장 소설

- 『타임』지 선정 〈100대 영문 소설〉
- 미국 전국 교육 협회 선정 〈교사를 위한 100대 도서〉

280 고함과 분노
윌리엄 포크너 장편소설 | 윤교찬 옮김 | 520면

현대 미국 문학의 거장이자 노벨 문학상 수상 작가 윌리엄 포크너의 가장 강렬한 대표작

- 1949년 노벨 문학상 수상 작가
- 미국 대학 위원회 선정 SAT 추천 도서

281 신화의 시대
토머스 불핀치 신화집 | 박중서 옮김 | 664면

서양 문화의 근간이 되는 그리스 로마 신화를 집대성한 최고의 역작

- 서울대학교 권장 도서 100선
- 한국 문인이 선호하는 세계 명작 소설 100선

282 셜록 홈스의 모험
아서 코넌 도일 단편집 | 오숙은 옮김 | 456면

세계에서 가장 유명한 탐정 셜록 홈스 이야기의 정수를 담은 단편집. 문학사상 가장 위대한 추리 단편집으로 손꼽히는 역작

283 자기만의 방
버지니아 울프 지음 | 공경희 옮김 | 216면

선구적 페미니스트 버지니아 울프가 여성과 문학의 문제를 논한 에세이. 페미니즘의 가장 유명한 고전이 된 걸작

284 지상의 양식·새 양식
앙드레 지드 지음 | 최애영 옮김 | 360면

노벨 문학상 수상 작가 앙드레 지드의 대표작. 생의 쾌락을 향한 열정과 열광을 노래한 영원한 〈탈주와 해방의 참고서〉

285 전염병 일지
대니얼 디포 지음 | 서정은 옮김 | 368면

대니얼 디포의 대표작으로, 1655년 영국을 덮친 페스트를 생생하게 그린다. 18세기 인본주의 서사의 전범으로 꼽히는 작품

286 오이디푸스왕 외
소포클레스 비극 | 장시은 옮김 | 368면

고대 그리스 비극 3대 작가 소포클레스가 남긴 위대한 걸작으로, 고대 그리스어 원전을 충실하게 옮겼다. 운명의 희생자로 주저앉지 않으려는 인간의 이야기

287 리처드 2세
윌리엄 셰익스피어 희곡 | 박우수 옮김 | 208면

왕권은 절대적인 것인가 아니면 힘에서 나오는 것인가. 셰익스피어의 희곡 중에서도 특히 언어의 아름다움이 돋보이는 작품으로, 왕권의 권위와 정통성, 국민의 충성과 반역, 개인의 욕망과 책임 등에 대해 질문하고 탐구한다

288 아내·세 자매
안톤 체호프 선집 | 오종우 옮김 | 240면

안톤 체호프의 대표 희곡과 숨은 명작 단편소설을 엮은 선집. 사람답게 사는 법을 질문하며 자유의 의미를 깨닫게 하는 무척 체호프다운 작품들